# Fille du Destin

## Tome 1

## Les Émeutes de la nuit sans lunes

Illustration de couverture : Corey Brickley

Édition originale publiée sous le titre *Threads That Bind*
par Razorbill, une marque de Penguin Random House LLC, 2023


Pour la traduction française :

une marque des Éditions de La Martinière,
57, rue Gaston Tessier, 75019 Paris
ISBN : 979-10-401-1666-0

www.editionsdelamartiniere.fr
Conforme à la loi n° 49-956 du 16 juillet 1949 sur les publications destinées à la jeunesse.

Kika Hatzopoulou

# Fille du Destin

## Tome 1

## Les Émeutes de la nuit sans lunes

Traduit de l'anglais (États-Unis)
par Thomas Leclere

LA MARTINIÈRE
fictions

*À George et à ma famille,*
*aux fils qui nous attachent.*

# PARTIE I

# CELLE QUI FILE

# Prologue

## TCHAC !

**LE TRAM SURCHARGÉ GLISSAIT DOUCEMENT** au-dessus de la marée montante. Lorsqu'il ralentit à l'approche de la station, les câbles grincèrent sous son poids. Les passagers levèrent la tête pour leur jeter un regard inquiet. Quelques jours plus tôt, une caténaire s'était brisée dans la rue de la Sauge, envoyant les usagers valser dans la rue inondée. Trois avaient fini à l'hôpital ; l'eau de la baie était cruellement froide malgré l'été qui approchait.

Une vieille femme installée à l'arrière fit tourner ses doigts au-dessus de sa poitrine, comme pour former un nœud invisible. Elle n'était pas née-moire ; ses doigts ne brassaient que de l'air. C'était un geste ordinaire censé repousser la plus jeune sœur des Moires, la déesse du Destin, qui choisissait quand un fil de vie devait être tranché.

*Fais un nœud sur ton fil*, avait-on coutume de dire, *et elle comprendra que tu continues à te battre.*

Dans le Marais, les gens avaient pour habitude d'ajouter : *Fais mille nœuds, et elle réussira tout de même à t'abattre.*

La vieille n'était pas originaire du Marais. Elle portait un manteau doublé de fourrure, propre, sans rafistolage et ses cheveux gris étaient coiffés à la mode des classes supérieures, nattés et retenus sur sa nuque par une pince. Ses épingles à cheveux, toutefois, n'étaient pas décorées de pierres de jade, mais de simples coquillages de bronze.

Les câbles grincèrent à nouveau lorsque le tram redémarra. La femme attendit que les passagers aient quitté la station, puis elle emprunta la passerelle, tirant un chariot de courses dont les roues couinaient à chaque irrégularité du sol. Les rues étaient désertes ; pourtant, elle surveillait chaque ombre et sursautait au moindre bruit.

Son mari, qui avait vingt ans de plus qu'elle et adorait lui faire peur, lui avait raconté que, la nuit, une créature immonde nageait dans les rues inondées d'Alante. La bête se cachait dans l'ombre, disait-il, s'enroulait autour des chevilles des filles et ne les laissait plus jamais repartir. La vieille femme avait enterré son homme des années plus tôt. Elle ne pensait pas très souvent à lui mais songeait à la créature tous les jours. Elle aurait pu jurer qu'elle percevait sa présence. C'était comme une chaîne accrochée à sa cheville.

Elle aurait tant aimé être née-moire, pour sentir les solides fils de vie entre ses doigts. Elle accéléra le pas, impatiente d'être chez elle, en sécurité. Elle se voyait déjà blottie dans son fauteuil sous ses couvertures, un grog à la main, écoutant le dernier épisode de sa série radiophonique préférée.

Celui-ci avait sûrement déjà commencé ; quand elle se glissa dans son appartement, elle se précipita sur sa radio et la pièce fut aussitôt remplie des voix familières des personnages. Elle commença à ranger ses maigres provisions – de la tisane à la camomille, un paquet de crackers au fromage et un pot de figues séchées en promotion –, lorsque soudain elle sentit une présence.

Une main se plaqua sur sa bouche. Le pot de figues lui glissa entre les doigts et se brisa sur le sol. Elle lutta pour se libérer, frappa son assaillant comme elle pouvait, le griffa à l'aveugle. Son chignon se défit et ses cheveux tombèrent devant ses yeux ; les talons de ses bottes devinrent gluants de figues écrasées. De l'autre côté du mur, un voisin inquiet appela son nom.

— Ne t'inquiète pas, lui murmura son agresseur.

Elle n'aurait pu dire s'il s'agissait d'un être humain ou d'un monstre enveloppé d'ombre.

— Ce n'est pas la fin…

Si son vœu avait été exaucé, si elle était née-moire, la vieille femme l'aurait senti isoler son fil de vie. Elle l'aurait vu le suivre des yeux jusqu'au plafond à travers lequel il disparaissait pour filer jusqu'au ciel, saisir l'un de ses propres fils, argenté et tranchant comme du métal, le tendre entre deux doigts et…

TCHAC !

Ce fut tout ce qu'elle entendit.

Et son fil fut coupé.

# Chapitre 1

# S'EFFILOCHER

**IO SE TENAIT AU BORD DU TOIT,** essayant de faire un premier pas.

Elle l'avait expliqué mille fois : ce n'était pas la hauteur qui lui faisait peur, mais plutôt… les rebords. Elle n'avait aucun problème à prendre le tramway, elle pouvait faire des claquettes sur les terrasses, mais elle devait systématiquement faire une pause, respirer profondément et se motiver mentalement avant de s'engager sur un pont suspendu.

— Espèce d'idiote, lui disait sa sœur Thais quand elle était plus jeune. Tu es née-moire. Tu es capable de percevoir les fils du destin. Vois-tu ton fil de vie s'effilocher dans les instants qui viennent ?

Après avoir échangé un regard entendu, Thais et son autre sœur, Ava, la plaquaient au sol. Elles se battaient, membres emmêlés et sourires féroces, jusqu'à ce qu'Io admette sa défaite. Ava isolait alors le fil de vie d'Io et tirait dessus à petits coups secs. Celui-ci s'étirait telle une chaîne d'argent brillante.

— Regarde, insistait Thais. Il est toujours aussi solide.

— Elle aime avoir peur, gloussait Ava. Comme ça, elle a une bonne raison de ne rien faire.

Et Io pleurnichait à chaque fois :

— C'est pas vrai !

Elle détestait réagir comme ça. Tout ça, c'était la faute de ses sœurs : elles la traitaient comme une gamine, elle se comportait donc comme telle. Leurs parents, avant de mourir, avaient travaillé dans les plaines de Neraida en dehors de la ville, laissant les filles se débrouiller dès leur plus jeune âge. Thais, l'aînée, avait pris ses responsabilités ; elle faisait le ménage et la cuisine, gérait l'argent tandis qu'Ava, de deux ans sa cadette, inventait des jeux pour les divertir et lisait l'avenir contre un peu d'argent supplémentaire. Quant à Io, née six ans après Ava, elle était devenue le bébé sur lequel on veillait et qu'on taquinait. *Un seul esprit dans trois corps*, répétaient les trois sœurs en chuchotant d'un air conspirateur, blotties les unes contre les autres dans leur grand lit commun.

C'était il y a longtemps, bien sûr. Avant que Thais ne quitte la ville et que tout change.

Io avança prudemment sur la passerelle qui rebondissait en grinçant à chacun de ses pas. Pas vraiment conçu pour les humains, ce pont… C'était une longue et étroite bande de métal construite spécialement pour les chats afin qu'ils puissent vagabonder dans la ville pendant les inondations dues aux grandes marées – la solution miracle imaginée par la mairie pour freiner l'invasion de rongeurs qui répandaient des maladies à travers les rues.

Le problème de ces ponts à chats, c'était qu'ils ne disposaient d'aucune protection. *Les chats ne perdent jamais l'équilibre*, avaient déclaré les fonctionnaires de la ville. Mais c'était faux ; les chats pouvaient glisser et tomber, comme n'importe quelle créature – ils avaient seulement tendance à toujours retomber sur leurs pattes. Io trouvait ça absurde ; il n'y avait rien sur quoi se remettre sur pieds, sous les ponts ; rien que l'eau trouble de la marée que tous les chats détestaient.

On aurait dû y installer des garde-corps ; il n'y en avait aucun. C'était typique de la Cité Immergée d'Alante, selon Io. On n'y répondait jamais aux besoins des habitants. Les gens réclamaient, leurs requêtes étaient systématiquement rejetées et ils apprenaient à se débrouiller.

Io ne disposait donc d'aucune protection, mais elle avait sa peur, une sacrée peur. Elle s'en enveloppa pour s'en faire un bouclier. Voilà ce que ses sœurs n'avaient jamais compris : la peur ne vous paralysait pas, elle vous rendait prudent et alerte. Et Io était toujours *très* prudente. C'était une des raisons pour lesquelles elle excellait dans son métier. Elle progressa à petits pas, méthodiquement, jusqu'à l'extrémité du passage, et soupira de soulagement lorsqu'elle rejoignit enfin la terre ferme.

La trappe d'accès située sur le toit du théâtre abandonné avait été barricadée n'importe comment ; elle entra facilement dans la loge en dessous. Une odeur de moisissure envahit aussitôt ses narines. Le clair de lune illuminait la grande salle. Les planches de la scène étaient gonflées d'humidité et le reste de la pièce était complètement submergé d'eau noire. Io quitta la loge et remonta son foulard sur son nez. Elle emprunta une galerie plongée dans la pénombre jusqu'à une fenêtre avec balcon qui s'était écroulée des années plus tôt, emportant un mur avec elle.

Le bois, la ferraille et le ciment qui pendaient comme les entrailles d'un animal éviscéré formaient une image désolante. Mais la vue qui s'étendait au-delà valait le détour. Le balcon effondré du théâtre de la rue du Bec était l'un des rares endroits du Marais d'où vous aviez une vue dégagée sur les trois lunes. Pandia, la plus grosse et la plus brillante ; Néméa, qui voyageait au ras de l'horizon ; et Ersa, qui apparaissait et se couchait en l'espace de quelques heures. Seule cette dernière était levée, baignant la cité de sa clarté rose et laiteuse. Les bâtiments couverts de rosée scintillaient et l'eau des rues rougeoyait. La ville, submergée par la marée nocturne, était presque belle. Un jour, quand Io aurait économisé assez d'argent pour acheter un appareil photo, elle immortaliserait cette vision mystique.

Dans l'immeuble de logements situé en face du théâtre, les lumières du troisième étage, à gauche, étaient allumées. Io détourna son regard de la lune et mit ses lunettes. À coup sûr, il s'agissait de l'appartement qu'elle était censée surveiller. Une silhouette remua à l'intérieur – peut-être deux ? Elle s'accroupit pour éviter tout risque de chute. *Avant de te glisser dans la Toile, assure-toi que tu es en sécurité,* lui avait enseigné Thais. *On n'a pas envie que tu tombes d'un toit.*

Io cligna des yeux et la Toile apparut, fatras de fils déployés au-dessus du monde physique. Seuls les nésmoire, descendants des déesses du Destin, pouvaient voir les lignes argentées qui émanaient des gens et les reliaient aux choses qu'ils aimaient. Io concentra son attention sur l'appartement du troisième étage. À travers la Toile, elle put voir, au-delà du bois et de la brique, les deux personnes qui se trouvaient à l'intérieur. Des douzaines de fils émanaient d'elles, les reliant aux endroits, aux objets et aux individus qui leur étaient chers. L'un des plus lumineux les réunissait, éblouissant. *L'éclat singulier d'un fil d'amour,* répétait toujours Ava rêveusement.

*Ou plutôt la monotonie singulière des emmerdements*, songea Io en laissant échapper un soupir. Pourquoi s'agissait-il toujours de tromperie ? Pourquoi ne tombait-elle jamais sur un hobby bizarre, des cours du soir tardifs ou n'importe quoi d'autre qui n'anéantirait pas ses clientes ? Elle imaginait déjà la scène : demain, Isidora Magnussen s'assiérait au fond du café de la rue de la Sauge, son manteau serré entre ses mains comme un torchon à vaisselle, et elle devrait lui dire : *Oui, votre mari s'est bien rendu dans un appartement qu'il est censé avoir vendu il y a trois ans. Non, il n'était pas seul.* Puis viendrait la question : *Est-ce qu'il l'aime ?* N'importe quel autre détective privé aurait pu hausser les épaules et répondre : *Comment savoir ?*

Mais Io était différente. Elle était née-moire et c'était la raison pour laquelle ses clients faisaient appel à ses services ; ils ne voulaient pas seulement savoir si leur moitié trichait, jouait ou buvait. Ils désiraient connaître des secrets que seule la Toile pouvait révéler ; savoir si leur conjoint aimait tricher, jouer ou boire plus qu'il ne les aimait, *eux*.

Io devrait lui dire la vérité. *Je suis désolée, madame Magnussen. Leur fil était si brillant que je n'ai pas pu le regarder plus de trois secondes. Cela signifie que votre mari est amoureux de sa maîtresse.* C'était ainsi qu'Io payait son loyer et remplissait son assiette : en brisant le cœur des gens.

Elle observa les deux silhouettes encore un instant, afin d'être sûre. Elle ne distinguait pas les corps dans la Toile, seulement leurs fils, mais il n'y avait aucun doute : le couple était maintenant enlacé. Elle sentit ses joues rougir.

En détournant le regard, un détail attira son attention. Pas très loin, dans le couloir du troisième étage… C'était une personne, mais également… autre chose.

Cette non-personne ne possédait qu'un fil. Les gens aimaient des tas de choses ; ils étaient liés aux autres, aux endroits, aux objets, aux idées. En moyenne, chaque individu possédait une quinzaine de fils. Les nouveau-nés étaient ceux qui en avaient le moins : leur fil de vie, qui les attachait à leur mère, et celui qui les reliait à la nourriture – les deux étant souvent confondus. Cette personne-là, pourtant, était dotée d'un unique fil, ce qui était improbable, mais pas inconcevable en soi.

Ce qui était impossible, en revanche, c'était que ce fil soit sectionné. Attaché à la poitrine de l'individu, il pendait jusqu'au sol où il s'effilochait sans s'accrocher à rien. Les fils étaient censés *connecter* – ceux à un seul bout n'existaient pas.

En outre, le fil sectionné formait un angle peu naturel, comme si son propriétaire le tenait serré entre ses deux poings. Bien tendu et tranchant, comme pour couper les fils de quelqu'un d'autre. Cet individu à un seul fil, cette aberration, était un trancheur ou une trancheuse. Io le savait parce qu'elle en était une.

L'anomalie approcha de l'appartement des amants, son fil brandi comme une arme. Io sentit ses épaules se crisper. Sa respiration resta bloquée dans ses poumons.

*Espèce d'idiote*, murmura sa sœur aînée dans sa tête.

Elle expira enfin et se mit à courir.

La porte de l'appartement était restée entrouverte.

Io fit un pas à l'intérieur, le cœur battant. Elle vit un long couloir et trois portes ouvertes sur des pièces plongées dans la pénombre. Elle avait quitté la Toile pour rester concentrée pendant sa course jusqu'à l'immeuble, mais elle la tira de nouveau à elle. Dans la deuxième pièce, elle décela la présence de l'intrus à son fil unique ; un paquet de fils était recroquevillé un peu plus loin, dans un coin.

Io sentit le goût acide de la terreur envahir sa bouche. Ses pas devinrent lourds, comme si elle marchait sous l'eau. Elle attrapa un de ses propres fils – peu importait lequel, pour le moment – et l'enroula autour de son index et de son pouce. Seul un fil pouvait trancher un autre fil. Si cette personne était armée, Io devait l'être aussi.

La moquette étouffait le son de ses pas. Un miroir suspendu au-dessus d'une table chargée de flacons de cosmétiques refléta l'image d'une femme, debout au milieu du salon, dont les cheveux gris défaits tombaient de son chignon sur sa nuque et les hanches étaient jetées en avant de façon peu naturelle. L'extrémité effilochée de son fil unique s'enroulait autour de sa cheville tel un serpent domestique.

Io ne comprenait pas ce qu'elle voyait. Ce fil brillait autant qu'un fil de vie, le plus important de tous car il reliait son propriétaire à l'existence même. Normalement, ce fil-là aurait dû grimper jusqu'au ciel et disparaître derrière les nuages. Pourtant, il flottait au-dessus du sol, déconnecté, ce qui était totalement absurde.

Cette femme aurait dû être morte.

Io remarqua un corps sur le sol et le reconnut aussitôt – Mme Magnussen lui avait montré ses photos de mariage. Il ne portait rien d'autre qu'un caleçon rayé et son cou formait un angle anormal. L'éclat lunaire d'Ersa teintait sa peau nue d'un rose vif, mais c'était une illusion : le corps était un cadavre, sans aucun fil dans la Toile. Une respiration rauque attira son attention au fond de la pièce, où une femme en lingerie se cachait derrière un fauteuil. Io reconnut les cheveux blonds de l'assistante de M. Magnussen. Elle les avait aperçus ensemble le matin même, en train de fumer dans la rue devant leur bureau. La scène lui était alors apparue comme un bavardage innocent. Il était évident, à présent, qu'elle était sa maîtresse.

La vieille femme au fil anormal, raide comme une statue, surveillait la pièce. Io aurait dû partir. Elle aurait dû reculer jusqu'à la porte, hurler pour réveiller les habitants de l'immeuble, trouver un moyen d'éloigner la vieille de l'assistante.

*Bouge*, s'encouragea-t-elle en prenant une grande inspiration.

Dans le silence, sa vive respiration résonna tel un coup de feu. La vieille tourna la tête et ses yeux se fixèrent sur le miroir.

— Certains crimes ne peuvent rester impunis, énonça-t-elle comme si elle était en transe. Je ferai renaître de ses cendres une jeune fille en feu.

Avant qu'Io ait pu faire un geste, elle se précipita vers elle telle une tornade de cheveux blancs et d'os aiguisés. Leurs corps entrèrent en collision et Io tomba en arrière. La femme était sur elle, frappant sans réfléchir, la griffant au visage et à la poitrine. Io leva les bras et tenta de la repousser, mais elle n'atteignit que le mur.

Surprise par le bruit provoqué par l'impact, la vieille s'arrêta brusquement et baissa les yeux sur Io. Ou plutôt, sur le fil tendu entre son pouce et son index.

— Quel fil charmant, petite née-moire, grinça-t-elle. Je vois en toi. Je vois tes crimes, aussi.

Io eut une seconde pour penser – *Des crimes ?*

Pour trembler – *Quels crimes ?*

Pour paniquer – *J'en ai commis tellement.*

Puis la femme recommença à la frapper de ses doigts griffus. Io sentit la douleur fuser sur ses joues et son cou, l'arrachant à sa torpeur. Elle attrapa les cheveux de la vieille et tira. La femme s'écarta avec un cri diabolique. En une seconde, Io se remit debout et courut vers la porte ouverte. La vieille se lança à sa poursuite en se cognant aux murs.

— Cachez-vous ! cria Io par-dessus son épaule à l'assistante en larmes.

Dès qu'elle eut passé la porte, elle appela au secours tout en surveillant la créature hystérique lancée à ses trousses. Car il n'y avait qu'une *créature* pour se précipiter ainsi à quatre pattes et attaquer à coups de griffes. Et ce fil… Cet horrible fil de vie flasque se balançait toujours telle une arme prête à frapper.

— À l'aide, merde ! hurla Io en tapant des poings contre une porte.

Cette pause lui fut fatale ; en un clin d'œil, la monstruosité la rattrapa et s'accrocha à son pantalon. Io chuta lourdement sur les genoux et les mains. Elle pivota et découvrit avec horreur que la vieille s'était saisie d'un de ses fils.

C'est alors qu'une porte s'ouvrit subitement, inondant le couloir de lumière. Un homme de grande taille à la peau sombre cria dans leur direction dans une langue étrangère – du kurkz ?

La vieille s'immobilisa.

Io n'eut pas besoin de plus. Une pause. Une seconde. Une respiration.

Elle replia son genou et frappa violemment son agresseuse à la mâchoire. La créature fut projetée en arrière et Io crapahuta pour s'éloigner le plus possible de ses doigts insidieux. Elle se redressa quand son dos heurta le mur au bout du couloir et sentit l'air frais qui entrait par la fenêtre ouverte derrière elle.

D'autres résidents sortirent de leurs appartements. Le Kurkz avança vers eux. Io voulut le prévenir de rester à distance, d'appeler à l'aide, mais elle n'arrivait plus à parler…

Soudain, la vieille emplit son champ de vision et se rua vers elle, son fil de vie argenté tranchant dans la main gauche. Proche, si proche qu'Io eut le temps de sentir des mèches de cheveux sur son visage avant de s'écarter vivement de la fenêtre. La vieille réagit trop tard ; elle essaya de s'arrêter mais son élan l'entraîna en avant. Ses jambes percutèrent le rebord de la fenêtre, sa poitrine se tordit, la faisant basculer dans le vide.

Il y eut un *splash* lointain lorsqu'elle heurta l'eau qui envahissait la rue. Io avait du mal à respirer, comme si ses poumons s'étaient réduits de moitié. Ses mains étaient paralysées, l'une crispée sur l'encadrement de la fenêtre, l'autre refermée au hasard autour de ses fils dont elle s'était emparée pour se protéger.

Elle ne bougea pas lorsque le Kurkz lui secoua les épaules, ni quand il se pencha au-dehors et lui annonça que la femme avait disparu. Elle resta paralysée et lentement, très lentement, elle reprit conscience du monde qui l'entourait : le Kurkz qui s'éloignait, les gens sortant de leurs appartements, leurs robes de chambre et leurs chaussettes, leurs cheveux ébouriffés, leurs paroles.

Elle était toujours au même endroit, dos au mur, les poings serrés, lorsqu'elle sentit sa poitrine vibrer. Un de ses fils palpitait ; la vieille l'avait-elle abîmé ? Tout son corps se tendit, pris de panique – elle n'avait plus d'énergie pour un nouveau combat.

Le fil en question était tendu le long du couloir jusqu'à la poitrine d'un jeune homme qui venait de grimper les escaliers. Ce dernier était large d'épaules ; il avait la peau brune et un poing américain en cuivre à la main droite. Il regarda à gauche et à droite avant de voir Io. Il plissa ses yeux sombres et elle eut l'impression qu'il la reconnaissait.

— Par où est-elle partie ? demanda-t-il.

Io fit un mouvement du menton en direction de la fenêtre. Il pivota sur ses talons et s'éloigna, emportant son fil avec lui. Io ne l'avait jamais vu, mais elle savait qui il était.

Ce fil était son fil du destin.

Le garçon était son promis, l'homme qu'elle était destinée à aimer.

# Chapitre 2

# UNE DAMNÉE

**DE FAIBLES RENIFLEMENTS** provenaient de la salle de bains. Io posa son front contre la porte, essayant de chasser toute pensée concernant son fil du destin et le garçon qui se trouvait au bout – ce n'était pas le moment. Elle frappa doucement.

— Vous pouvez sortir, maintenant. Elle est partie.

Le loquet grinça et la porte s'ouvrit lentement. Les yeux de l'assistante étaient comme deux soucoupes pleines de terreur encadrées de fins sourcils et de cheveux si blonds qu'ils étaient presque blancs. *Nina Panagou*, se souvint Io qui avait fait des recherches ; elle avait trente-trois ans et travaillait comme assistante de M. Magnussen depuis huit ans. Elle était désormais affalée contre le mur carrelé ; son maquillage avait coulé sur ses joues et elle serrait dans son poing un long éclat de verre. C'était futé de sa part ; elle avait brisé le miroir du lavabo pour en faire une arme de fortune.

Io s'accroupit et s'appuya au montant de la porte pour se mettre au niveau de la jeune femme.

— Ça va ?

— Est-ce que Jarl…

Io jeta un coup d'œil vers la gauche, en direction du salon.

Elle serra la mâchoire. Une livreuse de mauvaises nouvelles, une briseuse de cœurs professionnelle, voilà ce qu'elle était.

— Je suis désolée.

Les yeux de la secrétaire s'emplirent de larmes ; sa voix devint nasillarde.

— Elle est apparue brusquement, sortie de nulle part. Jarl m'a dit de me cacher, et je…

Sa voix s'éteignit.

— L'avez-vous reconnue ? lui demanda doucement Io.

Nina secoua la tête.

— Pas moi, mais elle parlait comme si elle connaissait Jarl. Elle répétait qu'il avait commis des crimes. Et que ses crimes méritaient une punition. Qu'est-ce que ça signifie ?

— Je n'en sais rien, murmura Io. Vous a-t-elle dit la même chose ?

— Non. Elle m'a vue derrière le fauteuil, mais elle m'a seulement dit : *Je ne peux pas te punir, jeune fille. Tes crimes ne sont pas vraiment les tiens.* Ensuite, son attention s'est reportée sur lui. Par les dieux, Jarl…

Secouée de sanglots, elle se prit la tête entre les mains.

— Elle se tenait à l'autre bout de la pièce, mais elle l'étranglait. Je ne sais pas comment elle faisait…

Io sentit la culpabilité l'envahir. Elle avait peu d'explications à lui fournir. Une chose était sûre : Nina n'était pas sa cible. Elle se trouvait juste au mauvais endroit au mauvais moment. Io était secouée, horrifiée ; elle ne pouvait même pas imaginer ce que cette femme ressentait.

— Les flics seront bientôt là, lui annonça-t-elle. Vous allez pouvoir leur répondre ? Je peux vous faire sortir avant qu'ils n'arrivent.

Aux yeux de la police, peu de gens étaient innocents, dans le Marais. Tous avaient un jour travaillé pour les gangs d'une façon ou d'une autre, même si c'était juste pour nettoyer les tables de leurs clubs ou passer la serpillière dans leurs salles de jeu. Aux yeux d'individus comme Io ou Nina, il s'agissait d'activités honnêtes qui ne nuisaient à personne et permettaient de remplir son assiette. Pour les autorités, pourtant, ça équivalait à une condamnation. Ils ne vous considéreraient jamais avec respect, et assister au meurtre de votre amant et survivre à une tueuse déchaînée n'y changerait rien.

— Non, je vous remercie.

La jeune femme tendit la main et serra le poignet d'Io. Son bras était couvert de chair de poule ; elle était sûrement glacée. Io devait lui rapporter ses vêtements du salon, peut-être aussi trouver un drap pour couvrir le corps de Jarl Magnussen.

Elle prit la main de Nina dans les siennes.

— Ne vous inquiétez pas, je reviens tout de suite.

Les policiers dépêchés sur la scène de crime prirent toutes les dépositions, firent reconduire Nina chez elle, demandèrent aux patrouilles flottantes de fouiller le quartier afin de retrouver la vieille, puis insistèrent pour raccompagner Io.

L'immeuble où celle-ci vivait avec Ava était une ancienne fabrique de cigarettes ; les policiers, un homme et une femme, firent la grimace en découvrant l'odeur piquante qui en émanait. Io essaya d'entrer, mais la chaîne de l'entrebâilleur se tendit et la porte lui revint à la figure. Elle dut frapper jusqu'à ce que sa sœur vienne ouvrir, les cheveux en pagaille et les yeux gonflés de sommeil. Le bon mot qu'Ava s'apprêtait à lancer avec un petit sourire se transforma en un bafouillement lorsqu'elle aperçut les uniformes.

Les flics prétendaient vouloir consulter le dossier d'Io sur l'affaire Magnussen, mais cette dernière n'était pas dupe. Ils désiraient surtout se renseigner sur elle. Elle était une trancheuse – ce seul fait faisait d'elle une potentielle menace. Elle aurait pu filer avant leur arrivée, mais à quoi bon ? Des témoins avaient vu son visage et les flics n'auraient eu qu'à passer le fichier des nés-moire de la ville au peigne fin pour trouver son adresse. À cause du Traité de parenté, les nés-autrement n'avaient droit à aucune vie privée. De plus, Io voulait être certaine que Nina serait bien prise en charge.

Elle contourna sa sœur et commença à farfouiller sur le bureau situé sous son lit en mezzanine. Au bout de deux longues minutes, durant lesquelles elle sentit avec amertume les deux policiers scruter leur appartement, elle finit par trouver le fichu dossier et le leur remit.

— Vous êtes née-moire, vous aussi ? demanda l'homme à sa sœur tout en continuant à fouiller la pièce du regard.

— Mmh-Mmh.

Ava était appuyée sur l'îlot de la cuisine, sa robe de chambre de satin vert révélant ses longues jambes sinueuses. Elle provoqua le policier en haussant les sourcils.

— Vous voulez voir mes papiers ?

Les papiers des nés-autrement leur servaient de certificat de naissance, de dossier médical et de bilan d'expertise mentale délivré par la justice ; mais en faisant état de leurs pouvoirs et de ceux des membres de leur famille, ils étaient surtout un gage de honte. Les nés-autrement arrivaient toujours en groupes : deux, trois ou plus, descendant d'une fratrie de dieux. La mythologie évoquait l'existence d'autres dieux, mais seules les divinités jumelles, frères ou sœurs, transmettaient leur pouvoir à leur descendance. Certains pensaient que ce pouvoir était trop lourd à assumer pour une personne seule, mais Thais n'était pas d'accord. *Le pouvoir, c'est le nombre*, disait-elle. *Plus nous sommes nombreux, plus nous sommes puissants.*

Ignorant Ava, l'officier interpella sa collègue :

— Quelque chose d'intéressant, capitaine ?

Celle-ci était en train de feuilleter les notes d'Io sur le cas Magnussen, les yeux mi-clos, le front plissé, comme si elle doutait de chaque mot. Io, immobile, s'efforçait de garder son calme. Elle ne pouvait qu'attendre que l'humiliation cesse. Ça pourrait prendre du temps, en fonction du degré de cruauté des deux flics, mais ça finirait par passer. Ses dossiers étaient rigoureusement à jour et ses papiers de née-autrement étaient en règle. Ils avaient été établis avant même sa naissance ; ses parents avaient déjà deux filles capables de voir la Toile, ce qui signifiait que leur troisième enfant le serait aussi. Les nés-moire venaient toujours par trois, comme les Moires, les déesses du Destin elles-mêmes.

L'aînée, la fileuse, était capable de créer de nouveaux fils. La cadette, la raccommodeuse, pouvait allonger ou raccourcir n'importe quel fil, intensifiant ou affaiblissant le sentiment correspondant. Quant à la troisième, la trancheuse, elle avait le pouvoir de couper tous les fils, y compris les fils de vie.

Les trancheurs, femmes ou hommes, étaient les plus dangereux. C'étaient toujours eux qui jouaient les méchants dans les séries radiophoniques, et ils étaient systématiquement suspects lors des enquêtes de police. On les escortait chez eux pour vérifier leurs dossiers même quand ils avaient leur carte de détective privé sur eux et qu'une douzaine de témoins confirmait leur innocence.

Mais Io savait utiliser sa patience comme une arme. Dans son métier, les journées de surveillance et les heures passées à parcourir les archives publiques étaient ses moments préférés. Elle se débarrassa de sa veste en cuir et attrapa un morceau de tarte au fromage et aux épinards sur le comptoir de la cuisine. La pâte divinement fraîche craqua sous ses dents et l'officier quitta Ava des yeux pour la regarder.

— Ma chère sœur, que te reproche-t-on exactement ? demanda Ava.

Io haussa les épaules et répondit de sa voix la plus calme :

— Moi ? Rien du tout. J'enquêtais sur un homme. Il a été assassiné cette nuit par une vieille femme qui m'a agressée avant de s'enfuir. La police veut juste consulter mon dossier.

— Ils ne laissent rien au hasard, pas vrai, nos héros locaux ? dit doucement Ava avant de prendre une voix inquiète : La vieille a essayé de te tuer ?

— Ce n'est pas le pire. Son fil de vie était rompu. Il pendait entre ses doigts, tout flasque.

— C'est impossible. Elle aurait dû être morte.

Io frémit.

— Mais elle ne l'était pas.

— Une *damnée*, fit la femme flic dont la musculature aurait pu faire craquer son uniforme. C'est comme ça que vous l'avez décrite dans votre déposition, mademoiselle Ora. *La damnée aux cheveux argentés.*

Io ne s'en souvenait pas. À vrai dire, elle ne se rappelait pas grand-chose après que la vieille était tombée par la fenêtre : seulement des battements de son cœur, de la piqûre de ses griffures, des joues pleines de larmes de l'assistante et du choc qu'elle avait ressenti en découvrant le garçon à l'autre bout de son fil du destin.

— Le choix d'un mot n'est jamais anodin, fit remarquer l'homme depuis la porte. Pourquoi *damnée*, trancheuse ?

— Ça semble plus approprié que *fantôme*, répondit Ava en ramenant ses boucles brunes sur son épaule pour révéler le côté de son crâne rasé.

C'était un geste intentionnel, Io le savait – une manchette en cuivre recouvrait le haut de son oreille et sa couleur jaune attestait de son appartenance au gang des Fortuna.

Le flic écarquilla les yeux et chuchota quelques mots à sa collègue. Celle-ci râla et glissa le dossier Magnussen sous son aisselle.

— Je le prends avec moi. Je vous suggère de ne pas quitter la ville, mademoiselle Ora. On pourrait avoir besoin de vous contacter au cours des prochains jours.

Ils sortirent sans un mot de plus. Même les flics réfléchissaient à deux fois lorsqu'il s'agissait de Bianca Rossi, cheffe du gang des Fortuna et reine incontestée de la pègre du Marais.

Ava referma la porte derrière eux et dévisagea sa sœur.

— Ça va ?

Io hocha la tête. Ses griffures la lançaient, elle avait mal derrière la tête et *elle avait vu son promis pour la première fois* – mais elle s'en remettrait. Quand elle aurait verrouillé la porte et fermé les fenêtres, la pression suffocante qui s'exerçait sur sa poitrine disparaîtrait. Comme toujours. Elle n'était pas prête à se reposer, cependant ; elle se dirigea vers la sortie.

— Où vas-tu ?

Io s'enveloppa dans la chaleur familière de sa veste usée. C'était celle de sa mère. Comme elle était trop petite pour Ava et pas du style de Thais, elle en avait hérité. Ce vestige lui avait été présenté comme un cadeau et elle ne s'en plaignait pas ; l'odeur du vieux cuir était l'une de ses préférées.

— Je dois informer Mme Magnussen avant qu'on me décrive comme la vilaine de l'histoire.

Ava fit une grimace préoccupée.

— Je t'accompagne.

Quelqu'un frappa à la porte.

— Quoi, encore ? marmonna Io en entrouvrant sans enlever la chaîne.

Elle l'entrevit aussitôt. *Lui.*

Le garçon qu'elle avait aperçu plus tôt dans la soirée, celui qui partageait son *fil du destin.*

Comme si elle n'avait pas eu suffisamment de problèmes aujourd'hui !

Il se tenait loin de la porte, atténuant l'aspect menaçant de sa silhouette massive. Il avait des yeux marron intenses et des cheveux bouclés très courts. Son poing américain cuivré pendait à une boucle de sa ceinture. Io s'attarda un instant sur l'arme – la préférée des Fortuna – et son souffle se coinça dans sa gorge.

— Edei ? intervint Ava derrière elle. Edei Rhuna, qu'est-ce que tu fiches ici ?

Dissimulée derrière la porte, Io articula silencieusement : *C'est quoi ce bordel ?* Elle avait réussi, sans trop de problèmes, à éviter le garçon auquel elle était destinée pendant trois ans et Ava le *connaissait* ? Elle l'appelait par son *prénom* ? Une pure trahison, voilà ce que c'était.

Edei Rhuna salua d'un signe de tête, jeta à Io un bref regard et lui annonça d'une voix grave :

— La patronne veut te voir.

# Chapitre 3

## LA BONNE CHOSE À FAIRE

**IO MENTAIT RAREMENT**, mais lorsque ça lui arrivait, elle y allait à fond. Voici le mensonge qu'elle se répétait presque quotidiennement depuis des années : elle se fichait de son fil du destin.

Thais avait été la première à remarquer son existence ; elle avait dix-huit ans et Io dix, un an à peine après le décès de leurs parents. C'était le premier jour de chaleur après deux semaines d'une incessante néo-mousson et elles se prélassaient sur la terrasse de leur ancien appartement. C'était le début du printemps et Io reniflait sans arrêt à cause du pollen apporté par le vent depuis les jardins du quartier de la Colline.

— Étrange…, avait dit Thais en étirant l'un des fils de sa sœur entre ses doigts. On dirait que ce fil conduit à un endroit inconnu.

Elle tira dessus pour le montrer à Io : tel un rayon de lumière argentée, celui-ci décrivait un arc de cercle au-dessus de la ville pour disparaître à l'horizon.

— C'est sûrement un fil du destin. C'est génial, Io ! Ma tutrice née-moire a toujours prétendu que ce fil-là était plus rare qu'un triple coucher de lunes.

Io bondit sur ses pieds, gagnée par l'excitation de sa sœur. Ces moments-là étaient ses préférés. Elle adorait quand Thais la guidait dans la Toile pour lui montrer ce dont les nés-moire étaient capables. Quand Thais s'enthousiasmait et souriait.

— C'est quoi un fil du destin ? demanda-t-elle.

Thais se pencha en arrière sur les tuiles inclinées.

— Les fils connectent les gens avec les choses qui sont importantes à leurs yeux. Une personne que tu as rencontrée, un objet que tu as utilisé, un endroit que tu as fréquenté. Tu l'aimes profondément et un fil se forme. Mais certains fils existent avant que le lien ait été formé. Ils te relient aux choses ou aux gens que tu es destinée à aimer un jour.

— Comme ton fil de foyer ?

Thais possédait elle aussi un fil rare dont leur mère ne cessait de s'extasier : *Vous avez entendu parler du fil de foyer de ma Thais ? C'est un vrai lien d'amour, n'est-ce pas ? Le signe de son dévouement à tous les habitants d'Alante. Un jour, vous verrez, ma fille fera de grandes choses pour cette ville.* La cité faisait partie de Thais ; c'était le cœur de son âme.

— Ça n'a rien à voir, répondit celle-ci en lâchant celui d'Io. J'ai *gagné* le mien en prouvant chaque jour mon attachement à cette ville. Qu'as-tu fait pour mériter le tien ?

Puis elle s'était éloignée, abandonnant Io avec un vague sentiment de honte.

Mais cette euphorie initiale avait été difficile à oublier. Une passion à laquelle elle était destinée ? Un amour qui allait se révéler à elle ? Cette idée apaisait Io, comme quand elle se réveillait après un rêve particulièrement réaliste. Tandis qu'elle grandissait, son fil du destin avait donné naissance à une myriade de possibilités : elle se découvrirait un nouveau talent, connaîtrait un ami fervent, un parent perdu de vue depuis longtemps qui viendrait les sortir des sables mouvants de la pauvreté. Ou bien – le seul fait d'y penser la faisait rougir – quelqu'un la serrerait dans ses bras et l'embrasserait comme dans les séries radiophoniques.

Et un jour, quand elle eut quinze ans, sa poitrine s'était mise à la… picoter. Son fil du destin s'agitait. Chaque jour, après les cours, elle grimpait sur le toit pour essayer de voir qui se trouvait à l'autre bout, consciente que leur collision céleste était inévitable.

Celle-ci arriva la veille de la fête de l'Hiver.

Thais était vautrée dans le canapé, épuisée par un double service ; ses vêtements puaient la friture. Elle étendit une jambe sur les genoux d'Io, écrasant les devoirs qu'elle venait de terminer.

— C'est un garçon. Ton promis.

Io garda les yeux fixés sur son cahier, avalant le choc comme une bouchée de médicaments amers.

— Comment tu le sais ?

— Je ne pouvais pas te laisser scotchée sur le toit tous les soirs – tu allais finir par attraper la mort. Alors j'ai suivi ton fil, aujourd'hui, et il m'a conduit à un garçon.

Ava s'exclama au-dessus de la casserole de soupe aux haricots qu'elle était en train de préparer :

— Un garçon !?! Raconte.

Thais toisa ses sœurs avec un air dédaigneux.

— Il n'y a pas grand-chose à dire. Il est jeune, il a le même âge qu'Io, ou peut-être un an de plus. Il vient d'arriver en ville et il a passé la matinée dans les bureaux de l'immigration de la porte ouest.

Elle se tourna à nouveau vers Io et son regard s'adoucit.

— Je suis désolée, mais… il était avec quelqu'un.

Io serra les lèvres et s'efforça de demeurer impassible. Son esprit était un tourbillon qu'elle ne parvenait pas à comprendre. Elle ne connaissait même pas ce garçon – elle n'aurait pas dû se sentir trahie. Et pourtant…

— Et alors ? fit Ava.

— Quoi, *et alors*, espèce de brute épaisse ? la réprimanda Thais. Comment tu te sentirais si une fille se présentait à toi et t'expliquait que tu étais destinée à l'aimer ?

— Ça dépend si la fille est mignonne !

Thais leva les yeux au ciel.

— Et lui, alors ? Mignon ou très mignon ? demanda Ava en remuant les sourcils.

Io s'était sentie soudain toute petite, et très seule.

— Laisse tomber, Ava.

Celle-ci donna des petits coups de louche dans la direction de sa petite sœur.

— Oh, ressaisis-toi, Io ! S'il est avec quelqu'un, qu'est-ce que ça change ? Est-ce qu'il ne mérite pas de savoir que vous partagez ce fil du destin ? Si ça se trouve, ce n'est même pas un fil d'amour ; ce n'est pas systématique, tu sais. Ce type pourrait être ton meilleur ami, un allié précieux, un fidèle associé ou même une… égérie ! Tu ne peux pas te cacher derrière tes peurs éternellement ; tu dois aller le trouver et lui parler.

— Laisse-la tranquille, Ava, l'interrompit Thais. Tu ne trouverais pas cruel, toi, que quelqu'un contacte ta copine pour lui apprendre qu'elle est destinée à être son âme sœur ?

Ava fit une moue comique, faussement effarée.

Thais hocha la tête ; son instinct maternel était satisfait.

— Lui dire ne serait pas une bonne idée.

Io sentit sa poitrine se détendre ; elle était d'accord. Il y avait une solution à tout et, bien sûr, sa sœur aînée la connaissait.

— Que dois-je faire, alors ? demanda-t-elle, impatiente.

— Coupe le fil. Libère-le.

Son corps rejeta instantanément cette idée et sa poitrine se resserra, prête à imploser. Elle ne pouvait pas le *couper*. Pendant cinq ans, elle s'était rattachée à ce fil comme à une ancre ; il lui avait rappelé qu'aussi difficile sa vie soit devenue – le décès de ses parents, leurs difficultés financières, le chagrin qu'elle percevait dans les yeux de ses sœurs – quelque chose l'attendait, un lien argenté flamboyant à l'horizon. Un jour, cette chose apparaîtrait et elle serait heureuse. C'était son destin, absurde et mystique, mais c'était le *sien*. Non, elle ne le trancherait pas.

Thais, qui pouvait lire chaque pensée, chaque émotion sur son visage, prit un air renfrogné.

— Ça va être difficile, mais c'est nécessaire, sœurette. Tu ne voudrais pas le déposséder de son choix, n'est-ce pas ?

Io resta muette.

Au bout d'un moment, sa sœur se leva pour aller se laver les mains. Elles mangèrent leur soupe aux haricots et discutèrent de la dernière série policière radiophonique. Pendant les mois qui suivirent, Io fit semblant d'ignorer son fil. C'était d'autant plus difficile que le garçon était maintenant tout proche ; il avait trouvé un appartement dans le Marais, Io le savait, et Ava le croisait fréquemment dans le restaurant où elle travaillait. Le fil du destin d'Io exerçait une traction constante sur sa poitrine ; souvent, sans en être consciente, elle faisait un pas dans sa direction. Aussi brutale soit son honnêteté, pourtant, Thais avait raison. Ce garçon était libre, et, pour le moment, il avait choisi quelqu'un d'autre. Io devait respecter cela.

Elle aussi avait le choix, après tout. Couper son fil ou ne pas le couper. Les fils du destin étaient des manifestations de ce que vous aimiez, de ce que vous étiez, et Io désirait connaître celle qu'elle était censée devenir. Le sien brillait plus fort que tous ses autres fils réunis ; c'était une ancre, un guide et la promesse d'un avenir meilleur. Elle décida de le conserver.

Elle cessa d'en parler à ses sœurs, craignant que Thais n'essaie à nouveau de la convaincre de s'en débarrasser, ou qu'Ava ne la pousse à rencontrer le garçon. Un an après l'installation de ce dernier à Alante, Thais disparut, et les craintes d'Io avec elle.

Encore maintenant, presque trois ans plus tard, Ava pouvait lâcher :

— Tiens, je l'ai vu aujourd'hui.

Io restait toujours silencieuse.

— Tu ne veux toujours pas savoir qui c'est ? Ce qu'il fait ?

— Je m'en fiche, mentait-elle systématiquement en espérant qu'un jour, ce serait le cas.

# Chapitre 4

# UN TRÔNE DE DENTS BRISÉES

**PERSONNE NE S'OPPOSAIT À LA REINE DE LA PÈGRE** ni aux messagers qu'elle envoyait devant votre porte. Ceux qui avaient essayé n'avaient plus de langue pour s'en vanter. Io se contenta donc de refermer derrière elle, ignorant ce que sa sœur essayait de lui dire à mi-voix, et suivit Edei Rhuna hors de l'immeuble. Il était étonnamment poli pour un gros bras de Bianca Rossi. Il ajusta son pas sur le sien, stabilisa une passerelle pendant qu'elle traversait. Il ne la regardait que lorsque c'était nécessaire, pour vérifier qu'elle le suivait, ce qui lui convenait parfaitement : trop de contacts visuels aurait été suspect, tout comme aucun.

Cette pensée l'agaça. Elle n'avait aucune raison d'être suspicieuse. De quoi aurait-elle dû se méfier ? Elle réfléchit quelques secondes avant de comprendre : son fil du destin. Elle se demandait s'il était au courant de son existence, si sa présence dans l'immeuble en face du théâtre abandonné y était liée.

Elle l'observa discrètement, attentive à chaque détail : au décolleté de son pull en laine ; à l'hématome en train de s'estomper sur sa mâchoire ; à ses chaussures, des bottes de travailleur qui auraient pu réveiller tout le voisinage. À l'odeur d'une sorte d'huile qui brillait sur les boucles denses de ses cheveux. À son nez, long et droit, à ses lèvres pleines…

*Ne sois pas idiote, Io.*

Mais la situation était devenue tellement bizarre depuis qu'elle l'avait aperçu dans ce couloir, juste après avoir frôlé la mort. Tout à coup, elle marchait à côté de lui, connaissait son nom, son métier, son visage…

Et son monde avait vacillé.

Il ne pouvait pas être au courant, si ? Ava et Thais ne lui auraient jamais dit. D'autres nés-moire, en ville, auraient été capables de détecter leur fil du destin, mais Edei ne semblait pas être le genre de type à payer des fortunes pour se faire lire les lignes de la main.

Devait-elle lui parler, *elle* ? Le seul fait d'y penser la terrifiait. Elle verrait ce que signifiait cette convocation de la reine et se déciderait ensuite.

Ils grimpèrent jusqu'à la passerelle du Nord devant laquelle patientait une rangée de passants. Un gang parasite faisait payer le passage et ça pouvait devenir violent. Io recula pour trouver un autre passage, mais Edei frappa sur le lampadaire le plus proche avec son poing américain. Quatre coups, une pause, deux coups, une pause, puis trois coups plus rapides.

On lui répondit depuis le bloc voisin et, quelques minutes plus tard, une patrouille de Fortuna sortit d'une ruelle – cinq hommes armés de barres de fer. Les Fortuna se comportaient comme des gardiens de la loi dans le Marais ; les flics daignaient rarement mettre les pieds dans un quartier submergé par la marée et infesté de chimerini – ces petits animaux hybrides assoiffés de sang qui rôdaient dans les eaux épaisses –, à moins, bien sûr, qu'ils y prévoient une rafle. Bianca Rossi faisait régner l'ordre dans cette partie de la ville et elle s'en sortait plutôt bien : elle empêchait les gangs parasites de taxer le passage des passerelles, chassait les petits criminels, traquait les chimerini les plus dangereux avant qu'ils s'en prennent aux citoyens. Elle soutenait même les syndicats de travailleurs.

Les racketteurs aperçurent la patrouille et déguerpirent en emportant l'argent qu'ils avaient récolté. Edei guida Io vers la passerelle libérée alors que les hommes le saluaient en plaçant leur poing américain sur leur front.

Quel rang pouvait-il occuper dans la hiérarchie des Fortuna ? Les messages codés étaient connus de tous les membres du gang, même d'Ava qui n'était que chanteuse dans leur club et ne prenait part à aucune de leurs activités illicites. Edei, lui, était assez proche de la reine pour mériter un salut de la part des plus jeunes.

Le club des Fortuna apparut enfin ; deux videurs en surveillaient l'entrée principale depuis le toit, baignés par la lueur violette de l'enseigne aux néons située au-dessus de leur tête. L'endroit était l'un des plus branchés du Marais, quoique Io le trouve un peu kitsch. Ses murs de brique étaient peints en noir, les montants de ses fenêtres en doré et leurs vitres teintées de gris sombre. Des fils électriques couraient telles des veines sur ses cloisons pour alimenter les lustres, les micros et les douzaines de machines à sous qui se trouvaient à l'intérieur. Les deux ponts qui le reliaient aux toits de l'autre côté de la rue étaient escamotables, un luxe habituel dans les quartiers plus riches qui devait avoir coûté une fortune à Bianca Rossi. La rumeur voulait qu'après avoir conquis le pouvoir pendant les Émeutes de la nuit sans lunes, une violente guerre des gangs qui avait duré dix-huit jours, douze ans plus tôt, et quasiment anéanti le Marais, elle vivait dans la crainte d'être attaquée à nouveau.

Les videurs s'apprêtèrent à fouiller Io – les armes étaient strictement interdites chez les Fortuna – mais Edei leur fit un signe et les deux hommes reculèrent pour leur céder le passage. Puis il conduisit Io à travers des couloirs couverts de tapis, au son du piano qui montait de la salle de jeu située au rez-de-chaussée. Il frappa à une porte sur laquelle ne figurait aucune indication et entra sans attendre la réponse.

Le bureau de Bianca Rossi était aussi flamboyant que le reste du club. Les murs et le plafond étaient recouverts de bois sombre sculpté, extravagance déplacée vu la vitesse à laquelle l'humidité allait les détruire. Un tapis blanc à longs poils au centre de la pièce était entouré de meubles imposants : un canapé et deux fauteuils, un bar avec ses rangées de bouteilles, une table de bureau incrustée d'écailles de léviathan placée devant une longue fenêtre.

Le soleil avait commencé son ascension, inondant la pièce d'une lumière rougeoyante qui enflammait la chevelure blonde de Bianca. La reine de la mafia du Marais avait une petite trentaine d'années ; elle était svelte comme une chatte et la peau de son cou et de ses bras présentait des traces de dépigmentation. Les gens appelaient ça « des baisers de Pandia » en référence à la plus grosse des lunes d'Alante. La légende voulait que ces taches claires soient des débris tombés du ciel lorsque la lune unique s'était scindée en trois.

Bianca avait toujours porté des costumes taillés pour épouser sa poitrine et mettre en valeur ses longues jambes. Celui du jour était en velours vert sombre complété par une cravate en soie jaune citron. Ava avait beau avoir commencé à chanter dans son club depuis un an déjà, elle rentrait chaque soir avec une nouvelle anecdote vantant les qualités de sa patronne ; cependant Io n'était pas dupe : Bianca était assise sur un trône fait de dents brisées.

La reine de la pègre repoussa ses papiers et prit la parole avec un fort accent du Marais, faisant traîner chaque voyelle.

— Io Ora.

Cette dernière s'installa sur le siège qu'elle lui indiquait alors qu'Edei restait debout près de la porte.

— Que me voulez-vous ? demanda-t-elle, plus agressive qu'elle ne l'aurait souhaité.

Le visage de Bianca scintilla d'hilarité.

— J'adore les sœurs Ora. Directes, limite vulgaires sans l'être vraiment. Un jour, un client a eu les mains baladeuses avec ta sœur – elle ne t'a pas raconté cette histoire ? J'ai envoyé Edei pour l'aider, mais avant qu'il ait pu intervenir, Ava avait fracassé le nez du type contre une table. Et quand je lui ai demandé pourquoi elle n'avait pas attendu qu'on intervienne, tu sais ce qu'elle m'a répondu ? *Ma mère m'a appris à ne jamais faire de prisonniers*. Est-ce un principe qui te tient à cœur, à toi aussi ?

Ça ressemblait à un passage de pommade, et c'en était probablement un.

— Pourquoi m'avez-vous fait venir ici, madame Rossi ?

Bianca inclina la tête théâtralement et Io se demanda dans quel but. Pour l'intimider ? Elle n'osa pas consulter la Toile pour observer les fils de la reine. Celle-ci remarquerait à coup sûr le reflet argenté dans ses yeux. Et elle saurait qu'Io était une trancheuse, forcément malveillante et peu fiable. *La patience est une arme*, se répéta la jeune fille. La patience payait toujours.

— On m'a dit que tu étais détective…

Io hocha la tête et attendit. Ce n'était pas la raison pour laquelle on l'avait conduite ici au petit matin.

— … et que la nuit dernière, tu avais été attaquée par un assaillant peu commun.

Ce n'était pas non plus pour ça qu'elle était là.

— Heureusement, nous ne sommes pas aussi incompétents que la police de cette ville.

D'un signe de tête, Bianca Rossi fit ouvrir une porte derrière elles.

— Regarde donc qui Edei a attrapé pour toi.

C'était elle. La damnée.

Deux Fortuna, un garçon aux cheveux roux et une fille noire en tenue de sport moulante, la poussèrent en avant à l'aide de longues barres de cuivre. Le bureau fut aussitôt envahi par une odeur de pourriture écœurante. La femme empestait et semblait en piteux état ; ses vêtements déchirés pendaient sur ses épaules, ses chaussures étaient couvertes de boue et ses cheveux mouillés collaient à son visage blême.

Io observa Edei de la tête aux pieds. Ses bottes laissaient sur le bois sombre de petites traces humides. Était-ce la raison pour laquelle il avait disparu aussitôt après l'attaque ? S'était-il précipité à la poursuite de la damnée ? Leurs regards se croisèrent – Io rougit et reporta le sien sur la femme.

— Que vois-tu, Io Ora ? demanda Bianca.

D'aussi près, dans la lumière éblouissante de l'aube, les lèvres de la vieille étaient d'un violet profond et des poches s'affaissaient sous ses yeux jaunissants ; ses bras étaient striés de veines bleutées et des lambeaux de peau recouvraient ses vêtements. On aurait dit qu'elle se décomposait, qu'il n'y avait plus de vie en elle ; elle ressemblait à une morte-vivante.

Io consulta la Toile, espérant s'être trompée. Avoir été victime d'un effet d'optique. Mais là, dans la main de la vieille, se trouvait bien le fil de vie sectionné. Sans trop approcher, Io tourna autour d'elle pour avoir un meilleur point de vue. Le fil non relié pendait sur le tapis blanc, formant une masse grotesque. Elle le compara à son propre faisceau, puis à ceux de Bianca et d'Edei. Il s'agissait bien d'un fil de vie dont l'argent chatoyant éclipsait tous les autres fils.

— Alors ? insista Bianca.

— Son fil de vie est rompu, répondit Io. Pourtant, elle est vivante. Je n'ai jamais vu ça.

À sa grande surprise, Bianca ne douta pas d'elle.

— Penses-tu que c'est pour ça qu'elle a tué cet homme ? La perte de son fil de vie l'aurait rendue folle ?

*Je n'en sais rien*. Mais ce n'était pas la réponse que Bianca attendait et Io elle-même ne pouvait s'en contenter. Trouver des explications, des motivations et des solutions était sa spécialité. Ses clients payaient cher son esprit rationnel, sa capacité à voir ce qui reliait les gens – leurs fils dans la Toile, bien sûr, mais aussi les sentiments auxquels ceux-ci étaient liés. Les faits étaient les suivants : un homme mort, un fil de vie coupé, une meurtrière immortelle. La folie n'était qu'une explication possible.

La femme avait dit : *Certains crimes ne peuvent rester impunis*.

C'était un mobile, quoique celui-ci fût déconcertant.

Io interrogea la vieille :

— Pour quel crime l'avez-vous puni ?

La damnée ne répondit pas. Depuis qu'elle était entrée dans le bureau, elle n'avait cessé de fixer Bianca avec colère.

Io se dressa devant la reine, bloquant la vue de la damnée.

— Il vous a blessée ? suggéra-t-elle. Vous vouliez vous venger ?

L'art du détective reposait en grande partie sur sa capacité à faire éclater la vérité.

La damnée se tourna vers Io avec une attention redoublée.

— La vengeance est pour les esprits malins, répondit-elle. Mon objectif est la justice. Je suis à son service et elle est au mien.

Io sentit son cœur accélérer. Elle s'efforça de garder son calme et de rassembler ses pensées, puis elle s'adressa aux autres.

— Y a-t-il eu d'autres victimes ?

— Oh, tu es futée, petite détective, fit Bianca en glissant nonchalamment ses mains dans ses poches. Elle a tué un de mes hommes il y a quelques jours. Elle a réussi à s'enfuir, mais Edei a pu recueillir la même information que toi : elle voulait que sa victime se repente. Et ce n'est pas la première fois qu'on arrête une de ses semblables rôdant dans le Marais en vomissant des insanités. On a trouvé la première il y a deux semaines. Une autre femme, aussi enragée que celle-là, a étranglé un douanier sous les yeux de sa famille.

— Nos gars m'ont rapporté qu'elle ne cessait de répéter : *Vos crimes méritent une punition*, précisa Edei.

Io frissonna.

— Ses doigts, étaient-ils repliés comme les siens ?

D'un mouvement du menton, elle désigna la vieille dont les doigts pâles étaient serrés autour du fil qu'elle seule pouvait voir.

— Est-ce que son apparence était similaire ? Sa… peau ?

Edei hocha la tête.

— On a retrouvé la première femme morte cinq jours plus tard et…

— Imbéciles ! s'exclama la damnée.

Elle fit un pas en avant avec un sourire affreux. Edei et la fille l'encerclèrent immédiatement et plaquèrent leurs barres de cuivre sur sa poitrine. Le type aux cheveux roux fouilla l'arrière de son pantalon et en sortit un revolver. Io n'en avait jamais vu d'aussi près ; il était énorme, avec une crosse en bois et un long canon. L'arme accrocha la lumière du soleil et le métal se mit à briller d'un éclat orangé.

— *Montre-leur ton arme*, ils m'ont dit, siffla la vieille. *Montre-leur ce qui les attend*. Je ne suis ni folle ni mourante. Je suis en train de m'élever.

Rapide comme l'éclair, elle lança son fil tel un fouet à travers la pièce. Io s'écarta avec un cri de surprise mais elle n'était pas la cible.

Tout se passa très vite : le fil s'enroula autour la gorge de Bianca Rossi ; le roux tira et toucha la damnée en plein torse ; la reine tomba à genoux, les mains autour du cou, cherchant de l'air. Edei se jeta sur la vieille, quelqu'un hurla, des meubles furent renversés.

D'un geste expert, Io saisit un fil sur sa poitrine, dérapa sur le plancher, et l'approcha à quelques centimètres de celui de la damnée.

— Arrêtez ! lui ordonna-t-elle.

Bianca se cramponnait à son propre cou ; son visage était violet.

— *Arrêtez !* hurla de nouveau Io.

La damnée n'en fit rien – au contraire, elle repoussa Edei avec une force surhumaine et tendit son fil sectionné. Bianca se retrouva aussitôt à quatre pattes.

Io ne savait pas si ça allait marcher, si le fil tranché reliait encore la vieille à la vie, ou à une quelconque forme d'existence, mais ce n'était pas le moment de tergiverser – elle abattit le sien comme une lame.

Les deux fils se brisèrent avec un bruit sec et Io se retrouva les mains vides. Bianca, les yeux exorbités, se traîna jusqu'à son bureau en râlant. La damnée, qui manifestement n'était plus reliée à rien, s'écroula sans vie sur le tapis blanc.

Bianca prit la parole d'une voix rauque.

— Nico…

Le type aux cheveux roux, son arme toujours pointée sur la vieille, sembla redescendre sur terre.

— Oui, patronne ?

— Rappelle-moi les règles des Fortuna ?

Elle était assise par terre, les coudes sur les genoux, et respirait par à-coups. Son cou bleuissait rapidement, ses yeux étaient injectés de sang, mais elle réagissait étonnamment bien.

Io, elle, avait les mains tremblantes. Elle peinait à reprendre son souffle et ne pouvait détourner les yeux de la tache de sang qui se répandait sur le tapis blanc. *Ferme-les*, lui conseilla Thais dans sa tête. *Si tu ne supportes pas de regarder, ferme les yeux*. C'est donc ce qu'elle fit.

— Ni amants, ni sangsues, ni flingues, répondit Nico.

*Sangsues* – le terme désignant les flics dans le Marais.

— Et pourquoi ça ?

— Parce qu'on ne peut pas leur faire confiance.

— Que visais-tu, Nico ?

— Sa tête.

— Et qu'as-tu atteint ?

— Sa poitrine, répondit-il après une pause.

— Chimdi se trouvait à quelques centimètres sur la gauche, lui rappela froidement Bianca. Corvée de patrouille dans les Docks, pendant deux semaines.

Les classes privilégiées pensaient que le Marais était le pire quartier de la ville mais c'était parce qu'ils n'avaient jamais mis les pieds dans les Docks. Les hautes marées les submergeaient complètement, ne laissant que les bateaux à l'ancre flotter à la surface de l'eau. Toutes sortes de créatures fantomatiques y échouaient le matin. Et l'odeur y était *inconcevable*.

— Qu'est-ce qui ne va pas, gamine ? demanda Bianca.

Un silence suivit.

Oh… C'était à elle qu'on s'adressait. Io s'efforça d'ouvrir les yeux pour découvrir que la mafieuse la dévisageait. Chimdi, Nico et le corps de la vieille avaient déjà disparu ;

la porte était restée ouverte. Edei était en train de rouler le tapis souillé par le sang et la crasse de la vieille.

Io replia ses doigts tremblants et répondit :

— Je… Je l'ai tuée.

N'est-ce pas ce que font les trancheuses ?

Bianca et ses préjugés pouvaient aller au diable. La colère chassa un peu les tremblements d'Io. Elle ouvrit la bouche pour se défendre, mais Edei la devança avec calme et nonchalance :

— Seulement par nécessité, jamais par choix.

C'était plus ou moins ce qu'Io avait prévu de répondre, agrémenté d'un joli *Allez vous faire foutre.*

Edei sortit le tapis roulé dans le couloir et referma la porte.

— Elle serait morte, de toute façon, lâcha-t-il sans un regard pour Io. Nico lui a tiré dessus. Tu as sauvé la vie de Bianca. Et probablement les nôtres avec.

Qui était donc ce garçon ? Il avait un poing américain, donnait des ordres aux membres du gang, roulait un tapis plein de sang comme s'il débarrassait une table après le dîner. Ce qu'il avait dit à propos des trancheuses, cependant, ne correspondait pas à l'opinion que les gens se faisaient habituellement des nés-autrement.

Bianca, toujours assise par terre, reprit la parole :

— Bon, c'est décidé. Oublie tes autres clients, gamine. Je loue tes services jusqu'à nouvel ordre. Tu travailleras avec Edei et vous m'apporterez des réponses concernant ces fichus meurtres.

— Je ne peux pas.

— Bien sûr que si. Je te paierai le double de ton tarif habituel.

— Ce n'est pas une question d'argent.

Io s'éloigna de la tache sombre sur le sol et repoussa ses pensées chaotiques.

— Je travaille pour des couples qui battent de l'aile et des parents inquiets. Pas sur des affaires de meurtres.

Bianca écarta ses cheveux de ses joues, marquées elles aussi par des « baisers de Pandia ».

— Ces femmes utilisent leurs fils pour tuer, et tu es la seule détective d'Alante qui soit capable de voir la Toile. Tu es la personne idéale pour ce job. Je peux en tuer une, en tuer deux, mais quelque chose me dit que d'autres viendront.

Io jeta un œil à la porte. Elle devait prendre une décision : refuser et affronter la colère de la reine du Marais, ou accepter et risquer sa foutue vie en chassant des abominations.

— Je travaille toujours seule, précisa-t-elle.

Elle avait probablement l'air pathétique, mais elle s'en fichait. Elle était paniquée et son corps frémissait sous l'effet de l'adrénaline. Edei la distrairait et l'embrouillerait quand elle traquerait les damnées tueuses. Elle s'était tenue à distance de lui pendant trois ans et elle comptait bien continuer. Si elle devait enquêter, ce serait seule.

— Plus maintenant, rétorqua Bianca d'une voix tranchante. Tu collabores avec Edei, ou tu pars exercer dans une autre ville.

Par une menace : c'est ainsi que tous les partenariats commençaient, dans le Marais. Io eut envie d'attraper un fil et de faire ravaler son assurance à Bianca. Si elle la laissait lui marcher sur les pieds aujourd'hui, cela risquait de se reproduire. Et elle savait pour quels desseins les rois et les reines de la pègre utilisaient les trancheurs.

— Je ferai ça pour vous, concéda-t-elle, mais rien d'autre. Et aucun de vos sbires ne viendra jamais plus frapper à ma porte au petit matin.

Sur sa gauche, elle crut apercevoir les épaules d'Edei se crisper. *Ce n'est qu'un job comme un autre*, songea-t-elle.

Elle s'en acquitterait, resterait dans les bonnes grâces de Bianca, puis elle s'en retournerait à ses adultères et à ses joueurs compulsifs.

La reine de la pègre du Marais eut un petit sourire, comme si la discussion l'avait satisfaite.

— Deal. Pas vrai, Edei ?

Il hocha la tête.

— Elle n'arrêtait pas de dire *ils*. *Ils* m'ont dit, *ils* disaient, rappela Bianca. De qui s'agit-il, bons dieux ?

# Chapitre 5

## UN DEMI-MENSONGE

**TANDIS QU'AVA COIFFAIT IO**, une voix mélancolique fredonnait des histoires de rêves d'avenir et d'amours brisés. Jetta Jamil, la chanteuse favorite d'Ava, était sur le point de sortir un nouvel album, et cette dernière s'était arrangée pour en dénicher un des premiers vinyles avant même la sortie. Io ne voulait pas savoir comment elle s'était débrouillée – sa sœur possédait une face cachée qu'elle préférait ignorer.

Ava attendait près de la porte lorsqu'elle était rentrée, ce midi, de sa visite à Isidora Magnussen. Elle avait ouvert la bouche pour la questionner mais Io l'avait fait taire d'un geste de la main.

— Laisse-moi d'abord faire ma toilette.

Ses boucles brunes étaient une torture à dompter. Lorsqu'elle était sortie de la douche, Ava s'était aussitôt emparée d'un peigne. Maintenant, la tête posée sur les genoux de sa sœur, Io frissonnait en sentant ses cheveux se démêler de la racine à l'extrémité. Jetta Jamil chantait le goût qu'aurait eu le soleil si elle n'avait pas craint de se brûler la langue. La chanson était lente et Io sentait ses paupières s'alourdir.

— Tu ne m'interroges pas ? fit soudain Ava.

Io ouvrit les yeux. Il ne s'agissait ni de la damnée ni de sa visite à la reine – il s'agissait de lui.

— Dis-moi.

— J'ai essayé de t'en parler des centaines de fois, mais ce n'était jamais le bon moment.

Io était offusquée ; c'était une fausse excuse et elles le savaient toutes les deux.

— Thais m'a parlé de lui dès qu'il est arrivé à Alante, mais je ne l'ai vraiment rencontré qu'en entrant au service de Bianca, il y a un an. Il est sumazi, il a bossé sur des chantiers quelque temps et puis la reine l'a débauché. Il n'est pas en première ligne et je le vois rarement au club. Elle lui confie plutôt des boulots discrets : espionner, garder un œil sur ses rivaux, éviter les bagarres sur leur territoire. C'est une sorte de lieutenant, j'imagine. Pour être honnête, au cours des deux dernières années, tu as si peu parlé de ton fil du destin que j'ai cru que tu avais décidé de le couper.

Le peigne s'immobilisa.

— Tu m'en veux, Io ? Tu disais que tu ne voulais pas savoir, mais j'aurais peut-être dû t'en parler quand même. Tu es en colère ?

Non, bien sûr. Quel genre de monstre irrationnel aurait reproché à sa sœur d'avoir respecté sa demande à la lettre ? Néanmoins, c'était une sorte de mensonge par omission qui la peinait.

— J'aurais juste aimé être préparée, répondit-elle. Vous êtes amis ?

— Dieux, non. Je ne me rapprocherais jamais de ton promis dans ton dos, Io. Je ne suis pas mauvaise à ce point. Mais il *est* gentil. Vous pourriez être amis, si tu le voulais.

— Tu viens de me dire qu'il faisait le sale boulot pour la reine. Comment peut-il être *gentil* ?

— Je ne sais pas comment l'expliquer. Dans le Marais, tu sais comment c'est, on est tout le temps en danger et les gens perdent facilement le contrôle. Surtout les membres du gang de Bianca. Edei, lui, évite la violence tant qu'il peut.

Ça, Io le découvrirait bien assez tôt.

— Io…, continua Ava en hésitant. Cette femme, la damnée. Tu disais que son fil de vie s'était cassé net quand tu l'avais tranché ; il devait donc la relier à la vie, d'une manière ou d'une autre. Peut-être qu'il n'était pas totalement sectionné ? Et s'il était juste effiloché, comme celui de ce cormoran ?

Io soupira longuement. Lorsqu'elle avait six ans et Ava douze, une famille avec des triplées s'était installée dans l'appartement voisin du leur. Ensemble, cet été-là, les filles avaient formé un groupe de gamines et passaient des heures sur le toit végétalisé de l'immeuble à composer des fausses potions à partir de fleurs et à marcher sur les mains. Et puis un jour, les triplées n'étaient pas venues. Le lendemain non plus, ni le jour suivant. Le quatrième jour, Io et Ava les avaient trouvées sur le toit d'en face, formant un cercle autour d'un cormoran aux ailes brisées. Ava était devenue dingue ; elle avait crié et avait frappé les trois sœurs pour les obliger à laisser l'oiseau tranquille. Pendant quelque temps, au cours de sa jeunesse, Ava avait été l'une des rares nées-moire capables de voir les fils des animaux. Plus tard, le même soir, sanglotant dans les bras de sa mère, elle avait avoué que le fil de vie du cormoran s'effilochait, mais que les triplées avaient prolongé son agonie pendant des jours. Moins d'une semaine plus tard, leur mère avait mobilisé les voisins et la famille avait été expulsée.

Ça avait été la première et unique expérience d'Io avec des nées-kèr, descendantes des Kères, déesses des Morts violentes. Les triplées n'avaient pas été enregistrées, comme c'était souvent le cas chez ces nés-autrement car ils étaient souvent rejetés par les cités-nations. Le traitement qu'ils subissaient était injuste, mais Io ne pouvait s'empêcher d'avoir la chair de poule chaque fois qu'elle repensait à cette histoire, à ce qu'Ava avait vu.

— C'est possible, répondit-elle, mais ça n'explique pas ce qu'elle disait au sujet de la justice. C'était flippant, Ava.

— J'imagine, fit cette dernière en frémissant.

Io écouta le peigne passer dans ses cheveux ; le son lui semblait provenir de l'intérieur de son crâne.

— Peut-être qu'il existe différentes sortes de trancheuses ?

Les pouvoirs des nés-moire étaient l'héritage des Moires antiques, les déesses du Destin : filer, étirer et trancher les fils de la vie. D'après la légende, les dieux avaient disparu bien avant que l'ancien monde ne s'effondre, ce qui était aussi le cas des Moires. Mais les pouvoirs de ces dernières avaient survécu à travers leur descendance : à chaque fois que trois enfants naissaient dans une famille de leur lignée, ceux-ci héritaient de leurs facultés. Filles, garçons, non-binaires, peu importait – seul le nombre comptait : trois. C'était la même chose pour la plupart des nés-autrement, le nombre de frères ou sœurs dépendant des dieux ou déesses dont ils descendaient. Leurs pouvoirs avaient été les mêmes pendant des siècles ; on y faisait référence dans les chansons, les livres d'histoire et l'art. C'était pourquoi les gens ne lapidaient plus les nés-autrement : leurs capacités étaient encadrées et limitées par des règles strictes. Un fil de vie tranché signifiait la mort. Que se passerait-il si les règles changeaient ?

— Je pourrais interroger les Neuf ? suggéra Io.

Les neuf sœurs, descendantes des Muses, tenaient salon dans une grande demeure au cœur du quartier des Artistes. Leurs connaissances extraordinaires en matière d'art, de science et d'histoire leur conféraient une autorité officieuse concernant les nés-autrement, mais leurs services n'étaient pas donnés.

— Pas question, coupa fermement Ava. Ce sont des créatures perfides qui ne servent que leur propre intérêt.

Io partageait ce point de vue. En deux années d'enquêtes privées et quand, avant cela, elle avait trempé dans tout un tas de trafics bizarres aux côtés de Thais, elle n'avait jamais osé faire appel aux Neuf, même quand elle en aurait eu bien besoin.

Après un silence prolongé, sa sœur reprit la parole :

— J'ai toujours trouvé étrange que tu puisses aussi facilement sacrifier un de tes propres fils pour trancher celui de quelqu'un.

Est-ce que c'était facile ? Io s'était interrogée des centaines de fois sans trouver la réponse. Ça l'était dans la mesure où c'était comme une seconde nature, essentiellement primitive : elle fouillait son faisceau de fils et en choisissait un, ses doigts évitant instinctivement les plus importants pour elle. Mais c'était difficile car cela avait un prix : la disparition définitive de son fil à elle et de celui de ses victimes. Et le fait de considérer ces dernières comme telles – des *victimes* – n'arrangeait rien.

— Je n'y prends aucun plaisir, murmura-t-elle. C'était soit Bianca soit la damnée.

Ava marqua une pause avant de constater doucement :

— Je suis heureuse que tu aies choisi Bianca. Quel fil as-tu utilisé pour trancher celui de la vieille ? Je n'arrive pas à le voir. Tu en as tellement…

Les gens possédaient en moyenne une quinzaine de fils, les plus communs les reliant aux individus qu'ils aimaient, aux endroits et aux objets qu'ils appréciaient. Rosa, par exemple – la meilleure amie d'Io et la seule personne qui l'ait patiemment laissée compter ses fils – en possédait dix-sept : son fil de vie, onze fils la reliant à sa famille et à ses amis, trois à différents endroits de la ville, un à sa machine à écrire et un à sa paire de bottes favorite.

Io en comptait trente-sept – trente-six, supposa-t-elle, puisqu'elle en avait utilisé un pour trancher celui de la tueuse. Elle aurait préféré que cela n'arrive pas. Thais lui avait dit un jour qu'elle était une collectionneuse. Si elle appréciait quelque chose, même pendant une minute, comme les têtes de poisson sur l'étal du marché ou le prof qui lui avait souri la semaine précédente, elle s'y accrochait avec acharnement. Les fils de la plupart des gens s'effilochaient avec le temps et la distance ; ceux d'Io, jamais. Ses sentiments étaient impérissables.

— Io…, ce fil mène à une grenouille, s'était moquée un jour Thais. Comment peux-tu être attachée à ce point à une grenouille ?

— Elle avait un très joli vert, lui avait répondu la fillette de six ans.

Sa sœur avait ri et l'avait embrassée sur la tête.

Aux yeux des autres nés-moire, les fils d'Io devaient former un sacré bazar. Ils partaient dans toutes les directions, proches ou lointaines, et tous étaient solides et brillants. Pas étonnant qu'Ava n'ait pu identifier celui qu'elle avait utilisé pour couper celui de la damnée. Elle examina son faisceau pendant quelques minutes avant de conclure :

— Celui des éclairs de M. Poire.

— Mince. Une vraie tragédie.

Ava avait raison. Une fois qu'un fil était coupé, la connexion, l'amour – ou dans ce cas le plaisir – que vous aviez ressenti un jour disparaissait. Restait à la place quelque chose de… *bof*. Les éclairs étaient les pâtisseries favorites d'Io, et ceux de M. Poire étaient divins. Pourtant, Io avait beau avoir salivé rien qu'en y pensant, il ne lui en restait rien. Le fil pourrait peut-être repousser, mais c'était peu probable ; c'était ainsi lorsqu'un fil était tranché.

Io soupira.

— Il doit exister de meilleurs éclairs quelque part. Je les trouverai, un jour.

Ava se moqua d'elle :

— Toi et tes *un jour*. Tu me fais rire.

Io gloussa. Elle était si fatiguée qu'elle avait l'impression d'être soûle. Les doigts de sa sœur qui glissaient dans ses cheveux avaient sur elle un effet soporifique auquel elle s'abandonnait lentement.

Elle somnola un moment, jusqu'à ce que les doigts de sa sœur s'immobilisent.

— Tu veux que je détende un peu ton fil du destin ? Que je l'affaiblisse ? Maintenant que tu vas travailler avec lui... Je peux le rendre à peine perceptible. Comme ça, tu n'auras pas la sensation... d'étouffer.

Ava avait le pouvoir de tendre ou de détendre les fils, intensifiant ou atténuant les sentiments qui les accompagnaient. Thais avait essayé de la convaincre d'en faire commerce – était-elle consciente de la somme qu'elle pourrait tirer d'un cœur brisé ? – mais Ava avait toujours refusé, affirmant que ce n'était pas à elle de déterminer l'intensité des sentiments des gens. Io trouvait cela très noble, quoique inutile.

Que se passerait-il si son fil du destin faiblissait ? Si Edei Rhuna n'était plus son promis mais une simple connaissance ? Cette pensée la fit paniquer. Elle passait ses journées à s'intéresser aux fils de conjoints adultères. Avait-elle tort de chérir son propre fil du destin, ce lien plus fort que la vie qui défiait les lois de la nature ?

— Je n'ai pas l'impression d'étouffer, répondit-elle – ce qui n'était qu'un demi-mensonge.

Les doigts d'Ava reprirent leur va-et-vient dans ses cheveux.

— Un jour, Io, tu vas devoir lâcher prise.

Mais cette dernière dérivait déjà vers le sommeil.

# Chapitre 6

## UNE CRÉATURE CURIEUSE

**IO SE RÉVEILLA** dans une pièce nimbée du violet rougeoyant du couchant avec une certitude : le seul moyen de sortir de cette situation sans dommage était de ne pas en faire toute une histoire.

Elle s'interdirait les coups d'œil en coin à Edei Rhuna. Elle s'abstiendrait d'admirer les muscles de son dos remuer lorsqu'il marchait et de renifler l'odeur de son pull. Elle éviterait de rougir lorsqu'il la regarderait. Elle se comporterait normalement et il ne se rendrait compte de rien. Ils apporteraient à Bianca Rossi les réponses qu'elle attendait, puis la vie reprendrait son cours. C'était aussi simple que ça.

Mais son corps n'était pas si facile à convaincre. Le cœur battant la chamade, elle enfila des vêtements propres – un pantalon noir, un pull gris et des bottes lacées jusqu'au mollet – et rassembla ses cheveux dans un vieux foulard bleu de sa mère. Elle traversa les toits le souffle court – la marée n'était pas encore haute, mais les habitudes avaient la vie dure. Et lorsqu'elle escalada la passerelle suspendue qui menait au club des Fortuna, faisant gémir ses lattes métalliques sous ses pieds, tous ses sens étaient à vif.

Edei était appuyé à la rambarde du premier étage, surveillant les allées et venues des clients dans le hall principal. Il était encore tôt pour les joueurs et les fêtards, mais les employés du club déjà à leur poste, rangeaient, faisaient le ménage ou discutaient autour d'un café. Ava était sûrement quelque part dans les coulisses, s'échauffant pour sa prestation du soir.

Edei avait les jambes croisées et tapotait en rythme sur la balustrade. Le vert olive de son pull mettait en valeur sa peau mate. Dans les derniers rayons du soleil qui entraient par les hautes fenêtres, il ressemblait à une peinture ancienne aux couleurs passées mais vibrantes. *Maîtrise-toi, Io !* Elle devait se calmer. Elle appuya ses mains sur ses joues pour essayer de les rafraîchir. Est-ce qu'elle devait lui taper sur l'épaule ? Prononcer son nom ? Elle avait gardé ses distances pendant trois ans et maintenant le moindre geste lui paraissait trop intime.

Il dut sentir sa présence car il se retourna et la salua d'un mouvement de la tête.

— *Marhaban.*

— Salut, répondit-elle.

Comme tous les habitants du Marais, Io connaissait quelques mots de sumazi, de kurkz et de rossk. Le quartier était une mosaïque de cultures et c'était une des raisons pour lesquelles elle était fière d'en être originaire.

Edei lui parla à voix basse, le regard fixé sur elle.

— J'ai pris des notes sur les victimes et j'ai quelques témoignages. Si tu veux les lire… Je n'ai presque rien concernant les deux femmes. Seulement leur origine ethnique et leur description physique.

*Droit au but, donc.*

Io en eut un pincement au cœur, mais elle ne pouvait lui en vouloir. Elle avait été assez claire avec elle-même : elle n'avait accepté ce job que sous la pression et pour se débarrasser de lui. Bons dieux, serait-elle la première femme à provoquer l'aversion de son promis ? Leur fil du destin les conduirait-il à la haine ? Ava allait éclater de rire si cela arrivait.

— Est-ce que quelqu'un est venu reconnaître le corps de la vieille de la nuit dernière ? demanda-t-elle.

Cette question était un test. La damnée était morte à l'intérieur du club des Fortuna, son fil coupé par une trancheuse. Bianca aurait pu se débarrasser du cadavre dans quelque trou perdu, et personne ne le lui aurait reproché. Les flics du Marais étaient une calamité ; ils créaient plus de problèmes qu'ils n'en résolvaient. Néanmoins, si la reine prenait cette enquête au sérieux, elle ne pouvait se passer d'eux et de leurs archives.

Edei secoua la tête.

— Pas encore. D'après ce qu'on m'a dit, les sangsues sont en train de consulter les fichiers des personnes disparues.

Io soupira de soulagement ; elle éprouvait un sentiment complexe qui s'enracinait dans sa culpabilité. Lorsqu'ils apprendraient qui était la damnée, elle irait présenter ses excuses et ses condoléances à sa famille. Pour ce que ça changerait…

— On pourrait jeter un œil aux registres publics. Si c'était une trancheuse, elle devrait figurer sur la liste des nés-autrement. Mais ça attendra la réouverture des bureaux, demain matin.

Elle marqua une pause avant d'ajouter :

— Je suis désolée d'être arrivée si tard.

Il eut un bref mouvement de tête.

— La nuit a été longue.

— On devrait retourner à l'appartement. Les flics ont peut-être raté un truc.

En chemin, Edei fit le point sur l'enquête. Le premier meurtre avait eu lieu deux semaines plus tôt au marché Modiano. Un Rossk né-tchernobog avait été attaqué en plein jour alors qu'il faisait ses courses en famille. L'un des témoins était un né-moire, un fileur, qui pensait que le fil de vie de la tueuse – plus jeune, blonde, mais aussi enragée que la vieille de la nuit dernière – était endommagé. Bianca et Edei n'y avaient d'abord pas cru, jusqu'à ce qu'Io le leur confirme, la veille. Le cadavre de la femme avait été retrouvé dans les Docks cinq jours plus tard, trop boursouflé pour être identifié.

— Un né-tchernobog ? s'étonna Io.

Les descendants du dieu des Ténèbres rossk étaient capables de créer des murs invisibles que personne ne pouvait traverser ; leurs jumeaux, les nés-belobog, avaient le pouvoir d'utiliser la lumière comme un bouclier. Io n'avait jamais entendu parler de nés-tchernobog aussi loin au sud ; leurs pouvoirs étaient plus efficaces lors des longues nuits de Rossk.

— C'était un garde-frontière. D'après la rumeur, il avait accumulé suffisamment de pots-de-vin pour partir à la retraite avant l'âge requis et menait grand train.

Les cités-nations avaient toutes leurs remparts et ceux-ci avaient toujours des failles.

— Bianca faisait parfois du business avec lui.

— Comment a-t-il été tué ?

La voix d'Edei grimpa d'un ton.

— On ne sait pas bien. Il y avait des marques de strangulation autour de son cou, mais les témoins évoquent une mort rapide, comme si la tueuse lui avait brisé la nuque. Pareil pour le deuxième meurtre.

Edei était en train de surveiller la livraison d'un arrivage pour les Fortuna lorsqu'il avait entendu Minos hurler. Il s'était précipité dehors alors que la damnée aux cheveux argentés lui tournait autour, toutes griffes dehors, en lui parlant de justice et de pénitence. Puis la tueuse avait décrit un cercle dans les airs avec sa main et Minos s'était écroulé, raide mort. Edei s'était lancé à ses trousses, mais la marée montait et elle avait réussi à s'enfuir.

— Que faisait Minos pour Bianca ? demanda Io.

— De la *protection*, c'est le mot qui convient. Minos et son frère Grizz étaient chargés de la sécurité des marchandises de la patronne. Ils sont nés-dioscure.

Connus aussi sous le nom de Gémeaux, les Dioscures étaient les dieux jumeaux Castor et Pollux, patrons des marins et des voyageurs. Leurs descendants, les nés-dioscure, étaient des jumeaux capables de connaître les routes qu'un voyageur avait empruntées comme celles qu'il s'apprêtait à suivre. De même que les nés-moire utilisaient la Toile, ils visualisaient un réseau de chemins couleur bronze sur le sol. Le plus âgé percevait les routes du passé, le cadet celles à venir.

Io avait entendu parler des jumeaux de Bianca. La reine de la pègre du Marais s'était lancée dans les *acquisitions*, une activité autrement appelée *contrebande*. Elle se procurait et revendait les produits impossibles à trouver dans les magasins habituels : médicaments, pièces mécaniques, art, reliquats de l'ancien monde, et même des services. Vous cherchiez un meuble en chêne datant d'avant l'Effondrement ? Des remèdes domestiques fabriqués à partir d'os de léviathans échoués sur les rivages des cités côtières ? Si vous y mettiez le prix, Bianca pouvait vous les fournir.

Sa méticuleuse ascension vers le pouvoir, elle la devait à son intelligence et au pouvoir des jumeaux. Si un de ses coursiers traînait en chemin avec sa marchandise, Grizz le savait. Si un acheteur s'apprêtait à filer avec son acquisition *et* l'argent du paiement, Minos était au courant. Bianca s'occupait du reste. Après les Émeutes, elle avait commencé à investir ses bénéfices dans son club ; elle avait recruté de nouveaux membres et ouvert de nouveaux lieux. C'est ainsi que la petite trafiquante avait conquis le Marais.

— Quel genre de livraison étiez-vous en train de superviser avec Minos ? demanda Io. Est-ce que la damnée aurait pu être impliquée ?

Edei lui jeta un coup d'œil en coin.

— La damnée ?

Io frémit en se rappelant la peau flasque et l'odeur putride de la vieille tueuse.

— Je parle de la femme de la nuit dernière.

Il émit un petit grognement.

— On attendait de l'alcool de notre fournisseur à Nanzy. Le chargement n'a pas été touché pendant l'attaque. Elle ne l'a même pas regardé. Seul Minos l'intéressait.

— Tu as eu l'impression qu'elle le connaissait ? Ou qu'il la connaissait ?

— Non. Grizz, son jumeau, était là aussi. Il assure qu'il n'avait jamais vu cette femme avant.

Ils s'engagèrent sur la passerelle du Nord. Personne n'y rançonnait les usagers, aujourd'hui, mais il était encore tôt. Io regarda la marée envahir progressivement les rues pavées telle une langue bleu sombre léchant la chaussée. Les cloches annonçant la montée des eaux commencèrent à sonner à travers la ville, mais les devantures et les entrées des rez-de-chaussée avaient déjà été barricadées avec des planches. Le quartier du Marais, situé au sud de l'agglomération, était le premier touché par les flots qui continuaient ensuite leur avancée à travers Alante. Dans une heure, l'eau atteindrait cinq pieds. Durant la saison de la néo-mousson, elle pouvait s'élever jusqu'à quinze.

— Et notre victime de la nuit dernière ? demanda Edei quand les cloches se turent.

Io lui expliqua qu'elle avait été embauchée par Isidora Magnussen, qui soupçonnait depuis peu que son mari n'assistait pas réellement aux réunions hebdomadaires de soutien aux nés-grâce auxquelles il prétendait participer. Io avait découvert lors de son enquête que la société du suspect s'était spécialisée dans les investissements – *arnaques* aurait été un terme plus approprié. Elle suspectait Jarl de pousser ses clients à investir en utilisant ses pouvoirs de né-grâce.

Hier, elle était arrivée chez Isidora juste au moment où la police partait.

— Je suis désolée, avait-elle commencé par dire. J'ai essayé de le sauver…

Elle avait été réduite au silence par sa cliente qui l'avait serrée dans ses bras.

— Ma pauvre fille, avait gémi cette dernière en sanglotant. Vous êtes trop bonne pour ce monde misérable.

Io ne l'était pas *du tout*, mais elle avait apprécié l'étreinte.

Edei, immobile et concentré, l'écoutait parler sans la quitter des yeux. Io sentit la gêne envahir ses pensées. Était-elle trop voûtée ? Avait-elle de nouveaux boutons ? Était-elle décoiffée ? Elle se morigéna. *Tu t'en fiches, non ? Ce n'est rien d'autre qu'une nouvelle affaire, un partenaire avec lequel tu dois travailler.* Peu importait son allure.

Ils atteignirent le toit de l'immeuble d'appartements et descendirent les escaliers. C'était étrange de revoir cet endroit : la porte entravée par le ruban de la police, les taches sombres sur le chambranle. Le couloir étroit semblait beaucoup plus court que l'autre nuit, quand Io avait dû courir pour sauver sa peau.

— Un né-tchernobog corrompu, un contrebandier né-dioscure et un escroc né-grâce, résuma Edei. La proportion de nés-autrement est d'un pour cent à Alante. Ce ne peut être un hasard si les trois victimes l'étaient.

— Et toutes ont été étranglées de la même façon, ajouta Io. Les flics ont trouvé des marques identiques autour du cou de Jarl Magnussen. Il serait facile de se focaliser sur l'apparence de la damnée et ses paroles absurdes et de classer l'affaire dans la catégorie *évitez de contrarier une femme*. Mais les dernières paroles de la deuxième tueuse étaient : *Montre-leur ton arme, ils m'ont dit. Montre-leur ce qui les attend*. Il y a quelqu'un derrière tout ça ; quelqu'un qui l'a guidée, et sans doute la première aussi. Quelqu'un qui leur a indiqué quoi faire et quoi dire. Peut-être même qui tuer. Je n'ai pas l'impression que ce soit arbitraire. On dirait un… un dogme.

— Qu'est-ce que ça signifie, un *dogme* ? demanda Edei.

Son accent était subtil, son alantien parfait, mais c'était un terme dont même ceux qui étaient nés ici ignoraient parfois la signification.

— Un système de croyances. Comme les principes d'une religion.

— *Je suis en train de m'élever*, rappela-t-il.

Io avait précisément réfléchi à cette phrase prononcée par la damnée la nuit dernière. Edei Rhuna grimpa d'un cran dans son estime ; il était futé et possédait de réels talents d'enquêteur.

— Exactement ! s'exclama-t-elle avec un peu trop d'entrain.

Il eut un petit sourire et se pencha pour examiner la serrure de la porte. Celle-ci s'ouvrit en grinçant à la simple pression de ses doigts. À l'intérieur, un homme était debout dans le salon, griffonnant nerveusement dans un carnet, un lourd appareil photo suspendu à l'épaule. Edei saisit immédiatement son poing américain mais Io retint son bras.

— Xenophon Atreidis, dit-elle en se glissant sous le ruban de la police. J'aurais dû deviner que les vautours seraient les premiers sur place.

Xenophon releva les yeux pour observer les nouveaux venus de la tête aux pieds. Il était petit, mais bâti comme une armoire, massif et robuste. Sa présence fit faire à Io un bond dans le passé ; elle se retrouva soudain sur les bancs de l'école en train d'échanger des petits mots avec sa meilleure amie, Rosa, tandis que Xenophon essayait d'attirer l'attention du professeur sur leurs cachotteries. Ils avaient tous deux vieilli, mais l'expression de leurs visages n'avait pas changé : mépris chez Xenophon, aversion chez Io.

— Ce n'est pas moi le vautour, ici. Ce sont les gens comme vous qui ont rôdé autour de cet appartement toute la journée.

Pointant son stylo vers la fenêtre, il indiqua la passerelle voûtée qui enjambait la rue pour relier les toits.

Une silhouette était assise là-bas, un vieil homme recroquevillé contre le garde-corps. Malgré la distance, Io entrevit son regard vitreux et les taches rouges qui flottaient dans ses iris comme les reflets argentés dans les siens lorsqu'elle visitait la Toile. Le vieil homme était un né-kèr en train d'utiliser ses pouvoirs. Il avait dû être attiré ici par la mort violente de Jarl Magnussen.

Xenophon jeta un regard à Edei qui était resté près de l'entrée.

— J'ignorais que tu travaillais avec les laquais de la reine, à présent.

C'était une provocation ; Io l'ignora. Elle tourna le dos à la fenêtre et sonda son ancien camarade de classe.

— Qu'est-ce que tu fiches ici ?

— La même chose que vous, j'imagine. J'ai flairé un scoop et je suis venu enquêter.

Des flacons de verre et des bâtons de rouge à lèvres étaient éparpillés sur le sol du couloir et une forte odeur de parfum saturait l'air. Aucune trace de sang dans le salon, mais Io se rappelait où s'était trouvé le corps avec son cou déformé et ses yeux aveugles. Où Nina s'était tapie derrière le fauteuil maintenant retourné. Edei observa les babioles alentour tandis qu'elle s'approchait de Xenophon, essayant sans vergogne de déchiffrer le contenu de ses gribouillis.

Elle ne s'interdisait jamais de fouiner.

— Quel genre de scoop ? demanda-t-elle.

— Tu verras ça en lisant *La Vérité d'Alante* demain.

Ce type méritait décidément un bon coup de poing dans la figure. Six années à l'école, une de plus à se frotter à lui dans le travail ; c'était un miracle qu'Io ne lui ait pas encore rendu ce service. En vérité, c'était grâce à Rosa, qui pensait qu'il n'en valait pas la peine.

— Une nouvelle tribune à propos du danger que représente le manque de contrôle des trancheurs ? demanda-t-elle. As-tu déjà réfléchi au tort que tu causes à des gens qui ne font rien de mal ? Qui sont juste nés avec un pouvoir que tu peux à peine comprendre ?

— Ce n'est pas moi qui crée les problèmes, je me contente d'en parler.

Il rangea son carnet dans son manteau et lui sourit avec un air suffisant.

— Mais non, je ne parlerai pas des nés-autrement. Il se passe des choses plus importantes, ici.

Io le fusilla du regard. Il la provoquait avec l'assurance d'un homme qui en savait plus qu'elle. Qu'avait-il découvert qu'elle ignorait ?

Oh. *Oh.*

— Tu penses que ces femmes n'étaient pas des nées-autrement ? tenta-t-elle.

Xenophon eut l'air très content de lui.

— Tu es partie du principe qu'elles l'étaient. Lequel de nous deux a des préjugés, hein, Io Ora ?

— La vieille l'était forcément. Elle tenait son fil dans sa main ; je l'ai vue de mes yeux.

— Et si je te disais que les flics ont trouvé les noms de ces deux femmes et qu'ils refusent de les communiquer à la presse ?

— Il y a des centaines de nés-autrement à Alante ; nous trouverons le sien demain quand les bureaux ouvriront.

— Alors bonne chance, chantonna Xenophon.

Io serra les poings.

— Le jour qui a suivi la mort du né-tchernobog, toutes les fiches des nés-autrement ont été supprimées des registres publics, reprit le journaliste. Coïncidence ?

— Une coïncidence illégale.

Après les négociations sur le Traité de parenté qui avaient duré un mois, soixante ans plus tôt, la délégation des nés-autrement, conduite par l'Agora des nés-horae, avait obtenu un compromis : ceux-ci accéderaient à la citoyenneté dans toutes les cités-nations en échange de quelques sacrifices comme des salaires plus bas, des restrictions à la location et à l'accès à la propriété, et la publication de leurs données personnelles. Leurs noms, filiations et pouvoirs seraient désormais consignés dans des registres publics consultables par tous. Selon les autorités, les gens normaux avaient le droit de se protéger. *C'est des conneries*, avait toujours clamé Thais. *C'est nous qui devrions nous protéger d'eux.* Toutefois, les nés-autrement étaient fatigués d'être d'éternels migrants cherchant un abri de ville en ville et ils avaient accepté.

— Sans blague, détective, rétorqua Xenophon. Sauf qu'il y a une semaine, en dépit du Traité de parenté, Alante a privatisé son registre des nés-autrement. Et devine qui est responsable de ça ?

Io attendit, le regard dur et la mâchoire tendue. Cette affaire sentait mauvais.

— Allez, Io, ne gâche pas tout, chouina Xenophon. Devine.

Elle détestait vraiment ce gosse. Car c'était un *gosse* : large comme un sanglier, certes, mais aussi peu mature qu'un môme. Et elle refusait de jouer le jeu d'un gamin...

— L'Initiative de notre cher Saint-Yves, intervint Edei en se redressant devant le placard qu'il venait de fouiller.

Xenophon frappa sur une cloche imaginaire.

— Ding, ding, ding. Edei Rhuna, c'est bien ça ? Des témoins disent qu'ils vous ont vu ici, hier. Vous avez des commentaires pour moi ?

Edei l'ignora pour s'adresser à Io.

— Le commissaire de police, Luc Saint-Yves. Tu as entendu parler de son Initiative ?

Évidemment. Tous les habitants d'Alante avaient eu vent de la brillante idée de ce jeune premier. Il avait à peine trente-cinq ans, il était déjà commissaire et c'était la coqueluche des classes moyennes pourtant méfiantes et de l'élite snob du quartier de la Colline. Cette année, il se battait pour obtenir la mairie et les élections auraient lieu dans quelques jours. Il était en tête des sondages depuis qu'il avait fondé l'Initiative pour un ordre nouveau. Rien de très original, en réalité : il s'agissait d'une unité d'intervention chargée de capturer et d'inculper les criminels nés-autrement les plus notoires. Sauf que l'Initiative avait l'intention de recruter exclusivement des nés-autrement, alors qu'aucun n'était jamais entré dans la police. L'idée pouvait sembler folle ; pourtant, Saint-Yves s'était montré déterminé, séducteur, et un chouia présomptueux, clamant qu'il employait déjà plusieurs nés-autrement respectables sous la direction de sa petite amie qui était elle-même née-moire.

— Pourquoi le commissaire confisquerait-il ces registres ? demanda Io.

La question s'adressait à Edei, mais c'est Xenophon qui répondit :

— Tu commences à comprendre, Io ? Ça sent la bonne vieille conspiration. *La Vérité d'Alante* est sur le coup et j'ai la chance d'avoir un indic dans la place.

Les flics taisaient les noms des damnées et confisquaient les registres qui auraient permis de les identifier. Io dut admettre que Xenophon avait raison : ça avait tout l'air d'un acte de dissimulation délibéré. Les engrenages de son cerveau commencèrent à grincer et ses pensées dévalèrent sa conscience telle une avalanche pour former une idée.

— Le commissariat n'est pas bien loin… on pourrait…, marmonna-t-elle pour elle-même.

Après un moment de silence, un soubresaut souleva la poitrine d'Edei. Est-ce qu'il… riait ?

— L'enquête commence à peine et c'est ce que tu proposes ? dit-il. D'accord. Essayons ça.

Io cessa de respirer, comme si le rire d'Edei avait été un hameçon et elle un poisson affamé. Il ne pouvait pas avoir deviné ce qu'elle avait l'intention de proposer ; elle ne l'avait pas formulé ! Et s'il avait anticipé son plan absurde, pourquoi acceptait-il, bons dieux ?

— Vraiment ? demanda-t-elle.

— Vraiment. C'est assez fou pour marcher.

Il fit un geste vers la porte avec une petite révérence, tel un gentleman à l'ancienne.

— Après vous, patronne.

Io réalisa soudain qu'elle avait mal interprété les réactions de son corps. Pendant trois ans, elle s'était évertuée à éviter Edei. Désormais, elle avait l'opportunité, quoique involontaire, de l'observer. De découvrir ce que le destin avait écrit pour elle et si elle l'acceptait. Elle était une créature curieuse et lui un exaltant mystère à résoudre.

Elle n'était pas nerveuse. Elle était *impatiente*.

— Attends, intervint Xenophon alors qu'elle le contournait pour rejoindre Edei à l'entrée.

Il avait perdu son air suffisant.

— Quel que soit votre plan, je veux en être.

— Tu te trompes, crois-moi, lui répondit Io en guise de salut.

C'était la différence entre un journaliste respecté qui disposait d'une source sur place et deux détectives des bas-fonds du Marais : ceux-ci avaient les moyens et le courage de s'introduire par effraction dans un commissariat de police.

# Chapitre 7

# OCCASIONNELLEMENT

**La cité administrative** était un immense complexe de bâtiments situé au pied du quartier de la Colline ; le tribunal, le commissariat et la mairie y étaient rassemblés autour de la magnifique fontaine des Trois Grâces. Les Charités, tel était leur nom originel, avaient été sculptées nues et tendrement enlacées. Elles représentaient le meilleur de la nature humaine, d'où leur situation remarquable, ce qu'Io trouvait aussi sexiste qu'hypocrite. Sexiste, car plus des deux tiers des fonctionnaires étaient des hommes ; hypocrite, car ceux-ci prétendaient vénérer les déesses alors qu'ils traitaient leurs descendants, les nés-grâce, comme des traînées. Ainsi était Alante : d'une duplicité d'albâtre.

Un mur coiffé de fil de fer barbelé entourait le quartier, avec des gardes à chacune de ses quatre portes. D'après les indications dont disposait Io, ceux-ci n'étaient jamais moins d'une trentaine en faction. Edei et elle se tenaient sur un pont surplombant les lieux ; Edei croisait les bras sur son torse. Chez n'importe qui d'autre, cette attitude aurait paru agressive, voire menaçante, mais la sérénité qui émanait de lui la rendait naturellement contemplative.

Il avait été tout aussi serein lorsqu'ils avaient traversé le Marais en silence pour rassembler les informations dont ils auraient besoin, ce qui n'avait pas manqué d'impressionner Io.

— On va passer par là, dit-elle en pointant la structure sur leur gauche.

L'aile est du commissariat avait succombé à la pourriture due à la marée, comme tous les bâtiments d'Alante un jour ou l'autre. Sa façade ouest s'était écroulée contre l'enceinte du quartier un mois plus tôt et les restaurations étaient en cours : des échafaudages soutenaient les fondations rouillées grâce à des poutrelles appuyées sur la banque de l'autre côté de la rue. Ils pourraient accéder à l'une de ces poutrelles de plusieurs mètres depuis le toit de l'établissement financier ; s'ils parvenaient à traverser sans être repérés, le commissariat ne se trouverait plus qu'à quelques secondes.

— D'après mon client, les gardiens font leur ronde sur les toits toutes les trente minutes. Nous devons agir dans le bon timing et être rapides. L'entrée du bâtiment principal est maintenue fermée, mais on devrait pouvoir résoudre ça – j'ai pris mes outils.

Ce n'était pas un hasard si faire sauter une serrure était un tel cliché concernant les détectives privés : il s'agissait d'un talent nécessaire.

Edei ne répondit pas. Son silence entama les certitudes d'Io jusqu'à la faire douter. Elle essaya de déchiffrer les mouvements de ses sourcils qui pouvaient prendre tant de formes différentes.

— Tu en penses quoi ? demanda-t-elle.

— J'ai... J'ai juste du mal à croire que nous allons entrer là-dedans.

— Mais c'est toi qui voulais essayer ! fit-elle d'une voix stridente qui l'embarrassa elle-même.

— C'est vrai, grands dieux.

Il frotta distraitement sa lèvre inférieure avec le bout de sa manche. S'il fronçait les sourcils, réalisa Io, ce n'était pas parce qu'il hésitait, mais parce qu'il était inquiet.

Ce qui était tout à fait compréhensible.

— Je peux entrer seule, proposa-t-elle.

— Non, non. On est associés. Et c'est un bon plan. Il faut être complètement inconscient pour entrer par effraction dans le commissariat de police, ils ne s'y attendent pas. Il n'y aura donc aucune surveillance.

Ses yeux sombres se fixèrent sur elle, inflexibles. La plupart des gens évitaient les regards aussi intenses et prolongés – Io, en tout cas ; pas lui. On aurait presque dit qu'il utilisait cela comme une arme et qu'il attendait qu'elle craque sous la pression de son examen.

— Je ne veux pas t'offenser mais…, reprit-il.

Io se figea d'appréhension. Toujours se méfier d'une phrase qui commence par ces mots…

— Comment peux-tu être certaine que ton client t'a dit la vérité ?

— J'en suis sûre, rétorqua-t-elle sans hésiter. Il me devait une faveur.

Roe, un agent d'entretien de la banque, était un ancien client à elle ; comme il n'avait pas assez d'argent pour la payer, il s'était engagé à lui rendre un service. Une heure plus tôt, elle était allée le trouver pendant sa pause cigarette et lui avait réclamé son dû alors qu'Edei attendait dehors.

— J'ai seulement l'impression que risquer de la prison pour avoir encouragé une effraction dans un commissariat est une faveur un peu risquée à faire à une jeune fille que vous avez embauchée un jour pour découvrir si votre amoureux vous avait trompé ou si votre fils était un adepte des paris, se justifia Edei.

*Je travaille pour des couples qui battent de l'aile et des parents inquiets* – tels avaient été les mots d'Io, un peu plus tôt, au club. *Bien.* Fallait-il qu'il soit intelligent, en plus ? Son menton parfait et ses larges épaules ne lui suffisaient donc pas ?

Pourquoi fallait-il qu'il soit perspicace *et* réticent à oublier les choses que les autres ignoraient habituellement ? Et pourquoi, *oh ! pourquoi* le fait qu'il se montre plus rusé qu'elle la faisait-il rougir à ce point ?

Elle considéra ses différentes options : refuser de répondre et perdre sa confiance ; mentir et risquer de se faire prendre ; ou lui avouer la vérité. Elle renifla. Elle opta pour la vérité, parce que son stupide sens de la justice lui soufflait qu'Edei méritait une réponse honnête.

— Je ne me contente pas toujours de découvrir si un conjoint triche ou si un fils joue, admit-elle. Parfois, je *tranche* le fil qui les attache à l'alcool ou au jeu.

Elle fuit son regard. Elle savait que c'était mal, mais qu'aurait-elle dû faire lorsqu'elle voyait des êtres retomber sans cesse dans les mêmes travers ? Quand ils la priaient à genoux de les aider ? Elle gagnait principalement sa vie en brisant le cœur des gens – elle ne pouvait pas ignorer ceux qui la suppliaient de les aider à se reconstruire.

— Ce n'est pas ce que tu crois, ajouta-t-elle dans la précipitation. Trancher le fil de quelqu'un, je veux dire. Je ne coupe que les liens d'addiction et uniquement ceux des personnes qui le réclament. Parfois, ça fonctionne : elles sortent du brouillard et évitent la rechute. Parfois, le fil repousse. Je ne suis pas…

Elle s'arrêta. Elle se sentait de plus en plus confuse et elle détestait ça. À un moment, au cours de la conversation, elle s'était sentie coupable et inquiète de ce qu'Edei pourrait penser d'elle. C'étaient *ses* choix, pourtant, *ses* fils qu'elle sacrifiait pour trancher les leurs, *sa* conscience qui était entachée. Elle pesait toujours le pour et le contre en toute conscience, décidant que ça en valait la peine. Elle refusait d'être jugée pour ça.

Edei lui tapota le bras avant de remettre sa main dans sa poche. La tendresse de son geste suffit à lui donner le sentiment qu'elle pouvait relever les yeux vers lui.

— Écoute, lui dit-il, pour ce que ça vaut, je te comprends. Il y a de la violence dans la bonté, et de la bonté dans la violence.

Io savoura la douceur de ces mots. *De la violence dans la bonté, et de la bonté dans la violence.* Ils la touchaient au plus profond d'elle-même ; son passé regorgeait de moments prouvant leur justesse. Ils n'atténuaient pas son sentiment d'avoir fauté, mais elle se sentait considérée. Comprise.

Elle répondit d'un petit hochement de tête, puis elle se tourna vers la banque.

— Allons-y, alors. Assumons notre inconscience.

Edei éclata de rire et la suivit alors qu'elle zigzaguait entre les passants. Ils se faufilèrent dans le passage le plus proche et s'arrêtèrent devant une échelle anti-inondation. Ils grimpèrent en silence, un œil sur les résidents qui s'agitaient à l'intérieur des immeubles. Ils dépassèrent plusieurs conduits et passerelles jusqu'à ce qu'ils parviennent au sommet du bâtiment, juste en face du commissariat.

En bas, les cloches annonçant la dernière marée se mirent à sonner. Le flot de la nuit avait atteint la Colline, envahissant les rues pavées telle une horde d'insectes irisés. Les cloches semblaient moins menaçantes dans cette partie de la ville : la cité administrative était bâtie sur une plateforme élevée et les murs qui l'entouraient maintenaient une partie de l'eau à l'extérieur. Les magasins étaient équipés de volets automatiques et de pompes, et les cafés et restaurants avaient déplacé leurs tables sur les balcons et les toits. Si vous évitiez de regarder vers le bas le liquide glauque dans lequel pullulaient les chimerini vicieux, le décor paraissait presque idyllique. Enseignes aux néons tourbillonnants, guirlandes de lanternes, végétation luxuriante débordant des rambardes ; hommes rasés de près dans leurs costumes fleuris et femmes avec leurs fourrures et leurs grosses boucles d'oreilles de jade sirotant leur vin au clair de lune.

Io serra les lèvres avec dédain, mais si elle avait été honnête, elle aurait admis que cette opulence insouciante la faisait rêver. Une nuit dans un des meilleurs bars de la ville, à danser et à papoter avec Rosa – comment ne pas en avoir envie ?

Elle consulta sa montre.

— Nous avons deux minutes.

Debout au bord du toit, Edei testa la poutrelle de l'échafaudage avec son pied – celle-ci trembla sous son poids, moins stable que les ponts à chats qui, eux, étaient construits en métal. Il avança un peu, les bras déployés pour préserver son équilibre. Après quelques pas, il fit une pause et regarda par-dessus son épaule.

— Ça va aller ? Tu as le vertige, n'est-ce pas ?

Io tressaillit.

— Comment tu sais ça ?

Il haussa les épaules avec précaution pour ne pas faire trembler la poutrelle.

— Ta sœur n'arrête pas de se moquer de toi.

*Ma sœur va mourir à petit feu*, songea Io.

— Ça va aller, répondit-elle néanmoins. Avance.

En à peine une demi-minute, Edei avala la poutrelle et plongea dans l'ombre de l'échafaudage. Les poings américains suspendus à sa ceinture scintillèrent tandis qu'il se retournait pour observer Io. Malgré sa panique, celle-ci ne se laissa pas abattre. Elle posa le pied sur la planche et progressa lentement, les yeux fixés sur le bois qui s'étendait devant elle, attentive à ses moindres variations et craquements. C'était toujours mieux que de regarder ce qui l'attendait en bas si elle tombait.

Les lampadaires de la rue crépitèrent, annonçant l'arrivée de l'éclairage public. S'ils s'allumaient, Io serait exposée aux regards des gens chics qui prenaient du bon temps un verre à la main sur les balcons du dessous et ceux-ci risquaient de prévenir la police. Elle se précipita en avant et atteignit l'échafaudage juste avant que les ampoules ne s'illuminent. Elle s'agrippa aux montants et attendit que son cœur cesse de bourdonner à ses oreilles. C'était trop d'émotions en seulement vingt-quatre heures : elle devrait commencer à chercher un emploi de bureau quelque part ou faire le service chez Amos. Lorsqu'elle rouvrit les yeux, Edei était en train d'observer les gardiens de la banque qui rentraient dans le bâtiment après avoir inspecté le toit. Le timing était parfait.

La suite était beaucoup plus aléatoire. Ils progressèrent prudemment sur les planches de l'échafaudage. Le souffle d'Edei lui chauffait la nuque et elle pouvait sentir l'agréable odeur de lessive de ses vêtements. *Reprends-toi*, se houspilla-t-elle.

Edei indiqua le contour lumineux d'une porte. Le commissariat à proprement parler devait se trouver de l'autre côté. Elle sortit ses outils et trifouilla rapidement la serrure. Avant d'ouvrir, elle regarda Edei par-dessus son épaule.

— Je vais observer la Toile pour connaître leur dispositif de sécurité, expliqua-t-elle. Tu sais comment ça marche ?

— C'est comme une tapisserie de fils, répondit-il. J'ai entendu dire qu'ils étaient argentés.

— C'est exact.

Ce garçon était décidément plein de surprises. Peu de gens s'intéressaient aux nés-moire au-delà des âneries racontées par les médias.

— Je peux voir les fils de chaque personne se trouvant dans cet immeuble et savoir où celle-ci se trouve. Mais ça aura un coût : je serai moins consciente du monde réel, physique.

— Que veux-tu que je fasse ?

— Guide-moi.

Tellement malaisant. Elle en grincerait presque des dents.

— D'accord.

Sans attendre, il lui prit la main et saisit la poignée de la porte.

Io laissa la Toile s'épanouir autour d'elle. Les fils l'aveuglèrent un instant, mais ses yeux s'habituèrent rapidement. Une douzaine de personnes se trouvaient à l'intérieur du bâtiment, bien plus que les cinq censés être de garde dont lui avait parlé Roe. Heureusement, aucun ne se trouvait derrière cette porte, ni même à cet étage.

— On y va, dit-elle.

Il tourna la poignée, elle sentit son estomac tressauter, et la porte s'ouvrit en grand.

Ils étaient à l'intérieur.

# Chapitre 8

# DU ROUGE

**ILS PROGRESSÈRENT RAPIDEMENT** dans l'aile est du bâtiment. Io restait concentrée sur la Toile et serrait la main d'Edei à chaque fois qu'un policier s'approchait de l'escalier menant à leur niveau. Edei ralentissait alors ou accélérait, la guidant afin qu'elle ne trébuche pas contre un objet qu'elle n'aurait pas vu. Sa main dans la sienne la rendait hypersensible, elle en avait presque le vertige. *Je le touche.* Cette pensée vibrait comme de l'électricité dans chacune de ses veines.

— Qu'est-ce qu'on cherche ? murmura Edei quand ils atteignirent un couloir de bureaux. La salle des pièces à conviction ?

— Le bureau de Saint-Yves, j'imagine. Si j'étais lui, je garderais les preuves à portée de main, tu ne crois pas ?

Elle resta aux aguets tandis qu'ils longeaient le couloir et réalisa soudain qu'il reniflait devant chaque porte. S'était-il transformé en chien de chasse ? Trouvant cela étrange et un peu mignon, elle ne put retenir un petit grognement.

— Qu'est-ce que tu fabriques ?

— Il fume, murmura-t-il en s'éloignant vers le bout du couloir. Des cigares.

— L'odeur ne peut pas persister aussi longtemps.

— Approche.

Io abandonna la Toile, soulagée de réintégrer le monde banal des couleurs et des ombres, et le rejoignit devant la dernière porte sur la gauche. Manifestement, l'odeur âcre du tabac et des cendres était toujours présente.

— Impressionnant.

Edei appuya son épaule contre la porte close.

— Est-ce qu'ils entendront si je l'enfonce ?

— Tu en es capable ? demanda-t-elle en jouant l'impressionnée.

— Probablement, avoua-t-il avec un air timide.

— Tiens.

Elle lui tendit ses outils pour crocheter les serrures, supposant à raison qu'il saurait les utiliser. Une minute plus tard, la porte était ouverte.

La clarté de la plus grosse des lunes, Pandia, se répandait dans la pièce par une étroite fenêtre coincée entre une demi-douzaine d'armoires d'archivage métalliques. Un simple bureau faisait face à la porte, agrémenté de deux chaises à haut dossier et de quelques rares objets : une vieille lampe de travail en métal, une photo encadrée d'un couple devant un feu d'artifice. Un cigare à moitié fumé était posé dans un cendrier de verre sur le rebord de la fenêtre ; l'endroit empestait le tabac.

Edei s'approcha des armoires et déchiffra les étiquettes à voix haute :

— *Mandats, Arrestations, Incidents, Affaires classées*. Putain, on en a pour des heures.

— Commence par les tiroirs fermés, ordonna Io.

Elle cessa immédiatement de respirer, craignant qu'il ne la morde. Pourtant, Edei obéit sans le moindre regard vers elle.

Io soupira de soulagement et se demanda pourquoi elle était si nerveuse. Elle lui avait donné un ordre et craignait qu'il n'apprécie pas. Quelle réaction idiote de se sentir coupable de prendre les devants alors qu'elle était sans doute plus expérimentée ! La culpabilité était une vieille habitude dont elle croyait s'être débarrassée. Ce soir, cependant, elle était une boule d'anxiété. Elle ouvrit les tiroirs du bureau, découvrant des piles de documents officiels : budgets, plannings des patrouilles, rapports sur les crimes commis dans le quartier, etc. Le tiroir du haut était équipé d'une serrure dernier cri. Ses outils n'étaient pas adaptés.

— Edei ? chuchota-t-elle. Tu me donnes un coup de main ?

Après avoir examiné le tiroir et la serrure, il quitta la pièce et réapparut avec une tige métallique qu'il avait dénichée on ne sait où. Il la coinça contre le bois et tira dessus. La serrure s'arracha avec un bruit sec et Io leva une main. Ils restèrent immobiles, aux aguets, tandis qu'elle scannait la Toile à la recherche d'un mouvement. Les flics du rez-de-chaussée n'avaient pas bougé. Et ça tombait bien, car Edei sortit du tiroir un dossier marqué *Strangulations – Marais*.

Elle le rejoignit près de la fenêtre où ils exposèrent les différents éléments à la lune : les rapports de police sur les meurtres de Konstantin Fyodorov, le né-tchernobog, de Minos, l'employé de Bianca, et de Jarl Magnussen. Puis un rapport intitulé *Emmeline Segal* accompagné de deux photos : celle d'une jeune fille souriante posant avec un chapeau à plumes et celle d'un cadavre boursouflé et blême étendu sur une table métallique. Les témoins avaient confirmé qu'Emmeline était la damnée responsable de la mort du douanier, Fyodorov. La jeune fille d'une vingtaine d'années avait été danseuse dans une maison de songes sur l'avenue des Lilas.

— Segal, dit Edei. Je connais ce nom. Elle a travaillé pour le gang des Miduchi.

Les Miduchi étaient l'un des gangs les moins importants du Marais, une bande de jeunes bandits spécialisés dans les cambriolages et les casses. Ils n'opéraient jamais dans le Marais, seulement dans les quartiers riches, ce qui leur avait valu un passe-droit non officiel de la part de la reine, aussi longtemps qu'ils payaient leur redevance.

— Une querelle entre gangs ?

— Possible. Sauf que Fyodorov s'était retiré.

Io donna un petit coup sur un document attaché au rapport : l'extrait du registre public concernant Emmeline. Il s'agissait d'une longue liste d'ancêtres avec cette conclusion : *Aucun antécédent né-autrement connu.*

— Elle n'a pas été enregistrée comme trancheuse. Son dossier aurait été falsifié ?

— Je suppose que les Miduchi pourraient avoir un fonctionnaire dans leur poche. La plupart des gangs en ont.

De nombreux nés-autrement, surtout ceux que la société considérait comme dangereux, essayaient de cacher leurs pouvoirs. Certains parvenaient à se procurer de faux certificats de naissance taisant l'existence de frères et sœurs… cependant, il leur était difficile de jouer la comédie très longtemps dans une cité-nation comme Alante : les flics faisaient souvent appel à des nés-muse pour repérer ceux qui pénétraient illégalement dans la ville. On parlait des *listes des passagers clandestins*. Les nés-muse comme les Neuf possédaient un talent remarquable pour percer à jour les menteurs. Il était assez facile de payer quelqu'un pour faire disparaître une personne des registres de l'administration, mais vous ne pouviez effacer votre nom des listes des Neuf. *En particulier* si vous inspiriez la méfiance, comme c'était le cas des trancheurs et des trancheuses.

— Regarde, susurra Edei.

Il touchait la photo d'un visage qu'Io connaissait. Traits émaciés, joues creuses, cheveux gris – c'était celui de la damnée de la nuit précédente.

Io orienta la feuille vers la lune pour mieux voir. La vieille s'appelait Drina Savva et avait quatre-vingt-un ans. Elle était la veuve d'un commerçant du quartier des Artistes qui avait fait faillite et avait été obligé de déménager dans le Marais quinze ans plus tôt lorsque la banque avait saisi leur maison. La même phrase était soulignée dans son fichier du registre public : *Aucun antécédent né-autrement connu.*

— Ça n'a aucun sens, constata Io.

C'était forcément une erreur, elle ne voyait pas d'autre explication. Seuls les nés-moire pouvaient tenir les fils du destin entre leurs mains ; c'était un fait, aussi immuable que le soleil se levant le matin et se couchant le soir.

Ils restèrent silencieux pendant quelques minutes et parcoururent rapidement les autres documents du dossier : rapports du médecin légiste, transcriptions des témoignages, vérifications auprès des membres des familles et des voisins des deux victimes et des meurtrières.

— Attends, intervint soudain Edei. J'ai déjà vu ce nom, aussi.

Il feuilleta le dossier et en retira deux pages : la déposition du mari de Drina Savva affirmant que sa femme avait été victime d'une tentative de kidnapping, et les archives de l'orphelinat où Emmeline Segal et ses frères avaient été élevés établissant que celle-ci avait été enlevée à l'âge de huit ans. Deux hommes avaient été suspectés : un certain Horace Lark et son complice, Holland Lowe.

— En réalité il s'agit d'une seule et même personne : un escroc nommé Horacio Long, expliqua Edei. Il possède autant de pseudos que de combines. Il a été relâché faute de preuves.

— Les deux agressions sont datées du même jour, il y a douze ans.

Edei fit la grimace.

— Il est connu pour organiser des combats violents. Bianca l'a banni de son territoire il y quelques années. Il était accusé de maltraiter ses combattants.

— Maltraiter comment ?

— J'ai entendu des histoires bizarres. Il aurait utilisé des méthodes infâmes pour augmenter leur endurance et leur agressivité. Mon voisin était lutteur à l'époque. Il m'a raconté que les champions d'Horacio étaient avides de sang, déments, comme des chiens enragés.

— Comme la femme de l'autre nuit ? fit Io. Alors quoi, il aurait essayé de recruter Emmeline et Drina il y a douze ans, il aurait échoué, et le voilà de retour pour finir le travail ? Mais pourquoi les aurait-il lâchées dans la ville pour tuer des gens en parlant de justice au lieu de les obliger à combattre dans ses matchs ?

— Ça vaut la peine de se renseigner.

— J'imagine que c'est notre seule piste.

— Ils s'intéressent à toi aussi.

Il avait extrait une nouvelle feuille du dossier ; le nom d'Io y était inscrit en gras.

— C'est logique. Les flics appelés sur les lieux m'ont raccompagnée chez moi la nuit dernière.

Elle parcourut sa propre déposition, puis les rapports des enquêtes qu'elle avait effectuées pour ses derniers clients, un compte rendu détaillé de ses relevés d'impôts, de ses adresses connues et de ses fréquentations. Les sangsues avaient été rigoureuses. Un rapport sur Ava était attaché au sien, principalement axé sur son travail au club des Fortuna. Ainsi qu'une chemise marquée d'un nom familier.

Thais Ora.

Io sentit son pouls accélérer. Elle tira lentement, presque à contrecœur, la chemise blanche immaculée. Une photo en noir et blanc était accrochée sur la première page. Sa sœur fixait l'objectif avec une expression haineuse – sourcils froncés et lèvres serrées. Io se souvenait du jour où ce cliché avait été pris. Une nouvelle loi venait de passer, obligeant les nés-autrement à compléter leur dossier en y joignant leur photo. Thais avait participé aux manifestations contre ce décret qu'elle considérait comme une atteinte à la vie privée.

Io feuilleta le document. Naissance rue de la Menthe, dans l'appartement parental qu'Io et Ava n'avaient pu garder après son départ. Excellents résultats scolaires, admission à l'école polytechnique de la cité-nation de Nanzy – Thais n'y était jamais allée, sa demande de bourse ayant été rejetée. Puis une liste des différents jobs qu'elle avait effectués au cours des années se terminant par l'agence de détectives qu'elle avait fondée avec Io, quelques mois avant de partir. Le seul élément remarquable, entouré en rouge par celui qui avait compilé ces informations, était son engagement aux côtés de Thomas Mutton au sein de sa combine pyramidale, une arnaque odieuse appelée *Pour l'autre*. C'était une période peu réjouissante de la vie de Thais qu'Io évitait d'évoquer. À la fin du rapport se trouvait une demande de changement d'adresse de Thais, signée presque trois mois plus tôt. *Thais Ora, 64, rue d'Hanovre.*

Io eut un moment d'absence. Elle voyait les lettres, l'encre sur le papier, mais les mots n'avaient plus aucun sens. La rue d'Hanovre était l'une des plus fameuses du quartier chic de la Colline.

Thais était là. En ville. Depuis trois mois. Et elle ne s'était pas manifestée. Pourquoi ? Io sentit sa poitrine se serrer. Penser à sa sœur s'accompagnait toujours d'un sentiment de honte…

Edei se pencha au-dessus de son épaule et son souffle caressa ses cheveux.

— Qui c'est ?

Elle se ressaisit.

— Ma sœur. Elle a disparu il y a deux ans.

— Ah oui, Ava m'a dit que c'était arrivé soudainement.

Pourquoi Ava partageait-elle tant de choses avec lui ? Bons dieux, ce n'était pas le moment de se poser ce genre de question !

— Si on avait été dans l'incapacité de voir les fils nous reliant à elle, on aurait pu croire qu'il lui était arrivé quelque chose, répondit-elle.

L'adresse inscrite sur la feuille semblait la narguer.

— Mais elle avait emporté toutes ses affaires. Son passeport, ses papiers…

— Elle ne vous a pas prévenues qu'elle était de retour à Alante ?

Io secoua la tête. Ses pensées lui échappaient, se percutant dans son crâne telles des boules de loterie. Elle les entendait résonner comme une alarme incohérente. Thais était de retour depuis *trois mois*.

Soudain, des bottes martelèrent le sol du couloir. Tout près – trop près. Remettant la Toile en place, Io repéra quatre individus à leur étage, et d'autres qui grimpaient l'escalier. Tous se dirigeaient vers eux sans vérifier les autres bureaux. Merde. Comment avaient-ils su qu'ils étaient là ?

La réponse lui vint immédiatement. Un né-autrement. Saint-Yves en avait manifestement un à son service. Ou plusieurs, si ses déclarations au sujet de l'Initiative étaient vraies.

Pourtant, si elle avait été attentive, si Thais n'avait pas occupé ses pensées, elle les aurait vus s'engager dans l'escalier. Edei et elle seraient alors retournés dans le couloir pour gagner l'aile est du bâtiment en empruntant les échafaudages. Maintenant, l'issue était bloquée, et toute la boutique était à leurs trousses.

— Il faut se tirer de là, dit Edei.

Au lieu de se diriger vers la porte, il ouvrit grand la fenêtre. Le cendrier et le cigare tombèrent par-dessus bord et s'écrasèrent dans la cour.

— Sors. Je te suis.

— Dehors ? Pourquoi dehors ? balbutia-t-elle.

Ce n'était pas le moment de discuter.

Tandis qu'Edei tirait le bureau devant l'entrée, Io escalada la fenêtre et se redressa sur l'étroit rebord. Trois étages plus bas, les escaliers en marbre du perron du commissariat scintillaient, durs et lisses comme un billot. La marée ne serait pas là pour la sauver ; une chute et c'était la mort.

Edei grimpa derrière elle, une main sur sa taille pour la pousser à bouger. Ils progressèrent lentement le long de la corniche, se retenant aux gouttières et aux fenêtres. Les murs étaient encore tièdes de la chaleur de la journée. La respiration irrégulière d'Io se transforma en sanglots silencieux, mais elle continua d'avancer. Elle n'avait pas le choix.

— Encore un peu, lui dit Edei d'une voix rauque.

Derrière eux, c'était le chaos. Des visages apparaissant à la fenêtre ; *Arrêtez-vous ou on tire.* Une ombre grimpant sur la corniche et d'autres brandissant leurs armes. Et soudain, le souffle des balles fendant l'air, tout près.

— Merde, merde, merde, maugréa Io, clignant furieusement des yeux pour écarter ses larmes.

Devant eux, le bâtiment dessinait une courbe ; ils seraient bientôt à l'abri.

Une nouvelle balle siffla et Edei poussa un cri. Il trébucha et percuta Io qui étendit son bras pour le retenir contre le mur. Un moment passa ; Edei avait les yeux fermés et Io sentit son cœur battre dans sa paume.

Finalement, il rouvrit les paupières en tremblotant et la fixa.

— Continue.

Avant de se retourner, elle eut le temps de voir du rouge sur le mur derrière lui.

Ils contournèrent le coin de l'immeuble et se retrouvèrent juste devant l'échafaudage. Edei avait été futé : ils ne pouvaient s'échapper par l'intérieur du bâtiment, mais c'était possible en le contournant. Les doigts tremblants, elle se hissa sur les planches et ils se précipitèrent en avant ; des objets tombèrent et ricochèrent sur les montants de la structure. Des flics s'agitaient en dessous, au-dessus et derrière eux, hurlant et menaçant ; Io aperçut le reflet de Pandia sur leurs armes, mais tirer n'était pas une option : le risque de toucher l'un des leurs était trop grand.

Un officier apparut soudain devant elle et elle lâcha un cri étranglé. Edei la tira en arrière et balaya d'un coup de pied les chevilles du policier qui s'effondra avec un hurlement et tomba dans le vide. Le jeune homme saisit la main d'Io et la serra plus fort alors qu'ils atteignaient la poutrelle de bois menant à la banque. Contre tout bon sens, elle jeta un œil à l'obscurité béante qui s'ouvrait sous leurs pieds et sentit la panique l'envahir. Elle faillit lâcher Edei, mais ce dernier la traîna, trébuchante, sur la planche étroite et branlante. Les larmes coulaient à flots sur ses joues. Dieux, comme elle se détestait dans ces moments-là, quand la peur la prenait tout entière. Plus de logique, aucune force ; juste une terreur abrutissante qui dévorait tout.

Elle devait se reprendre, au moins pour Edei. Un pas de travers, un faux mouvement, et elle l'entraînerait dans sa chute.

*Vlan !* La poutre se mit à vibrer sous leurs pieds. Io et Edei étendirent les bras, parvenant tout juste à rester debout. Derrière eux, un policier essayait de déloger la poutrelle à coups de pied. Les autres n'étaient pas loin – ensemble, ils n'auraient aucun mal à les faire chuter dans la rue inondée où un bateau patrouilleur approchait à vive allure. Le flic à l'extrémité de la poutrelle releva la tête ; c'était une femme. Elle avait un visage étroit, la peau brune, de petits yeux écartés et des boucles noires qui sortaient de sa casquette. Io la reconnut et elle reconnut Io. Rosa Santos, née-oneiroi, descendante des dieux du Sommeil, était la meilleure amie d'Io et, manifestement, une traîtresse. Comment une fille née et éduquée dans le Marais pouvait-elle collaborer avec ces foutues sangsues ?

Io sentit sa peur la quitter pour laisser place à une colère un peu sauvage.

— Avance ! lança-t-elle à Edei.

Elle lui saisit la main et se concentra sur la Toile. Les fils envahirent sa vision : ceux de tous les officiers qui grouillaient à l'intérieur du bâtiment et sur l'échafaudage se rassemblaient sous leurs pieds. Mais ce n'étaient pas ceux-là qui l'intéressaient ; c'étaient ceux de Rosa, qui s'étendaient dans différentes directions. Elle tendit la main pour s'emparer du plus proche.

Rosa poussa un cri de surprise.

Io agit à toute vitesse : elle abattit un de ses fils sur celui de son amie et les deux fils se brisèrent.

Sa victime s'écroula, comme si toute force l'avait quittée. Un fil coupé était comparable à une asphyxie, sauf pour Io qui était habituée – un avantage réservé aux trancheurs. Tandis que son amie, recroquevillée sur elle-même, était évacuée par ses collègues, elle courut jusqu'au bout de la poutrelle. Dès qu'elle eut atteint le toit de la banque, Edei repoussa la planche dans le vide, isolant les policiers de l'autre côté.

Ensuite, ils détalèrent à travers les toitures pendant de longues minutes, sans reprendre leur souffle, jusqu'à ce que les cris des flics disparaissent. Edei ralentit alors et s'affala contre Io.

Elle serra la mâchoire et soutint le jeune homme tant bien que mal ; la chaleur de son sang coulait sur son flanc.

# Chapitre 9

# IMPRUDENTE

**Edei ne défaillit pas.** Il s'appuya si lourdement sur Io qu'elle crut qu'ils allaient tous deux s'effondrer, mais il demeura conscient, peut-être parce qu'il savait qu'ils ne s'en sortiraient pas autrement. Il tint bon jusqu'à ce qu'ils atteignent le club des Fortuna ; ils y entrèrent par une porte latérale, empruntèrent un escalier de secours réaffecté, puis il s'écroula sur le parquet sombre du hall d'entrée, entraînant Io avec lui.

Les deux gardes de faction se précipitèrent pour le relever. Ils hurlèrent des ordres qu'Io ne comprit qu'à moitié avant de le transporter vers une porte sur la droite. Leurs pas et leurs voix disparurent aussitôt qu'ils eurent refermé et Io resta seule, assise par terre. Le sang séché sur ses mains formait de vilaines taches sombres. *C'est ma faute,* pensa-t-elle. Elle essaya de s'inventer des excuses – tout s'était passé si vite, elle était sous le choc, ils avaient été trop lents –, mais en vain. En vérité, si elle s'était montrée plus prudente, rien de tout cela ne serait arrivé. Edei ne se serait pas fait tirer dessus. Il ne serait pas en train de se vider de son sang.

Elle serra les dents. *Oh, cesse de t'apitoyer sur ton sort*, lui répétait Thais quand elle n'était encore qu'une préadolescente lunatique. *Affronte les choses qui te dérangent et change-les. Tu sais que tu peux y arriver, hein, petite idiote ? Sois la meilleure et rends ce monde meilleur.*

*Sois la meilleure.* Super. Io essuya le sang sur son pantalon et se remit debout. La porte de droite ouvrait sur un escalier de service ; des voix parvenaient de l'étage en dessous, où elle n'avait jamais mis les pieds – sans doute des quartiers réservés aux membres du gang. Elle descendit les marches et repéra une autre porte, ouverte sur une pièce violemment éclairée. Les deux Fortuna qu'Io avait vus dans le bureau de Bianca la nuit précédente maintenaient le corps d'Edei sur le côté sur une longue table, tandis qu'un homme plus âgé examinait la blessure par balle de son épaule.

— Va chercher Samiya, dit le roux, Nico.

L'homme se précipita hors de la pièce sans un regard pour Io. Nico, lui, l'aperçut sur le seuil, mais il ne dit rien, ce qu'elle prit pour une autorisation à entrer. La pièce aveugle était décorée du même bois sombre étouffant que le reste du club. L'air se mit à chatoyer d'argent lorsque Io fit apparaître la Toile. Les deux Fortuna étaient trop près, leurs fils trop brillants et enchevêtrés pour qu'elle puisse distinguer ceux du blessé. Elle les contourna pour se placer du côté de la tête d'Edei. Les yeux du jeune homme étaient fermés, ses lèvres serrées, mais la veine de son cou palpitait régulièrement. Io se concentra sur les fils qui sortaient de sa poitrine et les démêla avec précaution : deux d'entre eux menaient à des gens présents dans la pièce – Nico, le roux, et Chimdi, la fille anoch à la peau noire et aux cheveux rasés qui pressait une serviette sur sa blessure. Parmi le fatras des autres fils, elle repéra celui qu'elle cherchait : son fil de vie. Elle le suivit des yeux jusqu'à ce qu'il disparaisse à travers le plafond pour s'élever vers le ciel.

— Alors ? fit Chimdi d'un ton sec.

— Son fil est intact, répondit calmement Io. Il va s'en sortir.

Une voix claqua dans le couloir.

— Où sont-ils ?

La porte trembla sur ses gonds et Bianca apparut, sa chemise de satin mauve boutonnée n'importe comment. Io rougit lorsqu'elle remarqua ses clavicules à nu et la naissance de ses seins. Fait étrange, les lèvres de la reine étaient toutes bleues : soit elle avait bu un cocktail exotique, soit elle avait récemment utilisé une potion de sommeil.

— Vous avez fait prévenir Samiya ? Bien. Dites-lui de sortir cette balle de la blessure et d'utiliser tous les moyens nécessaires pour le soigner, quel qu'en soit le prix. Io, suis-moi.

Sans attendre de voir si celle-ci lui emboîtait le pas, elle pivota sur ses talons et quitta la pièce. Telles des bagues à ses doigts, son poing américain ornait sa main droite. Les punitions qu'elle infligeait étaient réputées sanglantes. Ennemis découpés en pièces, traîtres aux genoux brisés, mauvais payeurs retrouvés à moitié morts après avoir été battus… On racontait dans les rues que pendant les Émeutes, elle avait égorgé son plus grand rival, le parrain de la mafia Hellas, d'une oreille à l'autre, mettant fin à son règne pour établir le sien. Bianca Rossi négociait dans la douleur ; Ava avait raconté un jour à sa sœur qu'elle affectionnait les poings américains non seulement parce que les armes à feu étaient imprécises, mais aussi parce que ceux-ci provoquaient deux fois plus de dégâts.

Io était certaine que ceux que la reine portait lui étaient destinés. Chacun de leurs pas les éloignait des zones les plus fréquentées du club, comme si Bianca cherchait à éviter les témoins. Io repéra les lieux en prévision d'une éventuelle fuite ; elle agita les doigts avec adresse pour saisir un de ses fils et fourra ses deux mains dans les poches de sa veste.

Bianca la conduisit sur un des balcons qui surplombaient la rue agitée. Une horloge rouge était accrochée au-dessus de leurs têtes, sa surface brillante et ses fines aiguilles rappelant que le bâtiment avait été autrefois un temple – ou un bordel, selon les sources. Son tic-tac rythmait le silence.

— Comment c'est arrivé ? demanda la reine.

— On est entrés dans le commissariat. Et on s'est fait surprendre.

— Qu'est-ce que vous y cherchiez ?

— Saint-Yves a supprimé les nés-autrement des registres publics. On voulait connaître l'identité des tueuses et trouver une connexion entre elles.

— Et vous avez réussi ?

— Oui. Horacio Long. Edei le connaît.

Bianca fit une grimace.

— Qu'est-ce que Long vient foutre là-dedans ?

— On trouvera.

— On m'a informée qu'il avait monté une nouvelle arène. Je vais découvrir où.

Elle reprit après une pause :

— Quoi d'autre ?

— Les tueuses ne sont pas enregistrées comme trancheuses.

— Et alors ? Elles sont sûrement entrées clandestinement. Tout le monde n'est pas un modèle de vertu comme vous autres, les sœurs Ora. Mais encore ?

Io expira par le nez. Elle n'était pas habituée à jouer contre une telle adversaire.

— Quelqu'un m'a reconnue.

— Qui ?

— Une vieille amie.

Si Rosa avait révélé l'identité d'Io, les flics – peut-être même Saint-Yves en personne – étaient sans doute déjà en train de fouiller son appartement. Et ils avaient probablement lancé un avis de recherche contre elle.

— Veux-tu que je m'en occupe ? demanda Bianca.

Io sentit la peur s'installer profondément dans son ventre. Elle devinait ce que ce *je m'en occupe* signifiait : faire disparaître Rosa et toute connexion entre elle-même et l'effraction. Quelles que soient ses affiliations actuelles, Rosa avait été sa meilleure amie, sa seule confidente. Hors de question de l'abandonner aux mains de la reine du Marais.

— Je vais me débrouiller, répondit-elle en espérant être convaincante.

Pendant un instant, toutes deux fixèrent le toit du bar de l'autre côté de la rue. Quelqu'un enterrait sa vie de garçon ; des artistes emplumés dansaient sur les tables. Les trois lunes étaient cachées derrière les nuages ; la scène ressemblait à une photographie vieillotte.

Io était sur le qui-vive, comme si à tout moment elle allait devoir se battre pour sa vie. Elle s'était attendue à de la colère, à un blâme ; cette conversation lisse, très professionnelle, la mettait mal à l'aise. Elle méritait une sévère réprimande ou au moins des reproches – Thais aurait déjà exigé qu'elle se repente dix fois. Mais Bianca ne lui avait réclamé aucune excuse, ce qui rendait Io d'autant plus désireuse d'en fournir une.

— Je suis désolée, déclara-t-elle. C'est ma faute. J'ai été distraite.

Bianca rassembla lentement ses locks blondes en une haute queue-de-cheval. Sa nuque apparut, marquée par les hématomes de son affrontement avec la damnée et les taches de dépigmentation provoquées par les baisers de Pandia. Le silence s'éternisa et son absence de réponse devint la chose la plus terrifiante qu'Io eut à affronter cette nuit-là.

— Edei a travaillé pour moi pendant trois ans sans jamais se faire tirer dessus, finit par dire la reine. Il passe quelques heures avec toi et voilà qu'il se prend une balle. Soit tu es imprudente…

— Je ne le suis pas.

— … soit tu le *rends* imprudent. Entrer par effraction dans le commissariat n'est pas un job pour deux.

Io attendit la suite.

— On m'a mise en garde à ton sujet, Io. On m'a raconté qu'il t'arrivait, lors de tes enquêtes, de couper quelques fils. Pourtant, Edei a insisté : *Sans elle c'est foutu, on n'y arrivera pas*. Foutu ou pas, je ne tolère pas les boulets.

Io déglutit et sortit sa main de sa poche. Invisible aux yeux de Bianca, son fil était tendu comme une lame. Elle l'utiliserait si nécessaire. *Boulet* était un terme poli qui signifiait *menace*, et elle imaginait très bien comment Bianca gérait les menaces.

— As-tu entendu parler du silence des coqs ?

Évidemment. Le silence des coqs était littéralement un silence convenu et observé par un large groupe. L'expression avait une dimension absurde – comme si tous les coqs pouvaient se mettre d'accord pour cesser de chanter au lever du soleil… Le plus fameux de ces silences était celui qu'avaient observé les gangs après les Émeutes de la nuit sans lunes.

Ces débordements s'étaient déroulés douze ans plus tôt lors du mois sans lunes : une période qui se répétait tous les sept ans, au cours de laquelle les trois lunes n'apparaissaient plus. Personne ne savait précisément comment les troubles avaient commencé, mais il était communément admis que l'un des nombreux gangs du Marais s'était mis à piller et à détruire le quartier. À tuer aussi. Les flics n'avaient eu d'autre choix que de se retirer, abandonnant la population à son sort, ce qui n'avait fait qu'empirer les choses. L'ordre des Furies – descendant des Furies et chargé de faire respecter la loi parmi les nés-autrement – avait été envoyé de la cité-nation de Nanzy pour apaiser la situation, mais le gang renégat l'avait anéanti.

Les rares rescapés de l'ordre des Furies étaient morts de leurs blessures à l'hôpital. Deux mois plus tard, l'Agora avait annoncé officiellement que les nés-furie n'existaient plus. L'unique force qui encadrait les nés-autrement s'était éteinte, et la responsable était cette ville insidieuse, ce port de la violence, cette cité d'ordures, Alante. Menacés par toute la colère du monde, les chefs de gangs survivants, conduits par la femme qui se trouvait désormais devant Io, étaient convenus d'un accord : personne ne dévoilerait l'identité du gang renégat à la police. Son nom serait condamné aux oubliettes. Aucun châtiment, aucune enquête, aucune arrestation, aucune vengeance. *Pas de flics, jamais.* Le Marais devait se reconstruire.

C'est ainsi qu'ils avaient fait vœu d'obéir au silence des coqs.

— Je connais cette expression, reconnut Io.

— Et sais-tu ce qui arrive à ceux qui brisent ce silence ?

— Oui, murmura Io.

Leur larynx était arraché à leur gorge et pendait sous leur menton comme une caroncule de poulet.

— Tous ceux qui travaillent pour moi savent garder le silence, reprit la reine. Tu veux entrer par effraction dans le commissariat ? Très bien. Tu as de vieux amis qui travaillent dans la police ? Parfait. Mais si tu évoques ne serait-ce qu'une fois mon nom ou celui des Fortuna devant les flics, considère-toi comme un coq qui chante. Tu m'as bien comprise, trancheuse ?

Io serra les poings.

L'horloge répondit pour elle : *Tic-toc. Tic. Toc.*

# Chapitre 10

## UNE MISE EN GARDE

**Dès que Bianca eut quitté le balcon,** Io convoqua la Toile et examina son paquet de fils. Ceux-ci glissèrent entre ses doigts tels des cheveux fins, provoquant chacun une sensation singulière. Elle savait d'un simple contact où menait chacun d'eux : l'un lui rappela la voix d'Ava, l'autre le goût du café d'Amos, le suivant sa mosaïque favorite dans le quartier des Artistes représentant une plage sur laquelle chantaient des sirènes.

Et celui-ci, le sourire narquois de Rosa, l'odeur de son tabac, le poids de ses bras sur ses épaules. Il s'étendait vers l'est, ce qui étonna Io ; ce n'était ni la direction du commissariat, ni celle de l'appartement qu'elle partageait avec Ava. Elle rejeta les épaules en arrière et inspira profondément. Il était temps que la détective se remette au travail.

Les tramways grondèrent sur son passage tandis qu'elle grimpait rapidement sur les toits pour traverser le Marais. Elle vérifiait régulièrement la direction prise par le fil qui la reliait à son amie. Elle ne ralentit que lorsqu'elle approcha de l'immense immeuble où Rosa et les membres de sa famille louaient leur appartement. Combien de fois avait-elle emprunté ce chemin pour aller la chercher après les cours ou l'emmener faire la fête ?

Elle avait connu Rosa à l'école située à quelques blocs de là. Dans quelles conditions, exactement, aucune ne s'en souvenait malgré leurs efforts respectifs pour y parvenir.

— Le jour de la rentrée, quand on était assises l'une à côté de l'autre ? suggérait Io.

— Trop ringard, répondait Rosa en secouant la tête. En sautant à la corde pendant la récréation ?

— Trop banal. Peut-être dans les toilettes des filles, quand on se cachait pour échapper aux surveillants ?

— Hmm. Trop parfait pour être vrai.

Quoi qu'il en soit, le fait est qu'en quelques semaines à peine, elles étaient devenues deux inséparables crapules de huit ans qui passaient leur temps à faire des farces aux profs qu'elles n'aimaient pas. Pendant des années, elles avaient tout partagé : leurs devoirs, leurs vêtements, leurs peurs, leurs secrets et leurs rêves. Elles avaient joué à faire semblant d'appartenir à l'ordre des Furies et, plus tard, envisagé de former un duo de détectives invincibles qui lutteraient contre les criminels nés-autrement.

*Et pendant le week-end, on ira danser*, disait Rosa.

Io avait assisté à l'enterrement de la mère de son amie, trois ans plus tôt. Et Rosa avait été là durant la semaine qui avait précédé le départ de Thais – elle s'était tellement impliquée qu'Io n'en revenait toujours pas. Et puis, il y a un an, à dix-sept ans, elles avaient quitté le lycée et leurs petits boulots étaient devenus des jobs à plein temps. Leurs chemins s'étaient éloignés mais elles n'avaient pas perdu le contact : elles avaient continué à faire la fête, à flirter ensemble avec des garçons, à cuisiner toutes les deux...

La dernière fois qu'elles s'étaient vues, c'était avec Ava à la Cave, une boîte de nuit, pour fêter le contrat de journaliste que Rosa avait signé avec un magazine féminin.

Mais ça devait être au moins six mois plus tôt. Elles avaient prévu de se retrouver à plusieurs reprises depuis ; à chaque fois, pourtant, Io avait dû annuler au dernier moment.

Et maintenant, Rosa était une sangsue et Io bossait pour la reine de la pègre du Marais. Adieu leurs rêves de justice.

Io parcourut machinalement le chemin jusqu'à la porte de l'appartement que son amie partageait avec ses deux cousins. Leur fil commun passait à travers la porte et elle vit Rosa bouger dans le petit salon. Quatre autres faisceaux scintillaient dans la pièce. Sa famille ? Des amis ?

Elle aurait pu faire demi-tour et oublier leur rencontre sur l'échafaudage. Ça aurait été le meilleur moyen de s'assurer que Bianca et toute cette histoire de damnées restent à distance de Rosa. Peut-être que celle-ci n'avait même pas envie de la voir, d'en discuter avec elle ; elles ne s'étaient pas vues depuis un bail, après tout. Mais leur fil était toujours vivant ; l'amour qu'elles se portaient ne s'était pas encore tari. Avant qu'elle puisse s'en dissuader, Io frappa à la porte – deux coups rapides, puis deux plus lents.

L'appartement s'ouvrit immédiatement, inondant le couloir de lumière. Rosa tournait encore la tête vers l'intérieur, riant sans doute à une blague. Quand son regard se posa enfin sur Io, son sourire joyeux s'évanouit et elle fronça les sourcils. Sa veste de flic était déboutonnée et ses manches relevées sur ses biceps.

— Salut, dit Io, je voulais juste m'assurer que…

*Que tu allais bien. Que je ne t'avais pas blessée.*

— C'est le dîner ? lança une voix grave à l'intérieur.

Rosa lui répondit :

— Non, espèce de goinfre. C'est juste une voisine, celle dont je garde les gosses.

Elle se pencha en avant avec désinvolture, bloquant l'ouverture avec son corps. Son geste n'avait rien d'agressif ;

elle essayait seulement de préserver Io des regards de ses amis – sûrement des collègues.

Io savait qu'elle n'aurait pas beaucoup de temps.

— Tu vas bien ? murmura-t-elle.

— Ouais, ouais, répondit Rosa d'une voix lasse, presque blasée, comme si elle s'adressait à un voisin autoritaire.

L'appartement était petit ; ses invités entendaient probablement tout ce qu'elle disait.

— Écoutez, je ne pourrai pas les garder demain. Je travaille encore de nuit.

Io joua le jeu.

— Après-demain ?

— Ça marche. Je viendrai chez vous.

Io hocha la tête. Message reçu. Elles pourraient parler librement dans deux jours.

Des ombres se déplacèrent à l'intérieur, comme si quelqu'un avait quitté le canapé. Elle s'éloigna de la porte ; il était temps qu'elle parte avant qu'on la repère.

Rosa lui murmura :

— Sois prudente, d'accord ?

Io sentit l'inquiétude lui piquer la gorge. Plus facile à dire qu'à faire.

Au matin, alors que les derniers fêtards quittaient le club pour rentrer chez eux en titubant, Ava retrouva Io dans le petit salon situé au deuxième étage, à trois portes de la pièce où Edei se reposait. Elle portait sa robe dos nu dorée et avait rassemblé ses cheveux sur le côté, sacrifiant à la mode du moment. Elle repoussa les pieds de sa sœur de la causeuse vert émeraude sur laquelle elle s'était endormie et se glissa à son côté.

— Salut, fit Io en se massant le cou pour se décontracter.

— Tiens, c'est ton préféré, lui répondit Ava en lui tendant une tasse de café fumant de chez Amos.

L'un des trente-cinq fils d'Io conduisait au café de la place du Persil, à deux blocs du club. Amos Weinstein avait voyagé dans la moitié du monde en tant que lieutenant dans la force Iceberg ; à vingt-neuf ans, iel avait fini par se poser à Alante où iel avait ouvert son propre bar. Iel y importait du café de quatre cités-nations différentes pour le moudre lui-même. Ses fossettes rieuses avaient fait craquer Io : Amos avait été son tout premier *crush*.

La jeune fille tira ses manches sur ses paumes pour pouvoir saisir la tasse en carton brûlante.

— Je suis désolée qu'on ne puisse pas rentrer chez nous, Ava.

Sa sœur haussa les épaules.

— T'inquiète. Je peux dormir ici, il y a toujours des lits disponibles.

Io n'aimait pas l'idée qu'elle passe trop de temps entre les pattes de Bianca, mais si une autre damnée devait apparaître, le club des Fortuna serait l'endroit le plus sûr.

— Regarde ce que je t'ai apporté d'autre…

Ava sortit deux rugelach au chocolat qu'elle trempa dans la tasse d'Io avant de les lui fourrer dans la bouche. Io mâcha aussi vite qu'elle put pour suivre les mouvements de sa sœur, en vain.

Elle toussa, gloussa et toussa de plus belle.

— Arrête, je ne suis plus un bébé !

— Ça, je n'en suis pas si sûre, se moqua Ava.

De tous les fils d'Io, en dehors de son remarquable fil du destin, celui qui l'attachait à Ava était le plus solide. Sa sœur était la personne qu'elle préférait, et elle regrettait déjà la conversation qui s'annonçait, car elle allait encore devoir la faire souffrir.

Deux ans plus tôt, quand, un matin, elle avait découvert les tiroirs vides de Thais et la disparition de son passeport, Ava avait été dévastée. Les flics avaient refusé d'enquêter au motif que Thais était partie de son propre chef, mais elle s'était obstinée. Elle avait utilisé leurs maigres économies pour suivre le fil de leur sœur à travers les dangereuses Plaines sauvages qui séparaient les cités-nations et avait atterri dans la ville d'eau de Clyde, à trente-cinq kilomètres d'Alante. Là, elle avait remonté les traces de Thais jusqu'à une auberge dont le propriétaire lui avait remis un mot.

*Laissez-moi tranquille. Vous en avez assez fait comme ça.*

Ava était rentrée à Alante telle une météorite dont la traîne aurait été chargée de chagrin. Elle était inconsolable, et furieuse. Que lui avaient-elles fait ? Elles étaient sœurs, liées par le destin, un même esprit dans trois corps. Elle ne comprenait pas pourquoi Thais les avait quittées sans un adieu et leur interdisait de la suivre.

Io aurait pu lui fournir des tas de raisons, mais elle avait préféré se taire. Le mot laissé par Thais était suffisamment explicite : *Laissez-moi tranquille.* Ava avait abandonné ses recherches, mais jamais l'espoir ; tous les six mois, elle mettait à jour leur adresse et les informations les concernant dans les registres publics. Un jour, elle en était certaine, Thais reviendrait.

Et maintenant, leur aînée était de retour. Sans les avoir contactées. Io pouvait déjà voir la tristesse stupéfaite dans les yeux d'Ava. Elle ferait tout son possible – tout – pour éviter que celle-ci ne souffre à nouveau. Mais elle ne pouvait pas lui mentir, car les mensonges transformaient l'amour en un sentiment aigre et toxique.

— Thais est en ville, lâcha-t-elle simplement.

Elle regarda les yeux d'Ava tomber, ses épaules se raidir. Elle sut immédiatement ce qui allait suivre.

— Je sais, répondit sa sœur.

Io se sentit aussitôt trahie. Toute leur vie, Thais s'était trouvée à un bout, Io à l'autre, et Ava au milieu. Cette dernière n'était pas supposée choisir son camp. Elle n'était pas censée choisir Thais. Io eut soudain l'impression que son café était trop chaud ; elle posa sèchement sa tasse sur la petite table, arrosant le tapis au passage.

— Comment ça, tu sais ? fit-elle dans un murmure.

Sa sœur lui prit les mains.

— Je suis désolée. Je voulais t'en parler, mais Thais m'a fait promettre de ne rien te dire. Je me souviens comme elle était en colère contre toi quand elle est partie et de vos conflits à répétition, et je ne voulais pas... Tu es à nouveau heureuse. Et je crois qu'elle aussi. Je ne voulais pas abîmer ça.

Io cogitait.

— Thais est en colère contre moi ?

— En fait...

Ava avait l'air paniquée. Ses pouces dessinaient des cercles nerveux sur les mains d'Io.

— Je ne sais pas si elle t'en veut toujours, mais c'était le cas avant son départ. Vous pensiez que je n'avais rien remarqué parce que je préparais mon audition à l'Académie d'Aska, mais je vous entendais tout le temps vous chamailler. Je sais qu'elle voulait que tu continues à travailler alors que tu préférais arrêter. J'imagine que c'était pour ça...

C'était le cas, en quelque sorte. Quand Io avait quinze ans, Thais commençait à fréquenter un groupe d'activistes du quartier des Artistes. Ils avaient de grandes idées sur la manière dont l'accession des nés-autrement aux hautes sphères de la société pourrait bénéficier à l'économie de la ville. Leur leader était un blond charmeur nommé Thomas Mutton ; il n'avait aucun pouvoir lui-même et se servait de Thais pour des jobs utilisant ses pouvoirs de tisseuse : une jeune mère souffrant de dépression postnatale, un artiste raté en quête d'inspiration, un homme au cœur brisé cherchant un nouvel amour. Thais se complaisait dans son rôle de chevalier blanc, et le salaire n'était pas mauvais.

Mais ensuite, Thomas avait rencontré Io et il avait réalisé qu'il pourrait gagner beaucoup plus en utilisant les pouvoirs d'une trancheuse. Il avait commencé par lui trouver de petites missions, principalement auprès de drogués en rémission. Thais avait expliqué à sa sœur à quel point il serait merveilleux qu'elle puisse aider ces gens et que cela lui permettrait de prouver à tout le monde que les trancheurs n'étaient pas nuisibles. *Coupe*, lui avaient-ils dit, alors elle avait coupé. Un jour, Thomas lui avait proposé une mission différente : les parents d'un des activistes, des gens riches, voulaient que leur fils quitte un gars du Marais dont il était tombé amoureux. Le salaire lui aurait permis de payer son loyer pendant un an.

*Putain, non*, avait dit Thais. *Il y a des limites.*

*Quelles limites ? C'est une trancheuse.*

Elle avait quitté Thomas le jour même. Elles n'avaient pas besoin de lui. Elles se débrouilleraient seules. Pendant trois semaines, Thais avait tissé un fil entre les parents et le petit copain de leur fils. Pas un fil d'amour – ça aurait été immoral – mais un fil de tendresse qui pourrait se renforcer avec le temps. Io n'avait jamais été aussi admirative de sa sœur aînée.

Malgré ses efforts, cependant, Thais n'était pas devenue une mondaine du quartier des Artistes. Les amis de Thomas refusaient dorénavant de travailler avec elle. Ses connaissances parmi les privilégiés prétendaient ne pas la connaître. C'était ainsi que les sœurs Ora avaient ouvert leur propre bureau dans le Marais, où elles avaient trouvé leurs propres clients ; c'était cette activité qui avait conduit Io à ce qu'elle était aujourd'hui : une détective privée. Les affaires marchaient bien, mais Io avait vu le moral de sa sœur s'effondrer de jour en jour. Pas assez d'argent, manque de noblesse des missions. Thais en voulait toujours plus ; Io ne pouvait le lui apporter.

Un jour, Thais avait demandé à Io de trancher un fil qui… qu'il n'était tout simplement pas juste de couper. Et pour la première fois de sa vie, Io avait dit *non* à sa sœur.

Pendant une semaine entière, celle-ci s'était alors enfermée dans sa chambre et avait écouté des disques, sans un mot pour Io. Au bout de sept jours, la musique s'était tue ; Thais avait disparu et sa chambre était vide ; elle avait emporté son manteau, les bottes chics de leur mère, ses économies, ses papiers.

— Je ne prétends pas que c'est pour ça qu'elle est partie, précisa Ava en arrachant Io à ses pensées.

— Ça y ressemble.

Ava serra plus fort ses mains.

— Non, ce n'est pas du tout ce que je veux dire. Bons dieux, je suis maladroite, d'accord ? J'ai juste l'impression que pendant tout ce temps où vous avez bossé ensemble, tu étais malheureuse. Et elle a laissé ce mot dans lequel elle nous demandait de la laisser tranquille… Elle devait donc être malheureuse, elle aussi. Maintenant, tu es heureuse. Et Thais aussi. Ce n'est peut-être pas si mal qu'elle préfère garder ses distances, non ?

*C'est ma sœur*, voulut répondre Io. *Elle n'est pas censée me rejeter pour être heureuse.*

Elle n'avait pas envie de se prendre le bec avec Ava, cependant. Quand elles étaient petites, à chaque fois qu'Io se plaignait de Thais à Ava, cette dernière lui répondait : *Elle te taquine. C'est comme ça, entre sœurs*. Puis elle montait le son de la musique et la faisait danser jusqu'à ce qu'elles soient secouées d'éclats de rire. Ava était comme ça : elle aimait consoler et rire, préserver la paix.

Io inspira profondément avant de demander :

— Est-ce que Thais tisse ?

Elle voulait dire en fait : est-ce qu'elle crée des fils pour se faire apprécier par des abrutis de riches qui autrement l'auraient ignorée ? Comme elle l'a fait avec les amis intellos de son ancien petit ami ?

Le visage d'Ava se durcit.

— Non, Io, elle ne tisse pas.

— Elle habite rue d'Hanovre. Aucun né-autrement du Marais ne peut se permettre de vivre sur la Colline.

Io eut l'impression que sa sœur allait lui en dire plus – ses joues étaient devenues rouges et gonflées, comme si elle allait s'énerver –, mais celle-ci n'en fit rien.

— Laissons Thais à son bonheur, d'accord ? Et profite du tien – Edei est réveillé.

Io sentit son estomac faire une embardée et oublia aussitôt son aînée.

— Comment va-t-il ?

— Son épaule gauche est immobilisée, mais Samiya, une soignante née-horus, a extrait la balle et recousu la plaie. Elle assure que le gonflement aura disparu d'ici un jour ou deux. C'est un dur, il voudrait déjà se remettre au travail, mais Bianca lui a imposé le repos. Il a demandé à te voir.

Io baissa la tête, essayant de contenir un sourire. *Il a demandé à me voir, moi ?*

— Ça y est ? Tu es amoureuse ? Est-ce que…

Ava fit ondoyer sa main devant le visage de sa sœur, qui avait probablement la couleur d'une betterave.

— … tu reconnais enfin que ton promis t'intéresse ? Je savais bien que tu n'avais pas conservé ce fil sans raison !

Io avait l'impression que son corps avait été essoré comme un torchon à vaisselle et que la vérité en sortait au goutte à goutte.

— Où est-il ?

— À côté. Mais n'y va pas tout de suite. Samiya est avec lui. La née-horus. Sa… sa petite amie.

Comment avait-elle pu oublier ? Elle avait toujours évité de penser à la petite amie d'Edei parce que ça lui donnait l'impression d'être cruelle, mais cela ne justifiait pas qu'après avoir passé deux minutes avec lui, elle oublie son existence.

Elle prit un air nonchalant.

— D'accord. Je vais attendre.

— Hey, ne sois pas comme ça, fit Ava en lui donnant une pichenette sur le nez. Tu n'as rien fait de mal.

— Je n'ai rien fait de bien non plus.

— Comme quoi ?

— Couper le fil.

*Les sœurs Ora n'embrassent pas les petits copains des autres filles*, avait dit Thais des années plus tôt. Io se serait fourré les doigts dans les oreilles en chantant *la-la-la* pour ne pas entendre à nouveau cette phrase.

Ava ne la lui rappela pas.

— Le fait que Thais te l'ait conseillé ne signifie pas que tu aurais dû le faire, Io. Mais sois prudente. Bianca n'est pas à proprement parler… possessive, mais elle apprécie la loyauté.

Bianca ? Que venait-elle faire dans cette conversation ?

— En quoi ça la concerne ?

— Elle n'apprécie pas que son infaillible second transgresse les règles pour toi. Ni amants, ni sangsues, ni flingues. Ils s'y plient tous, même elle.

Ava retroussa les lèvres avec amertume avant d'enchaîner :

— Ils se protègent les uns les autres. Edei sait comment éviter les flics, mais bons dieux, s'ils t'identifient, si Rosa parle…

— Comment es-tu au courant, pour Rosa ?

— Bianca a mentionné le fait qu'une vieille amie t'avait reconnue. J'imagine qu'il s'agissait de Rosa, vu qu'elle est ta plus vieille et ta *seule* amie.

— Tu n'es pas obligée d'être méchante, grommela Io en réponse au sourire moqueur de sa sœur. Je lui ai parlé brièvement la nuit dernière. Je ne pense pas qu'elle nous ait balancés. Ne t'inquiète pas, d'accord ? Je m'en occupe.

Ava lui tapota la tête comme si elle était un petit chien.

— Je sais que tu vas t'en occuper, sœurette. Sois la meilleure, OK ?

Le vieux conseil de Thais était comme du sel sur une blessure ouverte. Io ne voulait pas être la meilleure. Elle voulait seulement en finir. Elle trouverait ce type, Horacio Long, le ferait parler et le livrerait à Bianca Rossi. Ensuite, elle ne mettrait plus les pieds dans le club des Fortuna, elle ne serait plus menacée par ce foutu silence des coqs et elle n'aurait plus à supporter le regard sérieux mais bienveillant d'Edei ou à nettoyer son sang sur ses doigts. Elle oublierait qu'une de ses sœurs refusait de lui parler, que l'autre lui cachait des choses et que son unique amie avait retourné sa veste. Elle oublierait toute cette putain d'histoire.

— Je serai la meilleure, promit-elle.

La porte s'ouvrit à la volée et Nico, le roux, entra en sautillant sur un pied tandis qu'il enfilait sur l'autre une botte en caoutchouc.

— Bianca a trouvé Horacio Long ? devina Io.

— Ce vieil escroc organise des combats de chimerini, répondit-il.

— Et où ça ?

— Sur les Docks.

Ava siffla.

— Oh, merde.

Oh, merde, effectivement.

# Chapitre 11
# CHIMERINI

**Les docks d'Alante** étaient composés de longs pontons de bois parallèles les uns aux autres sur lesquels s'amarraient sans ordre les bateaux. Chaque embarcadère était supporté par des centaines de fragiles poteaux de bois plantés dans une épaisse couche de vase. Certains étaient complètement pourris, d'autres à moitié arrachés. On ne les remplaçait jamais ; on se contentait d'en ajouter de nouveaux au milieu des anciens. La nuit, l'endroit était complètement immergé, mais à cette heure les docks ressemblaient à d'inquiétants mille-pattes.

Io détestait les insectes.

Elle suivait Nico sur le ponton le plus délabré, attentive à repérer les planches manquantes et les clous qui dépassaient à travers la brume épaisse du matin. Depuis leur départ, le Fortuna ne cessait de causer, même quand il courait ou quand les usagers matinaux l'avaient fixé pendant leur trajet en tramway. En vingt minutes environ, elle en avait appris davantage sur le roux dégingandé qu'elle ne l'eût cru possible.

Il venait d'avoir dix-neuf ans ; il avait dix mois et demi de plus qu'elle et était Capricorne. Il était né dans la région de Neraida, au nord de la ville. Ses parents possédaient une ferme, mais avec trois sœurs et quatre frères, il ne s'y sentait pas vraiment utile, alors à seize ans et demi – pour une raison ou pour une autre, les chiffres précis avaient une grande importance à ses yeux –, il avait pris un train pour Alante sans regarder en arrière. Sa famille lui écrivait tous les mois ; il se contentait de leur envoyer du tabac et des bonbons. *Les choses que je fais pour le gang ne sont pas exactement celles qui rendent des parents fiers*, avait-il expliqué.

— Alors je dois vendre ces nectarines, tu sais, celles qui ont trop poussé au printemps, racontait-il à présent. Et je passe près de cet élevage de chèvres sur le chemin de la ville. Et il y a cette chèvre, là, une chevrette, coincée dans une clôture avec son air triste et misérable. J'arrête la charrette et j'essaie de la libérer, mais la bestiole refuse de bouger. Alors je lui donne des nectarines et de l'eau en me disant qu'au moins, elle ne mourra pas de faim. Et puis je fais un détour par la ferme et je préviens la femme du fermier, *Il y a une chèvre coincée…*, mais elle me coupe la parole et répond : *Je sais, je sais. Elle s'appelle Milly. Elle peut se libérer quand elle veut. Elle essaie juste d'attirer l'attention.*

Le rire d'Io se perdit dans le paysage gris et malodorant.

Nico continua, exaspéré :

— Quand j'ai raconté l'histoire à ma mère, elle a éclaté de rire, elle aussi, et tu sais ce qu'elle m'a dit, cette vacherie ? *Berné par une chèvre, c'est tout toi, mon Nico.*

Ce qui fit rire Io encore plus fort.

Il lui adressa un large sourire.

— Et toi ?

— Je ne me suis jamais fait avoir par une chèvre.

— Je voulais parler de tes proches. Je sais que tu habites avec Ava dans le Marais. Tu as de la famille ailleurs ?

— J'ai une sœur plus âgée, mais elle est… partie. Mes parents étaient dans les plaines de Neraida pendant la Grève des travailleurs, quand le barrage a été submergé.

— Merde. Ça a dû être dur.

Oui et non. Io était déjà habituée à leur absence. Le travail des champs était dangereux, mais il rapportait plus. La plupart du temps, c'était Thais qui la mettait au lit et Ava qui préparait son dîner. Io aimait ses parents à distance, comme on aime des célébrités, et Thais ne manquait jamais de le lui rappeler. *Maman aime les jacinthes, pas les gardénias*, disait-elle à chaque fois qu'Io rapportait des fleurs qu'elle avait cueillies avec Ava dans les jardins clos du quartier des Artistes. Aucune fille attentionnée n'aurait oublié ça.

— On s'est débrouillées, expliqua Io faute d'avoir une meilleure réponse à offrir.

Nico hocha gravement la tête.

— J'imagine que oui, patronne. On m'a demandé de veiller sur toi, mais je crois que c'est toi qui vas veiller sur moi.

— Bah, fit Io avec un petit geste dédaigneux. Ava est un peu surprotectrice.

— Ce n'est pas Ava, patronne. C'est Edei. *Elle est costaude*, il m'a dit, *mais surveille ses arrières*.

Io rougit et faillit mourir d'humiliation. Elle avait toujours été en forme – traquer des suspects pendant des nuits entières sur les toits de la ville avait cet avantage – mais elle ne se serait jamais décrite comme *costaude*. L'attention que lui avait portée Edei la rendit soudain mal à l'aise. Son pantalon à poches lui sembla trop moulant, son pull trop court et décolleté.

Comme elle ne savait quoi répondre, elle changea de sujet.

— Que sais-tu à propos de cet Horacio Long ? Edei m'a expliqué qu'il était accusé de maltraitance sur ses hommes.

— C'est la rumeur. C'est pour ça qu'il a été banni du Marais et qu'on lui a interdit d'entraîner des combattants. Comme personne ne fait plus appel à lui, il organise des combats de chimerini, ici, sur les Docks. C'est un ancien marin ; il a la réputation de dénicher les chimerini les plus excentriques des Mers calmes.

— C'est Bianca qui l'a banni, non ? Aurait-il une raison d'envoyer une damnée la tuer ?

— Je n'en sais rien, répondit Nico en se grattant l'arrière de la tête.

Il avait des taches de rousseur jusque sur les doigts.

— Mais les combats ne procurent pas des revenus stables. On m'a raconté qu'à côté, il avait d'autres activités, si tu vois ce que je veux dire…

Io voyait très bien : Horacio était sans doute un mercenaire au service des citoyens riches et capricieux d'Alante. Le froid qui se glissa dans son dos n'avait rien à voir avec la rosée du matin. Elle-même n'était pas toujours clean dans son boulot, mais elle ne s'était jamais abaissée à ça.

*Cette ville*, lui disait souvent sa mère, *va essayer de te rendre mauvaise. Mais tu ne la laisseras pas faire, n'est-ce pas ?* L'enfant qu'elle était s'était promis que non. Mais elle avait grandi et avait dû travailler, payer son loyer, les courses, et elle avait réalisé que… tous ces gens comme elle, les nés-autrement, les immigrants et les citoyens défavorisés que personne n'embauchait… ils ne s'étaient pas *laissé faire*, ils n'avaient pas *laissé* la ville les rendre mauvais, si ? Le bien qu'ils avaient en eux s'ébréchait petit à petit, à chaque fois qu'ils étaient renvoyés du jour au lendemain, que leurs demandes de logement étaient rejetées sans raison ou qu'on les dévisageait avec suspicion dans le tramway. Prétendre qu'ils se *laissaient faire* revenait à les rendre responsables d'un système déjà complètement pourri avant leur arrivée. La mère d'Io n'avait jamais été aussi pauvre que ses filles l'étaient devenues après sa mort. Et elle n'était pas une née-autrement. Elle ne pouvait pas vraiment comprendre.

Le fait demeurait, cependant : cet homme, Long, ferait n'importe quoi pour de l'argent. Que ce soit ou non un choix, il était devenu dangereux.

— On est bien sûr qu'il n'est pas né-autrement ? demanda-t-elle.

— Bianca affirme que non. Il n'est pas enregistré et n'a jamais manifesté aucun pouvoir.

Comme le reflet argenté dans les yeux d'Io ou le scintillement cuivré dans ceux des nés-dioscure.

— Quand on l'aura trouvé, indiqua-t-elle à Nico, ne te précipite pas. Ne sois pas agressif. Je suis une jeune fille pleine aux as, je t'ai rencontré au club et tu m'as expliqué que c'était le meilleur endroit pour les paris. On le fait parler du Marais, des nés-autrement. On a entendu dire qu'une femme errait dans les rues d'Alante avec son fil tranché, est-ce que c'est vrai ? Il répondra plus facilement s'il croit qu'il peut nous soutirer de l'argent, alors on lui montre nos billets à la première occasion.

— D'accord, patronne, répondit gaiement Nico.

— C'est toi qui parles. Tu es doué.

Il gloussa.

— Ma sœur prétend que ma bouche n'est bonne qu'à ça. *Tu parles, tu parles, mais tu n'embrasses jamais.*

Io sourit. Nico et ses bavardages représentaient une pause agréable et bienvenue dans la frénésie des deux derniers jours. Alors qu'elle se faisait cette réflexion, plusieurs silhouettes serrées les unes contre les autres apparurent devant eux à travers la brume. Leurs voix tranchantes résonnaient sur le ponton. La plupart étaient des hommes d'âge mûr venus directement ici après la fermeture des clubs du quartier. Ils semblaient rassemblés autour d'une sorte de trou rectangulaire percé dans les planches.

Nico posa un coude sur l'épaule d'Io et fit semblant de trébucher, encore soûl après une nuit de débauche.

— Hey ! hey ! hey ! cria-t-il. Laissez passer la demoiselle. Elle est venue de Nanzy pour le week-end. Son cher père lui a donné pas mal d'argent de poche à dépenser.

Avec des sourires entendus, les hommes s'écartèrent pour les laisser approcher de la fosse. Le ponton était écroulé sur lui-même, exposant ses piliers et formant une barrière improvisée autour d'une surface rectangulaire vaseuse. De chaque côté, des pièges à crabes pendaient aux poteaux, recouverts de vêtements humides et sombres. À l'intérieur, des *créatures* sifflaient et crachaient – sans doute les combattants.

Le mot exact était néo-hybrides, mais dans le Marais on les appelait chimerini – les petites chimères. Elles avaient commencé à sortir des fissures sombres du monde quelques années après l'Effondrement avec leurs corps déformés, composites, et leurs rangées de dents pointues. Le père d'Io avait l'habitude de pêcher des crabes-rats pendant son temps libre ; sa mère les faisait cuire au four avec du beurre avant de les vendre dans les fermes pour arrondir les fins de mois.

Nico se pencha vers Io pour lui chuchoter à l'oreille :

— Il est là.

Une odeur de poisson pourri précéda l'arrivée d'Horacio Long – Io se tourna pour le regarder se faufiler à côté d'elle. Il avait une soixantaine d'années ; il était corpulent et sa peau ridée était couverte de tatouages de marin. Il n'y avait plus beaucoup de travail pour les pêcheurs à cette époque de l'année ; la mer devenait dangereuse et les vagues de marée renversaient les navires.

Son sourire n'atteignait pas ses yeux.

— La demoiselle veut parier ? Vous avez de la chance, j'ai des nouveaux, aujourd'hui. Ça va être spectaculaire.

— Comment ça marche ? demanda Io en désignant les cages.

— Vous observez bien les adversaires, vous placez votre argent sur l'un d'entre eux et vous les regardez se battre. Si votre champion l'emporte, vous récupérez votre mise, avec des intérêts.

— Combien est-ce que les joueurs misent, en général ? fit Io en fourrant la main dans sa poche. Est-ce que quinze billets suffisent ?

Nico, qui se trouvait dans son dos, s'étrangla théâtralement. Quinze billets représentaient une somme ridiculement élevée. Il le savait, Horacio le savait, mais une fille à papa ne pouvait pas le savoir.

— Commençons par trois, suggéra-t-il prudemment, et voyons ce que ça donne. D'accord, poupée ?

Io fronça les sourcils, faussement confuse.

— Parfait.

Horacio interpella un garçon de l'autre côté de la fosse :

— Adam ! Montre voir à ces gens pour quoi ils paient.

Un grondement d'excitation parcourut l'assemblée. La barrière trembla sous les coups de poing de deux douzaines de spectateurs. Le garçon tira sur une petite corde et les vêtements qui recouvraient les cages tombèrent, révélant des créatures qu'aucun autre mot que chimère n'aurait pu décrire.

La première, sur la droite, était un mélange de lièvre et de crabe. Son museau poilu était couvert de boue ; elle avait de longues oreilles torsadées, quatre pattes normales et quatre de plus qui sortaient de son épine dorsale et se terminaient par des pinces courbes et tranchantes. Celles-ci jaillirent entre les barreaux, plus longues qu'Io ne les avait crues. Le public amassé derrière la barrière recula brusquement avec des cris ravis. La deuxième, sur la gauche, ressemblait à un petit crocodile mais se mouvait comme une souris ; elle se frottait aux barreaux si vite qu'on peinait à la suivre. Son corps était couvert d'écailles et sa queue pointue. Mais c'est la dernière, à l'autre bout de la fosse, qui inspira à Io une vraie terreur. Plus petite que les autres, elle avait six pattes d'araignée, une carapace noire brillante et trois queues dressées vers l'avant comme celle d'un scorpion. Elle se tenait immobile dans sa cage à la façon d'un authentique prédateur.

— Celui-là. Trois billets sur celui-là, annonça-t-elle en feignant l'émerveillement et la naïveté.

Attentive à cacher son portefeuille aux yeux d'Horacio, car elle avait pas mal d'argent dedans, elle en sortit trois billets et les lui tendit.

— Bon choix, gamine, acquiesça l'homme avant de grogner à la foule : Tous les paris sont faits ?

Des exclamations enthousiastes, accompagnées de coups frappés sur le bois, lui répondirent. Horacio fit un signe au garçon et les cages s'ouvrirent d'un seul coup, libérant les animaux difformes dans l'arène vaseuse.

Io s'approcha un peu, retenant son souffle. Le lièvre prit aussitôt l'initiative, se précipitant pour pincer la patte avant du crocodile. Ce dernier riposta en abattant sa queue pointue sur la pince du lièvre qui poussa un hurlement de douleur en reculant. Le crocodile ne perdit pas de temps – il lança une rapide série de coups de queue, envoyant son adversaire en sang s'écraser contre les piliers de la palissade. Mal en point, le lièvre grimpa sur une planche pour se mettre hors de portée, mais le garçon l'obligea à redescendre dans l'arène à l'aide d'un long bâton. Le lièvre tomba pile sur le dos du crocodile et y enfonça ses pinces. Avec un cri perçant, le crocodile se mit à tourner sur lui-même frénétiquement et finit par écraser son opposant entre son corps et la paroi. La tête de ce dernier explosa avec un ignoble bruit de succion.

Le crocodile frappa deux fois encore le corps inanimé avant de se tourner vers le scorpion. La troisième créature n'avait pas fait le moindre mouvement depuis le début de la confrontation. Elle ne bougea pas non plus lorsque le crocodile ensanglanté et enragé se jeta sur elle. La foule rugit lorsque les deux bêtes entrèrent en collision. Dans un tourbillon de mouvements monstrueux, Io vit l'araignée-scorpion grimper sur le dos du crocodile. Rapide comme la lumière, la chimère arachnide n'utilisa sa queue gauche qu'une seule fois. Le crocodile continua à lutter pendant un moment, secouant son corps pour se débarrasser de son agresseur, puis tomba brutalement sur le sol et cessa de respirer.

La foule exulta – Io ne sut si c'était de colère ou de joie. Son cœur cognait contre ses côtes. L'air sentait le sel, le poisson et la sueur. Elle se tourna vers Horacio, prête à parler, mais le combat n'était pas terminé. Le garçon, Adam, apporta une boîte métallique qu'il vida simplement sur le sol de la fosse. C'était une autre araignée-scorpion, plus grosse et plus claire que la première. Les gens devinrent fous et écrasèrent Io et Nico contre la barrière pour miser leur argent.

Le marin prit note des paris et encaissa les billets avec un sourire satisfait. L'affaire fut réglée en quelques minutes durant lesquelles Adam utilisa son bâton pour maintenir les deux animaux à distance. Au signal d'Horacio, le garçon s'écarta et le combat commença.

— Où les trouvez-vous ? Ces… combattants, demanda Io, hypnotisée.

— C'est la marée de la nuit qui les apporte dans les rues, répondit l'homme tatoué sans quitter l'affrontement des yeux. Les attraper n'est pas le plus difficile. Les garder enfermés, par contre… Le lièvre m'a fait ça la nuit dernière, quand j'ai essayé de le nourrir.

Il tapota une vilaine marque rouge sur son avant-bras, puis jeta un œil au lièvre mort en ricanant.

— Manifestement, ce n'était pas la peine de le nourrir.

— Vous n'avez pas peur de les chasser pendant la nuit ? demanda Io. J'ai entendu dire que des tueuses sauvages au fil de vie coupé traînaient dans les rues.

Horacio Long abaissa les yeux sur elle avec une lenteur délibérée.

— Qui t'a raconté ça ?

— Ma tante. Elle m'a conseillé de rester chez moi le soir à cause de ces femmes.

— Tiens donc. Vous n'avez pas suivi son conseil, à ce que je vois.

— Elle n'est pas du genre à s'inquiéter pour si peu, celle-là, intervint Nico, jovial, en désignant Io. C'est même le contraire. Elle est fan de ces livres d'horreur, ceux de Melina Chokra, pas vrai chérie ?

Io hocha la tête timidement. Où voulait-il en venir ?

— Depuis qu'elle a entendu ces rumeurs, c'est une véritable obsession. Elle en a parlé toute la journée. *Trouvons une de ces femmes, Nico. Je veux en voir une.* Elle s'est mis dans la tête d'écrire un livre. Mais comme je ne sais fichtre pas où les trouver, j'ai préféré l'amener voir les chimerini.

Nico était bon. Très bon. Io se mordit la lèvre et lui donna la réplique en marmonnant.

— Je ne suis pas *obsédée*, je trouve juste ça intéressant. J'ai fait tout ce chemin jusqu'à Alante, la fameuse Cité Immergée, et tout ce que je fais, c'est assister à des soirées mondaines et prendre le thé avec ma tante, qui m'a présenté toute la bonne société de la Colline.

— Je ne suis pas de là-haut, mais ma belle gueule pourrait faire illusion, tu ne crois pas ?

Nico fit semblant de vouloir l'embrasser et elle le repoussa malicieusement.

À présent, Horacio Long leur prêtait la plus grande attention. Son avidité avait beau être discrète, elle n'échappa pas à Io – il n'arrêtait pas de regarder la poche de sa veste dans laquelle elle avait rangé son portefeuille. Soudain, il s'inclina sur son oreille et chuchota :

— Combien ? Pour des informations sur la femme ?

*Dans le mille.*

— Oh, vraiment ? fit-elle d'une voix légèrement tremblante. Combien voulez-vous ?

— Combien as-tu ?

— Trente billets sur moi. J'en ai d'autres chez ma tante.

Il s'écarta d'elle et lui fit signe de le suivre.

Nico lui emboîta le pas, mais l'homme lui opposa sa main.

— Pas toi, pique-assiette. Attends-la ici.

Nico s'apprêta à discuter, mais Io l'attira contre elle, aguicheuse, et lui glissa à l'oreille :

— Compte jusqu'à vingt et suis-nous.

Jouant parfaitement le jeu, Nico s'inclina avec un air coquin et dit avec insolence :

— D'accord, chérie. J'imagine que je peux patienter seul quelques minutes.

Horacio entraîna Io à travers la foule et jusqu'au bout du ponton. La brume était plus épaisse ici – tous les trois pas, elle tendait le cou pour regarder en arrière, comme l'aurait fait une jeune fille sortie de son cocon. Bientôt, le pourtour de la fosse fut avalé par un brouillard laiteux. Ils s'arrêtèrent au niveau d'un petit bateau de pêche. La marée s'était retirée et les embarcations étaient échouées sur le flanc dans la vase telles des carcasses de baleines bouffies. Horacio utilisa une échelle de corde pour descendre dans la vase.

Io jeta un dernier coup d'œil vers les combats. *Merde.* Nico ne la retrouverait jamais avec cette mélasse. Il faudrait qu'elle fasse du bruit ; avec un peu de chance, il l'entendrait.

Des vers se tortillaient sur le sable vert et gluant. Ses bottes s'enfonçaient en faisant un *sposh* répugnant. Des nasses à poissons de toutes formes et de toutes tailles étaient disséminées n'importe comment autour de la coque, avec leurs grillages rouillés et pleins d'algues. L'une d'elles, recouverte de vêtements, émit un bruit de ferraille quand Io passa à proximité en essayant de repérer Horacio dans la brume.

Où était-il passé ? Elle sentit l'appréhension la gagner et convoqua la Toile. Le front de mer était d'un noir sinistre, dépourvu de tout scintillement argenté. La main appuyée sur une nasse pour s'orienter, elle tourna sur elle-même et scruta le brouillard à la recherche du fil de vie d'Horacio.

Elle en aperçut un autre qui s'approchait du bateau de pêche dont ils étaient descendus. *Pourvu que ce soit Nico.* Elle fouilla ses poches pour trouver ses lunettes : c'était bien un fil particulier, oui ; il avait la teinte argentée d'un fil de vie. Mais il était…

*Tranché.*

Cette vision lui fit l'effet d'un coup de poing dans l'estomac.

C'était un damné, un *nouveau* damné. Homme ou femme, impossible à dire.

— Monsieur ? appela-t-elle d'une voix paniquée. Monsieur Long, il faut partir, maintenant.

Elle sentit sa présence derrière elle alors qu'il n'aurait pas dû l'être – à moins qu'il ne l'ait contournée précisément pour la piéger. Elle fit volte-face, mais trop tard. La main d'Horacio s'approcha de son torse et ses doigts se mirent à tournoyer comme s'ils déverrouillaient une porte invisible.

Ce geste suffit à désarçonner Io, qui ressentit aussitôt un choc violent, comme si on lui avait enfoncé un bâton brûlant dans la poitrine. La chaleur remonta sur sa cage thoracique et elle eut l'impression qu'on lui passait une chaîne autour du cou.

— Marchons un peu, gamine, lui ordonna Horacio avec un sourire de travers. Et voyons voir ce que tu as dans ton portefeuille.

Io ne voulait pas.

Malgré la pression dans sa poitrine, elle pensa : *Cours, cours et ne te retourne pas. C'est un né-grâce. Il utilise son emprise psychique. Il te manipule. Cours !*

Mais elle était déjà envoûtée.

— Viens, lui dit-il.

Alors elle le suivit.

# Chapitre 12

# CONTINUE À JOUER TON RÔLE

**Io avait été stupide.** Elle aurait dû enquêter sur Horacio avant de l'approcher – c'était son boulot, après tout ! Les nés-grâce qui n'avaient pas été enregistrés savaient échapper aux autorités mieux que quiconque – leur emprise psychique leur était bien utile – mais le Marais était un cloaque d'informations. La population y était si dense qu'il y restait peu d'espace pour les secrets. Un voisin l'avait forcément vu faire des gestes bizarres ; quelqu'un avait probablement aperçu un jour un éclat d'or rosé dans ses iris. Rien d'exceptionnel si vous n'étiez pas habitué aux pouvoirs des nés-grâce, mais cela aurait alerté Io et elle aurait pu se préparer.

Malheureusement, elle avait fait confiance à Bianca et à ses sources afin de passer la nuit au club et de surveiller les fils d'Edei toutes les cinq minutes. Elle avait laissé Horacio s'approcher d'elle et se trouvait maintenant sous son contrôle.

Les descendants des trois Grâces étaient doués d'un charme magnétique qui se glissait dans le cerveau de leurs victimes et les rendait serviles. Ils utilisaient pour cela un fil invisible – semblable aux fils que voyait Io – qui provoquait chez elles une impression de douceur réconfortante semblable à l'étreinte d'une mère. Et si un né-grâce leur demandait *de sauter*, elles sautaient. Qu'importe la hauteur.

— On est assez loin. Ton petit copain a dû perdre notre trace, dit Horacio en s'arrêtant à l'extrémité du labyrinthe de nasses.

Le front de mer s'étendait à perte de vue, diffusant une odeur rance d'algues et de bois pourris. Le brouillard les enveloppait tel un animal de compagnie envahissant qui vous lèche les jambes. Io songea au fil tranché qu'elle avait aperçu près des poutrelles du ponton derrière le bateau, mais il avait disparu…

— Donne-moi ton portefeuille, ordonna Horacio.

Les doigts d'Io, ces traîtres, se hâtèrent de le sortir de sa poche. *Respire. Concentre-toi. Quelles sont tes options ?* Elle aurait pu lutter contre l'emprise psychique de son agresseur, obliger son corps à lui résister, mais cela l'aurait trahie. Horacio croyait qu'elle était une proie facile ; elle pouvait utiliser ça. Lui donner un faux sentiment de toute-puissance, puis en profiter pour s'enfuir à toutes jambes. La capacité d'envoûtement d'un né-grâce n'était pas sans limites : il lui suffirait de s'éloigner d'une dizaine de pas pour être libérée de son influence.

*Continue à jouer ton rôle*, se dit-elle.

— Alors, que savez-vous de ces femmes ?

— Rien de plus que mes potes et les flics : qu'elles ont l'air mortes, qu'elles étranglent avec leur fil, qu'elles opèrent dans le Marais.

Il avait les yeux plongés dans le portefeuille dont il comptait les billets.

— C'est tout ? insista Io avec une nonchalance feinte en faisant un pas vers la nasse la plus proche.

Elle retira avec précaution le tissu qui la recouvrait, comme pour satisfaire sa curiosité. Le piège étant vide, elle s'approcha d'une autre nasse, tournant le dos à Horacio. Elle prit le risque de scruter le front de mer.

Aucun fil argenté dans la Toile. Où était passé le damné ?

Son cœur frappait dans sa poitrine, contre ses tempes ; elle crut un instant qu'elle allait défaillir. Ses doigts tremblèrent lorsqu'ils entrèrent en contact avec un de ses fils ; elle le caressa comme s'il s'agissait d'une lame. Elle n'était pas désarmée, se rappela-t-elle. Elle allait s'en sortir, d'une façon ou d'une autre. Quelques pas de plus et elle serait hors d'atteinte ; ensuite, elle courrait jusqu'au ponton, jusqu'à Nico, et ils se lanceraient ensemble à la recherche du damné.

— Il paraît qu'autrefois, vous organisiez les meilleurs combats de lutte de tout Alante, dit-elle.

— C'est la vérité, répondit Horacio.

Elle n'osa pas se retourner pour le regarder mais elle entendit du papier se froisser et son portefeuille tomber dans la vase avec un *splash !*

— J'avais les meilleurs combattants de toutes les cités-nations. Je les choisissais pour leurs pouvoirs, c'étaient tous des nés-autrement. Les gens de la haute les appréciaient. Vous savez pourquoi ?

Elle sentit l'emprise psychique d'Horacio s'affaiblir dans sa poitrine. Encore un pas ou deux et elle serait libre. Elle lui jeta un œil par-dessus son épaule : il la surveillait tel un loup jaugeant sa proie et ses dents brillaient comme des crocs.

*Continue à jouer ton rôle.*

— Pourquoi ? demanda-t-elle.

— Parce que les nés-autrement se battent salement. Ils ne sont pas loyaux.

Et il se jeta sur elle.

Thais avait commencé l'éducation d'Io au berceau. *C'est une trancheuse*, répétait sa sœur aînée quand leurs parents émettaient des doutes. *Vous voudriez qu'un jour, dans sa poussette, elle tue quelqu'un accidentellement en s'emparant de son fil de vie ? Pour sa propre sécurité, elle doit réaliser à quel point elle peut être dangereuse.* Thais avait donc appris à Io comment se protéger.

L'adrénaline se déversa dans ses veines, l'emportant sur sa peur. Elle ne résista pas et laissa le poids de son adversaire les entraîner tous les deux sur le sol. Emporté par son élan, Horacio glissa dans la vase. Elle en profita pour rouler sur le côté et attrapa le fil de vie de son assaillant. Ce dernier se redressa sur un genou ; elle recula si vite que la vase les éclaboussa. Elle sentit l'emprise psychique du né-grâce se raffermir ; il serait bientôt assez lucide pour l'utiliser.

— J'ai saisi ton fil de vie, cria-t-elle. Ne bouge plus. Et ferme-la.

Le gros homme se figea. Tous deux haletaient.

— Libère-moi de ton emprise ou je coupe ton fil.

— Tu n'es pas une trancheuse.

— Oh, que si. Je peux te le prouver si tu y tiens.

Elle tira un coup sec sur son fil et il trébucha en avant. Elle se délecta de la panique qui se répandait sur l'affreux visage ; ses yeux durent briller d'un cruel reflet argent.

— Non, attends. Attends. Je vais te laisser partir. J'abandonne.

Io le regarda pincer un lien invisible au niveau de son propre larynx et le dérouler, comme un pêcheur déroule sa ligne. Elle serra les dents lorsqu'elle sentit la tension varier dans sa poitrine.

Elle avait l'avantage, maintenant ; autant en profiter.

— Où étais-tu il y a deux nuits ? Et il y a deux semaines ?

Il pouvait très bien être lié aux deux meurtres ; un né-grâce était capable de vous ordonner de tuer s'il était physiquement près de vous. Il était peut-être caché quelque part la nuit où Jarl Magnussen avait été assassiné.

— J'étais ici, répondit-il. Je passe ma vie sur ces foutus Docks à attraper des bestioles, organiser les combats, protéger mon business. Lâche mon fil et je relâcherai mon emprise.

— Connais-tu Minos Petropoulos, Jarl Magnussen ou Konstantin Fyodorov ?

— Bien sûr que je les connais. Tout le monde connaît tout le monde dans le Marais.

— Il y a douze ans, tu as tenté de kidnapper une certaine Emmeline Segal et une femme nommée Drina Savva. Pourquoi ?

Un moment d'hésitation, une inspiration précipitée – Io n'avait pas besoin de plus : Horacio connaissait les deux femmes. Il hésita, son fil de né-grâce toujours à la main, avant de répondre :

— Tu sais combien de boulots j'ai dû faire ? Des centaines. Je les oublie dès que j'ai été payé. Maintenant, lâche-moi.

Il fit un pas en avant et elle recula.

— Je pense que c'est la trancheuse qui détient le fil de vie qui mène la danse, l'avertit-elle.

Il avança en ricanant et elle trébucha en arrière.

— À ce que je vois, je dirais plutôt que c'est *elle* qui mène la danse, lâcha-t-il.

Elle ? Qui ça ? *Non…*

Quelque chose de piquant et froid s'enroula autour du cou d'Io et la fit tomber dans la vase. Le sable lui entra dans les oreilles, étouffant tous les sons. Un visage rond et enfantin couvert de cicatrices d'acné et de boue séchée lui apparut – la damnée. Horacio avait dû la voir approcher ; il avait poussé la trancheuse vers elle.

*Réagis. Maintenant !*

Elle projeta son poing à la figure de la damnée qui vacilla, le nez en sang. Io essaya de se relever ; la vase collante rendait ses mouvements lents et lourds. Ses cheveux plaqués sur la droite de son visage l'empêchaient de voir correctement, mais elle se fiait maintenant à la Toile. Elle repéra un faisceau de fils dans la brume, sur sa gauche : Horacio. Quand il fut assez proche, elle lui mit un coup de genou dans l'estomac et il se plia en deux. C'était maintenant ou jamais ; elle s'enfuit à quatre pattes et ne s'arrêta que quand elle percuta la grande nasse vide. Elle s'était suffisamment éloignée ; il n'aurait plus d'emprise psychique sur elle. Elle était saine et sauve.

Horacio, étalé dans la vase, grogna :

— Espèce de sale petite merdeu…

Un éclair argenté jaillit à travers la brume et le fil de vie de la damnée s'enroula autour de son cou. Apparaissant à son tour, cette dernière se dressa au-dessus de lui et tendit son fil.

— Certains crimes ne peuvent rester impunis, lâcha-t-elle d'une voix douce et mélodieuse qui détonnait avec son apparence négligée. Tu as fait des centaines de victimes et tu les as toutes oubliées, n'est-ce pas ? Mais moi, je n'ai pas oublié. Je me souviens de ton visage. Je me rappelle ton emprise psychique et tes menaces.

— Pitié ! implora Horacio.

— Tu te souviens de nous, n'est-ce pas ? lui demanda-t-elle. Quel est mon nom ?

Les jambes d'Horacio frappaient le sol frénétiquement ; la damnée détendit un peu son fil pour qu'il puisse s'exprimer.

— Raina ! coassa-t-il. Tu t'appelles Raina, et l'autre fille s'appelait Emmeline, et cette vieille femme était

Mme Savva ! On m'avait demandé de vous tuer, on m'avait promis de l'argent, une protection et une nouvelle identité à Nanzy, mais quand je vous ai attrapées… Vous n'étiez que des enfants terrifiées, et cette vieille dame était si frêle, si âgée ! J'étais censé vous éliminer mais je vous ai laissées vous échapper, pas vrai ? J'aurais pu vous obliger à revenir grâce à mon pouvoir mais je ne l'ai pas fait.

— Tu penses avoir eu pitié de nous ? fit la damnée, furieuse. Tu penses que tu nous as fait un cadeau ? Et celles que tu as tuées avant nous ? Ce n'était pas de la pitié ; c'était de la culpabilité. Et ça ne suffit pas.

Assis sur les fesses, les jambes écartées comme celles d'un bambin, Horacio n'avait plus l'air d'un mercenaire sans pitié. Il était tout rouge ; ses yeux étaient injectés de sang et sa voix tremblait.

— Comment sais-tu tout ça ? Qui m'a dénoncé, hein ? Ce sont ces garces ? Je ne sais pas ce qu'elles t'ont promis, mais elles t'ont menti, comme elles m'ont menti à moi…

— Je n'ai pas eu besoin qu'on me fasse des aveux. J'ai été *créée* pour connaître tes crimes.

— Pitié, supplia le né-grâce, la voix étranglée par le fil qui lui enserrait le cou. C'était juste du boulot. Pitié.

— Je n'ai que faire de la pitié, répondit la damnée, je délivre la justice.

Puis, à l'aide de son fil anormal, elle lui tordit le cou – *Crac !* – avec l'assurance d'un prédateur expérimenté. Le bruit de la colonne qui se brisait résonna dans la brume. Io ne pouvait plus respirer ; elle n'arrivait même plus à penser.

— Je sens l'odeur du crime sur toi aussi, ma sœur, lui lança Raina.

*Par les dieux.*

Io déguerpit, se cognant aux nasses, glissant dans la vase, aveuglée par les larmes et la boue qui lui couvrait le visage.

Elle entendit un cri monstrueux, beaucoup trop proche. Le bateau était juste là, elle n'avait plus qu'à atteindre l'échelle.

Raina la tira en arrière par les cheveux et lui envoya un coup de pied dans l'estomac qui lui coupa le souffle. Le monde devint blanc. Io eut à peine conscience qu'elle lui écrasait la poitrine avec son genou. Que son fil meurtrier s'enroulait autour de sa gorge, scintillant telle la lame d'une faux.

— La justice finit toujours par l'emporter, fredonna la damnée.

Puis il y eut un coup de feu et Io sentit le poids sur son torse se déplacer avant de disparaître tout à fait. Elle ferma les yeux et s'efforça de respirer. *Inspire, expire. Inspire. Expire.* Quelqu'un l'aida à s'asseoir et prit son visage entre ses mains. Une voix étouffée prononça son nom. Elle ouvrit les yeux et aperçut Edei agenouillé au-dessus d'elle, quelques pas devant Nico.

Il la soutenait de ses mains douces et répétait :

— Je suis là. Je suis là.

# PARTIE II

# CELLE QUI TIRE

# Chapitre 13

# NOUS, LES SŒURS ORA

**Edei avait senti leur fil se tendre.**

Il ne l'avait pas dit comme ça, mais Io *savait.*

Il était sur le chemin des Docks, après avoir tiré les vers du nez d'Ava pour connaître leur destination, quand il avait ressenti une tension étrange dans la poitrine. Un *pressentiment*, avait-il dit, car il ignorait, contrairement à Io, la nature du lien qui les unissait. Il avait suivi son intuition jusqu'au lieu des combats, tombant sur un Nico dans tous ses états, puis il avait entendu les cris d'Horacio et couru pour découvrir Io suffoquant dans la vase sous la menace de la damnée. Nico avait tiré en l'air – heureusement qu'il avait désobéi à Bianca – et la tueuse avait détalé. Ensuite, Edei avait envoyé son collègue informer Bianca de la présence d'une nouvelle damnée et avait emmené Io directement chez lui, sans lui laisser le choix.

Après avoir pris une douche, elle était maintenant assise sur le sol du salon, vêtue des vêtements chauds de la copine d'Edei alors que les siens étaient en train de sécher. Sur la table basse devant elle fumait une magnifique théière dont l'odeur se répandait agréablement dans la pièce. *Du Koshary*

*Shai de Sumi*, avait précisé Edei en le préparant. *J'y ai ajouté quelques feuilles de menthe.* Sur le plan de travail, son couteau tranchait avec un bon rythme ; il préparait le dîner. Edei Rhuna, son promis, *lui préparait à dîner.*

— Tu aimes la nourriture épicée ? lui demanda-t-il par-dessus son épaule.

— Je mange de tout.

Elle n'adorait pas tout, mais elle s'accommodait toujours de ce qu'on lui proposait. Les genoux ramenés sous son menton, les doigts glissant dans ses cheveux mouillés, elle le regarda émincer, hacher et mélanger les ingrédients avant de les verser dans une poêle. Il utilisait surtout son côté droit.

— Comment va ton épaule ?

— Ça va. C'est douloureux, mais c'est supportable.

Ce constat résumait assez bien leurs vies, non ? Une centaine de pensées différentes s'entassèrent sur le bout de la langue d'Io. *Tu as demandé à Nico de veiller sur moi. Tu as couru jusqu'aux Docks. Tu as eu un pressentiment, mais il ne s'agit pas d'un pressentiment. Nous partageons un fil du destin*, aurait-elle pu dire. *C'est lui que tu as ressenti.* Mais cela aurait été odieux de le lui apprendre ici, dans l'appartement qu'il partageait avec sa petite amie dont elle portait le caftan en laine. Io se sentait déjà mal à l'idée que ce fil existe, qu'il existe *encore* alors qu'elle savait depuis des années qu'elle aurait dû le couper.

— Je suis désolée. C'est ma faute, se contenta-t-elle de répondre.

— C'est toi qui as tenu le pistolet et appuyé sur la détente ?

Il se pencha au-dessus du comptoir et fronça les sourcils.

— Alors ce n'est pas ta faute.

Io soupira presque de soulagement. Dieux qu'il était beau avec ses sourcils sombres, ses pommettes saillantes et sa barbe de trois jours. Il portait une chemise ouverte sur son torse et pas de chaussures. Le voir en chaussettes avait quelque chose d'intime et elle sentit le rouge lui monter aux joues.

Ils se turent pendant quelques minutes. Elle en profita pour détailler l'appartement : les tapis multicolores, la table basse et les coussins moelleux, le rideau orné de perles qui séparait le salon de ce qui devait être la chambre. L'endroit était décoré dans le style sumazi, ce qui était surprenant. Les meubles et les tissus d'importation étaient chers ; ils avaient dû économiser pendant des mois avant de pouvoir acheter tout ça. Ça en valait la peine, néanmoins, car l'endroit était comme un chez-soi loin de chez soi.

Sur une étagère, une douzaine de petites abeilles étaient rangées selon leurs tailles. Certaines étaient en verre, d'autres en pierre ou en terre. La plupart étaient peintes de couleurs vives, mais quelques-unes étaient de simples sculptures de bois patinées par le temps.

Edei suivit son regard et lui expliqua :

— Quand j'étais gosse, je pensais que les abeilles étaient des créatures mythiques. Les filles de Râ apportant la fortune et la croissance, comme le dit la tradition. Elles ont presque disparu à Sumi. J'en ai vu une pour la première fois de ma vie à Alante, et je me suis presque évanoui. J'étais convaincu que c'était Râ qui m'avertissait qu'Osiris, son frère, allait venir me chercher pour m'emmener à Duat. Ce jour-là, Samiya a éclaté de rire et depuis, elle m'offre des abeilles.

Io imagina Edei avec un visage frais et sans cicatrice, des vêtements de lin légers, avant qu'il soit marqué par la dure vie d'Alante.

— Duat ? le questionna-t-elle.

— Le monde des morts dans la tradition sumazie. Ce que vous appelez l'Au-delà.

Il souffla avant de reprendre :

— Mon père aurait une attaque s'il m'entendait comparer les deux. Mais je pense que nos légendes ont toutes les mêmes origines. L'Au-delà a six rivières, notre Duat douze régions. Votre porte est gardée par Cerbère, la nôtre protégée par Apophis. Dans les deux cas, les âmes y trouvent le repos.

— C'est pareil entre les nés-autrement, constata Io. Les nés-moire peuvent voir les fils du destin, comme les nés-norn de Jhorr. Nos nés-asclepios ont le pouvoir de soigner comme les nés-horus sumazis.

— Quand nous sommes arrivés à Alante, la dame de l'immigration a insisté pour enregistrer Samiya en tant que née-asclepios plutôt que née-horus. Elle disait que ça l'aiderait à trouver un boulot, parce que les Alantiens préféraient leur propre culture.

Io aurait voulu continuer sur ce sujet mais elle ne savait pas quelles questions poser. Elle hésita avant de demander :

— Pourquoi ton père ferait-il une attaque ?

Il lui répondit en murmurant, à nouveau penché au-dessus du comptoir de la cuisine :

— Il est contre la mixité. Il pense que les nés-autrement devraient demeurer dans leur cité-nation d'origine. Il croit que les dieux punissent les transfuges en leur retirant leurs pouvoirs.

— Il est lui-même né-autrement ?

— Non. Il est séparatiste.

Quelque temps après la signature du Traité de parenté, quand les droits civiques des nés-autrement avaient été établis, les gens avaient commencé à migrer entre les cités-nations, à la recherche d'emplois ou de meilleures conditions de vie. À la même époque, une vague de conservatisme s'était répandue un peu partout : des citoyens comme le père d'Edei défendaient l'idée que les nés-autrement devaient rester vivre dans leur propre cité-nation et servir les dieux qui leur avaient confié leurs pouvoirs. On avait appelé ce mouvement le séparatisme des nés-autrement.

— Les convictions de mon père, reprit Edei, sont une des raisons pour lesquelles nous avons quitté Sumi. Sa secte exigeait que Samiya cesse de pratiquer des avortements. Elle a refusé.

— C'est courageux.

— Sauf que sa famille a commencé à recevoir des menaces de mort. Et que ça a tellement dégénéré qu'on a été obligés de partir pour trouver refuge ailleurs.

Il eut soudain l'air triste et ses yeux s'assombrirent. Puis ses lèvres se courbèrent en un doux sourire.

— Au moins, mon exil m'aura permis d'entendre ces petites légendes jaunes bourdonner tout autour de moi.

Io se sentit fondre ; son visage était si joli, ses paroles si belles ; son sourire brillait comme une étoile au milieu d'un orage nocturne. Elle eut envie de le rejoindre, d'attraper son menton et de poser ses lèvres sur les siennes…

Cette pensée la surprit. Non seulement sa nature intime, mais l'évidence avec laquelle elle s'était imposée. Comme si elle avait attendu longtemps dans les profondeurs de son âme et s'était finalement libérée, telle une bulle qui éclate, suivie par une onde de désir.

Edei s'éclaircit la gorge et retourna à sa cuisinière.

Io réalisa, trop tard, qu'elle l'avait dévisagé intensément.

Elle rougit et rassembla ses cheveux encore humides sur son épaule. *Reprends-toi.* Il avait une petite amie. Samiya n'était pas présente, mais on notait partout des signes de son existence. Les peignes et les produits de beauté dans la salle de bains. Les jolies chaussures près de la porte. La bague en argent sur la table basse. Les encyclopédies, les ouvrages d'anatomie, les abeilles sur les étagères, la gentillesse dans la voix d'Edei quand il parlait d'elle. Edei qui avait traversé la moitié du monde pour l'accompagner jusqu'ici.

Io se sentit de plus en plus mal. *Calme-toi*, lui répétait Thais quand elle était anxieuse. *Nomme tes émotions. Trouve les pensées qui se cachent derrière elles, leur cause. Inspire par le nez et expire par la bouche.* Io ressentait… de l'embarras. De la culpabilité – toujours de la culpabilité. Et de la jalousie, surtout de la jalousie. Ce sentiment, pourtant, était celui de Thais, pas le sien – et elle le rejetait viscéralement.

Quelques années plus tôt, quand cette dernière avait commencé à travailler pour Thomas Mutton, les trois sœurs se débrouillaient bien. Pour la première fois depuis la mort de leurs parents, son aînée semblait contente. Thomas et ses amis sophistiqués la traitaient correctement, elle gagnait de l'argent. Quand elle rentrait à la maison, elle sentait le vin rouge et la cigarette ; elle embrassait Io sur le front et fredonnait en faisant le ménage. Un jour, elle avait emmené Ava et Io passer la journée dans le parc aux papillons à la sortie de la ville, comme au temps de leurs parents. Elles s'étaient promenées parmi les ailes douces et multicolores qui leur caressaient les joues. Lorsqu'elles étaient rentrées, Ava s'était endormie à plat ventre sur le canapé, mais Io était restée éveillée. Le bonheur de Thais était contagieux.

— Quelquefois, avait confié Io à sa sœur, je rêve qu'*il* m'embrasse tendrement sur la bouche.

Elle venait d'avoir quinze ans et elle était encore au lycée – les baisers la préoccupaient constamment.

— Il n'y a aucun mal à rêver, tant que tu ne passes pas à l'acte, lui avait répondu Thais d'une voix sévère qu'elle n'utilisait qu'avec elle. Nous, les sœurs Ora, on n'embrasse pas les petits copains des autres filles.

Ces mots avaient été comme une gifle. Thais lui avait volé son désir innocent pour en faire une aspiration immorale. Elle savait s'y prendre avec la honte, sa sœur. La patience était l'arme d'Io, l'humiliation celle de Thais. Elle la brandissait rarement, mais s'assurait à chaque fois de provoquer une blessure profonde. Elle avait touché Io en plein cœur, à l'endroit où la culpabilité suppurait et infectait chacune de ses pensées.

Io se sentit amère. Pourquoi le moindre souvenir de Thais devait-il tourner au vinaigre ? *64, rue d'Hanovre.* Elle pourrait s'y rendre immédiatement et lui poser la question. Elle imagina la scène : Thais apparaissant à la porte, vêtue à la dernière mode, un de ces cocktails roses ridicules à la main. Elle écarquillerait les yeux en la voyant. *Comment m'as-tu trouvée ?* demanderait-elle, et Io lui répondrait : *Je suis entrée par effraction dans le commissariat avec Edei Rhuna sur ordre de Bianca Rossi, reine de la pègre du Marais. Qu'en penses-tu ? Les sœurs Ora sont-elles autorisées à faire ça ?*

Mais Io n'était pas Thais. Sa jalousie n'était pas nocive. Ce n'était que son cœur qui brûlait de connaître la douceur, le calme, l'intimité. De savoir ce que cela faisait d'être aimée.

Edei fit glisser un plateau sur la table.

— Ça va ?

Io se détendit.

— J'étais juste en train de réfléchir.

Il lui servit une assiette de foul, un plat de fèves mijotées avec des œufs durs et des tranches de citron, le tout saupoudré de paprika. C'était une recette traditionnelle sumazie qu'Io adorait car elle ressemblait beaucoup à la cuisine des plaines de Neraida, la région de sa famille.

Assis par terre en face d'elle, Edei rompit un pain plat et lui offrit le plus gros morceau.

— Aux damnées ?

— À l'amour, je crois, répondit Io, se surprenant elle-même de son honnêteté.

Les yeux d'Edei se posèrent sur elle.

— Comment ça ?

Elle haussa les épaules. L'amour était un territoire qu'il était dangereux d'explorer avec lui ; un territoire rempli de plantes empoisonnées et de prédateurs mortels. Un faux pas et c'était la mort.

— C'est tellement compliqué…

Il lui fit signe de développer.

— Je ne sais pas, continua-t-elle en coupant son morceau de pain. J'ai l'impression que le monde change et je suis un peu perdue. Je voudrais que nos familles s'occupent mieux de nous, que nos amitiés durent toujours. Je voudrais me défendre contre les damnées tout en les sauvant de ceux qui les utilisent. Je voudrais…

Elle faillit le dire. Elle allait le faire. *Je voudrais que tu saches que tu es mon destiné.*

— Je voudrais, se reprit-elle, que les choses soient plus simples.

Il resta silencieux un instant avant de suggérer :

— Peux-tu les simplifier ?

Elle soupira d'un air las, puis sourit.

— Probablement.

En grimpant à la Colline pour rencontrer Thais ; en discutant avec Rosa ; en trouvant le moyen d'éviter aux damnées de mourir ; en révélant à Edei la vérité et en coupant leur fil du destin. Elle pourrait faire tout ça ; elle *devrait* le faire mais… pas tout de suite. Elle avait des courbatures, le nez pris et son estomac gargouillait. Elle allait profiter encore un peu de ce moment de calme avec Edei ; ensuite, promis, elle grandirait et prendrait ses responsabilités.

— Qu'est-ce que c'est ? demanda-t-elle en montrant une rangée de petits livres à côté de la table.

— Des contes de fées, des chants folkloriques, des fables. C'est un peu mon hobby.

La douceur de son sourire effaça sa mélancolie et la douceur épicée du foul lui redonna le moral. Ils mangèrent lentement parce que c'était très chaud et qu'Edei ne cessait de parler. Il lui raconta où il avait déniché ses livres – le récit de ses trouvailles était aussi fantastique que les histoires que contenaient les ouvrages. Il était particulièrement intéressé par les similitudes : comment, par exemple, les fêtes de l'Été du monde entier célébraient d'une manière ou d'une autre la mort et la renaissance. Les yeux brillants et le verbe alerte, il lui rapporta des légendes de cités-nations lointaines. Io, elle, lui conta les mythes peuplés de nymphes et de naïades que ses parents avaient rapportés de Neraida. Quand ils eurent terminé leur assiette, Edei leur servit un dessert : du yaourt aux amandes et au miel. Ils finirent le repas épaule contre épaule devant l'évier – elle fit la vaisselle et il l'essuya.

Au bout d'un moment, il reprit la parole.

— C'est étrange qu'on ne se soit rencontrés qu'il y a deux jours.

Le cœur d'Io accéléra.

— Comment ça ?

— J'ai l'impression de te connaître depuis longtemps.

Qu'aurait-elle pu répondre qui ne soit ni un mensonge ni la vérité ? *Moi aussi* n'était pas la solution.

Il interpréta mal son silence et ajouta rapidement :

— Ce que j'essaie de dire, j'imagine, c'est qu'on a fait du bon boulot, tous les deux, au commissariat. La prochaine fois que tu es sur une piste, attends-moi, d'accord ?

— OK.

Elle avait l'impression d'avoir des vertiges. Était-ce toujours ainsi lorsqu'on se trouvait en présence de son amoureux ? Votre estomac devenait liquide et votre cœur flottait dans votre poitrine ? Mais pourquoi songeait-elle à Edei comme à son amoureux ? Pourquoi s'imaginait-elle qu'elle l'embrassait ? Avait-elle remonté le temps ? Était-elle à nouveau l'adolescente de quatorze ans qui tombait en pâmoison devant Amos sans que ses sentiments soient partagés ?

— C'est quand tu veux, dit-il calmement en fermant le robinet. Tu me mets au courant de ce que j'ai raté ?

Ces quelques heures passées avec lui s'étaient déroulées comme dans un rêve. Elle aurait voulu que ça continue, savourer à nouveau ces histoires qu'il racontait à mi-voix avec des gestes tendres. Elle savait pourtant que c'était impossible.

— Je pense que la nouvelle damnée, Raina, se cachait dans les Docks en attendant qu'Horacio soit seul pour l'attaquer, répondit-elle. Il y a plusieurs années, Long a été embauché pour tuer les trois tueuses, Emmeline, Drina et Raina. Il a dit qu'on lui avait promis de l'argent et un laissez-passer pour Nanzy en échange de leur mort. Mais il n'a pas réussi.

— C'était il y a douze ans ?

Io hocha la tête.

— Pourquoi le punir aujourd'hui ?

Ils étaient tous deux appuyés au comptoir de la cuisine. Io avait encore les doigts mouillés ; ceux d'Edei jouaient avec le torchon humide. Elle vit qu'il réfléchissait à ces nouvelles pistes en fronçant les sourcils d'un air songeur.

— Raina prétend qu'elle a été *créée* pour connaître les crimes des hommes, reprit-elle.

— Les nés-autrement ne peuvent pas être *créés*.

— Non. C'est impossible.

Ils se regardèrent ; leurs visages exprimaient les mêmes doutes, la même inquiétude.

— On avait donc promis à Horacio des papiers pour Nanzy… Qui aurait eu assez de pouvoir pour ça ? Des fonctionnaires de la ville, des magnats de la région de Neraida, des chefs de la pègre… ça pourrait être n'importe qui.

— Il a parlé de *ces garces*, intervint Io.

— Quoi ?

— Il a demandé à la damnée si c'étaient *ces garces* qui l'avaient dénoncé.

— Des femmes ?

— Et des femmes puissantes…

Io laissa son esprit errer au-dessus de sa peur. Ce matin, elle était tellement pressée d'en finir avec cette histoire qu'elle avait risqué sa vie, et celle de Nico, pour livrer à Bianca le meurtrier qu'elle lui avait promis. Il y avait tant de choses qu'elle ne comprenait pas. Tant de choses qu'elle ignorait. Elle connaissait Alante cependant. Elle savait qui y détenait le pouvoir : il n'existait qu'un seul groupe de femmes capable de vous obtenir une entrée dans la cité dorée de Nanzy et d'imposer le respect même aux escrocs les plus vils du Marais.

Il était temps qu'elle cesse de considérer cette affaire comme une simple enquête. Son ventre se crispa d'effroi.

Elle allait devoir rendre visite aux Neuf.

# Chapitre 14

## LA MAISON DES NEUF

**Les livres d'histoire** manquaient d'informations précises ; pourtant, tout le monde s'accordait pour admettre que les dieux avaient disparu longtemps avant l'effondrement de l'ancien monde.

On connaissait mal la période qui avait précédé l'Effondrement, mais on en trouvait des reliques partout. Des structures métalliques vieilles de plusieurs milliers d'années émergeant des déserts ou des lacs, des rues pavées au milieu de forêts luxuriantes, des objets aux matériaux étranges qui pouvaient être de l'art, des machines ou des jouets pour enfants. Et, bien sûr, des textes en langues anciennes mais reconnaissables, inscrits sur des plaques de métal ou du marbre ébréché.

Chaque historien ou scientifique semblait avoir une théorie différente sur ce qui avait conduit à l'Effondrement ; tous s'accordaient cependant sur le fait majeur que la lune unique s'était alors divisée en trois – Pandia, Néméa et Ersa –, provoquant la montée du niveau des océans. Des nations entières avaient été englouties et les rares villes côtières à avoir survécu avaient été à moitié submergées par les marées nocturnes.

D'abord, les gens s'étaient réfugiés en altitude pour attendre que le niveau de l'eau baisse. Malgré les prédictions des scientifiques et les lois de la nature, cependant, les éléments n'avaient cessé d'évoluer et on avait assisté à un enchaînement sans fin de catastrophes : néo-moussons et orages de chaleur, chimerini sortant des eaux, léviathans brisant la glace dans le Grand Nord, énormes et extrêmement difficiles à tuer – et puis il y avait eu l'apparition des nés-autrement, de plus en plus nombreux à chaque génération.

Un ordre nouveau était né du chaos. Les nés-horae pouvaient altérer le cours du temps, les nés-muse étaient capables de voir le passé et l'avenir dans les arts, les nés-moire de créer ou de détruire les liens. Grâce aux nés-autrement, on avait érigé la barrière côtière et des barrages, on avait utilisé des icebergs pour avoir de l'eau douce. Des vallées fertiles et des collines en terrasses avaient été mises en culture ; on avait vu apparaître les tramways aériens et des villes entières avaient été arrachées aux marécages. Les léviathans avaient été exterminés, les chimerini disséqués et utilisés pour leurs organes. L'humanité avait recommencé à prospérer dans les cités-nations où l'on avait rétabli l'artisanat et le commerce et où l'on avait voté pour de nouveaux représentants.

Pourtant, une vieille croyance perdurait, tel un murmure vibrant : l'Effondrement avait été une punition divine. L'espèce humaine y avait survécu, mais les dieux finiraient par l'emporter.

— Je n'ai jamais dit que tu étais pessimiste, dit Edei d'un air moqueur.

Leur relation était devenue plus simple. Ils avaient mangé et fait la vaisselle ensemble, s'étaient occupés de leurs blessures et émerveillés devant des abeilles et des contes de fées, et ça se voyait dans la manière dont ils interagissaient. Leurs épaules se touchaient lorsqu'ils prenaient le tramway, leurs coudes s'effleuraient quand ils se frayaient un passage parmi la foule, leurs pas s'accordaient sur les passerelles du quartier des Artistes. Il la regardait plus souvent, elle ne fuyait plus son regard. Et il y avait les moqueries.

Io adorait ses moqueries. Elle n'osait espérer l'impossible, mais peut-être qu'ils pourraient rester amis quand toute cette histoire serait terminée. Elle pourrait faire un saut au club après le travail d'Ava et ils iraient manger une crêpe place du Persil tous les quatre, avec Nico. Décontractés et sans arrière-pensées.

— Je ne suis pas pessimiste, répondit-elle, incapable de retenir un sourire. Je sais que les dieux ont disparu depuis longtemps – autrement, où étaient-ils pendant le chaos qui a suivi l'Effondrement ? Mais…

— En vacances dans le quartier des Artistes, incognito, peut-être ? la coupa Edei en tendant la main vers la maison des Neuf de l'autre côté du canal.

Io reprit après un gloussement :

— Mais je crois qu'on n'a pas tort de les craindre. Comme on devrait craindre toutes celles et tous ceux qui ont du pouvoir. Les Neuf, par exemple.

Ils traversèrent le pont de l'Estragon, l'une des attractions touristiques les plus courues d'Alante. C'était un édifice voûté en vieilles pierres jaunissantes. De petites échoppes avaient été bâties tout le long : galeries d'artistes, magasins de bijoux ou de musique, ateliers de menuiserie. Devant chaque boutique, des artistes de rue exposaient leurs œuvres et des musiciens jouaient leurs compositions. Il y avait de la musique partout ; Io jeta quelques pièces dans le chapeau d'un violoniste et continua son chemin.

La maison des Neuf se distinguait de ses voisines ; c'était une magnifique demeure en briques rouges bâtie au bord du canal de l'Ouest, actuellement à sec, au cœur du quartier. Haute de trois étages, avec ses fenêtres à vitraux, sa haute grille envahie par les vignes et sa douzaine de gardes assurant sa sécurité, on ne pouvait pas la rater. Les touristes comme les habitants du coin s'attardaient devant pour lire la phrase inscrite au-dessus de son intimidant portail de fer : *Chante à travers moi, Muse, et à travers moi raconte l'histoire.*

Cette phrase bien connue avait été inspirée par les pouvoirs des nés-muse. À travers l'art que leurs protégés produisaient, ceux-ci étaient capables de lire le passé et l'avenir, de prévoir les conflits sociaux, les désastres naturels, les développements technologiques… et les meurtres.

— Les Neuf ne sont pas immortels, expliqua Io. Les nés-muse sont juste extrêmement rares ; les familles avec neuf enfants d'un même sexe ne courent pas les rues, encore moins celles qui appartiennent à la lignée des Muses. Mais les Neuf aiment cultiver leur côté mystique. Il n'en existe jamais plus d'une fratrie en même temps, et nombreux sont ceux qui pensent qu'il en serait impossible autrement. Quand une fratrie commence à décliner, une autre apparaît, toujours à Alante. La nouvelle hérite du statut et de la maison de la précédente, et ainsi, aux yeux de la population, les Neuf apparaissent comme des réincarnations. Ils utilisent même les prénoms des Muses antiques plutôt que leurs prénoms de naissance.

— Le mysticisme est bon pour les affaires, j'imagine, murmura Edei en surveillant la grille. Bianca affirme que les Neuf sœurs actuelles dirigent la société la plus lucrative d'Alante. Et tu sais quoi ? Chaque artiste qu'on a vu sur le pont s'est choisi une muse à qui il dédie son œuvre et une partie de ses gains…

Une appréhension amère se glissa en Io. Les Neuf faisaient commerce de l'art et de la science. Elles n'offraient jamais sans prendre en retour, ni n'apportaient leur aide sans être aidées en échange.

— Mon amie Chimdi était autrefois leur protégée, continua Edei. Elle faisait de la céramique, de magnifiques bustes avec des épines et des vignes qui leur poussaient sur le visage et le cou. Les Neuf l'ont repérée quand elle avait quinze ans. Elles lui ont proposé leur patronage en échange d'une part de ses profits. Chimdi prétend que sa popularité a explosé en une nuit. Les meilleures galeries l'ont exposée, elle a eu des commandes de toutes les cités-nations et a gagné plus d'argent qu'elle aurait pu en dépenser en une vie entière. Mais son art a commencé à changer. À chaque fois qu'elle touchait l'argile, ses mains se mettaient à agir toutes seules ; elles sculptaient des célébrités et des figures publiques couvertes de fleurs et de pétales au lieu des choses que Chimdi désirait créer.

Son regard s'attarda sur la demeure.

— L'une des personnalités qu'elle dut alors représenter était un politicien de Jhorr qui vomissait sa haine contre les migrants. Chimdi a refusé de le lui vendre, mais ses mains n'ont plus cessé de reproduire sa silhouette. Quand elle venait nous voir, ses doigts étaient écorchés, ses ongles en sang. Elle ne pouvait plus s'arrêter de sculpter, même quand elle essayait de maîtriser ses doigts.

— Par les dieux, murmura Io.

— Son cas est le premier auquel j'ai été confronté en tant que second de Bianca. J'ai tout essayé, mais je n'ai pas pu faire grand-chose face aux Neuf. Le contrat que Chimdi avait signé était en béton, et l'influence qu'elles avaient sur elle était absolue. À la fin, elle a dû payer pour obtenir sa liberté ; ça lui a coûté tout l'argent qu'elle avait durement gagné. Elle dit que cela ne lui pose pas de problème, que tout s'est bien terminé, mais j'ai toujours eu l'impression que…

Il fit une pause pour s'éclaircir la gorge.

— … je l'avais déçue.

Io ne savait pas quoi dire. *Je suis désolée* semblait inadéquat. Elle posa la main sur son bras ; lorsqu'il tourna les yeux vers elle, elle dit :

— Tu ne l'as pas déçue puisque tu as tout essayé.

Il reprit d'une voix à peine audible :

— Elle n'a plus jamais sculpté depuis.

— Chacun guérit à son rythme.

Ce constat semblait cliché, même à ses propres oreilles, mais c'était tout ce qu'Io avait trouvé pour le réconforter.

Il redressa les épaules et serra la mâchoire en se retournant vers la grille. Une foule de touristes et de journalistes était massée devant la demeure, espérant entrevoir une des Neuf. Chacune de leurs sorties, même lorsqu'elles se contentaient d'un tour de jardin, faisait les gros titres dans toutes les cités-nations.

— Elles ne sortent jamais de chez elles, expliqua Edei. Autrefois oui, mais plus ces dernières années. Sais-tu combien de fois j'ai fantasmé que je mettais le feu à cet endroit ? Je me sens coupable, mais j'en rêve tous les jours.

— Tu ne devrais pas culpabiliser, dit prudemment Io.

— Non ?

La voix d'Edei était neutre, mais elle sentit qu'il lui posait une vraie question.

Elle haussa les épaules, trop consciente de l'attention qu'il lui portait.

— Elles ont blessé quelqu'un que tu aimes. C'est normal que tu rêves de vengeance.

Il retint un petit rire nerveux.

— En tout cas…

Une pause, puis un mouvement de la mâchoire.

— Au moindre problème, on se tire d'ici.

— OK, patron, répondit Io avant de se figer.

C'était sorti tout seul ; elle n'aurait peut-être pas dû utiliser ce mot-là. Il était sans doute réservé aux Fortuna.

Edei sourit, pourtant. Puis il commença à traverser la rue, les yeux rivés sur la porte d'entrée de la maison.

— Tu piges vite, dis donc.

— Qu'est-ce que tu veux dire ?

— *Patron* ? On utilise ce mot pour montrer son respect. C'est comme ça que j'appelais mon cheval à Sumi.

Io poussa un grognement ; ce détail hors de propos était tellement mignon.

— C'est toujours sympa d'être comparé à un cheval.

Il se retourna pour lui faire face, les yeux pleins d'appréhension.

— Non, je ne voulais pas dire…

Il s'arrêta au milieu de la rue en la voyant sourire.

— Ah, tu blaguais.

— Sans succès, apparemment.

— Mais non, ce n'est pas ce que je dis… oh. Tu recommences.

— Hmm. On n'est pas très bons à ce jeu-là.

Il hocha la tête avec un air faussement sévère.

— Il semblerait que ce soit le point faible de notre collaboration.

— On va résoudre ça, j'en suis sûre.

— Avec des efforts, on arrive à tout, même à être drôle.

Il rayonnait, maintenant. Et c'était charmant ; *il* était charmant.

— Halte ! lança une garde en levant la main.

Ses vêtements apparaissaient à peine sous les différentes plaques de son armure – protège-poitrine, protège-bras et jambières – qui reflétait pâlement le soleil du milieu d'après-midi. Ce n'était pas du métal ; c'étaient des écailles de léviathan, prélevées sur quelque animal abattu ; un matériau hors de prix réservé habituellement aux militaires.

— Vos noms ? demanda la femme.

— Io Ora.

La garde se glissa dans une petite guérite et chuchota quelques mots. Du coin de l'œil, Io aperçut l'un des rideaux du deuxième étage qui se remettait en place. Dans son dos, les appareils photo crépitèrent et les touristes poussèrent des cris. Quelques minutes passèrent, durant lesquelles les gardes ne cessèrent de surveiller les deux visiteurs, puis les portes s'ouvrirent en grinçant.

Edei posa une main sur le dos d'Io et se pencha vers elle.

— Quinze gardes dehors. Il y en a sûrement d'autres à l'intérieur. Elles n'en ont pas besoin d'autant pour leur protection. Elles doivent craindre quelque chose.

Io hocha la tête ; il avait raison.

— Au moindre problème…, répéta-t-elle.

Edei lui répondit par un petit coup sur l'épaule et un sifflement comique.

*On se tire.*

Puis ils se tournèrent vers la porte et leurs visages se renfrognèrent. Deux autres gardes les attendaient dans le vestibule, immobiles et silencieux. Sitôt que leurs bottes foulèrent le parquet en bois sombre, une voix les interpella depuis un seuil voûté sur leur gauche.

— Par ici, les enfants.

Io et Edei échangèrent un regard inquiet avant de pénétrer dans un salon haut de plafond. L'endroit était intégralement décoré d'indigo, des murs aux tapis en passant par les coussins, comme si une fabrique de confiture de myrtilles avait explosé là. Cinq des sœurs étaient assises dans les différents coins de la pièce : une femme aux cheveux blancs lisait un journal sur un canapé de velours ; une autre, grassouillette et à la peau plus sombre, gribouillait sur une feuille de papier derrière un petit bureau ; une née-muse aux cheveux courts faisait la sieste dans un fauteuil et les deux plus jeunes jouaient aux cartes, assises sur de luxueux coussins devant la cheminée.

Toutes tournèrent les yeux lorsqu'ils entrèrent, mais aucune ne bougea d'un iota. Io en eut des frissons.

— Ah, la trancheuse, dit la plus jeune.

— La lame invisible, dit celle aux cheveux blancs.

— La faucheuse de destins, ajouta celle qui se trouvait derrière le bureau.

# Chapitre 15

# LA FIN DU MONDE

**EDEI S'AVANÇA SUR L'ÉPAIS TAPIS DE STYLE KURKZ,** les épaules tendues.

Io observa l'attitude des cinq femmes. Manifestement, il s'agissait d'une mise en scène ; les signes étaient nombreux. La plus âgée des nées-muse lisait un journal vieux de quatre jours dont Io reconnut la première page à sa photo du commissaire Saint-Yves. La femme assise derrière le bureau semblait tracer toujours les mêmes lignes sur sa feuille de papier. Celle qui prétendait dormir avait des taches humides sur sa chemise. Et l'une des joueuses de cartes tenait son jeu à l'envers. Elles s'étaient manifestement dépêchées d'endosser leurs rôles, mais dans quel but ?

Io repensa au rideau qui se fermait au deuxième étage. On aurait dit que les Neuf les attendaient, Edei et elle. Cette mise en scène avait sans doute pour objectif de les induire en erreur, ou de les intimider.

La plus âgée ne ressemblait pas du tout à ce qu'on pouvait attendre d'une muse des arts : sa chemise grise était boutonnée jusqu'au cou, ses cheveux étaient rassemblés en un chignon bien net complètement démodé à la base de son crâne. Au milieu de tout ce violet, elle avait l'air d'un champignon dans une roseraie.

C'est elle qui prit la parole d'une voix ferme et claire, sans lâcher son journal.

— Pouvons-nous vous aider ?

— Nous avons quelques questions à vous poser, répondit Io.

— Laquelle d'entre nous désirez-vous interroger ?

D'un geste circulaire, elle désigna la femme penchée sur son bureau, celle qui dormait à moitié et les deux filles assises devant la cheminée.

— Calliope, muse de la poésie épique ? Erato, muse de la poésie romantique ? Polymnie, muse des cantiques, ou Uranie, muse de l'astronomie ?

Chacune salua d'un discret hochement de tête. Les cinq sœurs se ressemblaient tout en étant singulières. Elles partageaient un nez busqué et des sourcils courbes, mais leurs cheveux, la couleur de leur peau et leur corpulence étaient différents. Polymnie et Uranie avaient manifestement le même père ; elles partageaient le même regard exalté et la même peau marron clair. Calliope, leur aînée de quelques années, avait des douzaines de taches de rousseur sur le nez, et Erato n'était pas plus haute qu'une gamine de dix ans.

— Et vous ? demanda Io à la sœur au journal.

— Clio, muse de l'histoire. Nos autres demi-sœurs sont occupées, je le crains. Alors, qui souhaitez-vous interroger, jeune fille ?

— Mon partenaire et moi-même enquêtons sur une série de meurtres dans le Marais. Notre dernière piste nous a conduits chez vous. Nous voudrions vous poser quelques questions au sujet d'Horacio Long et des filles qu'il était censé tuer. Il prétend que vous l'avez payé pour ça.

Clio se contenta d'un sourire ; ses dents étaient aussi soignées et propres que le reste de sa personne.

— Sommes-nous obligées de vous répondre ?

— Je ne vois aucun mandat, intervint Erato. Aucun badge.

— Nous ne vous devons rien, ajouta Polymnie.

— Pour obtenir notre aide, vous devez la mériter, dit Erato.

— Nous ne sommes pas si différentes de vous, affirma Uranie en jetant un coup d'œil appuyé à Edei. Vous savez comment votre partenaire gagne sa vie, mon cher ?

Io eut envie de la gifler. C'était un jeu pour elles – révéler des choses et observer les réactions de leurs hôtes. Si Edei n'avait pas été au courant qu'elle coupait parfois les fils de ses clients, elle…

Mais c'était exactement ce qu'elles voulaient. Qu'elle s'énerve. Qu'elle soit distraite. Mais de quoi ?

Elle observa la pièce tel un limier à la recherche de sa proie. Là, derrière le bureau, elle repéra la seule dissonance de leur comédie. Toutes les sœurs observaient Edei, mais Calliope, la muse de la poésie épique, se tenait parfaitement immobile, son stylo posé distraitement sur sa feuille, les yeux fixés sur Io. On aurait dit qu'elle avait… peur ?

— Tchac, tchac, tchac, fit Uranie qui répondait à sa propre question en imitant des ciseaux avec ses doigts.

Io s'efforça de garder son calme. Le rideau, la mise en scène bien rodée, l'intérêt que lui portait Calliope, sans compter leur détestable petit jeu – *la trancheuse, la lame invisible, la faucheuse de destins* –, tout portait à croire que les Neuf attendaient quelque chose d'elle. Il était inutile de tourner autour du pot.

— Quel est votre prix ? demanda-t-elle.

— Comme d'habitude, répondit Erato.

— De l'art, ajouta Uranie.

— Inspiré, précisa Polymnie.

— Une création, conclut Clio.

Io se sentit bête de devoir leur rappeler l'évidence.

— Je ne suis pas une artiste.

Polymnie se pencha en avant, les coudes sur les genoux, comme une enfant trop zélée.

— Mais si, tu en es une, idiote ! Vous en êtes tous. Vous avez tous des capacités, quelque chose que vous faites à la sueur de votre front grâce au sang qui coule dans vos veines. Quelque chose de spécial qui n'appartient qu'à vous. Et nous… nous sommes l'idée qui prend forme, l'inspiration qui frappe. Nous sommes le talent qui s'exprime dans vos doigts. Nous sommes les muses et vous êtes les artisans.

Il y eut un long et pénible silence.

Io jeta un coup d'œil à Edei. *Qu'est-ce que c'est que cette histoire ?*

Il n'avait pas l'air impressionné.

— Je ne comprends pas ce que vous dites.

Toutes se tournèrent vers lui, sauf Calliope.

— Votre partenaire a ses fils, sa précieuse toile argentée, expliqua Clio. Nous possédons un pouvoir similaire, quoique celui-ci s'exprime dans la médiation plutôt que dans… l'agression. Nous avons nos protégés : peintres, sculpteurs, écrivains, musiciens ou danseurs. Ils nous demandent l'inspiration et nous la leur livrons à travers leurs yeux, leurs oreilles et leurs mains. Nous leur offrons des idées, des pensées, des *secrets*. Car après tout, qu'est l'art sinon l'expression des plus profonds et sombres secrets d'un artiste ?

C'était une façon bien prétentieuse de voir les choses. L'art ne pouvait être réduit à cela et considérer la création comme une souffrance était un concept toxique et daté. Néanmoins, Io comprenait très bien que ce type de rhétorique correspondait parfaitement à l'aura mystique dont les Neuf voulaient se parer.

— Quel est donc *mon* art, alors ? demanda-t-elle. Que voulez-vous que je crée pour vous ?

Les muses échangèrent un regard lourd de sens.

— Vous êtes détective, n'est-ce pas ? dit Clio sur un ton qui aurait pu sembler maternel, si la mère en question était une vipère. Vous observez, vous examinez, vous enquêtez… Nous n'attendons rien de plus.

— Une enquête ?

— Une question, pour ainsi dire.

— Vous voulez me poser une question ? C'est ça ? Vos protégés pourraient certainement y répondre aussi bien que moi.

— Bien sûr que non, espère d'idiote ! s'exclama Polymnie avec un rire méchant. Tu ne nous as pas écoutées ?

— Votre art n'appartient qu'à vous, précisa Clio.

— Il vous revient de poser cette question, expliqua Calliope d'une voix douce et mélodieuse. Vous et personne d'autre.

Cette dernière surveillait toujours Io tel un faucon, son stylo traçant les mêmes lignes encore et encore si bien que l'encre avait fini par faire des taches sur le papier.

Prudente, Io fit un pas vers Edei, se rapprochant de la porte. Tout prenait sens, maintenant : leur mise en scène, leur étrange façon de parler, la toile qu'elles essayaient de tisser autour d'elle. Leurs pouvoirs avaient des limites, comme ceux de tous les nés-autrement. Elles connaissaient les vérités du monde, mais seulement si c'était la bonne personne qui posait les questions. Et, pour une raison ou une autre, il se trouvait qu'aujourd'hui, cette personne était Io.

— Tu peux m'en poser trois, annonça Clio. Nous déciderons nous-mêmes de la quatrième.

— Cinq pour moi, une pour vous, marchanda Io. Et pas de prophétie vaseuse, pas de réponse à double sens.

Clio acquiesça d'un bref mouvement de tête.

— Tu peux commencer.

La première était facile ; c'était la plus urgente et la plus évidente.

— Avez-vous ordonné à Horacio Long de tuer Raina, Drina Savva et Emmeline Segal, il y a douze ans ?

Les muses s'entreregardèrent comme pour décider qui allait répondre. Polymnie prit finalement la parole :

— Oui. Horacio Long avait pour mission de débarrasser la ville de ces femmes par n'importe quel moyen.

— Pourquoi ?

Les cinq sœurs se dévisagèrent à nouveau et cette fois, c'est Clio qui répondit :

— Nous avions nos raisons. Ces femmes étaient dangereuses pour la ville.

— On avait dit pas de double sens, fit sèchement Io. Recommencez.

C'est Uranie qui continua, d'une voix rapide, en agitant les mains au-dessus des cartes posées devant elle.

— *Chante à travers moi, Muse, et à travers moi raconte l'histoire.* Cette histoire que nous avons vue apparaître dans les étoiles, dans le gazouillement des oiseaux, dans la peinture craquelée d'un portrait inachevé, et dont il manquait des morceaux : le début, le milieu et la fin. La seule chose que nous savions, c'était que ces femmes étaient dangereuses. Qu'elles devaient mourir si nous voulions éviter que la ville soit réduite en cendres, si nous voulions que les enfants arrêtent de pleurer et que le sang cesse de couler dans les rues.

Io et Edei échangèrent un regard, chacun essayant de connecter les différents éléments. Le même jour, douze ans plus tôt, Horacio Long avait kidnappé et essayé de tuer Emmeline Segal, Drina Savva et Raina – et d'autres femmes, peut-être. Les Neuf avaient découvert une prophétie dans les œuvres de leurs artistes ; une prophétie qui réclamait la mort de ces femmes pour éviter que la ville ne soit *réduite en cendres*.

Douze ans plus tôt, la ville avait brûlé à cause des Émeutes de la nuit sans lunes.

Des centaines de personnes avaient été victimes d'une guerre de territoire entre des gangs sans scrupule qui s'était soldée par la destruction de l'ordre des Furies. Sans l'intervention de Bianca Rossi, l'affrontement aurait conduit à l'anéantissement du Marais. La jeune mafieuse avait formé pour son baroud d'honneur une avant-garde fervente qui avait écrasé ses adversaires après huit jours de carnage, sonnant le glas des Émeutes par la seule force de sa volonté. Le Marais avait mis des années à se reconstruire.

La situation n'avait toujours aucun sens, cependant. Si les Neuf avaient eu la prémonition qu'il fallait éliminer ces femmes pour mettre fin aux Émeutes, et qu'Horacio les avait laissées s'échapper, comment les affrontements avaient-ils cessé ? Si les Neuf savaient qu'Horacio les avait trahies pour laisser Drina et les deux jeunes filles en vie, pourquoi ne l'avaient-elles pas puni ? Elles en avaient certainement les moyens… et la cruauté nécessaire. Elles cachaient quelque chose ; l'altruisme n'était pas dans leur nature. Elles avaient forcément ordonné les meurtres dans leur propre intérêt.

— Vous dites que vous saviez que ces femmes étaient dangereuses, reprit Edei, arrachant Io à ses réflexions. Elles ne sont pas enregistrées sur les registres des nés-autrement, et pourtant elles sont capables de manipuler les fils du destin. Elles sont inhumainement fortes et résilientes ; elles survivent malgré leur fil de vie sectionné, mais elles sont en train de pourrir de l'intérieur.

Après un moment de silence, Clio reprit la parole :

— Je n'ai pas entendu la question.

— Est-ce que… non.

Edei fixa Io tout en réfléchissant à la meilleure façon de formuler sa question.

— Elles ont dit qu'elles avaient été *créées*. Alors *que* sont-elles ?

Cette fois, c'est Polymnie qui répondit, les yeux vitreux comme si elle observait la nature profonde du monde.

— Ce sont des filles de la nuit, choisies pour leur vertu et destinées à abattre le fouet de la vengeance sur le dos des pécheurs.

Io attendit qu'elle développe, mais la muse s'arrêta là.

— Ce n'est pas la réponse claire que vous nous aviez promise.

— C'est la réponse à la question que vous avez posée, lui rétorqua Polymnie. Celle que mes pouvoirs me fournissent. Si vous voulez une meilleure réponse, posez une meilleure question.

Io roula les yeux, exaspérée.

— Si elles ont été créées, qui est leur créateur ?

Elle compta dans sa tête : quatre questions posées, il lui en restait une, plus celle que choisiraient les muses.

— En voilà une bonne question, dit Erato, dont les yeux effleurèrent les deux visiteurs avant de se reposer sur ses mains étalées sur ses genoux. Nous l'ignorons, hélas ! Nous avons consulté nos écrivains, nos peintres, nos comédiens, sans résultat. Celui ou celle qui transforme ces femmes en créatures sait comment échapper à nos pouvoirs. Et avant que vous ne cherchiez à nouveau à mordre – elle indiqua du doigt la bouche ouverte d'Io – nous allons partager avec vous notre hypothèse : les règles peuvent plier un peu, elles ne cassent pas pour autant. Nous sommes pareilles, les nés-muse, les nés-moire et les nés-grâce…

— La descendance des dieux, chuchota Io.

Erato hocha la tête.

— Quoi qu'elles soient, ces femmes leur sont liées.

— Aucun dieu ne possède de tels pouvoirs.

La muse haussa les épaules.

— Même les dieux évoluent.

Cette insinuation était révolutionnaire.

— Les dieux sont morts, dit Io.

Le silence envahit la pièce et cinq visages se tournèrent vers elle, pleins d'une allégresse sournoise.

— Allez-y. Posez votre question, dit Clio.

*Est-ce que les dieux sont vivants ?*

Io faillit le demander. Elle était certaine que le pouvoir des Neuf lui apporterait la réponse, mais l'empressement qu'elle perçut dans leurs yeux lui mit la puce à l'oreille : elles l'avaient sans doute manipulée tout au long de l'échange pour la conduire à cette question impossible à poser.

Son instinct ne lui avait jamais fait défaut, jusqu'à présent. Si elle sentait un piège, c'en était probablement un. *Concentre-toi, Io. Réfléchis.* Quatre victimes : un né-tchernobog, un né-dioscure, deux nés-grâce – que des profils louches. Deux étranges tueuses, et maintenant une troisième qui proclamait avoir été créée et avoir reçu des instructions de *quelqu'un.* Des femmes qui auraient été suffisamment dangereuses pendant les Émeutes de la nuit sans lunes pour que les Neuf aient mis leurs têtes à prix – si ces dernières disaient bien la vérité. Et maintenant les dieux. *Ces fichus dieux.* Qu'est-ce qui lui échappait ? Il manquait un élément quelque part. Elle connaissait les victimes et les tueuses. Elle avait vu l'arme du crime de ses propres yeux, elle avait senti le fil se serrer autour de son propre cou. Quant à leur mobile, elle pouvait facilement…

Ah. C'était là qu'il manquait quelque chose. Elle connaissait l'objectif des damnées ; celles-ci ne s'en étaient pas cachées. La vengeance. La justice. Mais qu'en était-il d'*eux* ? De ceux qui les avaient instruites – les avaient créées ? Ces derniers étaient suffisamment puissants pour échapper aux Neuf qui savaient pourtant tout. Pourquoi avaient-ils créé des damnées ? Pourquoi n'étaient-ils pas allés tuer eux-mêmes ceux qui leur avaient causé du tort ?

Une seule personne pourrait lui apporter la vérité : Raina, la troisième damnée. Mais d'abord, Io devrait la trouver et la sauver, de sa soif de sang comme de la pourriture qui envahissait son corps.

— Ma dernière question est celle-ci, annonça-t-elle : comment puis-je sauver la damnée, Raina ?

Un froncement de sourcils à peine perceptible et Clio lui répondit :

— Toi, tu ne peux rien pour elle.

Io perçut de la tristesse dans sa voix.

— Qui, alors ?

La muse eut un petit sourire satisfait.

— Est-ce une sixième question, trancheuse ?

— Celle-ci nous revient, lui rappela Polymnie.

— Et c'est toi qui la poseras, précisa Uranie.

Io eut l'impression que ses yeux allaient lui sortir du crâne.

— Dites-moi juste comment la sauver !

Un silence sournois s'abattit sur la pièce et les quatre sœurs qui venaient de s'exprimer se tournèrent vers la cinquième en attendant qu'elle prenne la parole. Celle-ci quitta son bureau, les jambes tremblantes, et traversa le salon en tenant la feuille qu'elle n'avait pas arrêté de griffonner.

— Paye ton dû et nous t'aiderons. Nous te dirons comment la sauver, feula Calliope. Voici donc ce que tu nous dois, voici notre question : *Quel fil vas-tu couper ?*

— Demande-nous, ajouta Clio.

— Dis : *Quel fil vais-je couper ?* renchérit Erato.

— Ainsi nous saurons..., commença Polymnie.

— ... comment tu provoqueras la fin du monde, termina Uranie.

Io recula pour s'éloigner de Calliope qui approchait d'elle avec un grognement affamé et des yeux assoiffés de sang. Elle sentit Edei la tirer par l'épaule pour se placer devant elle et la protéger. Son mouvement surprit la muse et sa feuille de papier glissa entre ses doigts pour voleter jusqu'aux pieds d'Io.

Elle avait l'air dangereuse, cette feuille ; elle semblait capable de bouleverser une existence. Les gribouillages saturés d'encre formaient un poème né d'un esprit incohérent. Io s'accroupit pour la ramasser.

*La trancheuse*
*la lame invisible*
*la faucheuse de destins*
*elle observe l'argent comme un signe*
*elle pleure l'argent comme un chant de deuil*
*elle brandit l'argent comme une épée*
*elle tranche le fil*
*et c'est la fin du monde*

Les doigts d'Io tremblaient. Elle ne savait pas pourquoi – *Ce ne sont que des mots*, lui répétait sa raison ; pourtant sa poitrine était tenaillée, congestionnée par mille terreurs.

— Qu'est-ce que c'est ? murmura-t-elle.

— C'est notre fléau ! s'exclama Clio. Notre destruction. Pendant des semaines, nos poètes ont travaillé sur ce poème – et seulement celui-ci. Sur la façon dont tu allais mettre fin au monde.

— Hé, ordonna Edei, pâle comme la mort. Reculez.

Clio quitta son canapé et se dirigea vers une commode en acajou située entre deux fenêtres. Elle en ouvrit deux tiroirs à la volée et en sortit des dizaines de pages qu'elle jeta en l'air. Celles-ci s'éparpillèrent dans la pièce comme des feuilles lors d'un orage d'automne. L'écriture et l'encre étaient à chaque fois différentes, mais les mots étaient toujours les mêmes : *La trancheuse, la lame invisible…*

— Pose la question, ordonna fiévreusement Clio.

Io crut qu'elle allait défaillir ; ses yeux étaient pleins de larmes.

— Co… comment savez-vous qu'il s'agit de moi ?

La muse laissa échapper un rire cruel. À l'autre bout de la pièce, ses deux plus jeunes sœurs se levèrent et disparurent derrière une porte. Io respirait avec peine, comme une machine à vapeur qui se serait emballée ; elle avait l'impression qu'on brûlait du charbon dans ses entrailles. Les deux filles réapparurent les bras chargés de portraits de toutes tailles, peintures à l'huile et fusains exécutés sur de la toile, du papier, du parchemin, des vêtements ou du bois.

— Pose la question ! rugit Clio.

Mais Io était incapable de se concentrer sur autre chose que… sur son visage. Ses sourcils épais et sévères, ses yeux sombres, ses cheveux bouclés retenus en arrière par un foulard jaune, ses lèvres boudeuses – qui figuraient sur chaque peinture, chaque dessin, chaque gribouillage que les artistes des Neuf avaient produits.

Car tous représentaient ses traits, sa main, son fil d'argent, et derrière elle, le monde en flammes.

# Chapitre 16

## UNE LAME DENTELÉE

— N'APPROCHEZ PAS ! S'ÉCRIA EDEI.

Protégeant Io de son corps, il la fit reculer jusqu'aux doubles portes.

Les gardes essayèrent de les arrêter, mais un cri provenant du salon attira leur attention, les poussant à se précipiter vers les nées-muse. À travers ses larmes, Io aperçut Calliope qui convulsait sur le sol, ses sœurs penchées au-dessus d'elle. Puis Edei attrapa sa main, le gravier crissa sous leurs pieds, le portail s'ouvrit en grinçant et la clameur de la rue les enveloppa. Des journalistes et des touristes les assommèrent de questions en les poursuivant. Ils entendirent cliqueter les appareils photo. Edei serra la main d'Io plus fort ; ils rejoignirent la passerelle Modiano qui longeait la ligne de tramway et le raffut des trains finit par couvrir tous les autres.

Le quartier des Artistes s'étendait au pied de la Colline et partageait avec elle quelques grandioses points de vue. Depuis l'entrée surélevée du marché Modiano, où se trouvaient les boutiques de mode les plus chics d'Alante, la cité s'étendait tel un chat paresseux : les minarets de la

Vieille Ville s'élevaient vers le ciel telles des oreilles pointues ; la ligne du tram rouge qui reliait la cité administrative au musée d'Histoire naturelle, le carrousel de la Ville Nouvelle, s'enroulait langoureusement à la façon d'une queue. C'était la fin du jour et les rayons du soleil, à travers les nuages, baignaient Alante d'une lumière dorée.

Un courant acide courait dans la poitrine d'Io. Contrôler sa respiration lui demandait un effort constant. *Inspire, expire.* Elle se laissa envahir par ses sensations : les trolleys qui passaient à proximité, les badauds qui entraient ou sortaient du marché, la chaleur du soleil sur sa peau. L'odeur putride de vieux déchets entassés dans des poubelles. La lumière qui jouait à cache-cache avec les nuages. Elle ne succomberait pas à la panique. Elle devait rester concentrée sur cet instant et se calmer.

Un mouvement de foule les entraîna jusqu'au centre de la halle surmontée d'une coupole : un labyrinthe d'allées pavées et sinueuses parsemées de centaines de boutiques. Ils n'avaient aucune destination précise, mais marcher leur faisait du bien.

Edei, qui ne cessait de l'observer, finit par parler :

— C'était une farce, Io. Rien de tout ça n'est réel. Elles t'auraient raconté n'importe quoi pour que tu entres dans leur jeu. Elles t'ont manipulée.

Elles s'étaient moquées d'elle ; ça, c'était certain. Son ego s'en remettrait. Ce qu'elle ne pouvait *pas* supporter, c'étaient les doutes effrayants qui s'infiltraient en elle.

— Et si ce n'était pas une farce ? suggéra-t-elle. Si cette prophétie se révélait vraie ?

Edei ne répondit pas immédiatement, ce qui amena Io à le regarder. Les muscles de sa mâchoire étaient crispés et ses yeux étaient fixés sur la foule derrière eux, détaillant chaque visage. Elle espéra qu'il allait la contredire, la rassurer, dire quelque chose ! Son silence lui était plus insupportable encore que les pensées qui accaparaient son esprit.

Les Neuf avaient parfaitement joué leurs cartes : elles avaient fourni à Io un nouveau mystère, sachant qu'elle serait incapable d'y résister. *Demande-nous : Quel fil vais-je couper ? Ainsi nous saurons… comment tu provoqueras la fin du monde.* Mais quel fil ? Quelle fin ? Quel monde ? Io était venue pour obtenir des réponses et voilà qu'elle repartait avec un poème stupide répété par un millier de bouches et un stupide portrait de son stupide visage composé par mille mains. Le pire, c'est qu'elle devrait à nouveau consulter les Neuf et que celles-ci le savaient. C'était sans doute pour ça qu'elles l'avaient laissée partir.

Elle agrippa le coude d'Edei.

— On devrait peut-être y retourner ?

— Ne tombe pas dans leur piège, Io. Elles ont récité un poème cryptique en brandissant un portrait, et te voilà prête à tout abandonner pour courir vers elles ?

— C'était *mon* portrait, Edei. C'est *ma main* qui est censée provoquer la fin du monde.

— C'est du baratin. Ce n'est pas la réalité.

— Comment peux-tu en être certain ? Ce sont les Neuf.

— Ce sont des manipulatrices tyranniques.

La coupole au-dessus de leur tête se mit à vibrer avec l'arrivée d'un nouveau tramway ; la station Modiano était toute proche. Le monde se remplit des grincements du métal et du verre, preuve sonore de la fragilité d'Alante : un faux mouvement, une secousse sismique ou un immeuble qui s'effondrait, et la ville entière s'écroulerait. En cet instant, Io se sentait aussi fragile qu'elle.

— Tu as conscience de ce qu'elles nous ont appris ? reprit Edei. Elles ont avoué avoir mis à prix la tête de ces femmes. Elles l'ont reconnu parce qu'elles savaient que nous ne pouvions rien y faire. Si on prévenait les flics ou les journaux, tu sais ce qu'elles diraient ? *C'était notre destin. Nos artistes ont vu que ces femmes étaient dangereuses et c'était notre devoir de protéger cette ville.*

Il hurla presque :

— Et personne ne remuerait le petit doigt ! Aucun juge n'oserait les inculper. Les Neuf resteraient impunies même si elles se vantaient d'avoir ordonné la mort de femmes innocentes ! Si seulement l'ordre des Furies n'avait pas disparu…

Il était furieux et ses yeux valsaient nerveusement de visage en visage tandis qu'ils se frayaient un passage dans la foule à coups d'épaule.

— Elles possèdent une centaine de portraits de toi en train de brûler le monde. Le monde entier, Io, pas seulement le Marais. Si elles ont ordonné la mort de ces trois femmes parce qu'elles les *croyaient* dangereuses, quel sort penses-tu qu'elles te réservent, à *toi* ? Peu importe la réponse à leur fichue question ou le destin qu'elles t'ont prévu ! Elles ne te laisseront pas repartir vivante si tu y retournes. Je n'arrive pas à croire que c'est ce que tu envisages de faire !

Io baissa les yeux sur ses bottes ; la carcasse informe d'un calmar-papillon chimerini gisait dans l'eau de marée accumulée entre les pavés. Ce n'était pas après elle qu'il était furieux ; néanmoins, sa colère la touchait au cœur.

— Les Neuf ont accumulé des connaissances et un pouvoir énorme, enchaîna-t-il. Trois femmes ont été transformées en damnées meurtrières et au lieu de te dire comment les sauver, ces sorcières te harcèlent au sujet d'une prophétie mystique. Bianca a raison : la seule façon de négocier avec *ces gens-là*, c'est à coups de couteau dans la poitrine.

Io tressaillit. Comment cette conversation avait-elle abouti à ces coups de *couteau* ? Son amertume entra en collision avec celle d'Edei et elle s'écria :

— Tu sais que moi aussi je fais partie de *ces gens-là*, non ?

— Ce n'est pas…, fit-il en se radoucissant. Tu n'abuses pas de tes pouvoirs comme elles.

— Mais je pourrais. Souviens-toi : *Elle tranche le fil et c'est la fin du monde.*

— Elles essayaient de te terrifier.

— Eh bien, elles ont réussi. Et maintenant, en plus d'avoir peur de cet avenir horrible, j'ai peur de me retrouver avec un couteau dans la poitrine !

Edei s'arrêta malgré le flux des passants.

— Ce n'est pas ce que j'ai voulu dire.

— Alors c'est quoi ?

— Qu'elles sont diaboliques. Qu'elles sont comme les sangsues et le conseil municipal : elles ont tellement d'influence que plus personne n'ose les remettre à leur place.

— Parce que tu crois que ta Bianca est différente ?

— Bianca est un mal nécessaire, dit-il avec conviction. On a besoin d'elle pour survivre. Et si ça doit engendrer de la cruauté, alors tant pis.

Io sentit comme une lame de scie lui déchirer le ventre. *Un mal nécessaire.* Elle songea à Ava en train de lui essuyer les joues après une remarque particulièrement méprisante de Thais. *Pardonne-lui, petite sœur*, répétait-elle. *Elle travaille toute la journée pour prendre soin de nous ; elle est un peu tendue. Et alors ?* aurait dû lui répondre Io. Mais elle était trop jeune à l'époque ; il ne lui venait même pas à l'esprit qu'Ava puisse avoir tort ou que la méchanceté de Thais soit injuste. Désormais, elle savait reconnaître les tyrans. Thais en avait été une. Bianca en était une autre, quelle que soit l'utilité qu'Edei puisse lui trouver. Io en avait assez de fournir des excuses à *ces gens-là*.

— Pour moi, tolérer la cruauté, c'est comme accepter une mort lente, lança-t-elle à Edei.

Il écarquilla les yeux et ouvrit la bouche pour répondre, mais à ce moment-là – les dieux en soient remerciés – une vendeuse de rue s'interposa. Une femme très grande avec un foulard coloré qui étala ses taies d'oreiller sur la poitrine d'Io.

— Touchez-moi ça, jeune fille, dit-elle. Vous ne poserez jamais vos joues sur un tissu plus doux.

— Très doux, en effet, confirma Io en passant sa main sur le linge.

Sa méfiance et sa fureur s'atténuèrent un peu.

Dieux, qu'elle était fatiguée ! Se mettre en colère comme ça était épuisant.

— Merci, m'dame, dit Edei.

Il posa une main sur le dos d'Io et marmonna :

— Allons prendre un café.

Ils entrèrent dans le souk où se trouvaient les restaurants et les bars de la halle. Les odeurs leur sautèrent aussitôt aux narines : celles du poisson et des épices, des sucreries sirupeuses et du salep qui infusait sur les feux de fortune. Puis les sons emplirent leurs oreilles : vendeurs annonçant leurs prix cassés, pains de glace fondant goutte à goutte sur le pavé, gamins leur proposant du fromage, des fruits ou des amandes caramélisées. Edei jeta quelques pièces sur l'étal d'une petite échoppe et commanda deux cafés préparés à la façon kurkz.

Tandis qu'ils soufflaient dessus pour les refroidir, son regard ne cessait d'aller et venir entre la foule et Io. Cette dernière sentit qu'une question allait arriver…

Elle redoutait qu'il lui pose *la* question. La question crainte et espérée. *Qui est responsable de la cruauté que tu as endurée, toi, Io ?* Pouvait-elle être honnête lorsqu'il s'agissait de sa propre famille, de Thais ?

Cependant, il lui demanda :

— Es-tu en sécurité, Io ?

*En sécurité ?* Bien des fois, elle avait fantasmé qu'elle se confessait à Ava, à Rosa, à Amos et même à Thais, mais elle n'avait jamais imaginé qu'elle aurait à répondre un jour à cette question. La sécurité était un luxe, comme les bains à bulles et les plantes décoratives, auquel elle n'avait guère le temps de réfléchir. Personne ne lui avait jamais demandé si elle se sentait en sécurité. Elle ne s'était même pas posé la question ; seul Edei y avait songé.

*Était-elle* en sécurité ?

Le tyran de son enfance avait disparu depuis deux ans. Elle avait appris à s'accommoder des gens à l'esprit étroit qui la détestaient ou lui faisaient peur. Il restait cependant quelques poignards capables de traverser son armure : une femme qu'elle avait tuée et qui avait été roulée dans un tapis blanc ; cinq muses l'accusant d'un crime qu'elle n'avait pas encore commis ; un garçon qui menaçait ses semblables de coups de couteau. Elle se sentait coupable : d'avoir tué Drina Savva, de ne pas avoir tranché son fil du destin quand elle aurait dû le faire. De n'avoir rien dit à Edei. C'était un abus de pouvoir, ça aussi. Était-elle victime de son destin ou elle-même un tyran ? Elle l'ignorait et détestait ça.

Non, elle n'était pas en sécurité ; sa honte ne lui laissait aucun répit.

Ici et maintenant, cependant, en présence d'Edei, elle…

— Je m'efforce de l'être, répondit-elle avec honnêteté avant d'avaler son café en une gorgée, manquant s'ébouillanter le gosier.

Il hocha brièvement la tête.

— Je pourrais t'y aider, si tu veux.

— Mmh… oui, fit-elle en s'étranglant. Merci.

Elle se fichait d'Edei Rhuna, elle le traiterait comme n'importe quel garçon, couperait leur fil du destin et en aurait terminé avec cette histoire… Pourtant son ventre se dénoua et son esprit se détendit. Ses pensées se déroulèrent telle une pelote de laine, avec tous les mensonges et les excuses qu'elle avait tressés pour se protéger. À la fin, il ne resta qu'un brin de laine. La vérité : il lui plaisait. *Beaucoup.*

— Je ne suis pas comme les Neuf, dit-elle.

— Je le sais bien, Io. Je le *sais*. J'ai été stupide de dire ça. J'étais en colère…

— Non. Attends…

Sa confession sortit de sa bouche en un torrent :

— J'ai beaucoup plus de pouvoir que la plupart des humains. Je ne l'ai pas choisi ; c'est comme ça. Et tu as raison : il n'y a personne pour vérifier si ce que j'en fais est juste ou non. C'est pour ça qu'il faut que je te dise quelque chose.

*Nous partageons un fil du destin. À toi de décider ce que ça implique. Tu peux choisir de t'en aller, me demander de le couper. Je le ferai. Mais je…*

*Tu me plais.*

Edei la regarda dans un œil, puis dans l'autre et ainsi de suite, très vite, et elle eut l'impression qu'il pouvait lire chacune de ses pensées. Elle aurait voulu se faufiler loin de la lumière, comme un animal sauvage, mais elle resta immobile.

— Attends, murmura-t-il en enroulant ses doigts autour de son poignet. Tu me fais confiance, Io ?

Elle soupira, le cœur battant :

— Oui.

Il posa un bras sur ses épaules et se pencha au-dessus de son oreille.

— Tiens-toi prête.

Pendant une seconde, elle cessa de respirer, croyant qu'il allait l'embrasser.

C'est alors qu'elle remarqua son regard fixé sur la foule derrière elle. Il glissa son bras dans son dos et sa main libre saisit son poing américain.

Sa main à elle se referma sur un de ses propres fils avant même qu'Edei commence à bouger. Il l'écarta de son chemin d'un geste vif, saisit un homme par le col et, en quelques enjambées nerveuses, l'entraîna dans un passage sombre.

Io resta seule au milieu du souk, attirant les regards suspicieux des passants. *Merde.* Ils devaient croire qu'elle était une sangsue, une flic sous couverture qui arrêtait les gens dans la rue. Elle se précipita dans l'étroite allée encombrée d'un tas de vieux meubles.

Elle entendit devant elle des pas traînants, puis la voix d'Edei :

— Qui es-tu ? Pourquoi est-ce que tu nous suis ?

Elle repensa aux coups d'œil qu'il jetait sans arrêt derrière eux – visiblement, quelqu'un leur collait aux basques depuis qu'ils avaient quitté la maison des Neuf. Elle aperçut les deux silhouettes dans un rayon de lumière provenant de la coupole.

— Qu'est-ce que tu veux ? Qui es-tu ? répétait Edei en écrasant l'autre contre des chaises, son avant-bras pressé contre son larynx.

Le type avait une trentaine d'années ; il portait une barbiche noire bien taillée, à la mode dans les quartiers riches ; il avait la peau claire et des yeux foncés. Son costume dernier cri à col ouvert avait été taillé sur mesure pour son physique dégingandé dans un tissu bleu marine hors de prix.

Le treillage argenté de la Toile s'alluma autour d'Io. Elle se saisit d'un des fils de l'homme qui passait près de sa hanche et s'apprêta à tirer un coup sec pour ajouter un peu de poids à l'interrogatoire d'Edei. Son regard s'attarda alors sur la figure de l'inconnu, illuminée par la lumière déclinante, et elle croisa le sien – d'un noir absolu, surnaturel.

— Enfin, dit-il.

Elle s'arrêta en pleine course, comme si elle s'était soudain figée dans le marbre. Une pensée traversa son esprit – *Sois prudente* – avant de s'envoler tel un oiseau apeuré. La terreur s'empara d'elle. Une terreur comme elle n'en avait jamais ressenti, insondable, qui la paralysa de la tête aux pieds et la cloua au sol. Elle était soudain trempée de sueur ; la panique qui la submergeait l'empêchait de formuler la moindre pensée. Le fil de l'homme se trouvait toujours entre ses doigts mais elle ne se souvenait plus de ce qu'elle devait en faire.

Une terreur identique avait dû s'abattre sur Edei car il libéra la gorge de l'homme et ses bras se mirent à pendre comme celles d'un pantin. L'inconnu s'éloigna des chaises pour s'approcher d'Io. Il lui ôta son foulard et l'utilisa pour frotter méticuleusement ses vêtements. Quand il fut satisfait de l'état de son costume, il fit un pas en arrière et observa calmement la scène : Io paralysée au milieu de l'allée, Edei pétrifié devant les chaises entassées.

— Qu'est-ce que vous fichiez chez les Neuf ? lança-t-il à Edei.

Ce dernier frémit, mais ses lèvres ne s'ouvrirent pas.

L'homme inclina la tête avec un air surpris ; puis il tourna son attention vers Io. Elle sentit son effroi s'amplifier quand il fit un simple pas dans sa direction.

— À ton tour, alors, jeune fille. Que vous ont raconté les Neuf ?

Elle essaya d'extraire une pensée cohérente du chaos de son esprit. C'était lui le responsable de sa confusion. Il était né-phobos, descendant de Phobos et Deimos, les dieux jumeaux de l'Effroi et de la Panique. Il pouvait terroriser ses victimes juste en les regardant. Ses yeux devenaient alors aussi noirs que ceux d'Io étaient argentés lorsqu'elle consultait la Toile.

— On a parlé des meurtres dans le Marais, souffla-t-elle en réponse.

— Et ?

— Les meurtrières avaient toutes été prises pour cibles par les Neuf pendant les Émeutes de la nuit sans lunes.

— Comment ça, prises pour cibles ?

— Les Neuf avaient payé quelqu'un pour les tuer…

— Ne mens pas.

Le pouvoir du né-phobos déferla sur Io qui se mit à convulser. Ce n'était pas de la douleur, même si ça n'allait pas tarder. Elle se trouvait sur un pont au-dessus d'un gouffre sombre et le sol tremblait sous ses pieds ; elle avait les jambes molles, elle perdait l'équilibre. Une litanie plaintive sortit de sa bouche :

— Non, je vous en prie, c'est la vérité, les artistes des Neuf les avaient vues dans leurs œuvres, je vous en prie…

Au bout de l'allée, Edei tourna légèrement la tête vers elle. Où trouvait-il la force de bouger, même si peu, alors qu'elle-même pouvait à peine gémir ?

— Est-ce que les Neuf savent ce que sont ces femmes ?

L'homme se glissa tout près d'elle.

— Savent-elles qui les a créées ?

Au bord de l'inconscience, Io songea qu'il s'agissait là d'une question curieusement précise. Mais dans ces yeux noirs et dans sa poitrine à elle, il n'y avait que de la peur. Elle l'envahissait et Io n'y pouvait rien ; ça allait lui faire mal, très mal.

Edei remua à nouveau. Si elle parvenait à maintenir l'attention du né-phobos sur elle, son compagnon parviendrait peut-être à se libérer.

— Non, gémit-elle, elles sont incapables de voir qui est derrière tout ça.

L'homme était si près qu'elle pouvait sentir son eau de Cologne. Il ne lui laissa pas le temps d'en dire plus – son pouvoir déferla et Io devint rigide comme de la pierre ; sa vue se troubla et son cœur s'emballa encore.

— Je vous en prie, implora-t-elle. S'il vous plaît, elles ne savent pas…

— Tu mens, répondit l'inconnu.

Io hurla.

Le temps que le né-phobos attaque à nouveau, Edei était déjà en mouvement. D'abord hésitant, il attrapa un morceau de bois puis se projeta en avant comme une flèche et abattit son bâton sur le crâne de leur agresseur. Le né-phobos poussa un cri, jura, mais resta debout. Il releva les yeux comme si c'étaient des canons de revolver, mais Edei lui assena un autre coup dans le ventre et il se plia en deux, le souffle coupé. Il tomba à genoux, entraînant Io dans les meubles au passage. Edei agrippa les épaules d'Io pour l'empêcher de tomber et l'homme en profita pour détaler dans l'allée. Edei jura et disparut derrière lui.

Io se laissa glisser sur le sol humide et son derrière fut aussitôt complètement trempé. Son cœur galopait dans sa poitrine ; ses doigts étaient douloureux à force de rester contractés comme des serres.

Elle n'avait pas lâché le fil du né-phobos.

Edei réapparut à l'entrée de l'allée.

— Je l'ai perdu, annonça-t-il, à bout de souffle. Dans la foule. Tu es… blessée ?

Il palpa son torse, son cou, son visage, et soupira de soulagement.

— Tu as hurlé tellement fort que j'ai cru…

*Qu'as-tu cru ?* voulut-elle lui demander. *Touche-moi encore*, eut-elle envie de lui dire.

Mais elle se sentit rougir d'embarras et se contenta de marmonner :

— Qui c'était ?

— Je l'ai d'abord repéré devant la maison des Neuf. Il nous a suivis jusqu'au marché Modiano et dans le souk. Il tournait quand on tournait, s'arrêtait quand on s'arrêtait…

— Il a posé des questions très précises.

— Effectivement.

L'homme s'intéressait aux connaissances des Neuf ; le lien entre les damnées et les Émeutes l'avait manifestement surpris, mais il était resté focalisé sur l'instigateur. Pourquoi se serait-il inquiété de savoir qui avait créé les damnées s'il n'était pas lui-même impliqué dans cette histoire, d'une façon ou d'une autre ?

— Comment as-tu échappé à son emprise ? demanda Io.

Edei haussa les épaules et s'accroupit devant elle.

— Il y avait un chef de gang, autrefois, qui était né-phobos. J'ai dû… Disons que j'ai déjà eu affaire à leur pouvoir. Mais toi… On aurait dit… Tu m'as fait peur.

Elle tendit la main pour saisir son bras juste au-dessus du poignet. Le contact fut léger mais lui fit l'impression d'une tempête.

— Je suis en sécurité, merci. Et nous ne l'avons pas perdu.

Elle lui montra son poing serré.

Edei la dévisagea comme si une troisième oreille avait poussé sur le bout de son nez.

Io laissa échapper un rire fatigué. Elle était vraiment bête. Edei ne pouvait pas voir le fil qu'elle serrait entre ses doigts, cette ligne argentée qui les conduirait directement jusqu'au né-phobos.

# Chapitre 17

## UNE CRÈME

**QUAND DES RENFORTS ARRIVÈRENT**, Io avait des crampes aux doigts à force de serrer le fil. Grâce à un de ces messages codés dont les Fortuna avaient le secret, Edei avait informé Bianca qu'un né-autrement supplémentaire pouvait potentiellement menacer le gang. Quinze minutes plus tard, Nico et Chimdi étaient sur place.

Io observa la jeune fille en commençant par ses longs doigts calleux ornés du fameux poing américain des Fortuna. Elle était petite et mince ; ses cheveux étaient coupés si court qu'on pouvait voir les courbes de son crâne ; une série d'anneaux en cuivre pendait à ses oreilles. Elle avait l'accent d'Anoch.

— Bianca exige qu'on agisse proprement, cette fois, annonça-t-elle à Edei en guise de salut. Sans raté.

Edei lui répondit d'un mouvement de tête solennel ; la menace ne sembla pas le toucher.

Le fil entre les doigts d'Io s'apparenta soudain à une ligne de vie. Leur visite à la maison des Neuf leur avait confirmé que les damnées avaient été les cibles des nées-muse. Celui ou celle qui manipulait les femmes était suffisamment intelligent pour échapper à l'influence des sœurs. Ils auraient pu suivre d'autres pistes – comme celle de la troisième damnée ou celle du lien qui existait probablement entre les deux premières et leurs victimes –, mais le fil qui s'étendait à cet instant entre les mains d'Io réclamait une attention immédiate.

L'homme qui les avait suivis depuis la maison des Neuf et les avait soumis à son pouvoir de né-phobos semblait particulièrement intéressé par la possibilité que les Neuf aient pu savoir qui se cachait derrière les damnées. Il était forcément lié à ces femmes à moitié vivantes, et Io avait la ferme intention de découvrir comment. Elle n'avait plus quitté la Toile depuis un moment de peur que son fil ne lui échappe.

Un ciel gris les accueillit à la sortie de la halle ; l'air sentait la pluie. C'était presque l'été et les néo-moussons allaient bientôt remonter vers le nord pour déverser leurs pluies acides sur Alante. Ils devraient trouver leur homme rapidement et s'abriter quelque part au cas où le temps tourne à l'orage. Edei posa le regard sur elle après avoir observé le ciel de plus en plus sombre ; il devait avoir eu la même idée.

Malgré les douzaines de fils argentés qui l'éblouissaient, Io perçut son inquiétude.

— Quelle direction ? demanda-t-il.

— À l'est, vers la Ville Nouvelle.

Le quartier de la Ville Nouvelle avait été reconstruit quelques années plus tôt avec des routes bien lissées pour accueillir des automobiles. On y trouvait surtout des camions de livraison, mais aussi quelques voitures de riches particuliers aux vitres teintées, avec leurs chauffeurs à casquette brillante et leur col boutonné. Baba, le père d'Io, était monté dans une de ces voitures, un jour, et il en avait parlé comme d'un merveilleux conte de fées.

Il traversait l'avenue de la Cardamome, non loin d'ici, lorsqu'un conducteur l'avait renversé et lui avait presque arraché la rotule. La propriétaire du véhicule, une jeune femme vêtue d'une fourrure chimerini – ce détail avait toujours laissé Io perplexe –, avait été tellement secouée qu'elle avait insisté pour le conduire jusqu'à l'hôpital le plus proche. Il y avait eu des embouteillages et le trajet avait été si long que le genou de Baba avait cessé de le faire souffrir avant qu'ils n'arrivent. En regardant la voiture s'éloigner, celui-ci s'était promis qu'un jour il possèderait la sienne et emmènerait ses filles en virée dans la campagne…

*Et un jour*, avait ajouté sa femme, *j'offrirai à mes filles des fourrures chimerini et on sera comme des princesses à l'arrière de ta voiture.*

Ce souvenir fit sourire Io. Ava pouvait se moquer d'elle autant qu'elle voulait, le fait est que tous les Ora étaient obsédés par ce *un jour* et en voulaient toujours *plus*. Ava se plaisait à se présenter comme la plus cartésienne, la sœur raisonnable, il n'empêche qu'elle n'avait pas échappé à l'héritage familial : se contenter de bien faire les choses, comme Thais et Io, ne lui suffisait pas. Elle devait être la meilleure. Chanter les plus belles chansons, dans les meilleurs clubs, pour le public le plus fervent. Danser parmi les meilleurs danseurs. Sortir avec la plus jolie fille.

Io reporta son attention sur le présent lorsque Nico se faufila à son côté, envahissant son champ de vision teinté d'argent.

— Fais attention, dit-elle, surprise, en marquant un arrêt.

— Oups, fit Nico, je t'ai marché sur le pied ?

Edei vint se placer de l'autre côté d'Io et lui prit le bras avec désinvolture.

— Elle est dans la Toile, expliqua-t-il à Nico. Elle a du mal à voir le monde réel ou à distinguer tes fils de celui qu'elle a entre les doigts. Je te suggère de lui raconter ton histoire d'un peu plus loin.

Le ton de sa voix était bienveillant et sa main enveloppa tendrement celle d'Io. Cette dernière se souvint de sa confession silencieuse – *il lui plaisait* – et se laissa réchauffer par sa présence chaleureuse. S'il voulait l'aider, elle l'y autoriserait. S'il voulait être tendre, elle en profiterait. Elle se l'était promis : plus de culpabilité.

— Comment sais-tu que j'allais raconter une histoire ? s'étonna Nico.

— Tu ne sais rien faire d'autre, se moqua Chimdi.

— Tu vois comment ils me traitent, Io ? Si c'est ça, être amis, j'espère ne jamais rencontrer mes ennemis.

— Je te l'ai déjà dit dix fois : on n'est pas amis, fit Chimdi.

— Alors comment appelles-tu les gars avec qui tu passes toutes tes journées, avec qui tu rigoles et bois des coups ?

— Ces gars-là ? Je les appelle Imbécile n° 1 et Imbécile n° 2.

Edei l'interrompit, très sérieux.

— Je suis le premier ou le deuxième ?

— Le deuxième, bien sûr.

Elle dévisagea Nico en fronçant les sourcils.

— Sa bêtise à lui éclipse largement la tienne.

Le rire d'Edei résonna dans la rue animée. Un rire à couper le souffle ; Io aurait aimé l'enfermer dans une bouteille pour le distiller, le réécouter pendant ses nuits sans sommeil et s'abandonner à sa mélodie jusque dans ses rêves. Dieux qu'elle était tordue ! Elle était Amoureuse avec un A majuscule, enseigne au néon et orchestre symphonique.

Nico se défendit :

— Je suis une *crème*.

— C'est vrai, confirma Io. Ne les écoute pas. Vous êtes tous trois connectés par des fils solides et lumineux. Ils t'aiment, quoi qu'ils prétendent.

Chimdi grogna.

— C'est un abus de pouvoir grossier, trancheuse. Où sont les nés-furie quand on a besoin d'eux ?

— On ne se moque pas des nés-furie, la coupa Edei.

L'atmosphère entre eux s'assombrit un peu. Edei avait raison : l'extinction des nés-furie était une des pages les plus sombres de l'histoire des nés-autrement. Lorsque le Traité de parenté avait été signé, on leur avait demandé de former des instances gouvernantes. Les nés-horae, descendants des divinités du temps, avaient fondé l'Agora d'Alante et étaient devenus leurs représentants ; d'autres nés-autrement, moins nombreux, comme les nés-muse, avaient pris en charge les cités-nations indépendantes ; et les nés-furie, héritiers des déesses de la Punition divine, avaient formé le corps de police appelé l'ordre des Furies.

Les nés-furie étaient capables de discerner un treillage orangé comparable à la Toile qui leur révélait les crimes commis par les gens. Un pouvoir utile et unique lorsqu'il s'agissait de nés-autrement que leurs talents surnaturels rendaient difficile à coincer. Io ne comprenait pas vraiment comment ce pouvoir fonctionnait et ne le comprendrait sans doute jamais, car les nés-furie avaient complètement disparu.

Pendant des années, avant les Émeutes de la nuit sans lunes, des rumeurs avaient laissé entendre que la lignée des nés-furie se raréfiait et qu'ils naissaient de moins en moins nombreux. La sélection naturelle, disaient certains. Le risque lié à l'exercice de l'ordre parmi les nés-autrement, disaient d'autres. Et puis le gang renégat les avait massacrés. Quelques semaines plus tard, un membre de l'Agora s'était exprimé à la radio pour annoncer que le dernier né-furie avait succombé à ses blessures. Il n'y en aurait plus d'autres.

— J'en ai une bonne avec une née-furie et un cafard, annonça Nico avec une bonne humeur forcée.

— Pitié…, se lamenta Chimdi.

— Très bien ! Dites-moi juste dans quel merdier on met les pieds et je me tairai.

Edei lui expliqua :

— Un homme nous a suivis quand on a quitté les Neuf. Nous pensons qu'il est impliqué dans l'affaire des damnées. C'est un né-phobos.

Nico et Chimdi se figèrent ; eux aussi avaient dû croiser le chemin du chef né-phobos dont il avait parlé à Io.

— S'il s'empare de vous, souvenez-vous que vous avez peur tous les jours et ça ira tout seul.

— *Éprouve ta peur et continue ton chemin, par Edei Rhuna*, se moqua Chimdi comme si elle évoquait un génie littéraire.

Nico gloussa ; Edei rouspéta, irrité :

— Je voulais juste dire que les nés-phobos créent des sentiments auxquels nous sommes habitués. Nous les avons vécus, nous leur avons survécu et nous pouvons recommencer. En tout cas, évitez de le regarder dans les yeux – c'est comme ça qu'il vous ferre.

— *Ne regardez jamais la peur dans les yeux*, ironisa Chimdi, *par Edei*… Hé !

Il l'avait frappée à l'épaule. Io éclata de rire quand, soudain, le fil se détendit entre ses doigts. L'homme s'était arrêté. Elle suivit la fibre du regard jusqu'à une volée de marches menant à un imposant bâtiment.

Nico siffla.

— Merde…

— Le théâtre ? fit Chimdi. Votre sale type va au théâtre ?

Le Théâtre Blanc, tel était son nom, était un édifice massif en marbre blanc ; dix hautes colonnes en supportaient la toiture, toutes décorées de sculptures représentant les divinités majeures. Les Furies, vilaines sorcières dotées de cheveux serpentins ; les Grâces, jeunes, belles et nues ; les Muses avec leurs instruments de musique ; les Dioscures, solennels et identiques ; les Parques en train de tisser leur tapisserie ; les sept Érotes ailés de l'amour ; les trois sœurs Hora contrôlant le passage du temps, avec leur longue chevelure et leurs mains levées ; les trois Kères, sombres déesses de la Mort ; les trois frères Oneiroi, dieux du Sommeil et des Rêves ; et les quatre Asclepies, déesses de la Santé et de la Médecine.

Io était étonnée que le né-phobos soit entré dans cet endroit. C'était la scène la plus chère et exclusive au monde. Elle accueillait les chanteurs les plus talentueux, les œuvres les plus réputées et, à l'occasion, des pièces intellos ou des ballets. Pour obtenir leurs billets, les spectateurs devaient faire la queue bien avant l'aube, et parfois ce n'était pas suffisant.

Io repensa à son costume sur mesure, à la maniaquerie dont il avait fait montre en le frottant avec son foulard. Il était peut-être riche, après tout. Les nés-autrement avaient souvent du mal à trouver du travail, parce que les employeurs les trouvaient peu fiables, mais si celui-ci était riche, il y avait peu de chance qu'on lui ait réservé le même sort.

— Comment est-ce qu'on entre là-dedans ? voulut savoir Chimdi.

Deux videurs surveillaient l'entrée principale tandis qu'une petite dame bien habillée vérifiait les billets. Quel que soit le spectacle du jour, celui-ci avait attiré un public singulier : richement vêtu et parfaitement coiffé, mais beaucoup plus jeune que d'habitude. Étudiants, jeunes salariés… aucun n'avait plus de quarante ans.

— Par ici, suggéra Nico. Je connais la fille qui bosse au vestiaire.

Ils le suivirent jusqu'à une porte latérale, puis dans un couloir à la moquette épaisse jusqu'au hall d'entrée, où ils attendirent dans l'ombre pendant qu'il s'entretenait avec la fille. Cette dernière lui tapota la joue affectueusement et lui remit discrètement un petit objet.

Lorsqu'il rejoignit les autres avec la clé d'une loge libre, ses joues étaient encore aussi rouges que ses cheveux.

— Tu vois ? dit-il à Chimdi en pointant son pouce sur sa propre poitrine. Une *crème*.

Ses compagnons gloussèrent, puis ils grimpèrent parmi la foule jusqu'au sixième étage, où ils se glissèrent dans leur loge et refermèrent la porte pour échapper aux regards indiscrets. Io mit ses lunettes pour admirer l'endroit.

— Ouah ! s'exclama-t-elle.

La salle était entourée par six niveaux de loges, toutes décorées de rouge et d'or ; leurs murs étaient couverts de motifs floraux et leurs garde-fous sculptés de têtes de satyres. Le parterre était entièrement occupé par une immense scène circulaire éclairée par un lustre gigantesque avec des milliers de petites ampoules en forme de larmes.

Émerveillée, Io s'installa dans un siège aussi souple qu'un oreiller. C'était donc *ça*, la vie des classes privilégiées – de luxueux fauteuils, des violons et des lustres qui brillaient comme le soleil ? Elle songea au théâtre abandonné de la rue du Bec, dans le Marais, à sa façade effondrée et à son balcon difforme. D'accord, d'ici elle ne pourrait pas voir les lunes, mais elle s'en fichait. Elle se serait crue dans un palais de conte de fées.

— Il est là, dit Edei en indiquant l'entrée la plus à gauche de la scène où se dressait le né-phobos, les mains dans les poches.

— On pourrait l'encercler, suggéra Chimdi. Et l'attraper au début de la représentation.

— Non, attendons. Voyons d'abord à qui il parle.

L'intensité de l'éclairage diminua et un murmure parcourut l'assemblée. Malgré la pénombre, Io vit l'homme s'écarter quand la porte s'ouvrit dans son dos. Une silhouette entra et le né-phobos lui glissa quelques mots à l'oreille. Le nouveau venu hocha la tête avant de grimper sur la scène. Les projecteurs se braquèrent sur lui et un tonnerre d'applaudissements envahit la salle.

Io mit sa main devant sa bouche pour retenir un cri de surprise. Elle connaissait ces pommettes saillantes, ces lèvres fines, ces cheveux noirs brillants et ce sourire vif. Ils avaient été visibles sur tous les panneaux publicitaires de la ville au cours des derniers mois. Luc Saint-Yves.

— Mesdames et messieurs, bonsoir.

Le commissaire fit un tour sur lui-même, les bras écartés en signe de bienvenue.

— Nous sommes ici ce soir pour vous présenter l'Initiative pour l'ordre nouveau et tous les avantages qu'elle peut vous procurer.

Nouveau tonnerre d'applaudissements.

— D'abord, laissez-moi me présenter. La plupart d'entre vous me connaissent comme le commissaire de police ou le candidat à la mairie, et j'imagine que vous avez entendu les rumeurs concernant mon passé. Oui, je suis bien né dans une riche famille de Nanzy. Oui, j'ai bien rejoint la force Iceberg contre la volonté de ma famille. Et oui, j'en suis bien revenu avec une terrible blessure à la colonne vertébrale et une addiction aux opiacés. Après deux années d'une difficile réadaptation, j'ai fait des études de droit, j'ai été diplômé avec les honneurs et, à trente-quatre ans, j'ai été nommé commissaire d'Alante. Beaucoup prétendent qu'avoir été envoyé dans la Cité Immergée était un test aux yeux de mes supérieurs, et je suis d'accord ; c'est une ville qui peut vous détruire, comme elle a certainement détruit les nés-furie.

Bien calée dans son fauteuil, les bras croisés sur la poitrine, Io le fusillait du regard. Tous ces gens sophistiqués de Nanzy croyaient connaître Alante alors que la plupart de temps ils n'en avaient que la vision déformée véhiculée par les journaux.

— Depuis que j'ai été nommé commissaire, il y a un an, nous avons réussi à faire fermer plus de la moitié des arènes de combats de chimerini, des maisons closes, des maisons des songes et des salles de jeu. Des douzaines de gangs ont été démantelées. Nos talentueux policiers et nos juges sont parvenus à poursuivre et à condamner les entreprises non respectueuses des lois antipollution, des droits des travailleurs, et les fonctionnaires coupables de détournements de fonds.

Un silence éloquent suivit, sans doute en rapport avec un évènement qu'Io avait manqué. Les décisions politiques de la Colline atteignaient rarement le Marais. Qui se souciait des escrocs de la haute quand le gang des Aeneas se remettait à racketter les usagers de la passerelle du Romarin ? Les élections auraient lieu dans quelques jours et il se disait que tous les chefs de la pègre du Marais avaient utilisé leurs économies pour soutenir l'adversaire de Saint-Yves, le maire actuel, conservateur, certes, mais plus malléable.

— Pendant des siècles, reprit le commissaire, nous avons fait confiance aux nés-autrement pour faire la police eux-mêmes. Aucun crime n'échappait aux nés-furie. Ils pouvaient obtenir une confession et corriger les fautifs grâce à leurs fouets puissants. Ils avaient ce pouvoir. Mais le glorieux ordre des Furies n'est plus. Les Neuf sont devenues des ermites, recluses dans leur précieuse demeure, et il n'y a plus personne pour surveiller les criminels nés-autrement d'Alante qui en profitent.

Une série de nombres et des graphiques apparurent sur un écran.

— Au cours des dix dernières années, dans la plupart des villes – en particulier à Alante –, les chiffres de la criminalité ont augmenté significativement. Le taux d'inculpations par contre a baissé de façon inquiétante. Seul un suspect né-autrement sur dix est jugé coupable. Pour le dire plus simplement, nous n'arrivons pas à *prouver* que les neuf autres ont commis une faute.

Quel ramassis de mensonges ! Si un né-autrement sur dix était jugé coupable, c'était parce qu'un sur dix, seulement, *était* coupable. Les nés-autrement étaient sans arrêt soupçonnés de crimes qu'ils n'avaient pas commis, juste parce que leurs pouvoirs les rendaient *capables* d'en commettre.

— C'est là que l'Initiative intervient, continua l'orateur.

Une nouvelle diapositive apparut, listant les objectifs de l'Initiative et ses méthodes en un diagramme détaillé.

— Il faut que ce soit les nés-autrement qui attrapent les nés-autrement. Imaginons cette simple scène : c'est l'été, le taux d'humidité a explosé tous les plafonds et vous avez ouvert la fenêtre pour laisser entrer un peu d'air. Accompagné de ses frères, un né-oneiroi passe par cette fenêtre, vous plonge dans un profond sommeil et en profite pour vous voler vos objets de valeur. Vous appelez la police, mais que peuvent-ils faire ? Le mieux que vous puissiez espérer, c'est que les voleurs commettent une erreur et se fassent prendre avec un de vos objets sur eux.

« Maintenant, voyons les choses autrement. La police confie l'affaire à une brigade de nés-autrement spécialement formée. Deux nés-dioscure, des jumeaux. Ils observent le sol de votre appartement, les tapis, et y repèrent les traces des voleurs. Ils savent d'où elles proviennent et où elles conduisent. Avant la fin de la journée, les coupables sont appréhendés, arrêtés, et vos objets vous sont rendus. Mais l'Initiative ne s'arrête pas là. Ces criminels seront ensuite présentés à des procureurs, eux aussi nés-autrement, qui seront bientôt approuvés par l'Agora elle-même, dont les membres sont les descendants des Hora, déesses du Temps, de l'Ordre, de la Justice et de la Paix.

Saint-Yves s'arrêta de parler, comme s'il voulait que chacun ait le temps d'intégrer son scénario. Le public resta silencieux ; mille personnes attendaient la suite. Elles appréciaient ses idées ; elles l'appréciaient, *lui*. Cet homme qui se vantait d'avoir le soutien de l'Agora, la plus haute instance de gouvernement né-autrement. Cet homme qui avait peut-être envoyé un né-phobos aux trousses d'Io et Edei.

Le commissaire reprit la parole :

— Vous pourriez me demander : Luc, comment être sûr que ces nés-autrement vous diront bien la vérité ? Qu'ils ne seront pas impliqués eux-mêmes dans le trafic ? Eh bien, mes amis, ma réponse n'est peut-être pas facile à accepter, mais nous devrons les *croire*. Leur faire *confiance*. Notre société a trop longtemps été divisée entre ceux qui détenaient les pouvoirs des dieux et ceux qui avaient celui de l'argent. Je crois, je suis même certain que tous les nés-autrement ne sont pas intrinsèquement corrompus ou diaboliques. Ils peuvent être bons, intelligents, honorables, aimer leur ville et vouloir qu'elle prospère.

*Évidemment !*

Pourquoi Saint-Yves semblait-il si fier de considérer les nés-autrement comme des êtres humains ? Pourquoi les détenteurs de pouvoirs devaient-ils prouver leur valeur en servant une ville qui faisait d'eux des marginaux ? En protégeant ceux qui les considéraient systématiquement comme des suspects ? Io tremblait de colère. Ce n'était que de la propagande ; et le pire, c'était que tous ces gens y croyaient.

— Et je sais qu'ils peuvent aussi être des amis, ajouta Saint-Yves, car j'ai collaboré avec eux pour élaborer mon Initiative. Et parce que…

Le public vibra d'excitation.

— … je suis amoureux d'une née-autrement.

Il tendit le bras vers l'une des portes latérales ; les projecteurs se braquèrent dessus.

— Mes chers amis, je voudrais vous présenter ma meilleure amie, l'amour de ma vie et, depuis hier soir, ma fiancée : Thais Ora !

# Chapitre 18

# TOI, SURTOUT

**Io s'attendait à ressentir un choc**, de la colère ou de la tristesse, mais rien ne vint. Seulement cette pensée qui traînait mollement dans les profondeurs de son esprit : *Thais est éblouissante.*

Pendant la majeure partie de sa vie, Thais avait été une sylphide, svelte et pâle, tout en os et pommettes saillantes. Aujourd'hui, ses joues étaient rondes et sa peau vive et rose. Elle avait des traits bien dessinés et des lèvres charnues, comme toutes les filles Ora. Coupés juste au-dessous des oreilles, ses cheveux bruns et soyeux encadraient joliment son visage. Ses yeux étaient maquillés, ses lèvres peintes couleur prune et elle portait autour du cou un collier de perles de jade. Sa jupe blanche se gonfla gracieusement à chacun de ses pas alors que ses hauts talons résonnaient sur la scène. Elle était l'image parfaite d'une fille habitant au 64, rue d'Hanovre. Souriante, lumineuse, brillante. Elle posa une main dans celle de Saint-Yves ; il l'attira à lui et l'embrassa sur le front. C'était une de ces scènes de tendresse que l'on pouvait voir sur les couvertures des romans à l'eau de rose, et Io se sentit aussi embarrassée qu'elle était curieuse de voir la suite.

Quelqu'un interpella la nouvelle venue :

— Comment a-t-il fait sa demande ?

Thais offrit à Saint-Yves son fameux sourire en coin. Io se prépara au choc d'entendre à nouveau sa voix après deux ans d'absence, après son douloureux : *Laissez-moi tranquille. Vous en avez fait assez comme ça.*

— Nous étions en train de revoir ses notes pour la présentation de ce soir, assis sur le sol du salon, entourés de boîtes vides de nourriture, dit-elle d'une voix suave. Et soudain, il a pris ma main et m'a dit qu'il n'aurait pas pu faire tout ça sans mon aide. Qu'il ne voulait plus jamais rien faire sans moi. Et il m'a offert la bague de sa grand-mère.

Elle tendit son doigt bagué vers les loges, et le public, devenu fou, applaudit et hurla à tout rompre.

— Ma fiancée, lança Saint-Yves au-dessus du vacarme, est née-moire. C'est une tisseuse. Elle a été la première volontaire à rejoindre l'Initiative et à utiliser ses pouvoirs pour suivre les connexions entre les nés-autrement et leurs victimes. Dis-leur, ma chérie, ce qui t'a décidée à nous rejoindre ?

— Toi, surtout, reconnut Thais en riant, provoquant l'hilarité du public.

Les gens adoraient. Ils se *délectaient*. Mais pas Io, car elle ne reconnaissait pas sa sœur. La Thais qu'elle connaissait avait quitté Thomas Mutton sans se retourner. Elle aurait pu bâtir un empire de ses propres mains sans sacrifier une once de ce qu'elle était et de ses convictions. Cette imitatrice avec sa coupe à la mode et son collier au prix exorbitant ? Cette simulatrice avec son fiancé qui représentait tout ce qu'Io détestait : les hommes pleins de fric qui prétendaient *sauver* les nés-autrement, le privilège dans toute sa gloire putride ? Cette fille-là ne *pouvait pas* être Thais.

— En vérité, reprit cette dernière, l'Initiative est nécessaire. Elle aurait dû être mise en œuvre il y a des années, quand l'ordre des Furies a été détruit. Elle permettra de faire baisser le taux de criminalité à Alante, mais aussi de mettre fin aux préjugés dont sont victimes les nés-autrement. Je suis née et j'ai été élevée dans le Marais…

Le théâtre manifesta sa désapprobation.

— *Voilà.* C'est exactement ça. Je sais ce que ça fait d'être regardée de haut. Mes sœurs et moi étions constamment maltraitées : on nous faisait travailler pour un demi-salaire afin que nos employeurs fassent des économies. Les gens pensent que les nés-autrement sont corrompus et corrupteurs, mais ce n'est pas vrai. Ce que Luc suggère, c'est une collaboration : nous, les nés-autrement, pouvons devenir meilleurs et rendre cette ville meilleure.

*Sois la meilleure et rends ce monde meilleur.* Ces derniers mots, en revanche, lui ressemblaient. Thais avait toujours été une idéaliste. Elle croyait sincèrement que si vous travailliez suffisamment dur, si vous choisissiez la noblesse et la gentillesse plutôt que la corruption, vous pouviez faire la différence. Si vous étiez meilleur, le monde le deviendrait aussi – ça avait toujours été son mantra. Mais elle ne pouvait pas avoir vraiment craqué pour Saint-Yves ; elle ne pouvait pas croire qu'il suffisait de faire *travailler les gens ensemble* pour résoudre les injustices à l'encontre des nés-autrement. Thais ne pouvait être naïve à ce point.

Quand les applaudissements cessèrent, le commissaire reprit la parole :

— Laissez-moi vous présenter les autres membres de mon équipe, nos merveilleux nés-autrement volontaires et les policiers qui travailleront avec nous.

Il égrena une liste de noms dont les propriétaires montèrent à leur tour sur la scène. Io ne prit pas la peine d'écouter ; elle était focalisée sur sa sœur qui, tout sourire, soufflait à son fiancé les questions qu'il était censé poser à chacun. Thais avait l'air tellement heureuse. *J'ai juste l'impression que pendant tout ce temps où vous avez bossé ensemble*, avait dit Ava, *tu étais malheureuse… Maintenant, tu es heureuse. Et elle aussi. Ce n'est peut-être pas si mal qu'elle préfère garder ses distances, non ?* Ava savait-elle qui rendait leur sœur heureuse ? Était-ce la raison pour laquelle elle n'avait rien dit à Io, sachant que celle-ci n'approuverait pas ? Io ne pouvait s'empêcher de se demander si c'était pour ça que Thais lui avait caché son retour. Si elle n'avait pas elle-même poussé sa sœur à tomber dans les bras de Saint-Yves.

Elle s'enfonça dans son siège pour mieux observer la scène. Plus de vingt personnes étaient rassemblées là, désormais, mosaïque de genres et de races. Et toutes semblaient en adoration devant Saint-Yves, Thais la première.

— C'est ta sœur ? chuchota Edei en se penchant vers elle.

— Oui.

— Tu étais au courant ?

Il avait l'air soupçonneux et elle se tourna un peu pour lui faire face.

— Non. C'est la première fois que je la vois depuis deux ans, je te le jure.

Il hocha la tête.

— S'il te plaît, ne…

— Je ne dirai rien à Bianca, promit-il. Tu as vraiment peur d'elle, hein ?

— Je ne devrais pas ?

Il observa gravement la foule avant de répondre :

— J'imagine que si. Écoute… Tu as raison quand tu dis que tolérer la violence est une forme de violence.

Elle ne l'avait pas formulé ainsi, mais il avait trouvé les mots justes.

— Et puis… cette prophétie… c'est n'importe quoi. Les Neuf ne te connaissent pas. Elles ignorent qui tu es et ce que tu feras. Que leurs protégés aient écrit des poèmes ou peint ton portrait ne signifie rien. Toi seule peux décider de ton destin.

Io eut envie de poser sa tête sur son épaule, de se blottir dans ses bras. Elle eut envie de sentir sa tendresse l'envelopper comme un cocon, sa voix douce la bercer.

— C'est ce que je déteste chez les Neuf, reprit-il, inconscient de son désarroi. Elles parlent de l'avenir comme d'une donnée concrète, comme s'il était écrit une fois pour toutes dans un vieux grimoire qu'elles seules étaient capables de déchiffrer. La destinée nous prive de nos choix, et je refuse de vivre comme ça.

Elle appuya la tête contre le dossier de son luxueux fauteuil. Au-dessus d'elle, le plafond était décoré d'un motif de vagues et d'anémones. *La destinée nous prive de nos choix.* Il n'y avait aucun mensonge dans ces mots, aucune colère, aucune cruauté. Pour Edei, c'était juste un fait, trivial et absolu. Pourtant, Io avait eu l'impression qu'il s'était adressé à elle personnellement et cette phrase l'avait touchée au plus profond de sa chair : le choix et la destinée – elle se sentait coupable de le priver des deux. Elle songea à la colère qu'il ressentait face aux manipulations des Neuf, à son regret de n'avoir pu aider davantage Chimdi, aux encouragements qu'il venait de lui prodiguer. Qu'est-ce qu'un tel homme penserait d'un fil qui le liait irrévocablement à quelqu'un qu'il connaissait à peine, le privant de ses choix ?

Il le prendrait en horreur.

Et si elle lui disait la vérité, il la détesterait, elle aussi.

— Voilà notre homme, annonça Nico, interrompant ses réflexions.

Le né-phobos grimpa sur la scène.

— Aris Lefteriou, annonça Saint-Yves avec un sourire éclatant. Le chef de ma sécurité et, si l'Initiative se développe, le chef de tous nos départements. Un puissant né-phobos qui a servi bravement dans la force Iceberg et auquel je dois d'être encore en vie.

La foule applaudit plus discrètement. Tout le monde craignait les nés-phobos, même quand ceux-ci étaient censés être les gentils.

— Qu'est-ce qu'on fait ? s'inquiéta Nico.

*Quelles sont nos options ?* se demanda Io. Saint-Yves était fiancé à sa propre sœur qui ne lui parlait plus. Son chef de la sécurité était l'homme qui les avait terrorisés à peine une demi-heure plus tôt.

— On n'a qu'à les suivre, suggéra Chimdi. On s'empare du né-phobos et on le ramène à Bianca.

— S'emparer de lui ? Ça ne va pas être facile, lui opposa Nico. Ils partent. Décide-toi rapidement, patron.

Les lumières se rallumèrent et le public commença à se lever pour se diriger vers les sorties.

— On les file, trancha finalement Edei.

Io s'obligea à quitter Thais des yeux pour suivre les autres en silence sur l'épaisse moquette rouge. Des gens sortaient des loges voisines, discutant avec animation, mais Edei les entraîna vers un escalier de service tortueux qui les conduisit jusqu'au rez-de-chaussée. Là, une porte était ouverte sur la scène déserte illuminée par une douzaine de projecteurs. Saint-Yves et son équipe avaient disparu.

Une voix s'éleva parmi la foule :

— Edei ?

Ce dernier s'arrêta brutalement. Io suivit son regard jusqu'à une jolie fille vêtue d'une robe noire ras-du-cou qui mettait en valeur son visage en forme de cœur et son cou gracile. Une blonde à un bras, un garçon à l'autre, elle se dirigeait avec désinvolture vers la sortie. Elle lâcha ses amis et se laissa dériver vers Edei.

— Salut, Samiya, fit Nico par-dessus l'épaule d'Io.

C'était donc elle, Samiya – la docteure, la petite amie. Io s'arrêta derrière Edei en s'efforçant de ne pas avoir l'air contrariée.

La jeune femme adressa un sourire à Nico et Chimdi, puis ses yeux se posèrent sur elle.

— Oh, salut. Tu dois être la détective ?

C'était tellement gênant.

— Euh, oui, oui, salut, bafouilla Io qui aurait voulu que le sol s'ouvre sous ses pieds pour l'avaler.

— Qu'est-ce que vous faites ici ? demanda Samiya.

Durant le silence pesant qui suivit, Edei inspecta le copain de Samiya de la tête aux pieds. Il semblait… *confus*. On aurait dit un gamin appelé au tableau pour résoudre une équation alors qu'il n'avait pas appris sa leçon.

— On se renseigne.

Samiya, peu convaincue par cette réponse excessivement mystérieuse, roula des yeux.

— Et toi, qu'est-ce que *tu* fais là ? intervint Chimdi d'une voix accusatrice.

Edei reprit un peu de contenance.

— Laisse-la tranquille, lui dit-il.

Ses amis s'impatientant, Samiya lâcha un *à plus tard* désolé et se hâta de rejoindre la sortie.

Chimdi croisa les bras sur sa poitrine.

— Je ne comprends toujours pas comment tu peux tolérer ça, Edei. Elle assiste à ses meetings, maintenant ?

Il expira longuement, comme s'il venait de traverser un moment pénible.

— Elle fait ce qu'elle veut. Je ne suis pas son patron, et toi non plus. C'est une fille intelligente. Si elle trouve un intérêt à cette… Initiative, c'est qu'il doit y en avoir un.

*Elle n'est pas intelligente, elle est naïve*, songea Io. Mais c'était méchant et elle n'appréciait pas la méchanceté. Elle ne connaissait pas Samiya et, si elle avait été tout à fait honnête, elle aurait admis qu'elle ne savait pas grand-chose de l'Initiative non plus. Edei était manifestement contre ; il acceptait toutefois que sa copine fasse ses propres choix. S'il avait confiance en elle, pourquoi pas Io ?

— Par où est-il parti ? demanda-t-il.

Personne ne répondit.

— Io ?

Elle sursauta et regarda le fil resté entre ses doigts.

— Par cette porte.

Edei leur ouvrit la porte en question et ils entrèrent dans un dressing où les membres du staff de Saint-Yves, rassemblés en cercle, discutaient en ôtant leur maquillage. Lefteriou ne se trouvait pas parmi eux – Thais et son fiancé non plus.

— Excusez-nous, dit distinctement Nico. Le patron nous a envoyés chercher du détergent. Apparemment, les gens de la loge quatre-vingt-quatre ont laissé un sacré foutoir.

Ceux qui avaient relevé la tête à leur arrivée se désintéressèrent d'eux. Néanmoins, Io eut le réflexe de placer son poing contre sa poitrine. S'il y avait des nés-moire dans l'équipe de Saint-Yves, ils ne distingueraient pas le fil du né-phobos au milieu des siens. Edei pénétra dans une autre pièce, vide, et poussa une porte marquée *Sortie d'urgence*.

Dehors, la pluie leur gifla les joues, soudaine et froide. La néo-mousson était arrivée. À la fine couche d'eau qui recouvrait les pavés s'ajouterait bientôt celle de la marée. Dans quelques minutes, s'ils ne rejoignaient pas les toits, ils en auraient jusqu'aux chevilles. Dans la rue, les gens couraient avec leurs parapluies et leurs cirés à capuche en direction du tram et des passerelles.

Une vibration attira l'attention d'Io. L'un de ses propres fils, celui qui la reliait à Thais, changeait rapidement de direction. Elle courut jusqu'au bout de l'allée juste à temps pour voir une voiture s'éloigner à toute allure dans des gerbes d'eau. Saint-Yves était assis à l'arrière, en train de rire ; sa fiancée était appuyée sur son épaule, une main sur son torse. Le fil qui connectait les deux sœurs dansa sous les yeux d'Io tandis que le véhicule emportait son aînée vers la Colline.

— Vite ! s'écria Edei. Chimdi, Nico, suivez-les.

Les deux Fortuna se précipitèrent derrière la berline. Io songea à les arrêter pour s'en occuper elle-même, mais que se passerait-il si Thais repérait leur fil commun ? Si elle réalisait que sa petite sœur, qu'apparemment elle détestait, la suivait ?

— On devrait essayer de trouver le né-phobos et…, commença Edei.

Son regard fut attiré par quelque chose derrière sa partenaire et sa phrase resta en suspens.

*Quoi encore ?* eut le temps de se demander celle-ci avant de comprendre ce qui avait capté son attention.

Une silhouette. Et l'acier d'un canon qui scintillait.

# Chapitre 19

# LA NÉO-MOUSSON

**Les gouttes de pluie tombaient sur le visage** contracté d'Edei. Ses épaules étaient tendues, ses poings prêts pour l'affrontement, ses yeux rivés sur l'individu armé. Il était concentré, furieux, terrifié.

— Ne bouge pas, ordonna-t-il.

Le cœur d'Io tambourinait dans sa poitrine. Elle avait échappé à la damnée, roulé Horacio Long, survécu à l'emprise psychique du né-phobos, mais à une arme à feu ? Une simple pression sur la gâchette et *pop !* sa cervelle éclabousserait les pavés.

— Qu'est-ce que tu fais là ? Je t'avais dit *après-demain*, lança la silhouette entre ses dents serrées.

Io reconnut immédiatement sa voix.

— Rosa ? Qu'est-ce que tu… Tu vas nous tirer dessus ?

— Je ne viserai aucun organe vital, mais je pourrais bien toucher un bras, ou une jambe.

La lumière de la ruelle se refléta sur le canon de son arme. Rosa avait adopté la position typique des sangsues : jambes écartées, torse en avant, les deux mains sur la crosse du pistolet. Grande et bien en chair, avec ses longues jambes qu'elle ne manquait jamais de mettre en valeur, ses cheveux noirs tirés vers l'arrière en queue-de-cheval et séparés par une raie sévère, elle ressemblait à la Rosa qu'Io avait toujours connue. Ses sourcils formaient deux arcs parfaits, sa peau mate était mouchetée de taches de rousseur, une touche de prune agrémentait ses lèvres. Elle portait des vêtements noirs banals et une veste de velours gris.

Io se laissa glisser dans la Toile et saisit un fil. Rosa était capable de rameuter toute l'Initiative en quelques secondes, comme elle avait alerté les flics du quartier au commissariat. Io s'assurerait, cette fois, qu'ils puissent leur échapper sans dommage.

Rosa plissa les yeux en observant les iris d'Io se teinter d'argent.

— N'y pense même pas. Le fil de ma pauvre grand-mère ne t'a pas suffi ?

— Dolo ? Oh, non, regretta sincèrement Io.

Dieux, c'était pire que ce qu'elle avait imaginé. Le fil qu'elle avait coupé l'autre nuit n'était pas un simple fil reliant Rosa à ses pâtisseries préférées, c'était un fil d'amour familial.

Dolores Santos était une vieille dame et une grand-mère exquise. À chaque fois qu'Io passait prendre Rosa pour sortir, Dolo – c'est ainsi que ses petits-enfants l'appelaient – la gavait de délicieuses tapas épicées et lui racontait les merveilleuses histoires de sa jeunesse, rendant Rosa rouge de honte et elle rouge de rire.

Le remords s'abattit sur sa poitrine. Perdre un fil était horrible – c'était comme un manque brutal et inexplicable, comme si l'on vous avait arraché une partie du cœur. Quelle que soit l'intensité de l'amour qui avait formé le fil, c'était fini. Avec le temps, celui de Rosa repousserait peut-être, mais pour l'instant les sentiments qu'elle éprouvait pour sa grand-mère avaient perdu leur intensité et leur pureté.

— Oui, Dolo. Je lui ai rendu visite hier, et je n'ai ri qu'à une seule de ses blagues.

— Peut-être qu'elle n'était pas si drôle ?

— Ma grand-mère est hilarante.

— C'est vrai, dut admettre Io. Tu veux bien baisser ton arme ?

— À toi de me le dire, Io. Est-ce que je ne mérite pas de te tirer dessus ? Juste une fois, pour qu'on soit quittes ?

— Sans doute.

À quelques pas d'Io, Edei respirait nerveusement.

— Excellent, dit Rosa. Je te laisse choisir : le bras ou la jambe ?

— Le bras ? suggéra Io avant de se tourner vers lui. Qu'en penses-tu ? Le bras, d'accord ? Ce sera moins gênant pour mes enquêtes.

— Je… je…, bafouilla-t-il, ses yeux oscillant de l'une à l'autre. Tu pourrais peut-être ne pas avoir à choisir ?

— Une sage alternative, admit Rosa.

D'un geste souple, elle abaissa son pistolet et le rangea dans son holster sous sa veste. Puis elle les entraîna à grandes enjambées jusqu'au fond de l'allée, où la pénombre les protégerait des regards curieux.

— Qui aurait cru qu'un garçon pouvait être à la fois mignon et intelligent ?

Io regarda Edei qui lui murmura :

— Tu me racontes ce qui se passe ?

— Edei, je te présente mon amie Rosa Santos. Rosa, voici Edei. Vous vous êtes rencontrés la nuit dernière sur cet échafaudage, mais ce n'était pas le moment idéal pour des présentations… Avec Rosa qui essayait de nous pousser dans le vide et tout ça.

Io savait jouer la carte de la culpabilité, elle aussi.

— C'est donc la deuxième fois que je vous surprends à rôder là où vous ne devriez pas être.

— On est sur une affaire.

— Une affaire qui nécessite que tu t'introduises dans un meeting de Saint-Yves en t'agrippant à un fil de son responsable de la sécurité ? Bons dieux…

Rosa plissa le front.

— Le problème, c'est que vous n'avez pas fait suffisamment gaffe. Quelqu'un vous a repérés dans le théâtre, et maintenant Aris Lefteriou et ses hommes vous cherchent partout à l'intérieur du bâtiment.

— Comment tu sais ça ?

— D'après toi ? Je fais partie de son équipe, andouille !

Io préparait une magnifique réponse à son amie lorsque des voix s'élevèrent à l'entrée du passage. Trois silhouettes apparurent en contre-jour. Elle entendit leurs pas sur les pavés puis à nouveau leurs voix.

— Où sont-ils passés ?

— Fouillez cette allée.

Rosa attrapa l'épaule d'Io.

— Vite ! Par ici !

Avec des mouvements précis, elle grimpa sur une poubelle, tira d'un coup sec sur l'échelle de secours du bâtiment voisin et commença à grimper. Sans hésiter, Io la suivit, Edei sur les talons. Ils atteignirent le palier du deuxième étage, hors de portée de l'éclairage public, juste au moment où les trois hommes déboulaient dans l'allée. Le premier portait un uniforme bleu marine ; sa barbiche brillante était légèrement de travers. Une douzaine de fils sortaient de sa poitrine ; l'un d'entre eux conduisait tout droit à la main d'Io. Aris Lefteriou. Le né-phobos.

— Continuez, murmura Rosa en poussant Edei en avant.

Elle se baissa sur le palier et saisit le poing d'Io.

— Lâche ce fil. Un de ces hommes est né-moire. Il va nous repérer dans quelques secondes. Les fils vont dans les deux sens – comment crois-tu qu'ils vous ont repérés au théâtre ?

Io aurait *dû* s'en débarrasser avant que le né-moire ne les localise, avant qu'Aris n'exerce son pouvoir sur eux. Mais c'était la seule piste concrète dont elle disposait pour résoudre les meurtres.

— Io, insista Rosa, paniquée. Pitié, fais-moi confiance.

Io finit par lui obéir.

Elle abandonna le fil et détala.

La néo-mousson était plus forte à chaque minute. Les passerelles, avec leurs planches gluantes de crasse, étaient devenues glissantes. En dessous, la pluie faisait gonfler la marée jusqu'à des niveaux extrêmes ; même les volets métalliques utilisés pour protéger les entrées au niveau de la rue ne suffisaient plus pour la contenir. On pouvait entendre les gargouillis des pompes qui aspiraient l'eau des étages les plus bas pour la rejeter par les fenêtres sur la chaussée.

La plupart des Alantiens s'étaient barricadés à l'intérieur pour le restant de la nuit, craignant que la pluie ne soit acide ; les rares passants encore dehors couraient d'abri en abri. Mais aujourd'hui, la pluie était une simple pluie. Si elle avait été acide, Io, Edei et Rosa auraient déjà été en train de crier d'agonie. Ils étaient trempés jusqu'à la moelle, leurs cheveux étaient plaqués sur leurs joues et leurs bottes faisaient d'horribles *splash*. Io avait l'impression qu'elle pesait dix fois son poids ; soulever ses jambes pour grimper sur les toits lui paraissait bien plus difficile que d'habitude.

— On va quelque part ? cria-t-elle à Rosa qui courait devant elle. Ou on se contente de fuir ?

— À toi de me le dire. Regarde derrière.

— Tu sais très bien que je n'y vois rien sans mes lunettes.

— Où sont tes lunettes, alors ?

Io rattrapa son amie.

— Dans ma poche. Tu crois vraiment qu'on a le temps de s'arrêter pour que je les prenne ? Tu ne veux pas plutôt éclairer ma lanterne sur ce qui se passe derrière ?

— Ça serait trop facile.

— *Rosa.*

Edei soupira, exaspéré.

— Trois types nous suivent. L'un d'eux est le néphobos.

— On n'arrivera jamais à les semer ici, déclara Io. Le né-moire arrivera toujours à nous repérer dans la Toile. Il faut trouver un endroit avec du monde, beaucoup de fils.

— Je suis sur le coup, lui lança Rosa.

Ils continuèrent à courir parallèlement à l'avenue de la Cardamone qui s'était transformée en un véritable torrent. Rosa les fit traverser le pont de la Marjolaine et tourna à gauche quand les minarets de la Vieille Ville se profilèrent de l'autre côté de la rue. Elle ouvrit une trappe et ils entrèrent dans l'immeuble du dessous.

— Ne faites pas de bruit, leur dit-elle alors qu'ils se hâtaient dans l'escalier en colimaçon qui conduisait au cœur du bâtiment.

On n'entendait rien d'autre que la pluie qui frappait contre les vitres et les ronflements d'une chaufferie. Non, ce n'était pas une chaufferie qui… ronflait. De part et d'autre du couloir, les pièces étaient remplies de cellules de couchage que la mairie fournissait aux habitants dont les logements étaient submergés pendant les inondations. Rosa les avait conduits dans un refuge pour sans-abri.

— Ici, dit-elle en les faisant entrer dans la pièce la plus éloignée.

Elle indiqua plusieurs niches vides dans la rangée du fond, sauta sur la plus proche et en tira aussitôt les rideaux.

Io et Edei l'imitèrent. Les couches étaient suffisamment larges pour qu'Io puisse s'y asseoir en tailleur. Dans la Toile, elle vit Aris et ses deux hommes arriver sur le toit du bâtiment. Le plan de Rosa était brillant ; même s'ils entraient, le né-moire penserait qu'ils étaient des hôtes parmi d'autres. La trappe s'ouvrit en grinçant ; bientôt on entendit dans l'escalier le bruit spongieux des chaussures humides.

*Humides ?* Merde… et s'ils repéraient les traces de leurs bottes trempées ? Io glissa la tête hors de sa cellule. À tous les coups, leurs empreintes étaient encore visibles sur le lino. Elle attrapa sa couverture et frotta le sol de la pièce, puis celui du couloir, le souffle court, sans quitter des yeux le bas des marches. Elle aperçut alors les pieds du né-phobos, ses mollets, ses genoux, son torse…

La saisissant soudain par la taille, Edei la ramena dans la pièce et ils se jetèrent dans sa cellule. Il tira le rideau et ils se blottirent ensemble sous la couverture.

Une seconde plus tard, une silhouette vague apparut à travers le tissu beige. Io mit une main sur sa bouche. Le visage d'Edei était tout près du sien ; son souffle rapide effleurait ses joues. Leurs corps étaient presque collés l'un à l'autre. Dans la pénombre, elle ne pouvait qu'imaginer son profil : l'arête de son nez, ses sourcils épais.

— Ils sont là-dedans ? demanda le né-phobos.

Io cessa de respirer. Edei la serra contre son torse et appuya le menton contre son crâne.

— Vérifiez chaque pièce, ordonna Lefteriou. Chaque cellule.

Io se tortilla un peu, à peine.

— Vous avez entendu ?

Edei appuya sa bouche contre son front ; il l'étreignait si fort qu'elle ne pouvait plus faire le moindre mouvement. Elle ferma les yeux et entendit qu'on écartait le rideau de leur cellule. Elle se focalisa sur le rythme paisible du souffle d'Edei, sur ses doigts dans son cou, les courbes de son corps épousant les siennes. *N'ouvre pas les yeux. Reste immobile.*

Le rideau s'abaissa. Io n'osait pas bouger, elle se contentait d'écouter. Les pas sur le sol, d'autres rideaux qu'on écartait, une plainte nocturne. Puis le silence.

— Il n'y a que des déplacés, ici, dit l'un des hommes.

— Pareil dans les autres pièces, dit l'autre.

— Reste là au cas où ils se cacheraient quelque part, Cori, chuchota Aris.

Il devait se trouver tout près de leur cellule car Io l'entendait parfaitement.

— Jude, tu viens avec moi. Il faut absolument les trouver. Ils sont passés chez les Neuf. Ils sont au courant pour les femmes.

— J'ai reconnu le type, dit le deuxième homme. C'est Edei Rhuna. Il bosse pour les Fortuna.

Io releva un peu sa tête pour scruter le visage d'Edei. Leurs regards se croisèrent dans la pénombre. Elle eut envie de tendre la main pour effleurer ses cils épais. Edei remua les lèvres ; il voulait dire quelque chose mais elle ne comprit pas quoi. Elle ne perçut que l'impression de calme, de réconfort et douceur qu'il dégageait.

— Les Fortuna de Bianca Rossi ? fit Aris. Luc va adorer. À tous les coups, elle sera notre prochaine cible. Fyodorov, Petropoulos, Magnussen, Horacio Long… Du menu fretin comparé à la reine de la pègre du Marais.

Les victimes – le né-phobos venait de dresser la liste complète des victimes des meurtres.

Les yeux d'Edei glissèrent sur la silhouette de l'homme qui se tenait encore dans la pièce. Ses doigts se crispèrent sur l'épaule d'Io.

*C'est lui*, réalisa celle-ci. *C'est Saint-Yves qui se cache derrière les damnées.*

# Chapitre 20

# CE QUE TU DEVAIS FAIRE

**IO SE RÉVEILLA LE FRONT COLLÉ À LA NUQUE D'EDEI.** Pendant un moment, elle resta étendue sans bouger, savourant la présence de son corps contre le sien. Sa chaleur. Sa douceur. Et une sensation d'embarras lancinante. Alors elle s'écarta de lui et se glissa sans bruit hors de leur niche. Le jour n'était pas encore levé ; une lumière rosée nimbait les rideaux et les montants métalliques des cellules. Les pensionnaires, qui dormaient encore, émettaient de petits bruits tranquilles. La fenêtre au fond de la pièce était grande ouverte. Rosa, appuyée à son rebord, discutait en rossk avec une femme plus âgée ; toutes deux soufflaient la fumée de leur cigarette vers le ciel rouge de la ville.

Quand elle vit Io approcher, l'inconnue jeta sa cigarette, baissa la tête et quitta rapidement la pièce.

— C'est une Vagabonde, expliqua Rosa en la regardant s'éloigner. Tu sais comment ils sont avec les trancheurs…

Les Vagabonds étaient des nomades qui parcouraient les Plaines sauvages de refuge en refuge. Ils étaient superstitieux et se méfiaient des nés-moire. Selon leurs croyances, les trancheuses en particulier étaient censées avoir joué un rôle dans l'Effondrement.

— Alors ? fit Rosa en dévisageant Io avec insistance.

Elle tendit à son amie une tasse d'un café amer et tiédasse qu'Io lui rendit après une unique gorgée.

— Tu as couché avec ce garçon ?

— J'ai couché *à côté* de ce garçon, répondit rapidement Io.

Son manque d'expérience n'était pas un sujet qu'elle aimait aborder avant le petit déjeuner.

— Bah. Tu es tellement lâche.

— Et toi une sale fouineuse.

Rosa souffla une bouffée de fumée par le nez.

— Où est passé l'homme de Saint-Yves ? demanda Io.

Du bout de sa cigarette, Rosa lui montra l'homme affalé contre le mur du couloir qui bavait sur sa propre épaule, les jambes écartées devant lui et la bouche grande ouverte.

Rosa était née-oneiroi, descendante des dieux des Rêves ; il suffisait qu'elle effleure vos cordes du sommeil pour que vous tombiez comme une mouche, endormi. Io l'avait vue faire plusieurs fois : quand des hommes les ennuyaient dans les bars, quand il fallait que ses parents dorment pour qu'elles puissent sortir… Rosa était capable de percevoir les fils du sommeil comme Io voyait la Toile. Ceux-ci ressemblaient à des cordes de violon, lui avait-elle expliqué un jour, et les frotter émettait des sons. L'homme se réveillerait dans quelques heures, pensant qu'il s'était juste endormi pendant son service.

Io avait passé une partie de la nuit à suivre ses mouvements dans la Toile. Il avait fait les cent pas dans le bâtiment sans jamais s'éloigner de la sortie. Il était peut-être le né-moire, alors elle n'avait pas osé bouger. Edei s'était assoupi le premier, et sa respiration régulière avait fini par la bercer jusqu'à l'endormissement.

— Pourquoi est-ce que tu ne nous as pas réveillés ?

— Je me suis levée il y a une demi-heure, mais vous étiez en train de…

— De rien du tout.

Rosa secoua la tête en gloussant.

— Trop facile.

Io lui répondit par un sourire fatigué. Elle avait eu un sommeil agité et elle était encore courbaturée à cause de sa bagarre d'hier matin avec Horacio et la damnée – *hier ?* C'était seulement *hier ?* Elle avait faim, elle avait soif et désespérément besoin d'un bain. Et elle venait d'apprendre que le né-phobos qui les avait agressés et pourchassés travaillait pour Saint-Yves, qui avait sans doute ciblé les victimes des damnées. Saint-Yves, le commissaire, futur maire et fiancé de sa sœur.

— Qu'est-ce qui s'est passé, Rosa ? Comment se fait-il que tu travailles pour ce type ?

Son amie tira longuement sur sa cigarette et l'écrasa sur le rebord de la fenêtre où se trouvaient déjà des dizaines de marques similaires, certaines encore fraîches. Derrière elle, dans les rues, l'eau des averses de la nuit s'écoulait vers la mer.

— Tu préfères la version longue ou la courte ?

— La longue ? risqua Io.

— La dernière fois qu'on s'est vues, je venais de décrocher ce boulot dans ce journal féminin. Ça a marché pendant quelque temps. Je rédigeais surtout des quiz, quelquefois un article pour la rubrique santé. Mais j'en ai eu marre. Ils n'arrêtaient pas de couper mes papiers. Alors quand Xeno m'a approchée, il y a un mois, pour me proposer de suivre en secret une grosse affaire, je n'ai pas pu dire non.

— Xeno ?

Rosa souffla entre ses dents.

— Xenophon Atreidis.

— Tu bosses pour lui en tant que journaliste infiltrée ? Pas étonnant qu'il ait eu l'air si content de lui, hier.

— Ne commence pas. Il est extrêmement doué ; c'est lui qui a introduit le journalisme politique dans le Marais. Il a le nez pour dénicher les meilleures histoires et beaucoup de goût pour les femmes, si tu veux mon avis.

— Pitié, ne me dis pas…

— Si.

— Ce type t'a harcelée pendant toute ta scolarité !

Cet authentique trou du cul avait grandi en face de chez Rosa. Il passait son temps à les suivre sur le chemin de l'école, comme un petit chien, en se moquant des vieux vêtements d'Io, ou traînait avec ces imbéciles qui inventaient des rimes stupides avec le prénom de Rosa pendant la récréation. Io se sentait coupable de ne pas avoir pris la défense de sa copine, mais à l'époque elle était une petite fille sage qui ne causait pas d'histoires, ni à l'école ni à la maison. En vérité, elle se considérait toujours ainsi, sauf qu'elle remettait maintenant ses ennemis à leur place et ne se laissait plus impressionner. En grandissant, Xenophon avait mis sa personnalité de harceleur à profit en devenant reporter ; il travaillait désormais pour *La Vérité d'Alante*, un journal réputé pour ses tribunes libres, ses interviews pertinentes et ses révélations politiques. Rosa avait toujours rêvé d'écrire ce genre d'article, mais pour Xenophon Atreidis ?

— C'était parce qu'il était amoureux de moi, expliqua Rosa.

— C'est des conneries.

— Absolument, mais il a changé. J'apprécie sa compagnie et je tiens à ce job. Et tu n'es pas ma mère.

Io leva les mains en signe de soumission.

— Quoi qu'il en soit, reprit Rosa en la fusillant du regard, *La Vérité* a déjà publié plusieurs des articles que j'ai fournis en free-lance, et Xeno pense qu'une révélation comme celle-là me permettra d'obtenir un poste fixe. Journaliste d'investigation, Io, j'en rêve depuis toujours.

Sa voix dégoulinait d'espoir. Si elle avait regardé dans la Toile, Io y aurait vu un fil plus brillant que les autres reliant son amie à son objet préféré : sa machine à écrire. La proposition de Xenophon avait été impossible à refuser après toutes ces années d'attente et d'échecs.

— De quel boulot s'agit-il, exactement ?

— Xeno suspecte Saint-Yves et son projet Initiative depuis le début ; il n'y a aucune transparence, surtout en ce qui concerne ses financements. Ils se vantent d'avoir le soutien de l'Agora, mais il n'y a eu aucune annonce officielle. En plus, si les nés-horae avaient voulu instaurer une nouvelle force judiciaire, pourquoi auraient-ils impliqué un sans-pouvoir comme Saint-Yves ? Il y a un mois, le commissariat a fait appel à des nés-autrement pour résoudre une affaire. C'est là que je suis entrée dans la police.

— *Des nés-autrement pour résoudre une affaire ?* Tu veux parler des damnées, c'est ça ?

— Hé, fit Rosa, ne parle pas d'elles comme ça. Mais oui, il s'agit bien des femmes au fil de vie tranché. Saint-Yves m'a mise sur le coup après le premier crime, pour le protéger face à ces meurtrières délirantes. J'ai été sa garde du corps pendant deux semaines, avant d'être mutée au service d'ordre de ses meetings.

Son regard s'attarda sur une femme qui promenait ses deux chiens tout blancs dans la rue.

— Ce sont des gens adorables, bizarrement. Les officiers responsables sont d'une honnêteté à toute épreuve, et les autres nés-autrement veulent vraiment sauver la ville. J'ai dit à Xeno que je n'avais rien trouvé de louche, et que j'appréciais mes collègues. Il m'a demandé de continuer à fouiner. Et lors du meeting suivant, dont j'assurais la sécurité, je suis tombée sur Thais.

Io retint son souffle. Thais était un sujet épineux, surtout avec Rosa : un mot, une pensée, et les évènements, consciencieusement enfouis, rejailliraient. Leurs pieds en socquettes tapotant sur le parquet grinçant. Leurs mains plaquées sur leurs bouches sous les couvertures, leurs oreilles à l'affût. Les joues d'Io pleines de larmes, la mâchoire de Rosa aussi dure que du marbre.

— Qu'est-ce qu'elle t'a dit ? l'interrogea Io.

— Elle était ravie de me voir. Elle m'a demandé des nouvelles de mes sœurs et de mes cousins. Elle a dit à ses amis qu'elle avait toujours su que je finirais par *protéger les gens*. Quand j'ai parlé de toi et d'Ava, elle a changé de sujet, mais ça ne m'étonne pas, tu sais ? Elle vous avait laissé ce mot, et tout le reste…

Le cœur d'Io battait de plus en plus vite, comme un tambour annonçant le début d'une représentation.

— Jusqu'à il y a deux jours, j'ignorais qu'elle était de retour. Elle a demandé à Ava de ne pas me le dire. Ava pense qu'elle m'en veut toujours à cause de nos disputes.

— Ouais, elle m'a paru embarrassée quand je lui ai parlé de toi.

Io appuya les jointures de ses doigts sur ses paupières. Que Thais puisse encore avoir de la rancœur envers elle la bouleversait. Malgré tout ce qui s'était passé, tous les secrets, elle aurait voulu courir jusqu'à la rue d'Hanovre pour s'excuser à genoux.

— Et puis, quatre jours plus tard, continua Rosa, Xeno m'a dit qu'il avait découvert que Saint-Yves avait effacé les nés-autrement des registres publics. C'était bizarre, non ? Alors j'ai usé de mon charme sur son premier lieutenant

– pas mal du tout, au demeurant, il a le plus joli popotin que j'aie jamais…

— Rosa ! s'exclama Io en lui donnant un coup dans l'épaule.

— Ne sois pas si prude, rétorqua Rosa en la tapant à son tour. En tout cas, quand je flirte avec les sangsues, j'en profite pour jeter un œil sur leur paperasse. Un rapport de spécialistes m'a appris que les tueuses n'étaient pas nées-moire. Et un autre, qui devait partir à la déchiqueteuse… que tes damnées étaient des volontaires de l'Initiative.

— *Non.*

— Elles ont assisté aux meetings. Emmeline Segal, Drina Savva. Et maintenant, il essaie d'en faire disparaître les preuves. C'est louche, non ?

— Effectivement. Et ensuite ?

— Ensuite, tu as fait ton entrée par effraction dans le commissariat, bons dieux ! Mon job consistait à les alerter de ce genre de problème, alors quand j'ai aperçu d'étranges cordes de rêve au troisième étage, j'ai donné l'alerte. Je ne t'avais pas reconnue sur cet échafaudage. Si j'avais su, je t'aurais aidée à t'enfuir.

— Tu nous as presque fait tomber dans une tombe d'eau.

— Tu as coupé le fil de ma grand-mère, répondit-elle, impassible. On est quittes.

Io grimaça, puis attrapa la main de son amie.

— Je ne t'ai pas encore dit à quel point je suis désolée. Vraiment, Rosa, j'ai été idiote.

— Tu l'as dit. Tu me revaudras ça.

Elle sourit sincèrement et Io se sentit aussitôt plus légère.

— Il peut repousser, ce fil.

— Il a intérêt. Mais laisse-moi terminer mon histoire. Après votre passage au commissariat, Saint-Yves a piqué une crise. Il n'était pas intéressé par les registres publics ;

il était obsédé par l'idée que vous ayez trouvé les dossiers des victimes. Du coup, après avoir interrogé le lieutenant Popotin, j'ai découvert que Saint-Yves les avait tous poursuivis en justice : Fyodorov, Petropoulos, Magnussen et Horacio Long. Et que les quatre cas avaient été classés ; il n'y a jamais eu de procès.

Le cerveau d'Io tournait à plein régime ; elle crut que de la fumée allait sortir par ses oreilles. Saint-Yves avait bâti sa carrière en coffrant des malfrats. Il avait fait fermer des salles de jeu et des maisons closes, emprisonner des gangs entiers. Mais certains escrocs demeuraient intouchables. Io savait déjà que les Neuf avaient promis à Horacio Long une protection contre la loi. Et si les muses, ou quelque autre pouvoir, avaient empêché les cas en question d'être jugés ?

— Il n'a pas pu les avoir par des moyens légaux, dit-elle, alors il en aurait utilisé d'autres ?

— C'est comme ça que je vois les choses.

— Certes, les damnées « répandent la justice », mais quelque chose cloche. Il existe un lien entre les tueuses : au cours des Émeutes de la nuit sans lunes, il y a douze ans, les Neuf ont payé Horacio Long pour les tuer. Leurs artistes avaient prophétisé que ces femmes étaient une menace pour la ville.

Rosa eut l'air franchement surprise.

— Tu es allée chez les Neuf ?

— Elles pensent que les damnées ont été *créées*. Mais elles ignorent par qui. Saint-Yves aurait beau avoir eu intérêt à le faire, il n'a pas le pouvoir de transformer des femmes en damnées.

— Si tu injectes suffisamment de haine dans l'esprit de quelqu'un, il peut devenir n'importe quoi.

— Même si c'était possible, c'est tellement cruel. Toi, tu l'as côtoyé, Rosa ; tu le crois capable de tuer ?

Son amie réfléchit un instant.

— Je crois qu'il est obsédé par son rêve d'une Alante meilleure. J'ai connu des gens très bien qui se laissaient dépasser par leurs obsessions.

Le silence qui suivit fut sans équivoque. Rosa pensait à Thais. La sœur aînée d'Io possédait une éthique à toute épreuve, la source des reproches qu'elle faisait sans cesse à Io et de leurs fréquentes disputes. Avant son départ, toutefois, son sens moral s'était infléchi – dramatiquement infléchi.

Un des dormeurs bâilla bruyamment et d'autres commençaient à se réveiller.

— Quel prix ont exigé les Neuf ? demanda Rosa.

— La version longue ou la courte ?

— La courte.

— Elles veulent savoir comment je vais provoquer la fin du monde prédite par leurs artistes.

— Mot pour mot ?

— Malheureusement, répondit Io en riant.

— Tu veux que je te dise, mon amie ? Ce sont des my-tho-manes.

Io éclata de rire à nouveau, rassurée. Elle était soulagée que Rosa, comme Edei, pense que cette prophétie était ridicule. Elle gratta la peinture écaillée du rebord de la fenêtre.

— Il faut que je te dise…

— Parce qu'il y a autre chose ? Moi qui pensais que tu étais ennuyeuse… J'en ai la chair de poule.

Io fit une petite moue avant d'avouer :

— Edei est mon promis.

Rosa eut un sourire espiègle et lui donna un coup d'épaule.

— Tu l'as enfin trouvé ! C'est bien.

Io lui fit signe de se taire et baissa la voix.

— Il n'est pas au courant ! Bianca Rossi m'a ordonné d'enquêter sur les damnées avec lui.

— Elle t'a aussi ordonné de lui faire des câlins pour l'endormir ?

— T'es une vraie fouine !

— Et toi une poule mouillée !

Un sourire s'épanouit sur le visage d'Io, discret mais sincère.

— Oh, ma puce, fit Rosa à laquelle celui-ci n'avait pas échappé, ça a l'air sérieux. Au point d'écrire ses initiales dans ton journal ou au point de te faire exploser la poitrine ?

Io refusa de répondre alors Rosa poursuivit plus calmement :

— Tu en pinces pour lui depuis des années…

— Normal ! C'est mon promis, quand même ! Et jusqu'à maintenant je ne savais même pas qui c'était…

— Et maintenant que tu sais ?

Io haussa les épaules.

— Il a une copine.

— Elle sait que Bianca t'a ordonné de le bercer pour l'endormir ?

— Arrête. Ce n'est pas…

Elle fit une pause pour réfléchir.

— Je refuse de lui forcer la main.

Rosa fit une grimace, comme si elle allait dire une horreur.

— Tu sais, un jour, il va falloir que tu grandisses et que tu laisses les gens décider par eux-mêmes s'ils t'apprécient ou pas.

Rosa avait touché le point faible de son armure et Io en éprouva une vive douleur. D'abord parce qu'elle se sentait lâche – il était sans danger d'aimer les gens à distance, de rêver de baisers sans jamais en donner. Ensuite, parce que ça la renvoyait à une peur viscérale… Si elle prenait le risque, si elle parlait à Edei de leur fil du destin et de ses sentiments pour lui, leur amour, souillé et corrompu, tournerait court, comme celui de Thais. Thais : sa toute première histoire d'amour. Sororale, intense et à sens unique.

La peur et le désir l'envahirent de concert. Io craignait que ses sentiments soient condamnés à être rejetés, moqués ou manipulés. En même temps, elle aspirait désespérément à être aimée.

Elle posa la tête sur l'épaule de son amie. Les mots sortirent de sa bouche avant qu'elle puisse leur donner une forme plus pudique :

— J'essaie. Je te jure que j'essaie, Rosa.

— Je sais ma puce, répondit avec tendresse cette dernière.

Elle prit Io dans ses bras et l'enveloppa de son parfum familier.

— J'avais peur que tu me repousses. Tu m'as manqué, et je sais que je t'ai manqué aussi.

Io releva la tête.

— Je ne te rejette pas. On était juste trop occupées pour se voir.

Ce n'était pas tout à fait la vérité. Lorsqu'elles s'étaient retrouvées à la Cave pour fêter le nouveau travail de Rosa, Io avait passé la soirée à la regarder danser avec sa sœur sous les néons. Rosa et Ava n'avaient pas arrêté de chuchoter, probablement au sujet de la serveuse qui les faisait craquer toutes les deux, mais Io avait craint que Rosa ne vende la mèche au sujet *des évènements* liés au départ de Thais. Son amie était soudain devenue une menace.

Le soleil s'élevait lentement au-dessus de la ville ; ses rayons paresseux les atteignaient à peine à travers le ciel nuageux.

Rosa s'écarta d'Io et la dévisagea.

— On a toujours été occupées. Parfois, je me demande si tu ne regrettes pas ce que tu m'as demandé de faire. Ce qu'on a fait à Thais.

Io sentit son estomac remonter dans sa poitrine. *Ce que tu m'as demandé de faire. Ce qu'on a fait à Thais.* La culpabilité s'accumula dans son ventre, acide. Elle s'efforça d'enfouir ses idées sombres dans les tréfonds de sa conscience. Ce n'était ni l'endroit ni le moment pour un mélodrame.

— Je ne te reproche rien, ajouta Rosa en lui caressant le bras. Au contraire : *tu as fait ce que tu devais faire.*

— Je sais, dit Io.

Son amie lui adressa un sourire triste – un bandage recouvert de sel.

— Tu es sûre ?

# Chapitre 21

# UN REGARD SANS ÉQUIVOQUE

**Dieux merci, Io n'eut pas à répondre.** Un rideau bruissa et Edei sortit de sa cellule, des marques d'oreiller sur la joue. Les filles le mirent rapidement au courant de leurs dernières conclusions : la contribution des damnées à l'Initiative, les victimes poursuivies par Saint-Yves avant d'être relâchées, les conditions douteuses de la fondation de l'Initiative. Puis Rosa se retira pour aller faire son rapport au commissariat et expliquer son absence, tapotant au passage la tête du flic endormi.

— Il faut alerter Bianca, annonça Edei.

Ils rejoignirent la rue et marchèrent d'un bon pas dans la fraîcheur du matin.

Le club des Fortuna était sombre et silencieux à leur arrivée. Le garde posté près de la porte de service se redressa vivement en voyant Edei et courut prévenir Bianca.

Tandis qu'ils patientaient dans le hall désert, Edei avait l'air perdu. Il tripotait les boutons de son pardessus et frottait sa barbe de trois jours. Il n'adressa pas un regard à Io, comme si sa présence le dérangeait. Avait-elle dépassé les bornes en s'endormant contre lui ? Le malaise de son associé la contamina et les minutes s'égrenèrent lentement. La pièce était trop calme, les murs trop sombres, ses vêtements trop humides et collants. Elle avait besoin d'un bain et de se changer. D'un repas et d'un verre d'eau. D'une aspirine et de glace sur ses ecchymoses.

— Un café ? proposa finalement Edei.

— Oui, s'il te plaît.

Il hésita, comme s'il voulait ajouter quelque chose, mais sembla penser qu'un café ferait l'affaire. Il la conduisit dans une petite cuisine équipée d'une gazinière et d'un îlot central entouré de tabourets. Il y avait même une corbeille de fruits sur le plan de travail. L'endroit était bien plus modeste qu'Io ne l'aurait imaginé.

Edei prépara le café et disposa trois tasses sur le comptoir.

— Du sucre ? Du lait ?

— Une cuillère de sucre, répondit Io. Pas de lait.

— Ça marche, patronne.

Il se figea, penché au-dessus de la vaisselle, et lui adressa un regard en coin.

— J'ai pensé à une bonne réplique. À propos de chevaux.

Sa voix était ambiguë, entre malice et nervosité.

Quoi qu'il en soit, Io eut du mal à attendre. Une plaisanterie récurrente pourrait être un jalon important de leur amitié.

— Je t'écoute.

— Tu dirais : *C'est toujours sympa d'être comparée à un cheval.* Et je répondrais : *Détends-toi, patronne, je voulais juste te faire hennir de rire.*

Un silence stupéfait suivit. Il prépara les tasses en souriant, lâcha un petit gloussement et jeta un coup d'œil à Io.

— C'est… de l'humour, dit-elle.

— Tu ne trouves pas ça drôle ?

— Si. C'est juste que je ne m'attendais pas à une blague.

— C'était si mauvais que ça ?

Il riait franchement, maintenant, tout en ayant l'air de se retenir. Io ne put s'empêcher de l'imiter.

— Je propose qu'on arrête de faire des blagues. Ce n'est clairement pas notre truc.

— OK. Plus jamais, acquiesça-t-il.

Ils entendirent des portes claquer, puis des pas furieux approcher. Edei, au grand étonnement d'Io, continua à rire en silence. Elle lui tapa sur l'épaule en pensant : *C'est surréaliste : je le touche pour le taquiner et nous n'avons aucun humour.*

— Chut, lui fit-elle.

La porte s'ouvrit à la volée et Bianca entra dans la pièce dans un tourbillon de soie, le drame personnifié. Elle était vêtue d'une robe ivoire et sa chevelure blonde tombait en vagues ondulées sur ses épaules. Elle avait l'air moins grande que d'habitude car elle était pieds nus, mais elle demeurait impressionnante. Retenant sa robe d'une main, elle détailla Io de la tête aux pieds. Ses lèvres étaient bleues, aujourd'hui encore.

— Alors ? demanda-t-elle.

*Sais-tu ce qui arrive à ceux qui brisent le silence des coqs ?* La menace plana dans la pièce telle une flèche prête à fuser, ou une balle dans la chambre d'un revolver. La corde de l'arc allait claquer, on n'allait pas tarder à appuyer sur la détente ; ce n'était qu'une question de secondes.

Edei répondit sobrement :

— Luc Saint-Yves.

Bianca eut un petit sourire suffisant qu'une personne moins observatrice qu'Io aurait à peine remarqué. Ses yeux s'éclairèrent et ses lèvres bleues s'étirèrent de satisfaction.

— Et comment en êtes-vous arrivés à cette conclusion ?

— Les victimes sont des suspects qu'il n'est pas parvenu à faire condamner. Les damnées sont toutes des volontaires de l'Initiative. Et il a lancé son chef de la sécurité à nos trousses, expliqua Edei. Les Neuf nous ont confirmé que pendant les Émeutes de la nuit sans lunes, elles avaient embauché Horacio pour tuer ces femmes ; leurs artistes avaient prédit qu'elles étaient dangereuses.

— Qu'est-ce que les Émeutes viennent faire là-dedans ?

— Ça, on l'ignore encore. Et nous ignorons aussi comment Saint-Yves réussit à doter les damnées de leurs étranges pouvoirs.

Il poussa une tasse devant Io et en tendit une à Bianca. Io sentit l'odeur bénie du café chatouiller ses narines, mais elle n'y toucha pas. Quelque chose la dérangeait. Elle le percevait dans l'air, dans la décontraction mesurée des gestes d'Edei, dans l'agressivité de Bianca. La tension était partout ; le genre de tension qui poussait les animaux à se cacher dans les broussailles au plus profond des bois.

— Est-ce que je te paie pour boire du café, trancheuse ? demanda Bianca, sarcastique.

Io répondit prudemment :

— Nous devons continuer à enquêter. Trouver la damnée pour l'interroger. Saint-Yves est notre suspect n° 1, mais nous aurons besoin de preuves solides si nous voulons le faire condamner.

Une pause, puis Bianca répéta :

— Des preuves solides si nous voulons le faire condamner. Je vois.

Elle s'approcha de l'îlot et versa du sucre dans son café. Alors qu'elle le mélangeait avec sa cuillère, Edei adressa à Io un regard sans équivoque. Il l'avertissait, mais de quoi ?

— Bois ton café, ordonna Bianca. Ensuite, Edei te versera ton salaire.

Elle lui tournait le dos mais sa voix retentit dans le petit espace, précise et ferme.

— Nous n'avons plus besoin de tes services. Les Fortuna ne se mêlent pas des affaires des sangsues. Ce que vous avez découvert au sujet de Saint-Yves reste entre nous. Je m'occuperai du reste. C'est compris ?

Sur ces mots, elle se retourna pour pointer sur Io un regard menaçant.

C'était de cela qu'Edei l'avait avertie. C'était *ça*, le danger qu'Io avait ressenti. Elle aurait dû acquiescer sans hésiter. Prendre son argent et oublier Saint-Yves et ses sbires. Mais elle ne pouvait plus reculer ; elle en savait trop. Edei aurait dû le comprendre. Elle lut l'inquiétude sur son visage lorsqu'elle ouvrit la bouche pour parler.

— C'est tout ?

— C'est tout, répéta Bianca.

— Cet homme pourrait avoir causé la mort de six personnes, avoir un nouveau damné sous son contrôle, et on le laisse faire ? Qu'est-ce que vous voulez ? Protéger votre business des représailles de la police ?

— J'ai bâti mon empire dans la sueur et le sang. Putain, je ne vais pas laisser un richard meurtrier ou…

Elle eut un geste vague en direction d'Io.

— … ou une bonne samaritaine autoproclamée tout foutre en l'air. Comment pensais-tu que ça pouvait tourner, Io Ora ? Imaginons que tu trouves une preuve que Saint-Yves est bien impliqué dans les meurtres. Qu'est-ce que tu comptes en faire ? La présenter au conseil municipal ? Alerter l'Agora à Nanzy ? Je vais t'apprendre un truc : ces gens-là sont comme un seul homme. Ils se couvrent les uns les autres, quel que soit le prix, parce que si l'un d'entre eux tombe, tout le système s'écroule. Tu ignores que ce sont eux qui ont inventé le silence des coqs ?

— Il existe d'autres moyens.

— Ah oui ? Lesquels ? Entrer chez lui pendant la nuit, couper son fil de vie et basta ? Ce serait une bonne action, mais tu deviendrais une meurtrière née-moire et la cible de tout Alante. On te poursuivrait pour le restant de tes jours, ainsi qu'Ava et tous tes proches. Tu pourrais aussi découvrir ce qu'il a de plus précieux et le faire chanter. Ce serait un bon plan, n'est-ce pas ? Aucune effusion de sang, aucun officiel impliqué. Essaye. Vas-y. Essaye de te battre contre l'homme qui se considère lui-même comme le sauveur l'Alante.

Les mains à plat sur l'îlot de la cuisine, le dos bien droit, Io songea que c'était ainsi qu'agissaient les animaux acculés. Ils se jetaient dans la bagarre et finissaient par s'autodétruire. Parce qu'ils ne voyaient pas d'autre solution. Eh bien Io, elle, s'en fichait. Elle comptait se battre et l'emporter avec *panache*.

— Ce que vous essayez de me dire, c'est que vous ne ferez rien ? Que tous ces beaux discours sur la protection du Marais, c'étaient juste des mots ?

Bianca se rapprocha d'un pas.

— C'est *mon* royaume, trancheuse. Et j'en prends le plus grand soin. J'embaucherai une centaine d'hommes s'il le faut. Plus aucun damné ne rôdera dans mes rues et on ne trouvera plus de cadavres dans l'eau de la marée. Mais je ne m'opposerai pas à Luc Saint-Yves. Je suis assez maligne pour éviter ça. Et tu ferais mieux de l'être aussi.

Quelles foutaises ! C'étaient les excuses d'une femme trop terrifiée pour intervenir. Io le savait car elle avait agi de la sorte bien souvent. Sa devise avait toujours été : patience, résilience, réflexion. Elle avait cru qu'elle pouvait se montrer la plus rusée, la plus impassible, et échapper ainsi à toutes les épreuves de la vie. Mais *ça* ? Des femmes manipulées, des nés-autrement assassinés, et le commissaire de la ville impliqué ?

Cette histoire-là, décidément, ne requérait ni patience ni intelligence. Elle requérait la force de faire face et d'*agir*, quelles que soient les conséquences.

— Vous vous autoproclamez reine du Marais, reprit-elle. Vous promettez de nous protéger et de nous défendre. Vous vous glorifiez d'avoir sauvé la ville durant les Émeutes de la nuit sans lunes, mais vous savez ce que je vois, Bianca ?

Elle se pencha au-dessus du comptoir et releva le menton de la mafiosa du bout de son doigt.

— Une lâche. Vous avez bâti ce petit empire dans votre propre intérêt et vous en êtes sacrément fière, mais je vais vous apprendre une chose : ce club et le reste du Marais, vous les occupez parce qu'*ils* vous y autorisent. Un prédateur avait besoin de quelqu'un pour faire son sale boulot, de quelqu'un qu'il pouvait sacrifier. Où a-t-il choisi sa proie ? Ici, dans *votre* royaume. Parmi *vos* protégés. Vous seriez bien stupide de croire que c'est vous qui faites la loi.

Bianca arracha son menton des doigts d'Io et arma son bras comme pour la frapper. Cependant, elle se tourna vers Edei et saisit d'un geste rapide le poing américain qui pendait à sa ceinture. Io sentit ses jambes devenir molles.

Aussitôt, Edei se dressa devant elle et ses larges épaules formèrent un mur la protégeant de la reine. Il ouvrit une main devant Bianca en signe d'apaisement et tendit l'autre en arrière vers Io. Ses doigts rencontrèrent le bout de sa manche et s'y accrochèrent. Puis, avec une lenteur rassurante, il l'entraîna vers la porte, sans cesser de la protéger de son corps.

Son contact et sa présence robuste n'atténuèrent pas la rage d'Io, au contraire ; s'il pensait qu'il devait intervenir, cela signifiait qu'il croyait qu'elle était aussi dangereuse que la reine du Marais.

La tête haute, elle se décala sur le côté et aboya :

— Drina Savva et ces jeunes filles qu'il a arrachées à votre royaume et utilisées pour commettre ses crimes – qui leur rendra justice ?

Bianca lâcha un cri sourd et animal.

— Tu n'as pas compris, gamine ? La justice a disparu d'Alante avec l'ordre des Furies il y a douze ans.

Elle enfila le point américain et pointa Io du doigt.

— Dégage d'ici avant de dire quelque chose que je te ferai regretter.

Io n'avait pas peur. Elle savait qu'elle aurait dû, car elle était en train de se faire une ennemie terrible ; pourtant, elle ne ressentait que de la pitié pour Bianca Rossi. La reine était la seule personne capable de vaincre Saint-Yves et elle n'essaierait même pas. Si *ça*, ce n'était pas pitoyable, alors Io n'y comprenait plus rien.

Edei la poussa dans le couloir.

— Les menaces sont inutiles, dit-il à Bianca, elle s'en va.

— Pas sans ma sœur !

Io serra les poings et commença à taper contre les murs de bois sombre.

— Ava ! *Ava !!!*

Ils s'éloignèrent dans cette étrange configuration : Io en marche arrière, criant le nom de sa sœur, Edei au milieu et Bianca devant lui, se rapprochant dangereusement, les yeux brillant d'une lueur mortelle et son poing américain à la main.

Dans le hall d'entrée, deux Fortuna émergèrent du double escalier desservant les différentes salles du club. Ava apparut derrière eux, claudiquant sur les marches en enfilant ses bottes. On aurait dit qu'elle avait été tirée de son lit ; sa chemise mauve était boutonnée n'importe comment sur son habituel jean moulant. Mais… cette chemise… Io l'avait déjà vue. Sur Bianca Rossi, quand Edei s'était fait tirer dessus.

Sa sœur couchait avec la reine de la pègre du Marais. *Bons dieux…* Cette question-là devrait attendre.

— Il faut partir, Ava, lança-t-elle. Je t'expliquerai en chemin.

Ce n'était pas le moment de discuter – elles devaient d'abord sortir du club. La présence physique d'Edei ne la protégerait pas de la fureur de la reine bien longtemps. Io lui avait relevé le menton et passé un savon. Un petit rire hystérique sortit de sa bouche. Elle débordait d'adrénaline. Elle se sentait puissante, audacieuse, aussi courageuse qu'elle avait prétendu l'être. Elle avait dit à Bianca Rossi qu'elle était *stupide.*

— Qu'est-ce qui te prend ? lui demanda Ava dans un murmure en la rejoignant en bas de l'escalier.

C'est Edei qui lui répondit :

— Partons d'ici. Maintenant.

Ava jeta un regard noir à sa sœur et lui saisit le poignet.

— Viens.

La sortie du club était juste là, entourée de ses deux guérites vides. Edei les y poussa en laissant de plus en plus de distance entre eux et Bianca qui avait rejoint le bas de l'escalier, sa robe grande ouverte révélant ses abdominaux. Elle ressemblait à un volcan sur le point de cracher sa lave et ses nuages toxiques.

Io eut une envie folle de marcher jusqu'à elle pour la frapper à l'estomac. De la regarder *exploser.*

— Ava, cria Bianca. Où vas-tu ?

— Là où cette folle voudra aller, répondit Ava, sans se démonter, avec un petit signe de tête vers Io.

— Cette folle peut partir toute seule, tonna la mafiosa, le visage dur comme de l'acier. Toi, tu restes.

Io dévisagea sa sœur, inquiète de ce qu'elle allait entendre. Si Ava choisissait Bianca, elle serait incapable de la laisser seule ici.

Mais Ava leva le menton avec défiance.

— Je te l'ai déjà expliqué, Bianca. Tu as tes règles et j'ai les miennes. Trois sœurs, une seule âme. Quand mes sœurs ont besoin de moi, je suis là.

Lorsqu'elle s'apprêtait à partir avec Baba pour les plaines de Neraida, leur mère avait coutume de répéter à ses filles en plissant les yeux : *Trois corps, une seule âme. Quand une sœur a besoin des autres, celles-ci accourent sans poser de question.*

Le hall demeura silencieux un moment, puis Bianca hocha la tête et ses cheveux tombèrent comme un rideau devant sa figure lorsqu'elle commença à gravir l'escalier. Ses hommes ne bougèrent pas ; Edei ne leur accorda aucune attention et accompagna les deux filles jusqu'aux portes.

— J'ai essayé de te prévenir, murmura-t-il. Bianca ne déroge jamais aux règles qu'elle s'est données. Jamais.

— Je m'en fous, répondit Io. Si elle ne fait rien, je m'en chargerai.

— Je me doutais que tu dirais ça, fit-il avec un air grave. Je serai libre à huit heures. Je passerai te prendre. Où seras-tu ?

— Je vais demander à Amos si iel peut nous héberger pour la nuit.

— Bien. On va tirer cette affaire au clair. Attraper la damnée, collecter les preuves de la culpabilité de Saint-Yves, enquêter sur l'Initiative… Tout ce que tu veux. Je suis avec toi.

Io se sentit fondre. *Je suis avec toi.*

— *Éprouve ta peur et continue ton chemin ?* se moqua-t-elle, répétant les paroles de Chimdi.

— Ne me fais pas…

Il penchait la tête pour se cacher des membres du gang ; Io le vit tout de même sourire.

— … Ne me fais pas rire maintenant.

Elle en avait envie, pourtant. Elle se sentait pleine de défiance, de rébellion – elle en voulait *encore*.

— Essaye d'attendre jusqu'à huit heures, d'accord ? ajouta-t-il.

Elle se força à hocher la tête.

— D'accord.

Après un sourire discret, il fit demi-tour. Ava tenait la porte entrouverte avec un air suspicieux. Dehors, le soleil était toujours caché derrière les nuages et nimbait la ville de couleurs mélancoliques. La vie reprenait ses droits après la néo-mousson : les commerçants ouvraient leurs boutiques et essuyaient les résidus d'algues des étals trempés. Les charnières grognèrent quand les portes du club se refermèrent, mais Io n'entendit que le bruit de ses bottes sur les pavés – les bottes d'un soldat appelé par son devoir.

# Chapitre 22

# ATTENDRE LA FIN DE TOUTE CETTE HISTOIRE

— Dois-je m'inquiéter, Ava ? demanda Amos Weinstein alors qu'elles entraient dans la chambre d'amis du petit appartement situé au-dessus du café de la place du Persil.

Il s'appuya au montant de la porte pour regarder les deux sœurs déposer leurs sacs sur le sol. Io avait surveillé la Toile pendant qu'Ava était retournée à leur appartement pour prendre quelques affaires : des vêtements, des sous-vêtements, des chaussures, leurs documents légaux et les rares objets de valeur laissés par leurs parents. Ava avait insisté pour prendre ses disques préférés.

Elle les serrait maintenant contre sa poitrine, refusant de les poser par terre avec le reste. Elles inspectèrent la pièce avec un air affligé. Amos avait beau être le roi du Marais en matière de café et de pâtes, iel n'avait aucun goût. Il n'y avait là aucun meuble en dehors du lit double ; ni tapis ni rideaux à la fenêtre. Des cartons s'amoncelaient partout ; certains étaient toujours scellés alors qu'Amos était installé à Alante depuis plusieurs années. L'un d'eux s'était déchiré, répandant son contenu vert forêt sur le parquet : ses vieux uniformes de l'armée avec leurs étoiles sur le col et les épaules – Amos avait été promu lieutenant pendant les guerres de l'Iceberg.

Sa question suscita un silence oppressant. Ava fit comme si elle ne lui était pas adressée. Io lui en voulut un peu. Quand sa sœur était fâchée, elle avait tendance à se fermer comme une huître de peur d'être agressive. C'était sans doute judicieux lorsqu'elles étaient toutes les deux, mais en présence d'Amos qui prenait des risques pour les héberger, c'était un peu grossier.

Io offrit à leur hôte son plus beau sourire.

— Tout va bien.

Ava émit un son imperceptible – un grognement ? – et se laissa tomber sur le lit, ses disques bien serrés contre sa poitrine.

*Mais qu'est-ce qu'elle fabrique, bons dieux ?*

— Vous n'avez pas l'air au mieux, constata Amos.

Io avait toujours trouvé sa voix aussi douce que son café. Pendant les rares moments où elle n'avait pas été obsédée par l'identité de celui qui se trouvait au bout de son fil du destin, elle s'était prise de passion pour Amos. Aujourd'hui encore, elle le trouvait craquant : ses yeux bleus, ses cheveux blonds ondulés qui lui tombaient sur les oreilles, ses bras fins et musclés à force de préparer toutes ces pâtes. Et ses fossettes… elles étaient irrésistibles. Le problème, c'était qu'Amos avait onze ans de plus qu'elle et qu'iel ne l'avait jamais considérée autrement que comme sa petite sœur. Et au fil du temps, le béguin d'Io s'était tari pour se muer en une simple amitié.

— Ça va passer, le rassura-t-elle. Merci pour ton hospitalité, Amos. Je ne sais pas comment nous allons pouvoir te remercier.

— Commence par manger quelque chose et te reposer. On dirait que tu vas défaillir.

Iel fit une pause, la dévisagea avec une grimace comique, puis hocha la tête avec un air résolu.

— Je vous apporterai de la tourte à la viande quand j'aurai fini de bosser.

Iel leur tourna le dos et disparut dans l'escalier. Un silence suivit, troublé seulement par les cliquetis des tasses dans le café situé juste en dessous. Io commença à sortir ses affaires d'un sac en tissu tout en jetant quelques coups d'œil vers sa sœur. Décidément, quelque chose ne tournait pas rond. Elle souffla par le nez pour manifester sa présence. À chaque fois qu'Ava était comme ça, elle devait lui arracher les mots de la bouche et les vers du nez.

— D'accord, finit-elle par dire en contournant le lit pour se placer devant sa sœur. Qu'est-ce qu'il y a ?

Ava soupira dramatiquement.

Io attendit, au cas où ce soupir serait suivi d'une *phrase*, mais en vain.

— C'est cet appartement ? Je me suis excusée une dizaine de fois, mais en attendant d'être sûres qu'on y soit à nouveau en sécurité, on ne peut pas retourner chez nous. Un né-phobos est impliqué, je te rappelle.

Ava cessa de regarder le plafond pour la dévisager ; elle avait l'air épuisée.

— Je me fiche de l'appartement.

D'accord, c'était un début.

— C'est à cause de Bianca ?

Io avait toute une série de questions à lui poser au sujet de la reine du Marais. Du genre : *Qu'est-ce que tu lui trouves ?* ou : *Comment peut-on être hypocrite au point de prôner* ni amants, ni sangsues, ni flingues *alors qu'on a une amante soi-même ?* Pourtant, elle jugea plus prudent d'en poser une autre :

— Elle va t'en vouloir ?

Ava se redressa sur les coudes. Ses disques, en équilibre sur sa poitrine, se soulevaient au rythme de sa respiration.

— Ça finira par lui passer. *Le temps guérit tout*, c'est ce que disait Baba.

Baba utilisait souvent des aphorismes, d'après les sœurs d'Io. Elle-même ne s'en rappelait pas ; comme beaucoup d'autres choses dans sa vie, ses souvenirs de ses parents étaient de *seconde main : Tu te souviens quand Baba nous emmenait... ? Tu te rappelles quand Maman disait... ?* Son père avait été un homme intelligent et rusé, mais tout ce dont elle se souvenait, c'était de sa silhouette endormie recroquevillée sur le canapé et qu'elle ne devait le réveiller sous aucun prétexte quand il faisait sa sieste.

— J'imagine, répondit-elle. Tu crois que Bianca va s'en prendre à Thais ?

Ava s'assit brusquement en faisant grincer le lit et glisser ses disques.

— Pourquoi est-ce que Bianca en voudrait à Thais ?

*Merde*. Io avait oublié qu'elle n'avait pas parlé à Ava du meeting au théâtre. Les damnées, les Neuf, le né-phobos et Saint-Yves avaient occupé tout son esprit. Elle s'agenouilla et commença à empiler les disques éparpillés, ne serait-ce que pour éviter de croiser le regard de sa sœur.

— Thais est fiancée à Saint-Yves.

— Quoi ?

Elle posa la pile de disques sur le lit.

— Elle ne t'a rien dit ?

— Seulement qu'elle vivait sur la Colline avec son petit ami. Elle avait l'air tellement heureuse, tellement amoureuse. Je n'ai pas posé de questions.

Ava était comme ça : elle se contentait de peu et le trop l'étouffait. Parfois, pourtant, son laisser-faire se retournait contre elle, et elle devait faire face à des vérités cruelles. Io trouvait presque comique qu'elle ait parfois réalisé après plusieurs mois que certaines de ses petites copines étaient de bizarres collectionneuses de chimerini ou détestaient le jazz.

Elle recula jusqu'au mur, ôta ses bottes encore mouillées et crasseuses, et croisa les jambes. Son côté droit était toujours raide et enflé ; il faudrait qu'elle réclame à Amos des bandages et des médicaments. Elle se massa les côtes, provoquant par vagues douleurs et soulagement.

Après un moment, Ava reprit la parole :

— L'Initiative est typiquement un de ces rêves égalitaires susceptibles de séduire Thais. Ce ne serait pas la première fois qu'elle s'implique un peu trop dans une cause sans voir qui sont vraiment les gens qui l'entourent.

Les deux sœurs se regardèrent ; des souvenirs communs leur revenaient à l'esprit : Malena Silnova, une artiste flatteuse qui avait pris Thais comme assistante et l'avait poussée à tisser des fils de loyauté entre elle et ses galeristes ; Thomas Mutton, cet arnaqueur charmant qui avait organisé une combine pour exploiter les pouvoirs des nés-autrement en free-lance…

— Elle ne peut pas savoir pour Saint-Yves, ni être au courant de ces meurtres, dit Ava.

— Je n'ai pas dit qu'elle savait.

Ava pensait-elle que c'était Io, la méchante ?

— Tu sais, continua-t-elle, impassible, j'ai cru que c'était pour ça qu'elle était partie, il y a deux ans. Qu'elle s'était engagée dans un nouveau grand mouvement et qu'elle craignait qu'on essaie de l'en dissuader. Quand j'ai suivi son fil à travers les Plaines sauvages, elle a dû se sentir menacée. C'est pour ça qu'elle a laissé ce mot.

*Laissez-moi tranquille. Vous en avez fait assez comme ça.*

— Peut-être que c'est Saint-Yves qui l'a convaincue de partir dès le début, ajouta Ava. Il venait sans arrêt à Alante quand il était procureur.

— C'est possible, murmura Io en s'efforçant de garder son calme.

Son instinct lui soufflait de se précipiter vers la porte ; cette conversation l'indisposait. Elle se souvenait du jour où Ava était rentrée à Alante dans son vieux ciré en plastique, orange de la tête aux pieds. Des nuages de poussière s'étaient formés dans le Sud et une pluie ocre était tombée sur les plaines de Neraida. Le mot de Thais, pourtant, était resté d'un blanc immaculé et bien plié dans le soutien-gorge d'Ava. *Elle ne reviendra pas*, avait lâché celle-ci avant de s'enfermer dans sa chambre pendant le reste de la semaine.

Quant à Io… Elle avait lu le mot de Thais et s'était sentie *soulagée*. Mais comment dire ça à Ava ?

Elle s'éclaircit la gorge.

— En tout cas, il faut la prévenir. Edei ne dira pas à Bianca qui elle est, mais Nico et Chimdi ont entendu son nom au théâtre. Ils vont finir par comprendre.

Ava secoua la tête.

— Bianca ne s'en prendrait pas à ma sœur.

— Elle n'a eu aucun scrupule à s'en prendre à moi, répondit Io, les dents serrées.

— Sauf que finalement, elle t'a laissée partir. Thais est une fille du Marais, et Bianca a passé sa vie à protéger les habitants du quartier.

Io pouffa.

— De mon point de vue, on ne dirait pas. Des filles d'ici sont transformées en monstres et finissent par mourir, et elle m'a juste ordonné de laisser tomber.

— Peut-être que tu devrais.

Io sursauta.

— Tu n'es pas sérieuse ?

— Nous sommes enfin tranquilles. Enfin en sécurité. Tu as tes clients, j'ai mes concerts, nous avons de l'argent et un toit. Les Fortuna nous protègent. Bianca a raison : aucune cour de justice n'inculpera Saint-Yves. Ils préféreront épingler le premier né-autrement venu. Ce né-phobos avec lequel tu t'es battue, ou même Thais, Io ! Ces femmes sont-elles si importantes à tes yeux que tu sois prête à mettre tes proches en danger ?

Io sentit l'irritation enfoncer en elle ses mille petites dents. Sa sœur était injuste. Elle avait dit ça comme si Io avait le choix, comme si elle fichait leur vie en l'air sur un coup de tête pour se prouver qu'elle était héroïque. Ava l'obligeait à choisir entre ses sœurs et ces pauvres âmes damnées. Elle parlait de trahison alors qu'il s'agissait en réalité d'un sacrifice qui coûtait à Io plus qu'elle n'aurait jamais cru pouvoir donner.

Io se mordilla la lèvre en essayant de retenir ses larmes. Elle ne voulait pas pleurer ; elle voulait rester en colère, parce que c'était une discussion exaspérante et complètement… absurde.

Elle chuchota, le menton tremblant :

— Ta tranquillité est importante au point que tu laisserais des gens mourir ?

— Ne vois pas les choses comme ça, répondit vivement Ava. Je ne laisse personne mourir.

— En me demandant de rester à l'écart, si.

La voix d'Ava se tendit.

— Je ne pense pas que tu puisses sauver ces femmes, Io.

— Probablement pas, mais je dois au moins *essayer.*

Ava s'approcha d'elle, mais Io ne vit qu'une image floue à travers ses larmes.

— Dieux, Io, je ne voulais pas te blesser. Je m'exprime mal. C'est juste que je ne comprends pas. Pourquoi dois-tu les sauver ? Pourquoi sont-elles si importantes à tes yeux ?

Pourquoi ne te contentes-tu pas simplement d'attendre la fin de toute cette histoire ?

Ses doigts effleurèrent le poignet de sa sœur qui se releva brusquement malgré sa douleur au côté et sortit de la pièce. Ava continua à s'excuser avec des mots gentils, mais Io l'entendit à peine. Le long couloir desservait plusieurs portes et elle essaya chacune d'elles avant de trouver la salle de bains. Elle ouvrit le robinet et tous les autres bruits furent couverts par celui de l'eau remplissant la baignoire.

Une merveilleuse vapeur d'eau avait envahi la pièce. Io était debout devant le miroir, enroulée dans une serviette, propre et hydratée ; elle se sentait beaucoup mieux. Elle suivit du doigt les traces rouges et mauves qui entouraient son ventre. La douleur demeurait faible tant qu'elle ne levait pas le bras. Elle trouva des antidouleurs dans un placard et avala deux comprimés – ça ferait l'affaire.

Lorsqu'elle fut presque sèche, elle entrouvrit la porte. Juste un peu, mais suffisamment : elle pouvait entendre la musique d'Ava de l'autre côté du couloir, où Amos avait dû installer sa chaîne. Pendant un instant, elle se demanda si elle allait essayer de faire la paix avec sa sœur. Mais que lui dirait-elle ? Qu'elle n'était qu'une emmerdeuse qui lui posait des questions impossibles ?

De retour dans la chambre d'amis, elle fouilla dans son sac, enfila son pull violet trop grand et son pantalon favori : un cargo multipoches noir. Comme ses bottes n'avaient pas eu le temps de sécher, elle scruta la pièce. Ava aurait une attaque quand elle s'en rendrait compte, mais elle n'avait pas le choix. Elle enfila les précieuses bottines en cuir de sa sœur et enroula deux fois les lacets autour de ses chevilles.

Amos était assis derrière le comptoir quand elle descendit dans le café. Deux clients discutaient paisiblement devant un thé et des pâtisseries. Io s'installa à sa place habituelle, au comptoir, sur le tabouret le plus éloigné de la porte ; Amos releva les yeux du livre qu'iel était en train de lire et lui offrit un large sourire tout en fossettes.

— Tu as faim ?

— J'ai faim.

Iel revint avec un plateau chargé de deux énormes tranches de la tourte à la viande promise et d'une tasse de tisane à la camomille. Pendant qu'elle mangeait, Iel lui raconta presque entièrement l'histoire du gros livre de fantasy qu'iel était en train de lire – celle d'un vagabond rejeté par la mer associé à des nés-furie pour combattre un léviathan revenu d'entre les morts. Iel ne s'arrêta que pour servir quelques clients de passage et ne débarrassa Io que quand son assiette fut propre.

— Amos, lui demanda-t-elle, quand tu étais dans la force Iceberg, as-tu croisé Luc Saint-Yves ?

Son ami se mordit l'intérieur de la joue.

— Une fois, seulement, lors d'un transit vers le front. J'étais caporal, à l'époque, et il était déjà premier lieutenant. Nos sections ont pris le bateau ensemble ; on essayait de distancer les Jhorr et de capturer *Lola* – c'est comme ça qu'on appelait l'iceberg. Un bloc de centaines de mégatonnes qui permettrait d'irriguer toute la vallée pendant des années. Je me souviens qu'une nuit, juste après qu'on a découvert que les Jhorr nous avaient devancés et qu'on s'apprêtait au combat, il a remonté le moral de tout le monde en racontant histoire sur histoire, blague sur blague.

Les guerres de l'Iceberg avaient débuté quand tout le monde avait commencé à manquer d'eau potable. Toutes les cités-nations du continent – Alante, Nanzy, Rossk, Jhorr – avaient envoyé des forces au nord pour récupérer les icebergs détachés du pôle. Surtout les icebergs les plus gros, comme *Lola*, qui pourraient fournir de l'eau non polluée à leur population pendant des années. Ces guerres avaient duré, avec des hauts et des bas, pendant trois décennies ; et encore maintenant, quatre ans après le dernier combat, il suffirait qu'on découvre un nouvel iceberg pour qu'elles redémarrent.

— Vous le leur avez repris ? demanda Io. *Lola...*

Une ombre passa sur le visage d'Amos.

— Oui. Nous avions trois sœurs nées-kèr avec nous, comme toutes les unités. Après des semaines sur les traces des Jhorriens, nous avons été réveillés par les frangines qui aboyaient une direction. Notre capitaine nous a conduits tout droit sur le lieu de la catastrophe : l'iceberg avait chaviré pendant la nuit et coulé le plus gros bateau de Jhorr. Les filles nous ont expliqué qu'elles pouvaient sentir la mort à des milles et des milles.

Io s'agita sur son siège à la pensée des nées-kèr et de leurs pouvoirs sordides mais garda ses réflexions pour elle. Amos parlait d'elles avec respect ; elle ne voulait pas lui être désagréable, surtout s'agissant des guerres.

— Tu penses donc que c'est un homme bien ? Saint-Yves...

Il haussa les épaules.

— C'était un bon officier pour ses hommes.

Un bon officier était aussi un bon tueur, cependant. Io ne croyait pas qu'il ferait du mal à Thais, qui était utile à son Initiative ; elle craignait surtout que sa sœur ne se retrouve prise entre deux feux lors d'une éventuelle action de Bianca Rossi. *Je m'occuperai du reste*, avait dit la reine de la pègre ; Io ne se faisait aucune illusion, elle n'hésiterait pas à utiliser la violence.

Elle se frotta les tempes, pesant ses différentes options.

— Tu as toujours ton passe pour la Colline, Amos ?

Iel lui adressa un regard dubitatif. La Colline était un quartier entouré de murs, protégé du reste d'Alante par une tranchée pleine d'eau de mer et des gardes armés. L'entrée n'était autorisée qu'aux résidents et à leurs employés, y compris les free-lances qui possédaient un passe spécial.

— Oui, répondit-iel sur un ton hésitant. Il m'arrive de faire des livraisons là-haut.

Io lui fit ses yeux de biche.

— Je peux te l'emprunter ?

— Commence par me dire pourquoi.

Pourquoi, en effet ? C'était la question à un million.

— Thais habite là-haut. Je crois qu'elle est en danger.

# Chapitre 23

# DES CRÊPES

**Io descendit à la station Acropole** et resta de marbre lorsque les gardes contrôlèrent le passe d'Amos. La Colline se dressait devant elle telle une oasis au milieu du désert. La verdure recouvrait tout : les rues étaient bordées d'arbres, les rebords des fenêtres dégoulinaient de fleurs, des vignes grimpantes s'accrochaient aux balcons comme des bambins collants. L'odeur de la nature était omniprésente, douce, fraîche et totalement étrange. Au bout de quelques secondes, Io se mit à éternuer.

Autrefois, le quartier de la Colline avait été un site archéologique avec ses rangées de colonnes d'avant l'Effondrement et ses statues que les touristes du monde entier venaient admirer. Mais quand la marée avait commencé à envahir la basse ville, transformant les maisons et les hôtels particuliers en carcasses à moitié pourrissantes, l'élite s'était réfugiée dans le quartier historique. Elle avait installé ses maisons autour des monuments et fait creuser un fossé pour se protéger du reste de la cité. L'ancien temple était toujours à sa place, mais il servait à présent de patio où les riches pouvaient se reposer lors de leurs promenades.

Dès qu'on lui eut rendu son passe, Io descendit de la station de tram et s'enfonça parmi les demeures en briques rouges. C'étaient d'imposantes bâtisses à deux étages, récentes et bien entretenues. Couvertes de toitures en ardoises, elles avaient été construites dans des matériaux anti-inondation qui semblaient pouvoir résister même à la fin du monde.

Io trouva facilement la rue d'Hanovre, la dépassa et tourna dans la suivante. Marchant d'un pas tranquille pour ne pas être suspectée, elle se glissa dans la Toile et vérifia chaque demeure ; peu de résidents se trouvaient chez eux. Après avoir inspecté la rue, elle sauta par-dessus la clôture de la maison vide la plus proche et la contourna jusqu'au jardin de derrière, avant de passer dans la propriété voisine qui donnait dans la rue d'Hanovre. Elle aurait préféré passer par les toits, mais le quartier n'était pas menacé par la marée et aucune passerelle n'y reliait les habitations. Elle gagna le porche du bâtiment désert, s'affala dans un des fauteuils et mit ses lunettes. La balustrade était suffisamment haute pour la protéger des regards, à moins que quelqu'un ne s'arrête juste devant le portail. Entre les barreaux, cependant, elle pourrait surveiller le numéro 64.

La demeure de Thais était d'un blanc immaculé ; des rideaux fleuris ondulaient à ses fenêtres entrouvertes. Sa véranda était couverte de pots de fleurs : pétunias, zinnias et rosiers. Rien à voir avec la chambre de Thais et ses meubles dépareillés dans leur ancien appartement. Cela dit, Io n'avait aucune idée de la manière dont sa sœur l'aurait décorée si elle en avait eu les moyens. Peut-être qu'elle avait toujours apprécié les rideaux fleuris sans avoir jamais eu l'opportunité de le montrer. *L'opportunité.* Io détestait avoir ce genre de pensée. Comme si elles avaient vécu dans la tristesse et la pauvreté, passant leur temps à rêver qu'elles pourraient déménager et devenir riches. Elles avaient eu des moments difficiles, comme tout le monde. Mais le bonheur était accessible malgré les difficultés de la vie, non ?

Io enjolivait le passé de la brume rose de la nostalgie, pourtant, car Thais n'avait jamais été heureuse dans leur petit appartement du Marais. Son désir d'obtenir toujours *plus* avait son propre fil qui la reliait directement à la Colline. C'était la fierté et la joie de ses parents : ce fil si rare, aussi précieux et brillant qu'un diamant. Un fil de foyer vous connectait à l'endroit auquel vous étiez lié ; pas nécessairement à votre lieu de naissance ou à votre domicile, mais à celui qui était le *vôtre*. Leur fille aînée était promise à un avenir radieux, répétaient leurs parents, et leur rêve s'était réalisé : sur la Colline, avec ses marbres sans taches, sa verdure excessive et sa sécurité dorée.

Thais avait cherché les occasions de concrétiser ce rêve comme une plante tend ses tiges vers le soleil : avec Malena Silnova et ses amis artistes, d'abord, puis avec Thomas Mutton. Mais ses plans avaient échoué et, à chaque fois, elle était revenue vivre dans leur appartement minuscule, démoralisée et insatisfaite, avec l'impression de retourner en prison. La chance lui avait souri, manifestement, et même si celle-ci avait pris la forme de Saint-Yves, Io était heureuse pour sa sœur. Celle-ci était peut-être suffisamment intégrée à la haute société, désormais, pour ne plus avoir besoin de lui. Et qui sait, elle pourrait même prendre le contrôle de l'Initiative et en faire une organisation vraiment honnête et juste ?

Mais Io, la briseuse de cœurs professionnelle, devait d'abord lui parler. *Ton fiancé est impliqué dans les meurtres du Marais. Bianca Rossi est au courant et serait capable de lui nuire – et à toi aussi. Ava voulait que je reste en dehors de tout ça, que j'attende que ça s'arrange, mais je suis venue te dire la vérité.*

Attendre que ça s'arrange... Ce qu'Ava pouvait être frustrante, parfois. Enfant, déjà, Io avait remarqué cette opposition entre ses deux sœurs : Thais arpentant la pièce, furieuse pour une raison ou une autre, et Ava dans le canapé en train de feuilleter tranquillement un livre ou d'écouter la dernière série radiophonique à la mode. Il arrivait qu'elle hoche la tête ou lâche un grognement d'approbation, mais Io savait qu'elle faisait semblant d'écouter les diatribes de Thais. Ava lui avait même chuchoté un jour : *On va rester assises là jusqu'à ce qu'elle se calme, d'accord ? Ensuite, je préparerai des crêpes.* Pendant longtemps, Io lui avait obéi. Puis les diatribes de Thais s'étaient dirigées contre *elle*, et Ava avait continué à se taire.

Io ne voulait pas y penser. Elle refusait d'être blessée par ses souvenirs. Elle avait toujours eu d'excellents rapports avec Ava et ceux-ci s'étaient même améliorés après le départ de leur aînée. Alors pourquoi réveillait-elle ses vieilles blessures ? Et pourquoi découvrait-elle des croûtes au lieu d'une peau guérie ? C'était à cause des questions infernales d'Ava : *Pourquoi dois-tu les sauver ? Pourquoi sont-elles si importantes à tes yeux ? Pourquoi ne te contentes-tu pas simplement d'attendre la fin de toute cette histoire ?*

*Parce que !* eut-elle envie de crier. *Parce que !* Les damnées ont été violentes, elles ont tué, mais elles étaient manipulées. Elles crachaient le venin d'un autre. Elles visaient les cibles d'un autre. Et elles avaient été lentement et soigneusement amenées à penser qu'il s'agissait de leur propre désir, de leurs propres croyances. Sans qu'elles en aient conscience, elles avaient été transformées en créatures malfaisantes. Si Io ne se battait pas pour elles, qui le ferait ?

Elle entendit Thais lui dire : *Calme-toi, nomme tes émotions*. Elle ferma les yeux et respira lentement jusqu'à ce qu'elle ne puisse plus entendre les battements de son cœur à ses oreilles. *Inspire par le nez, expire par la bouche*. Il était si étrange que sa sœur aînée soit à la fois l'instigatrice du désordre qui régnait dans sa tête et celle qui lui permettait de l'apaiser.

Elle se pencha en arrière et observa la jolie maison de Thais.

Le soleil était déjà loin à l'ouest lorsque Io se redressa pour se détendre les muscles. Plusieurs heures s'étaient écoulées et elle n'avait aperçu aucun des laquais de Bianca rue d'Hanovre. Elle reprendrait sa surveillance le lendemain, et le jour suivant, jusqu'à ce qu'Edei et elle aient réuni des preuves concrètes contre Saint-Yves. Ensuite, elle reviendrait sonner à cette charmante maison fleurie et emmènerait sa sœur avec elle.

Son estomac rouspéta. Edei aurait peut-être faim, lui aussi, quand il passerait la prendre. Ils pourraient dîner chez Amos et évoquer les prochaines étapes de leur plan. Qu'elle le veuille ou non, il était de son côté, et cela lui fit du bien de se le rappeler. Bianca s'était débinée, mais lui était prêt à l'aider à faire tomber Saint-Yves. Ava était en sécurité chez Amos ; Thais ne l'était pas moins au 64, rue d'Hanovre. Io trouverait une solution. Elle en trouvait toujours une.

— Io ? fit une voix.

*Sa* voix.

Elle releva la tête et aperçut sa sœur, les coudes posés sur le muret du jardin. Thais portait une jolie robe à fleurs avec des manches à froufrous et avait attaché ses cheveux en une petite queue-de-cheval. Elle était pieds nus et ses joues étaient délicieusement roses. Elle souriait.

— Ma sœur, dit-elle, pourquoi n'entres-tu pas ?

# Chapitre 24

## UNE VOIX INCONNUE

— **J'AI DU REVANI AU FRAIS,** annonça Thais en l'invitant à la suivre d'un petit mouvement de tête. C'est la recette de Maman.

Io ne se souvenait pas du goût du revani de sa mère.

— Comment tu as su que j'étais là ? demanda-t-elle.

— Grâce à tes fils. Ils brillent comme un phare dans la nuit. Je t'ai repérée il y a une heure. Je me suis dit qu'Ava avait dû te dire où j'habitais et que tu viendrais frapper à ma porte. Mais tu ne l'as pas fait, Luc est en retard, et tu sais que je déteste manger seule.

Elle avait parlé d'un seul trait en suivant le fil de ses pensées, d'une voix si familière et typique qu'Io dut retenir une vague d'émotions.

— Je sais, répondit-elle.

Thais était toujours grincheuse quand ses sœurs ne l'attendaient pas pour manger. Du revani et un café ? Pourquoi pas. Et Thais était… là, souriante. Entrer un moment était sans risque.

— D'accord.

— Parfait.

Alors qu'Io approchait du muret, Thais se pencha au-dessus et ouvrit le portail comme si elle l'avait fait un millier de fois, ce qui était sans doute le cas – les habitants de cette maison étaient probablement des amis. Elles traversèrent le jardin rempli de rosiers, de pétunias et de zinnias, puis entrèrent par la porte restée entrouverte.

— Laisse-moi te faire visiter !

Thais se mit à bondir à travers la maison et Io la suivit en gardant ses distances. Elles commencèrent par le salon, camaïeu de verts vifs et de jaunes doux, dont les rideaux ondoyaient dans une brise légère. Une boîte de cigares identiques à ceux qu'Io avait vus dans le bureau de Saint-Yves était posée sur la cheminée. Ensuite, elles visitèrent une confortable cuisine rose saumon qui ressemblait à celle d'une maison de poupées. Le revani devait être dans le frigidaire, mais l'odeur du citron et de la semoule qui flottait dans l'air fit saliver Io. C'était un dessert rare dans la famille Ora ; il était réservé aux fêtes de l'Hiver et aux anniversaires des parents.

Thais prit sa sœur par la main et l'entraîna à l'étage tout en lui expliquant qu'ils avaient redécoré la chambre et rénové la salle de bains avant d'emménager. Mais tous les sens d'Io convergeaient sur le point de contact entre leurs deux corps : elles se tenaient par la main comme lorsqu'elles étaient enfants, avant que tout change.

Elles visitaient la chambre d'amis quand Io demanda brusquement :

— Tu es en colère contre moi ?

Thais s'arrêta au milieu d'une phrase à propos de la toiture qui avait besoin d'être réparée de ce côté de la maison. Elle fit face à sa sœur en fronçant les sourcils.

— Pourquoi le serais-je ?

Pourquoi ? Thais avait l'habitude de distribuer sa colère comme une reine jetait des pièces depuis son carrosse. *Ça, c'est pour toi. Mets-toi à genoux pour ramasser. Je suis généreuse, hein ?* Et voici qu'elle ne voyait plus aucune raison d'être irritée ? Une image surgit dans la conscience d'Io : Rosa à la fenêtre du refuge, soufflant la fumée de sa cigarette. *Ce qu'on a fait à Thais.*

— Tu as demandé à Ava de me cacher que tu étais revenue, dit Io.

Thais frotta ses pieds nus sur le tapis.

— Je croyais que c'était toi qui étais en colère contre moi. J'ai été dure avant mon départ. Je pensais que tu m'en voulais encore.

Étaient-ce… des excuses ? Io n'avait jamais rien entendu de pareil sortant de la bouche de sa sœur. Même le ton de sa voix lui était inconnu. Celle-ci résonna jusqu'aux tréfonds obscurs de son cœur, le remplissant d'un tendre espoir. Leurs relations pouvaient redevenir comme avant, au tout début, quand les trois sœurs n'étaient qu'une âme occupant trois corps, un souffle unique dans trois poitrines.

— C'était une période compliquée, répondit-elle, s'excusant aussi maladroitement que sa sœur.

— Et maintenant ? fit Thais, pleine d'espoir.

*Et maintenant ?* Io se sentit fondre. Ces deux mots étaient un rameau d'olivier qui l'invitait à oublier le passé et à marcher vers l'avenir avec audace.

— Maintenant, ça va mieux, répondit-elle en haletant.

Sa grande sœur serra ses doigts et l'entraîna dans les escaliers. Sa voix était un chant d'oiseau, son visage rayonnait.

— Allons nous préparer un café, d'accord ?

Du café et du revani, le réconfort et la sécurité… Io s'imagina tout raconter à sa sœur : comment elle avait fini par rencontrer son promis, à quel point il était mignon et drôle. Comment elle avait tenu tête à Bianca Rossi et s'était disputée avec Ava. Comment elle avait marchandé avec les Neuf et à quel prix. Thais avait toujours été douée pour l'apaiser ; peut-être qu'avec son aide, Io serait assez courageuse pour réfléchir vraiment à ce poème délirant et à sa signification : *La trancheuse, la lame invisible, la faucheuse de destins.*

Elles entrèrent dans la cuisine d'où émanait toujours une agréable odeur. Io voulait savourer chaque instant passé avec cette nouvelle version de sa sœur, plus tranquille et gaie. Elle fut chargée de préparer le café à la kurkz ; le retira du feu juste avant qu'il bouille pendant que Thais préparait une corbeille de fruits si colorés qu'ils devaient provenir directement des vergers suspendus des plaines de Neraida. Les deux sœurs retrouvaient les gestes du passé : elles emportèrent les plateaux sous la véranda de derrière, disposèrent les tasses à café en porcelaine et de petits bols en cristal. Io était tellement fascinée par la facilité avec laquelle elles retrouvaient leurs vieilles habitudes qu'elle ne fit attention à la table que quand tout fut prêt. Le couvert était mis pour six.

— Je pensais, dit-elle prudemment, que nous prendrions le café toutes les deux.

— Oh, ne sois pas timide, Io. J'ai une réunion de campagne ici dans quelques minutes et je suis impatiente de te présenter Luc. Tu vas l'adorer. Il est gentil comme Baba, il a autant d'humour que Maman et les mêmes goûts qu'Ava en matière de musique. Et il a l'esprit aussi aiguisé que toi. Tu l'as déjà vu sourire ? Il va te faire craquer.

Thais était resplendissante. Io sentit l'amertume la gagner. Elle s'était toujours battue et sacrifiée pour rendre sa sœur heureuse, et voilà que Saint-Yves, un homme qui avait débarqué dans sa vie moins de deux ans auparavant, la remplissait de joie.

Un homme qui était le principal suspect de son enquête. Elle devait absolument prévenir sa sœur. La protéger.

— Il faut que je te raconte quelque chose, dit-elle.

Le sourire de Thais s'effaça au profit d'un regard acéré. Io poursuivit :

— Est-ce qu'Ava t'a expliqué comment je gagnais ma vie depuis deux ans ?

— Tu as développé ton petit business pour en faire une agence reconnue, répondit fièrement Thais. C'est pour ça que je veux que tu le rencontres. Ses idées, l'Initiative… Il cherche à faire précisément ce que tu fais en tant que détective, mais à plus grande échelle, et en poussant les enquêtes jusqu'au tribunal.

Io secoua la tête.

— Écoute-moi, Thais. J'ai été embauchée pour enquêter sur une série de meurtres dans le Marais. Des nés-autrement corrompus ont été retrouvés morts. Les meurtrières sont des femmes qui utilisent leur fil de vie sectionné pour tuer et prétendent qu'elles sont envoyées par quelqu'un pour rendre la justice. Je ne peux affirmer qu'elles sont nées-autrement parce que Saint-Yves les a fait effacer des registres publics. Ces femmes sont toutes des volontaires de l'Initiative. Et leurs victimes étaient des gens que Saint-Yves avait arrêtés sans réussir à les faire condamner. Hier, j'ai entendu un de ses hommes insinuer que c'était lui qui était derrière tout ça.

Thais ne bougeait pas ; les mains agrippées au dossier d'un banc, elle avait les yeux rivés sur sa sœur.

— Luc ne ferait pas de mal à une mouche, finit-elle par lâcher sur un ton péremptoire.

Io la suivit à l'intérieur jusqu'à la salle de bains du bas, où elle s'appuya au montant de la porte pour la regarder se laver les mains.

— Je sais que c'est difficile à croire, mais toutes les pistes conduisent à lui. J'ai des raisons de croire que Bianca Rossi pourrait prendre les choses en main, c'est pourquoi nous devons partir…

— En quoi Bianca Rossi est-elle concernée ?

— C'est elle qui m'a embauchée. Elle connaît mes hypothèses.

— Tu as raconté à la reine du Marais que mon fiancé tuait les gens de son quartier ? s'exclama Thais, incrédule.

— Tout nous pousse à le croire. S'il te plaît, rentre à la maison. Tu seras en sécurité avec Ava et moi. Je retrouverai la dernière damnée, je l'obligerai à parler, j'irai voir les autorités et…

Thais s'essuya les mains et regarda Io à travers le miroir.

— Je ne pars pas d'ici. Luc n'est pas celui que tu crois. L'Initiative n'est pas un coup de pub en vue des élections. Il a commencé à développer ce projet après la disparition de l'ordre des Furies. En leur absence, la communauté des nés-autrement a sombré dans le chaos, Io. Il n'y avait plus personne pour les contrôler ou les condamner. Nous avons besoin d'un nouvel ordre qui sera transparent et inclusif, cette fois. Luc n'a rien à voir avec ces meurtres. Je ne serais pas surprise que ses opposants aient lancé des rumeurs pour le faire tomber avant les élections de demain. Je sais que ça peut paraître suspect aux yeux des habitants du Marais, mais il essaie vraiment de les aider.

— Les habitants du Marais ? l'interrompit Io en essayant de cacher son irritation.

Critiquer Thais était rarement une bonne idée ; mieux valait contrôler le ton de sa voix et peser ses mots.

— Tu viens *toi-même* du Marais.

— Tu sais bien ce que je veux dire. Les gens du Marais sont persuadés que le monde entier leur en veut. Surtout Bianca Rossi. Ils pensent que tous ceux qui ont du pouvoir – les politiques, les célébrités, la police – sont corrompus.

En effet, les habitants du Marais se plaignaient sans arrêt que le reste du monde complotait contre eux ; ils n'avaient pas tort, toutefois. La population du quartier était composée d'émigrants, de nés-autrement, des plus pauvres parmi les pauvres. Les autres Alantiens les ignoraient et les méprisaient ; après les Émeutes de la nuit sans lunes, ils les avaient jugés responsables de l'extinction des nés-furie. Si Io trouvait si facilement du travail, c'était parce que les flics se fichaient des affaires les concernant. Et maintenant, un riche originaire de Nanzy avait l'idée géniale d'intégrer les nés-autrement à la police, de réunir les pauvres et les riches. Il était évident que le quartier n'allait pas lui accorder sa confiance. Le monde avait déjà été réduit en cendres à cause des bonnes intentions de certains hommes.

— Luc n'est pas comme ça, continua Thais. Bons dieux, il a dénoncé ses parents quand il a découvert qu'ils couvraient des dizaines d'accidents du travail dans leurs usines. En moins de huit mois, il a arrêté plus de criminels que ses deux prédécesseurs réunis.

— Tu parles comme ses brochures de campagne.

— C'est moi qui les ai rédigées.

— Chérie ? fit une voix dans l'entrée.

Thais tendit le cou.

— On est rentrés !

Io frissonna de la tête aux pieds. Elle entendit la porte se refermer. Qu'on enlevait des chaussures, qu'on suspendait des manteaux. Puis des voix dans le couloir. Elle jeta à sa sœur un regard paniqué et celle-ci lui glissa :

— Reste. Laisse-lui une chance de te prouver que ce n'est pas lui.

— Thais ? appela Saint-Yves d'une voix charmeuse. Où es-tu ?

Attrapant sa sœur par le bras, cette dernière la fit sortir de la salle de bains.

— J'arrive !

Quatre personnes s'étaient installées dans la cuisine. Deux femmes discutaient autour d'un dossier ouvert sur la table, un homme était en train de fouiller dans le frigidaire et Saint-Yves, penché au-dessus du comptoir, mangeait un morceau de revani avec les doigts.

Lorsqu'il vit Io, il reposa son morceau de gâteau sirupeux et lâcha :

— Qui donc avons-nous là ?

— Luc, je te présente ma sœur Io, répondit joyeusement Thais en poussant cette dernière en avant. Io, je te présente mon fiancé, Luc Saint-Yves. Marie et Hanne, nos directrices de campagne. Oh, et cette petite souris qui ravage notre frigidaire est notre chef de la sécurité, Aris Lefteriou.

Les deux femmes la saluèrent d'un geste, mais Io les vit à peine. Toute son attention se portait sur l'homme en train de se redresser avec deux bières à la main. Elle reconnut son allure dégingandée, son bouc, sa peau blanche et ses vêtements immaculés.

*Cours*, songea-t-elle. *Retourne-toi et déguerpis.*

Mais Thais la tenait par les épaules et l'empêchait de bouger.

# Chapitre 25

## TRÈS MAL À L'AISE

**Io baissa les yeux.** Le carrelage rose saumon était tellement propre qu'elle pouvait se voir dedans : ses boucles frisottantes à cause de l'humidité, ses yeux cernés par la fatigue. Lefteriou ne la reconnaîtrait peut-être pas. L'allée du Modiano était mal éclairée et il faisait encore plus sombre sur les toits à proximité du théâtre.

Le silence qui suivit dura trop longtemps, pourtant. Le bref *Salut* qu'il lui adressa fut tout sauf innocent. Il savait précisément qui elle était.

Saint-Yves reprit la parole.

— Je suis ravi de vous rencontrer enfin. D'après ce que m'a raconté Thais, je suis certain que votre implication dans la résolution des crimes commis à Alante pourrait nous être précieuse. Mais j'attendrai le café avant de vous poser plus de questions.

— J'ai tout installé dehors, annonça gaiement Thais. Allez vous asseoir. Je coupe le revani et je vous rejoins dans une minute.

Saint-Yves tint la porte ouverte. Marie et Hanne se dirigèrent vers la véranda et Aris Lefteriou les suivit en traînant les pieds. Tous les sens d'Io étaient en alerte ; elle aurait voulu prendre ses jambes à son cou.

— Je crois que je devrais y aller..., commença-t-elle.

— C'est absurde, lui répondit Thais en souriant à son fiancé. Tu as le temps de boire un café.

— Vraiment, je...

— Reste, insista Thais à mi-voix en l'encourageant d'une tape sur la hanche. Dix minutes. C'est tout ce que je te demande. Vas-y, j'arrive dans une seconde.

Bien... Io réfléchit. Elle resterait dix minutes, prétendrait avoir besoin de l'aide de sa sœur pour trouver la salle de bains, puis elle l'emmènerait avec elle – avant que Aris Lefteriou réalise ce qu'elle avait l'intention de faire. Elle suivit donc Saint-Yves sous la véranda et s'installa au bout du banc de pierre, séparée de Lefteriou par Hanne. Ainsi, elle resterait hors de son champ de vision et ne risquerait pas de tomber dans son puits de terreur.

Tandis que Saint-Yves servait le café et que Hanne faisait tourner la corbeille de fruits, les autres continuèrent une conversation inepte au sujet de la campagne municipale : réunion avec les sponsors, choix du premier orateur, rassemblements d'électeurs et même sécurité lors du vote de demain. Io ne cessait de se tourner vers la cuisine ; que fichait donc Thais ?

Alors qu'il remplissait sa tasse, Saint-Yves s'adressa à elle avec un sourire charmeur :

— Alors, Io, Thais m'a appris que vous étiez détective privée dans le Marais. J'aimerais beaucoup entendre le point de vue de quelqu'un d'aussi investi que vous dans son quartier. Que pensez-vous de l'Initiative ?

— C'est un projet ambitieux, répondit-elle, espérant mettre ainsi fin à la conversation.

L'homme rit de bon cœur.

— Bien sûr que c'est ambitieux. Pensez-vous que les nés-autrement du Marais seraient prêts à nous suivre ?

*J'en doute sérieusement*, pensa-t-elle ; mais elle répondit :

— Je n'en sais rien.

— Thais prétend que les nés-autrement du Marais qui soutiendraient l'Initiative seraient considérés comme des traîtres. Et que ça provoquerait des troubles. Vous pensez qu'elle a raison ?

Il ne la lâcherait pas…

— Le Marais et la police ne font pas bon ménage, répondit-elle, les yeux rivés sur son assiette vide.

Saint-Yves avait-il entendu parler du silence des coqs ?

— N'auraient-ils pas davantage confiance en une police composée de nés-autrement ? Contrairement à ce que raconte la presse, l'Initiative n'a pas pour but de contrôler les nés-autrement. Notre objectif est l'égalité. Un vrai changement social qui commencerait par l'intégration des nés-autrement dans notre institution. Nous cherchons à instaurer un nouvel ordre inclusif, différent de celui des Furies. Les nés-furie étaient censés soumettre les nés-autrement arrêtés à des procès impartiaux, mais j'ai entendu dire que de plus en plus souvent, ceux-ci se concluaient par des emprisonnements, au mépris des preuves favorisant la défense.

Io avait entendu ces rumeurs, elle aussi, mais ces dernières demeuraient vagues. La disparition des nés-furie avait été si brutale et tragique que personne ne voulait salir leur mémoire en les critiquant. C'était peut-être l'occasion, toutefois, de glaner quelques informations en attendant que Thais revienne et qu'Io trouve une excuse pour l'éloigner.

— S'il est vrai que l'Agora vous soutient, dit-elle en surveillant sa réaction, les nés-autrement seront sans doute plus nombreux à vous suivre.

Saint-Yves saisit un quartier de pomme avec nonchalance, comme s'il attendait que le monde retienne son souffle pour lui.

— L'Agora a hâte de voir notre rêve aboutir, oui, finit-il par admettre, énigmatique.

— Oh, vous parlez encore boulot, chéri ? le réprimanda Thais en apparaissant avec un plateau en argent sur lequel étaient disposées des tranches de revani couvertes de crème glacée et parfaitement alignées.

Dieux merci, sa sœur était là ; Io pourrait désormais amorcer son départ.

— Je fais connaissance avec ta sœur, mon amour, expliqua Saint-Yves.

Io essaya d'attraper le regard de Thais, mais celle-ci était occupée à servir laborieusement une part de gâteau à chacun. Hanne évoqua les fiançailles qui étaient sur toutes les lèvres à Alante, les journalistes qui réclamaient des interviews et les douzaines d'articles déjà sorties. Souriant jusqu'aux oreilles, Thais entraîna la discussion sur son mariage, prévu au début de l'automne à Nanzy.

Io fixa le revani dans son petit bol en cristal, la glace qui fondait, et glissa lentement sa main gauche sous la table.

Elle garda les yeux rivés sur sa part de gâteau et, lorsqu'elle se glissa dans la Toile, personne ne remarqua l'éclat argenté dans ses iris. Elle trouva rapidement le fil qu'elle cherchait.

D'un mouvement de doigts rapide comme une pichenette, elle tira sur le fil qui la reliait à Thais. Trois coups secs, deux plus longs. Le signe de ralliement des sœurs Ora. De l'autre côté de la table, sa sœur se figea, sa cuillère à la bouche, les yeux vitreux, pour scanner la Toile autour d'Io. D'un simple coup d'œil, cette dernière lui indiqua Aris Lefteriou puis la sortie de la maison. Tel était le langage sororal ; nul besoin de mots.

Au lieu de trouver une excuse pour quitter la véranda, comme l'avait espéré Io, Thais abaissa sa cuillère et dévisagea le né-phobos.

— Pourquoi est-ce que ma sœur a peur de toi, Aris ? s'exclama-t-elle, coupant sans vergogne la parole aux autres.

Tout le monde se figea et Io s'apprêta à filer. Thais Ora allait droit au but, telle une tireuse d'élite. C'était une qualité admirable qui manquait cruellement à sa sœur, mais ça rendait les conversations compliquées. Les directrices de campagne échangèrent un regard embarrassé et Saint-Yves eut soudain l'air soucieux. De son côté, Aris remua sur son banc, mal à l'aise. Io veilla à ne pas croiser son regard mais sentit de la tension dans sa voix, une certaine appréhension.

— Luc m'a chargé de surveiller la maison des Neuf, expliqua-t-il. Les nées-muse refusent de rencontrer le commissaire ou le maire, même après avoir reçu de l'Agora l'ordre de collaborer à l'enquête sur les meurtres du Marais, mais elles laissent entrer chez elles une trancheuse et un membre des Fortuna, leurs premiers visiteurs depuis des mois ? Je devais découvrir qui ils étaient et ce que les Neuf leur avaient dit, alors je les ai suivis. Ils s'en sont rendu compte et me sont tombés dessus.

— As-tu utilisé tes pouvoirs contre eux ? demanda sèchement Thais.

— Le voyou m'aurait passé à tabac ! Je n'ai plus le droit de me défendre, maintenant ?

Thais le pointa du doigt.

— Tu les espionnais, tu méritais qu'ils te bousculent. Nous sommes les intermédiaires des dieux, pas les dieux en personne. Nos pouvoirs de nés-autrement doivent être contrôlés et limités. Nous avons encore moins droit à l'erreur que les autres.

— La justice est la vertu des grands esprits, ajouta gravement Hanne comme si elle citait quelqu'un.

La directrice de campagne avait l'air d'une glace nappée de sirop de cerise : elle était pâle et ses cheveux teints en rouge dégoulinaient sur ses épaules nues.

Saint-Yves intervint avec calme :

— Tu aurais pu lui expliquer la situation, Aris, tout simplement. As-tu songé qu'Io aurait pu partager ses informations si tu ne lui avais pas fichu la trouille ?

— Tu lui dois des excuses, ordonna Thais. Des excuses sincères.

Io avait l'impression que cette discussion ne la concernait pas. Qu'il s'agissait d'une performance dont elle n'aurait été qu'une spectatrice. Et que, comme au théâtre, il se jouait là un sous-texte difficile à suivre : les Neuf avaient refusé les visites, même après avoir été mandatées par l'Agora ; Lefteriou considérait qu'Edei était un voyou, ce qui confirmait qu'il était bien issu des classes privilégiées ; et finalement, l'Initiative était une maudite secte. *Intermédiaires des dieux, la justice des grands esprits* : des balivernes de premier choix. Io en avait entendu de semblables chez les séparatistes comme le père d'Edei et les trouducs comme Thomas Mutton avec ses combines.

Lefteriou se tourna vers elle.

— Je suis désolé. J'ai dépassé les bornes, sur tous les plans.

Il y eut une longue pause ; Io supposa qu'elle aurait dû accepter ses excuses, mais elle avait trop peur pour parler.

— Vous voyez ? ronchonna Lefteriou. Elle n'ose même pas me regarder en face. Quoi que je fasse, on me considérera toujours comme le méchant.

Marie émit un roucoulement triste et compréhensif qui révolta Io. Cet homme les avait traqués jusqu'au marché Modiano, il avait utilisé son pouvoir terrifiant pour les interroger, les avait poursuivis sur les toits et était impliqué dans une machination qui transformait des femmes en damnées chargées d'assassiner des nés-autrement… et il pensait que la victime, c'était *lui* ?

— Suis-je supposée être le *on* en question ? fit sèchement Io.

L'adrénaline pulsait dans ses veines ; elle prit son courage à deux mains et tourna les yeux vers le né-phobos.

— Je suis une trancheuse. Je dois payer un supplément pour habiter dans mon immeuble à cause du danger que je représente. On m'a refusé deux fois ma licence de détective privée sous prétexte que mes pouvoirs étaient une *menace*. Vous occupez, vous, un poste dont la plupart des nés-autrement peuvent à peine rêver, vous buvez le café avec le futur maire et vous portez un costume qui doit coûter un mois de mon loyer. C'est sans doute difficile pour nous tous, mais ça…

Elle montra la vaisselle en porcelaine, les invités bien habillés, la jolie véranda.

— … ça représente une protection à laquelle peu d'entre nous peuvent prétendre. Pensez-y la prochaine fois que vous demanderez pardon à quelqu'un que vous avez agressé dans une allée sombre.

Au cours du silence qui suivit, Io put compter les battements de son cœur. Chronométrer sa respiration. Un insecte bourdonnait tout près d'elle et des voitures passaient à toute vitesse dans la rue d'Hanovre. Aris avait détourné le regard, mais elle refusa de l'imiter. La honte du né-phobos la galvanisait ; elle s'en abreuva comme une terre assoiffée.

— C'est *ça*, dit Saint-Yves, brisant le silence. C'est exactement le point de vue dont nous avons besoin.

— Je te l'avais dit, déclara fièrement Thais.

— Pour que l'Initiative soit un succès, nous devons nous attaquer au problème des inégalités, enchaîna son fiancé d'une voix d'homme d'affaires pragmatique. Thais avait raison : vous êtes la personne qu'il nous faut. Une trancheuse du Marais, une détective privée avec une forte conscience sociale.

— Tu pourrais les convaincre de la nécessité d'un nouveau corps de police. Attirer leur attention sur la transparence et la justice que garantirait une force de nés-autrement, ajouta Thais.

— Et, renchérit Saint-Yves en adressant à Io un de ses spectaculaires sourires, nous serions ravis que vous soyez notre demoiselle d'honneur. Notre mariage sera une excellente occasion de partager notre expérience de l'assimilation.

— Je suis impatiente d'organiser ça, fit Marie avec un petit rire bête.

Io en resta bouche bée. Tous souriaient, décontractés et pleins d'espoir. Ils trouvaient complètement normal de lui présenter des excuses, de lui faire un sermon sur le thème de l'égalité, de lui offrir un job et de planifier un mariage – tout ça en moins de cinq minutes. Ils semblaient tellement confiants, comme s'il était inimaginable qu'elle refuse. Comme si elle était déjà l'une des leurs.

Elle se tortilla sur son siège, très mal à l'aise. Cette discussion était complètement tordue. Elle avait l'impression d'être mise à l'épreuve. Qu'ils avaient absorbé sa colère légitime pour la tourner à leur avantage, la transformer en une énergie qu'ils pourraient *utiliser* lors de leur campagne. Égalité sociale, progrès, moralité…, elle connaissait ça par cœur. Combien de fois avait-elle entendu Thais défendre ces mêmes idéaux ? Ils lui avaient paru nobles, autrefois ; désormais, ils lui semblaient juste naïfs.

Elle entendit Edei la mettre en garde : *Au premier signe de danger, tu te barres de là.*

Ce dernier n'allait plus tarder à sortir du travail pour aller la retrouver. Il avait promis de l'aider. Le seul fait d'y penser apaisa Io.

— Il se fait tard, dit-elle finalement en regardant ses mains. Je devrais rentrer.

Sa sœur tendit le bras au-dessus de la table, bousculant les tasses et froissant la nappe en lin.

— Attends, Io. Ne pars pas.

Celle-ci se figea, incapable, comme toujours, de résister à sa sœur.

Thais se tourna vers son fiancé.

— Io a trouvé des preuves liant l'Initiative aux étrangleuses du Marais. Leurs dossiers ont été effacés des registres publics. Elles faisaient partie de nos volontaires et leurs victimes étaient des gens que tu as poursuivis en tant que procureur. Ma sœur pense que tu es dangereux, Luc, et je refuse de la laisser partir avant que tu lui aies prouvé le contraire.

Le silence qui suivit fut effrayant. Le poids de quatre paires d'yeux incrédules s'abattit sur Io. Elle n'arrivait pas à croire que sa sœur ait fait ça, alors que c'était tellement *elle* – droit devant, sans pitié, rien à foutre.

Saint-Yves se frotta le menton.

— Nous sommes au courant du lien qui existe entre ces femmes et l'Initiative. Aris est en train de se renseigner à ce propos. Actuellement, notre intuition est que quelqu'un a ciblé ces femmes précisément parce qu'elles avaient travaillé pour nous. J'ai pris la décision de soustraire les nés-autrement des registres publics car je savais que ces meurtres susciteraient de la violence à leur encontre, et plus particulièrement envers les trancheuses. Même chose concernant les victimes que j'ai poursuivies autrefois – je savais que ça pourrait être mal interprété. J'ai perdu quantité de procès contre les membres des gangs du Marais. Si j'envoyais des assassins tuer chacun d'eux, ce serait un carnage dans les rues d'Alante.

Ce dernier argument ressemblait à un étalage de son pouvoir, et Io n'aimait pas beaucoup ça.

— Bianca Rossi vous a embauchée, n'est-ce pas ? enchaîna Saint-Yves. Vous a-t-elle dit que j'avais essayé de travailler avec elle ? Je ne suis pas stupide ; je sais ce qu'elle représente pour le Marais. L'héroïne qui a mis fin aux Émeutes de la nuit sans lunes…

Il avait dit cela avec admiration, ce qui la surprit.

— Je sais que si je la renverse, je perds le Marais, et que si je perds le Marais, je perds les nés-autrement. C'est pour ça qu'il y a trois mois, j'ai pris contact avec elle pour lui proposer d'officialiser son pouvoir sur le quartier – un siège dans mon conseil municipal, le titre de membre fondateur de l'Initiative, à condition qu'elle respecte nos règles. Vous savez ce qu'elle m'a répondu ? *À quoi bon être conseillère municipale quand on est déjà reine ?*

« Je ne suis pas responsable de ces meurtres. Au contraire, je suis impliqué dans la recherche des responsables. Tellement impliqué que j'ai décidé de ne pas poursuivre ceux qui se sont introduits dans mon bureau l'autre jour, ont assisté à mon meeting sans y être invités et sont probablement entrés illégalement dans le quartier de la Colline, car je pense qu'ils peuvent contribuer à découvrir la vérité.

Il la menaçait. Il la menaçait clairement.

Si c'était arrivé une semaine plus tôt, Io aurait été impressionnée ; elle aurait cherché la sortie la plus proche et détalé sans demander son reste. Après tout, Saint-Yves était l'homme le plus puissant d'Alante, et il venait de la défier explicitement. Mais elle était sortie indemne d'un combat contre une damnée. Elle avait résisté à la terreur provoquée par un né-phobos et aux manipulations des Neuf. Elle avait été poursuivie dans la vase et s'était fait tirer dessus. Elle avait tenu tête à la reine de la pègre en personne et, contre toute attente, elle avait tenu bon.

Car seuls comptaient ces femmes, leurs victimes et le cerveau qui se cachait derrière tout ça.

Elle regarda Saint-Yves dans les yeux et laissa la Toile se déployer. Elle vit sa silhouette s'orner de lignes argentées. Un solide et brillant fil d'amour le reliait à Thais, mais ce n'est pas ce qu'Io cherchait : elle n'avait d'autre but, en utilisant son pouvoir, que de l'impressionner.

Désormais, Saint-Yves pouvait voir les reflets argentés de ses iris. Il réalisait qu'elle n'était pas faible et sans défense. Qu'elle ne se laisserait pas impressionner. Qu'elle était une trancheuse. Une lame invisible. Une faucheuse de destins.

— Arrête, lui ordonna Thais.

Son intervention la brûla comme une gifle. La Toile s'effaça et elle les vit tous reculer, sauf sa sœur. Aris était presque levé.

— Je me fiche que tu le croies innocent ou pas, Io, continua Thais d'une voix neutre. Luc est un homme bon. Tous les membres de notre équipe sont des gens bien. Tu peux contribuer à notre cause. Les informations que t'ont fournies les Neuf peuvent nous aider à mettre fin à ces meurtres. Tu peux nous faire confiance, ma sœur. Tu peux *me* faire confiance.

Io sentit son cœur s'emballer. Elle n'était plus une enfant prête à tout pour satisfaire les caprices de sa grande sœur. Certaines des explications de Saint-Yves étaient convaincantes, mais elles n'avaient pas apaisé ses soupçons. Sa visite à la maison des Neuf n'avait pas été seulement instructive ; elle avait déplacé l'axe même de son monde. Les Neuf avaient utilisé Horacio pour tuer les femmes qui étaient ensuite devenues des damnées, et le responsable connaissait suffisamment les nées-muse pour échapper à leurs pouvoirs. Mais il y avait surtout ces douzaines de portraits d'elle, son fil d'argent à la main, devant un monde en feu. Au plus profond de son âme, Io savait qu'elle ne pouvait partager cette information-là avec personne dans cette pièce, jusqu'à ce qu'elle en ait compris la signification. Elle pourrait peut-être accorder de nouveau sa confiance à Thais un jour, mais il était trop tôt.

— Je suis désolée, dit-elle, fière que sa voix ne tremble pas. Je ne peux pas.

Un léger trouble traversa le regard de Thais.

— D'accord. Je comprends.

— Thais ! intervint Lefteriou.

— Non, Aris. Ma sœur est la meilleure dans son domaine. Si elle pense qu'elle doit résoudre cette affaire seule, tu peux être sûr qu'elle y arrivera.

Cette fois, Io ne put endiguer le flux d'émotions qui la submergea. Son soulagement était si fort qu'elle eut l'impression de respirer pour la première fois depuis des années. *Merci*, voulut-elle dire, mais elle était tellement émue qu'elle se contenta de hocher la tête.

— C'est d'accord, Luc ? insista Thais.

Saint-Yves lui prit la main.

— Naturellement. Réfléchissez à notre offre, Io. Nous serions honorés de vous compter parmi nous.

Thais, tout sourire, embrassa tendrement la joue de son fiancé et Io ne put s'empêcher de penser : *Et si ce n'était pas lui qui l'avait séduite avec ses projets extravagants, mais le contraire ?* Elle se souvenait clairement les nuits sans sommeil que sa sœur passait enfermée dans sa chambre à tisser des fils, fibre après fibre, pour se faire apprécier d'un ami de Thomas Mutton ou des galeristes de Malena Silnova. Un jour, Io, naïve, l'avait interrogée à ce sujet ; la crise qui avait suivi avait été phénoménale. Atteinte à la vie privée, trahison – comment Io pouvait-elle croire sa sœur aussi malfaisante ? Le fait qu'elle ait eu raison n'avait eu aucune incidence sur la discussion.

Et si Thais était en train de recommencer ? On aurait dit qu'elle *influençait* Saint-Yves – et si ce n'était pas un véritable amour, mais un lien qu'elle avait délibérément tissé ?

L'effroi conduisit Io dans la Toile. Elle se concentra sur l'espace autour de la poitrine de sa sœur. Les jeunes fils d'une tisseuse ressemblaient aux tiges d'une fleur ou aux racines d'un arbre : ils poussaient lentement vers l'extérieur, cherchant un autre corps. Mais il n'y avait aucun fil libre autour de Thais. Elle n'était pas en train de tisser. Elle était vraiment amoureuse, réellement investie dans l'Initiative et dans ce mariage. Io en fut un peu déçue.

C'est alors qu'elle repéra un mouvement dans la Toile, du côté du jardin, sur la gauche. Une traînée lumineuse le long du muret, vive comme l'éclair. Un fil unique ne conduisant nulle part.

*Non. C'est impossible.*

Comment la damnée l'avait-elle retrouvée ?

Elle bondit sur ses pieds, faisant perdre l'équilibre aux occupants du banc.

— Attention !

Mais il était déjà trop tard.

Les mouvements de la damnée étaient trop vifs. À peine eut-elle franchi la clôture tel un gros chat qu'elle était déjà sous la véranda, un bras autour de Saint-Yves qu'elle entraîna au sol avec elle. Le temps se fractionna en images saccadées : Saint-Yves bouche bée, le souffle coupé ; Thais bondissant sur la damnée ; les trois corps roulant sur les dalles de marbre ; Raina envoyant un coup de coude à Thais et se redressant au-dessus de Saint-Yves. Io sauta par-dessus la table, attrapa le bout de fil tranché de la damnée et tira de toutes ses forces. La femme poussa un cri et tomba en arrière. Étendu au sol, le commissaire peinait à s'oxygéner.

La damnée se jeta sur Io, solide comme un roc. Son premier coup lui coupa le souffle, le second percuta ses dents. Io ne se souvenait pas être tombée mais soudain, elle était à genoux et la damnée, derrière elle, l'étranglait.

— *Io !*

Elle entendit le cri de terreur de sa sœur, puis un grand *crac*. De la porcelaine vola de partout et la cafetière heurta la damnée à la tête. Thais se précipita sur Raina et elles tombèrent à la renverse, heurtant le marbre et le bois, écrasant les morceaux de porcelaine sous leurs corps.

Io se concentra, tous les sens en alerte. Le fil de la tueuse était toujours entre ses doigts. Thais était sur elle, essayant d'empêcher ses mains d'atteindre son visage, mais elle ne tiendrait pas longtemps – Raina possédait une force surhumaine.

— Arrête, dit Io d'une voix faible et rocailleuse. Je peux t'aider, Raina. Je peux te sauver.

Cette dernière renversa brutalement Thais et lui écrasa la poitrine avec son genou.

— Vas-y ! criait celle-ci. Io, vas-y !

— Raina, attends, supplia Io. Recule. Je peux t'aider.

— *Io !* hurla Thais quand la damnée approcha ses ongles acérés de son cou nu. *Je t'en prie…*

C'est la panique de sa sœur qui convainquit Io de trancher.

# Chapitre 26

# UN OBJET CUIVRÉ

**IO DISSIMULA LE CORPS** sous la nappe en lin fleurie couverte de taches de café. Les débris de porcelaine craquaient sous ses pieds. Le plateau de revani avait été renversé sur la pelouse ; des mouches bourdonnaient autour des morceaux sirupeux. L'un des pieds de la damnée dépassait, couvert de terre, ainsi que sa main gauche striée de veines violettes gonflées.

À ses doigts brillait telle une flamme un objet cuivré. Io s'en empara d'un geste vif : c'était le poing américain des Fortuna, l'arme tristement célèbre de Bianca Rossi. Elle jeta un coup d'œil par-dessus son épaule ; les autres s'occupaient de Saint-Yves à l'intérieur.

— Io ? appela Thais.

Io sursauta et fourra rapidement l'arme de poing dans une des poches de son pantalon cargo. Si le commissaire la trouvait sur cette mystérieuse femme qui venait d'attenter à sa vie, ses soupçons se porteraient sur les Fortuna. Sur Bianca Rossi, bien sûr, mais aussi sur Edei, Nico, Chimdi, et même Ava. Une alarme s'était déclenchée dans son esprit : *danger, danger, danger.*

Elle en était toujours au même point, avec un corps à ses pieds, un décès qu'elle avait provoqué, un mystère irrésolu, les gens qu'elle aimait en danger – et elle ne comprenait pas pourquoi. Elle se sentait confuse, elle avait le vertige et l'impression qu'à chaque inspiration, une balle lui trouait la peau.

Thais apparut dans son champ de vision, les bras et les jambes entaillés de coupures.

— Allez, allez, fit sa sœur en lui prenant les joues. Ça recommence, hein ? La panique te submerge ? Inspire, expire. C'est juste une passerelle à traverser, ma chérie. Je t'attends de l'autre côté. Un pied après l'autre, rejoins-moi.

Io s'efforça de retrouver son calme. Elle était redevenue une petite fille sur un pont suspendu, tétanisée, et Thais l'être qui lui était le plus cher, la seule personne capable de l'arracher à sa frayeur.

— J'aurais pu la sauver, j'aurais pu l'arrêter, articula Io malgré sa poitrine serrée.

Si elle n'avait pas tranché le fil de Raina, elle aurait obtenu les réponses dont elle avait si désespérément besoin.

— Tu as essayé, lui répondit Thais. Elle a refusé de t'écouter. Elle nous aurait tués, Luc et moi. Je ne peux pas t'assurer que tu as fait le bon choix – toi seule le peux – mais je vais te dire une chose : tu n'es pas mauvaise, petite sœur.

Io pressa ses doigts sur ses tempes pour retenir les larmes qui s'amassaient dans ses yeux. Sa sœur passa un bras autour de ses épaules et posa le menton sur sa tête. Il s'agissait d'un réconfort fugace qui n'effacerait aucune de ses fautes, Io le savait, mais en cet instant Thais l'aimait, la consolait et ne lui reprochait rien. Elle grimpa donc sur la passerelle et retrouva son chemin jusqu'à la maison.

Lorsque les ombres s'épaissirent sur le gazon, Thais l'entraîna à l'intérieur. Saint-Yves était assis sur une chaise de la cuisine ; un médecin soignait les blessures de son cou. Les deux filles étaient parties, mais Aris Lefteriou était en train de discuter avec trois policiers qui ne tardèrent pas à sortir sur la véranda, probablement pour s'occuper du cadavre.

Saint-Yves prit la parole d'une voix enrouée et triste, le regard fixé durement sur Io.

— Je suggère que vous revoyiez vos priorités, Io.

Thais tourna vivement la tête vers lui.

— Qu'est-ce que tu racontes ? Elle t'a sauvé la…

— Mon amour, penses-tu que cette femme ait réussi par hasard à entrer dans le quartier – dans notre communauté protégée et sécurisée – la veille des élections ? Après une série de meurtres insensés et frénétiques, le commissaire de police est retrouvé mort dans sa propre maison, assassiné par une née-autrement d'un genre inconnu… Tu imagines ? Tout ce pour quoi nous nous sommes battus serait fichu. Toute la ville, civils et nés-autrement confondus, retomberait dans ses vieux travers violents, et l'on assisterait à de nouvelles Émeutes de la nuit sans lunes.

À chaque mot, le ton de sa voix durcissait.

— Celui qui a envoyé cette tueuse à gages préparait son coup depuis longtemps.

*Des tueuses à gages ?* Les damnées n'étaient donc que cela ? Des meurtrières chargées d'abattre le commissaire de police la veille de son élection à la mairie dans le but de provoquer une nouvelle flambée de violence ? Io avait du mal à l'admettre, mais cela faisait sens.

Chargées par qui, cependant ?

La réponse la frappa, rapide et claire. Io s'installa dans la cuisine, hyper consciente de ses jambes étendues avec désinvolture, de ses épaules rentrées, de sa main au fond de la poche de son pantalon et du contact froid du poing américain en cuivre de Bianca Rossi. *Calme-toi, ne laisse rien paraître, Thais ne doit pas percevoir ton inquiétude.* Sa sœur avait toujours été très douée pour la percer à jour.

Par chance, son aînée était trop irritée par les paroles de son fiancé ; elle serrait les lèvres, prête à exploser.

— Io va y arriver, conclut-elle. Et quand elle aura trouvé, on sera les premiers au courant.

Edei serait là dans quelques minutes, maintenant. Le café était désert. Amos était en train de lire tout en mangeant une tranche de pain aux fruits secs ; Io essayait de mettre de l'ordre dans ses pensées, le visage appuyé sur ses poings et le regard dans le vague. Ava avait mis de la musique à l'étage, mais ses fils étaient complètement immobiles – elle avait dû s'endormir. Io en était soulagée car elle préférait ne pas la voir. Qu'aurait-elle pu lui dire ? *Je crois que ta petite amie a envoyé une damnée assassiner le fiancé de notre sœur ?*

Décidément, ces meurtres étaient incompréhensibles. Les damnées affirmaient tuer au nom de la justice ; leur main était guidée par quelqu'un de suffisamment puissant pour échapper aux pouvoirs des Neuf. Le premier suspect d'Io, Horacio, s'était révélé être une nouvelle victime, punie pour son implication dans l'enlèvement des damnées durant les Émeutes. Le second suspect, Saint-Yves, avait effacé l'identité des damnées des registres publics et échoué autrefois à faire condamner les victimes. Lui aussi pouvait être écarté de la liste : d'abord parce qu'il semblait respectueux du système judiciaire, ensuite parce qu'il avait proposé un partenariat à Bianca Rossi, et enfin, et c'était là le plus important, parce que Raina avait tenté de le tuer. Cette attaque aurait pu être une ruse, mais c'était peu probable.

Saint-Yves avait vraiment frôlé la mort, aujourd'hui ; sa peur avait été trop sincère pour être feinte.

Le troisième suspect d'Io était… Dieux, elle ne parvenait même pas à y penser sans frissonner. *Bianca Rossi.* La reine de la pègre avait fait appel à elle pour résoudre ces crimes et mis un terme à l'enquête au moment où les soupçons s'étaient concentrés sur son plus puissant ennemi. Quelques heures plus tard, une damnée était envoyée pour tuer Saint-Yves, affublée du poing américain des Fortuna. Quelle victoire ce serait pour la reine du Marais si elle démontrait que le commissaire de police était responsable des étranglements et rétablissait l'ordre aussitôt après…

Ce qu'Io ne comprenait pas, cependant, c'étaient les damnées. Ces femmes possédaient une force surnaturelle et le danger qu'elles représentaient avait été attesté par les artistes des Neuf à l'époque des Émeutes. Mais qui les avait transformées en damnées, et comment ? On les utilisait, on les manipulait, on en faisait des monstres – et Io semblait être la seule à s'en soucier.

Quant aux Émeutes de la nuit sans lunes… Lorsque Saint-Yves avait évoqué ce carnage, Io avait vu s'éclairer les allées les plus obscures de sa propre conscience. Elle ne cessait de penser à cette insurrection ; l'écho furieux du passé la hantait. Les principaux acteurs des crimes d'aujourd'hui étaient connectés au drame qui avait eu lieu douze ans plus tôt : les damnées et Horacio, les Neuf avec leurs avertissements mystiques. La reine du Marais.

Elle devait absolument découvrir ce qui s'était passé à l'époque. Fini les légendes et les histoires sans queue ni tête. Elle avait un plan – elle espérait juste qu'Edei avait été sincère quand il lui avait dit : *Tout ce que tu veux. Je suis avec toi.*

L'horloge du café indiquait vingt heures dix. Elle se tourna vers la rue déserte. Il aurait dû être là, à présent.

— Qui tu attends, comme ça ? lui demanda Amos quelques minutes plus tard.

— Edei Rhuna. Il est censé m'aider sur une enquête et il est en retard.

— Accorde-lui quelques minutes. Le temps est en train de changer.

Le vent s'était levé, soulevant les détritus qui traînaient dans la rue. L'eau de mer commençait à couler sur les pavés. Amos devrait bientôt abaisser son rideau pour protéger sa boutique de la marée.

Vingt heures quinze...

Ils se turent un moment, puis Amos fit glisser devant elle un morceau de pain aux raisins dont l'odeur rappela à Io son enfance. Quand elle allait prendre le café chez leurs voisins, sa mère avait l'habitude de rapporter des fruits de leur jardin et préparait du pain aux raisins qu'elle servait à ses filles avec de la tisane à la camomille les jours de pluie. Elle était convaincue que ça les protégerait des grippes de l'hiver. Io prit un morceau de pain et regarda l'horloge ; en mâcha une bouchée et regarda l'horloge ; l'avala et regarda l'horloge.

Vingt heures vingt...

— Tu me stresses, s'exclama Amos. Si tu as besoin d'Edei Rhuna et qu'il n'est pas là, pourquoi tu ne vas pas le trouver ?

— Et s'il avait changé d'avis et décidé de ne plus m'aider ? murmura-t-elle, se laissant aller à l'auto-apitoiement.

Amos sourit bêtement.

— Io, ce mec te regarde comme si tu étais le soleil personnifié. Je doute qu'il t'abandonne maintenant qu'il a réussi à attirer ton attention.

Elle tressaillit.

— Quoi ? Quand ?

Ils ne s'étaient jamais trouvés ensemble dans la même pièce qu'Amos, pour autant qu'elle puisse s'en souvenir.

Amos rougit et commença à tripoter sa caisse enregistreuse.

— C'est arrivé plusieurs fois. Quand il entre dans le café et que tu es là, toi aussi, on dirait qu'il a l'intention de te parler mais tu pars tout le temps avant qu'il ait eu le temps de traverser la pièce. Il ressent un truc pour toi, c'est évident.

Io retint sa respiration. Cela n'avait rien d'*évident* ! Elle avait senti son fil du destin vibrer plusieurs fois dans le café d'Amos, mais elle s'était toujours débrouillée pour l'ignorer ; elle avait baissé la tête et fichu le camp. L'idée que son promis puisse l'avoir approchée *intentionnellement* ne l'avait jamais effleurée. Est-ce qu'Edei ressentait vraiment *un truc* pour elle ? Ou bien n'était-ce qu'un délire d'Amos, qui était un rêveur notoire ?

— Ça *pourrait* être une coïncidence, et je suis *sans doute* un peu trop curieux, continua Amos. Je pense simplement que s'il t'a promis qu'il viendrait, il viendra, tu vois ?

Io sentit ses joues devenir toutes chaudes. Puis les paroles d'Amos firent leur chemin dans son esprit. Peu importait les sentiments d'Edei, c'était un homme de parole. Son retard signifiait donc qu'il avait eu un empêchement. Et si Bianca avait découvert qu'il désobéissait à ses ordres ? Qu'il cherchait des réponses qu'elle souhaitait garder cachées ? L'inquiétude s'empara d'Io ; l'instant d'après, elle était dans la Toile et l'éclat argenté de son fil du destin illumina le café faiblement éclairé.

L'horloge annonça vingt heures vingt-cinq. Elle se leva si vite qu'elle en eut un vertige. À moitié aveugle, elle protégea son nez à l'aide d'un foulard et ouvrit vivement la porte contre le vent qui forcissait. Son fil rayonnait entre ses doigts, lui indiquant son chemin jusqu'à Edei.

La marée lui arrivait jusqu'aux pieds, trempant les bottines à lacets d'Ava. Le vent lui fouettait les joues et se glissait à travers les mailles de son pull. Io se tenait devant le perron d'un grand bâtiment, glacée, nerveuse et hésitante.

L'atelier de couture, comme l'appelaient les gens d'ici, était l'hôpital du quartier, une immense bâtisse dotée d'un générateur autonome et d'eau potable. Dans la mesure où c'était le seul hôpital du Marais, c'était probablement ici qu'exerçait la petite amie d'Edei. Il n'y avait peut-être aucune urgence ; Edei était sans doute passé la voir pendant sa pause. Tout simplement.

Io ignorait si elle supporterait de les voir tous les deux. À plusieurs reprises, ces jours derniers, l'espoir avait commencé à germer dans sa poitrine.

Tous ces petits moments qu'elle avait partagés avec lui, la tendresse, les mauvaises blagues, leurs corps enlacés dans la cellule de couchage exiguë. L'intensité de son regard quand il disait : *Tout ce que tu veux. Je suis avec toi.* Et maintenant, la révélation d'Amos. Était-il possible qu'Edei soit vraiment *attiré* par elle ? Elle ne pouvait y penser sans ressentir de la gêne.

*Reprends-toi, Io. Il a une copine.*

Elle se fraya un chemin parmi les employés manœuvrant les volets anti-marée et suivit le fil d'Edei jusqu'à une porte du deuxième étage. Elle frappa et se tint prête. Elle y arriverait, se dit-elle, car elle ne pouvait perdre ce qui ne lui avait jamais appartenu.

Edei entrouvrit le battant, fronça les sourcils et consulta immédiatement sa montre.

— Merde, Io, je suis désolé. J'ai oublié. Les choses se sont…

Au lieu de lui expliquer, il ouvrit grand la porte. Chimdi était assise sur le lit, son bras relevé au niveau de son épaule, tandis que Samiya, en blouse blanche de médecin, suturait une entaille à son côté. Nico était assis par terre, les jambes étalées devant lui, le nez tellement enflé que sa figure semblait déformée.

— Qu'est-ce qui s'est passé ? demanda Io.

Edei l'attira à l'intérieur et referma derrière elle.

— Les flics. La nuit dernière, Chimdi et Nico ont été surpris en train de filer le commissaire et ont été arrêtés. Ils ont passé la journée en cellule au commissariat. On les a laissés partir il y a une heure après les avoir tabassés.

— On ne pouvait pas prévenir Bianca, expliqua Chimdi. *Ni amants, ni sangsues, ni flingues* – tu sais comment ça marche. Ça aurait été ma seconde faute et la troisième pour Nico. Qui sait quel châtiment elle aurait inventé, cette fois-ci.

Ce n'était pas ce qui inquiétait Io, cependant. À peine une heure plus tôt, elle avait mangé du revani avec ceux qui avaient fait arrêter Nico et Chimdi. Était-ce leur interrogatoire qui avait mis Saint-Yves en retard ?

— C'est Saint-Yves qui vous a fait ça ?

— Il nous a posé des questions. Nous n'avons pas répondu, évidemment, répondit Nico. Les flics ont attendu qu'il soit parti avant de nous cogner pour en savoir plus.

— Malheureusement pour nous, ajouta Chimdi, nous ne sommes pas des mouchards.

— D'où les points de suture, précisa Nico.

— Que voulaient-ils savoir ?

— Qu'est-ce que tu crois ? répondit Chimdi entre ses dents serrées alors que Samiya plantait son aiguille dans sa peau. Pourquoi on suivait Saint-Yves. Ce que Bianca préparait. Ils avaient l'air de savoir exactement qui on était et ce qu'on cherchait. On dirait que Saint-Yves a un problème personnel avec le gang.

Samiya les fusilla du regard.

— Vous n'arrêtez pas de critiquer son grand projet maléfique, dit-elle, sarcastique. Moi, je l'ai rencontré. Il prend le temps de faire la connaissance de chacun des membres de l'Initiative. Il a déjà fait avancer ma demande de statut de résidente. Ce n'est pas un monstre, j'en suis certaine.

— Mon nez ne peut pas être de ton avis, dit Nico. Quelle est la prochaine étape, Io ? Edei nous a raconté et on est avec toi. Quoi qu'il arrive. Faisons tomber ce connard.

Io se lécha les lèvres.

— Je… Mon objectif était d'attraper Raina, la nouvelle damnée. Pour l'interroger et découvrir qui la manipulait. Mais je suis allée rendre visite à ma sœur aînée, Thais, tout à l'heure. Et j'ai fini par prendre le café avec Saint-Yves en personne. Et le né-phobos. Au moment où j'allais partir, la damnée a attaqué Saint-Yves et j'ai dû…

Sa voix s'éteignit ; elle dut fermer les yeux pour ne pas voir l'image du corps de Raina étendu sous la nappe fleurie.

— Pourquoi sa propre damnée l'attaquerait-elle ? demanda Chimdi.

C'était l'instant de vérité.

— Dans la main de la damnée, j'ai trouvé *ça*.

Quatre paires d'yeux se posèrent sur le poing américain qu'elle sortit de sa poche.

— Qu'est-ce que tu insinues, Io ? fit Edei d'une voix tranchante.

— Je n'insinue rien du tout. Je dis juste qu'il faut qu'on s'intéresse à ce poing américain.

— Non, Io. Si tu as trouvé ce truc sur la damnée, c'est parce que quelqu'un le lui a mis entre les mains. Je sélectionne moi-même les membres du gang. Les gens qui portent ces poings américains, je leur confierais ma vie. Ils n'ont rien à voir avec les damnées.

— Tu les choisis toi-même, dit Io, mais *quelqu'un* t'a choisi, toi.

Le visage d'Edei se ferma. Ses épaules se tendirent. D'un léger signe de tête, il invita Io à le suivre dans une petite pièce attenante, unc buanderie réservée au personnel soignant qui sentait l'ammoniaque, le linge frais et le propre.

— Tu n'accuses pas sérieusement Bianca, si ? lui demanda-t-il après avoir refermé la porte. Quelle raison aurait-elle d'envoyer une damnée tuer Saint-Yves ?

— Elle met fin à notre enquête au moment où on commence à soupçonner le commissaire et, quelques heures plus tard, il est attaqué chez lui par une damnée armée du poing américain des Fortuna. C'est une démonstration de force qu'elle veut que tout le monde voie. Et ce serait bien commode de faire porter le chapeau à Saint-Yves, non ?

— Comment ça, commode ? Qu'est-ce que ça lui apporterait ?

— Le pouvoir. C'est la reine du Marais, Edei.

— Et alors ? Tu es une trancheuse. T'ai-je déjà accusée de couper des fils ?

C'était un coup bas.

— Ne me compare pas à elle.

— Tu l'accuses parce que tu *veux* que ce soit elle la méchante.

— Elle *est* la méchante ! Elle a fait du mal au parrain de la pègre qui l'a précédé. Elle a fait du mal aux gangs qui se sont opposés à elle. Elle a menacé de me faire du mal, à moi, il y a quelques heures à peine, parce que j'avais osé la contredire.

La poitrine d'Io se soulevait nerveusement.

— S'il y a la moindre chance qu'elle soit derrière ces meurtres, est-ce qu'on ne doit pas au moins essayer d'en savoir plus ?

— Elle n'est pas responsable et nous ne ferons rien.

— Que t'a-t-elle raconté au sujet des Émeutes ?

— Rien du tout. Elle n'aime pas en parler.

— Tu t'es déjà demandé pourquoi ?

— C'est le pire souvenir de sa vie, Io, le pire souvenir de tous les habitants du Marais.

— Mais que s'est-il passé, précisément ? J'ai la conviction que la réponse à cette question est la clé de ces meurtres. Tu m'as demandé de te faire confiance…

Elle entendait sa voix faiblir, *implorer*, mais elle ne pouvait l'en empêcher.

— Maintenant, c'est moi qui te demande de me faire confiance. J'ai besoin d'entrer dans son appartement pour enquêter sur son passé et son rapport avec les victimes.

— Non, trancha-t-il, implacable.

Elle eut l'impression de recevoir un coup de poing dans l'estomac et sa voix se brisa :

— Non ?

— Tu as tout faux, Io. Ce n'est pas elle. Elle ne ferait pas ça.

Sans un mot de plus, il sortit de la pièce, furieux, et fit claquer la porte derrière lui.

# Chapitre 27

# LA SEULE CHOSE QU'IL T'APPARTIENT DE DONNER ET DE RECEVOIR

**Io voulut le suivre** mais il était déjà sorti de la salle de soins. Chimdi et Nico lui emboîtèrent le pas, ce dernier avec un regard désolé pour Io qui se retrouva seule devant la porte en train de battre, à peine consciente de la présence de Samiya dans son dos.

Elle avait été naïve. Edei ne pouvait que prendre le parti de sa patronne. Il était clair qu'il l'admirait, qu'il l'aimait. Il était la loyauté incarnée et était probablement parti l'informer des soupçons d'Io. Si celle-ci avait eu un instant l'avantage, ce n'était plus le cas. Elle avait peur, elle était en colère et déçue, mais surtout, elle avait du chagrin. Elle avait espéré que la promesse de son fil du destin se réaliserait enfin. Qu'Edei se comporterait comme s'il l'avait toujours connue, qu'il la prendrait dans ses bras et lui dirait qu'il la soutiendrait, quoi qu'il arrive. Qu'il la regarderait comme si elle était son soleil. Dieux, qu'elle se sentait ridicule.

— Tes côtes ont l'air salement amochées, lui dit Samiya. Laisse-moi regarder ça.

Io n'eut pas la force de refuser et se laissa conduire jusqu'à la table de soins. La Sumazi lui ôta son pull et son tee-shirt, puis palpa ses blessures avec précaution. Elle avait la même odeur que son appartement, linge propre et thé noir. Sa peau était plus claire que celle d'Edei et mouchetée de taches de rousseur qui mettaient en valeur son regard brillant et ses lèvres en forme de cœur. Io détourna les yeux pour ne pas la mettre mal à l'aise.

— Ça ne m'a pas l'air si grave, conclut Samiya.

Quand elle toucha un point particulièrement sensible, cependant, Io ne put s'empêcher d'inspirer brusquement.

— Ça va faire un peu mal, expliqua Samiya. Ne bouge pas.

Elle ferma les yeux et fit tourner ses doigts lentement autour de la blessure. Io sentit son corps la picoter ; une chaleur apaisante l'envahit. Tel était le pouvoir des nés-horus, héritiers des quatre fils d'Horus, les dieux sumazi du Corps et de la Momification : réparer la chair, accélérer sa guérison.

*SNAP !*

Io poussa un cri de surprise. La douleur lui coupa le souffle.

— Dieux…

— Je suis désolée. Tu avais une côte cassée et j'ai dû la réparer. Un peu de glace et des anti-inflammatoires deux fois par jour devraient t'aider à supporter la douleur, lui expliqua Samiya en lui tapotant la cuisse. As-tu besoin d'une prescription ?

Io avait la respiration tremblante, tant elle souffrait.

— Oui, s'il te plaît.

La doctoresse lui adressa un regard curieux.

— Edei t'a-t-il raconté comment il en était venu à travailler pour Bianca Rossi ?

— Non.

Elle fouilla dans un tiroir et en sortit un flacon de pilules.

— Quand nous sommes arrivés à Alante, on a dû accepter n'importe quel travail pour pouvoir payer notre loyer. Je m'occupais d'un couple de gens âgés et il travaillait dans le bâtiment. Un soir, il est rentré salement amoché. Ses collègues n'étaient pas fans des Sumazi. Ils prétendaient qu'on leur piquait leur travail. Si je n'avais pas été née-horus, son genou n'aurait jamais guéri correctement. Le lendemain, il est retourné sur le chantier et a travaillé comme si de rien n'était. Son boss l'a convoqué.

— Aïe, fit Io.

— C'est ce que j'ai pensé, moi aussi. Son boss lui a demandé pourquoi il n'avait pas pris une masse pour rendre la monnaie de leur pièce à ses agresseurs. Edei lui a répondu qu'il ne voulait pas risquer nos permis de séjour pour une histoire de vengeance. Il lui a expliqué que la violence n'était pas une solution. Le soir même, les gars qui l'avaient tabassé ont été virés et Edei a été promu. Son nouveau job consistait à surveiller tous les chantiers du Marais afin que ce genre de situation ne se reproduise pas.

Io regarda ses mains.

— Et son boss était Bianca Rossi.

— Oui.

Io connaissait ces histoires par cœur. Depuis que Bianca avait pris le pouvoir dans le Marais, le quartier s'était doté, si ce n'est de lois, au moins de principes. La reine de la pègre avait rétabli un semblant d'ordre : elle empêchait les gangs de racketter les passants aux passerelles, elle éloignait les persécuteurs, menaçait les commerçants qui sous-payaient les nés-autrement. Elle avait rendu le quartier un peu plus sûr – mais à quoi cela rimait-il quand le plus grand danger était Bianca elle-même ?

— Edei a réalisé très vite que ce genre de boulot n'était pas fait pour lui, poursuivit Samiya. Il a essayé de réformer les Fortuna autant qu'il a pu, mais beaucoup de choses échappaient à son contrôle. S'il reste avec Bianca, c'est parce qu'elle a les moyens de soutenir sa demande de carte de résident, et la mienne. Il a beaucoup sacrifié pour nous permettre de vivre à Alante.

Son visage exprimait une colère muette et Io se souvint qu'en tant que médecin, elle avait continué à aider des femmes à avorter même quand sa vie avait été menacée. Qu'elle soignait son petit ami après chaque bagarre. Il n'était pas étonnant qu'elle et lui forment un couple solide et courageux.

— C'est difficile pour les nés-autrement d'ici, mais c'est encore pire pour ceux qui viennent d'ailleurs.

Même quand ils remplissaient les bons critères et possédaient l'argent nécessaire, les immigrants nés-autrement étaient souvent arrêtés aux portes de la ville et devaient se débrouiller pour survivre dans les Plaines sauvages malgré les marées et la néo-mousson. Une autorisation de résidence était difficile à obtenir dans une cité aussi corrompue qu'Alante. C'était plus qu'une raison suffisante pour qu'Edei continue à travailler pour Bianca, ou pour que Samiya adhère à l'Initiative de Saint-Yves.

— Ce que j'essaie de te dire, conclut cette dernière, c'est que Bianca Rossi a beau être cruelle et fourbe, le Marais lui reste fidèle. Edei lui est fidèle, et moi aussi. Elle seule nous offre la possibilité de nous battre pour plus de justice dans un monde injuste. Mais d'après ce que j'ai compris, Edei a trouvé un moyen plus séduisant de se battre en menant cette enquête avec toi. Sois patiente avec lui. Il n'est jamais facile de reconsidérer ses allégeances. Ça prend du temps.

— Je sais.

C'était la vérité. Io savait combien il était difficile de revenir sur ses relations. De s'éloigner des gens qu'on aimait et de se demander si ce qu'on avait perdu était vraiment de l'amour. Aujourd'hui encore, deux ans après le départ de Thais, elle ignorait ce qu'elle ressentait pour sa sœur, qui l'avait pourtant élevée. Elle était heureuse – *très émue* – d'avoir amené Edei à questionner ses affinités et qu'il ait trouvé en elle un moyen *plus séduisant* de se battre, mais elle ne pouvait pas l'attendre. Elle en avait déjà trop dit. Elle devait absolument obtenir de la reine les informations dont elle avait besoin et le temps lui était compté.

— Plusieurs fois, reprit-elle, j'ai remarqué que Bianca avait les lèvres bleues. Est-ce que tu sais pourquoi ?

Samiya haussa les sourcils.

— On dirait un cocktail de sommeil.

— Il n'existe pas des pilules pour ça ?

— Si, mais pas sur l'avenue des Lilas. Là-bas, les clients préfèrent utiliser un sérum dilué dans des cocktails. Souvent bleu, parfois rouge.

Avec ses maisons de songes, ses clubs et ses salles de jeu, l'avenue des Lilas était le territoire de la reine et conduisait tout droit au club des Fortuna. Bianca y possédait la moitié des établissements et prélevait une commission dans les autres. Les seuls endroits qui servaient des cocktails de sommeil, cependant, étaient les maisons de songes où les nés-oneiroi pouvaient même vous garantir un sommeil léger et sans rêves. Exactement ce qu'Io avait soupçonné.

— Pourquoi poses-tu la question ? lui demanda Samiya.

Io glissa hors de la table en lui souriant timidement.

— Mieux vaut que tu ne saches pas.

— Ne t'adresse pas à n'importe qui, ajouta vivement la médecin. Aucun né-oneiroi n'acceptera de t'aider.

— Ne t'inquiète pas, je sais vers qui me tourner.

Io tira la porte et découvrit Edei assis dans le couloir, dos au mur, les coudes sur les genoux. Il releva la tête en la voyant approcher. Elle s'arrêta devant lui sans savoir quoi dire ou faire. Son cœur battait la chamade, asséchant le peu d'air qui restait dans ses poumons. Il était là, en train de l'attendre.

Edei se passa une main dans les cheveux.

— Je regrette pour tout à l'heure.

Io se rappela la question qu'il lui avait posée, la veille, au Modiano : *Te sens-tu en sécurité, Io ?* Peut-être partageait-il ses peurs. Et ressentait-il encore en cet instant le danger que représentaient la loyauté, l'amour, la manipulation. L'attachement à une personne cruelle. En le regardant, elle avait l'impression de se voir elle-même.

Elle fut aussi patiente qu'elle put, comme le lui avait conseillé Samiya.

— Quand mes parents sont morts, raconta-t-elle, Thais a pris le relais et nous a éduquées. Elle n'avait que dix-sept ans et elle a commencé à bosser pour payer le loyer, les factures, tout en veillant à ce qu'on travaille bien à l'école. Quelles qu'aient été ses aspirations, elle les a mises de côté pour nous. Du coup, après quelque temps, je crois qu'elle a voulu qu'on lui exprime notre gratitude en accédant à tous ses désirs. Qu'on soit intelligentes, nobles et indépendantes. Qu'on se souvienne de nos parents avec tendresse. Mais surtout, qu'on accède à une meilleure situation. Et quand Ava et moi… non, seulement moi.

Elle respira profondément.

— C'était toujours *moi,* en fait. Peut-être parce que j'étais la plus jeune, ou pour une autre raison. En tout cas, quand je ne me comportais pas comme elle le voulait, elle devenait cruelle. Elle ne me parlait plus pendant des jours. Elle critiquait tout ce que je faisais, elle était de mauvaise foi. Elle me collait la honte à la moindre occasion. À cause d'un bol que j'avais mal lavé, d'une nuit que j'avais passée chez Rosa la veille d'un jour de cours ou de mon incapacité maîtriser mon don de née-moire à la perfection.

Io savait qu'Edei la fixait mais elle n'osait pas croiser son regard. Elle avait trop peur d'affronter ce qu'elle pourrait y lire alors qu'elle se sentait si nue et vulnérable.

— Quand elle était contente de son travail et que l'argent rentrait, Thais était complètement différente. Elle m'embrassait, elle me câlinait, elle me faisait des compliments. Alors j'oubliais les mots cruels qu'elle avait eus lorsqu'elle était fâchée. Et du coup, j'ai commencé à associer mon bonheur avec ses humeurs. Si elle rentrait à la maison fatiguée et grognon, je restais dans ma chambre. Lorsqu'elle était souriante, ma journée s'illuminait. Quand elle m'a demandé de couper le fil attachant un galeriste à l'un de ses artistes favoris, je n'ai pas hésité. Elle prétendait que je donnais une chance à son employeur, un peintre de Rossk, d'avoir du succès. Quand elle a suggéré que j'accepte les boulots que son petit copain avait trouvés pour nous, je n'y ai rien vu de mal. J'allais enfin rapporter de l'argent à la maison. Mais son copain est allé trop loin et Thais s'en est séparée. On a essayé de continuer à travailler de notre côté, mais on n'arrivait pas à trouver suffisamment de clients. Alors Thais est redevenue sombre et j'ai pensé que c'était ma faute.

Elle inspira profondément. Elle approchait du point critique.

— Avant cela, on avait assez d'argent pour qu'Ava reprenne des cours de chant. Elle avait auditionné pour une place à l'Académie Aska de Rossk, et elle avait été admise avec une bourse. Elle était folle de joie. On avait tout planifié : son voyage, son appartement, nos visites.

Thais ne s'y était pas opposée, mais une nuit, elle est venue dans ma chambre et m'a demandé de couper le fil qui liait Ava à la musique. Est-ce que j'aurais préféré qu'Ava reste vivre avec nous ? Oui. Est-ce que je trouvais que Rossk était trop loin pour qu'on puisse la soutenir ? Oui. Mais je ne pouvais pas couper ce fil. C'était celui qui l'avait toujours rendue heureuse.

« Alors j'ai répondu *non* à Thais et pendant des jours, elle ne m'a plus adressé la parole. Elle est restée enfermée dans sa chambre. Rosa est restée dormir à la maison toute la semaine, de peur que ma sœur ne fasse pression sur moi. Le septième jour, tard dans la nuit, on l'a entendue faire son sac. Fouiller dans les tiroirs pour trouver ses papiers. J'ai même entendu la porte se refermer derrière elle. Je ne l'ai jamais dit à Ava, mais j'étais réveillée quand c'est arrivé. Je savais que Thais partait et je ne l'en ai pas empêchée.

Io osa enfin baisser les yeux sur Edei qui la dévisageait avec tendresse. Il avait déjà compris, sans doute. Il l'avait percée à jour.

— Tu protégeais Ava, lui dit-il. Il n'y a aucune honte à ça.

Pourtant, la culpabilité pesait telle une montagne sur les épaules d'Io.

— Attends, reprit-elle. Je ne t'ai pas tout dit.

Elle avait décidé d'être honnête au sujet du départ de Thais pour la première fois de sa vie ; elle devait aller au bout.

— En vérité, je ne voulais pas seulement protéger Ava. Je voulais que Thais s'en aille. Cette semaine-là, jour après jour, j'ai grignoté son fil du foyer, fibre après fibre. Quand il a fini par céder, tout l'amour que Thais portait à sa ville a disparu. J'avais demandé à Rosa de lui suggérer des rêves de voyage si intenses qu'elle ne pourrait y résister. Alors quand ma sœur a disparu, ça n'a pas été une surprise. Je l'avais désiré. Je l'avais planifié.

Ça avait été intentionnel et méticuleusement prémédité. Io avait été malveillante et elle le savait. Elle pensait qu'en parler à Edei la libérerait et lui apporterait du réconfort, mais elle ne ressentait que de la tristesse. L'histoire qu'elle venait de s'entendre raconter était une tragédie. Elle se sentait triste pour elle-même, pour Ava. Pour Thais, aussi.

— Io…

— Je l'ai vue aujourd'hui…, le coupa-t-elle.

Elle sentait qu'il allait essayer de la rassurer et qu'il y parviendrait peut-être, alors qu'elle ne le méritait pas.

— … Avec Saint-Yves. Elle était sereine, gentille et heureuse. Et je n'ai pas cessé de me dire : et si elle avait juste besoin que quelqu'un se batte pour elle ? Moi, je n'ai même pas essayé.

— Ce n'était pas à toi de le faire. Tu avais quoi ? Seize ans ? Tu as souffert pendant des années et tu as décidé de te protéger.

Il fit une pause avant d'enchaîner :

— Une personne sage m'a dit un jour que tolérer la cruauté était une forme de mort lente.

Io sentit monter un spasme, entre rire et sanglot. C'étaient ses mots à elle ; il les lui renvoyait. Elle regarda le plafond. Edei était merveilleux. Si elle avait consulté la Toile, elle y aurait vu leur fil briller telle la lune Pandia. Elle aurait pu le prendre entre ses doigts et tirer dessus pour le lui faire sentir. *C'est notre fil du destin*, lui aurait-elle dit. *Ce que je ressens pour toi.*

Elle avait trop peur pour cela, cependant : elle ne parvenait pas à imaginer d'autre réaction que la trahison ou les reproches. Elle n'avait pas coupé leur fil et lui avait caché la vérité pendant trop longtemps. Le pire dans tout ça, c'est qu'elle craquait complètement pour Edei, mais que lui ne supporterait jamais l'idée d'un destin tout tracé, d'un choix fait à sa place.

*Plus tard*, songea-t-elle. Quand cette affaire serait résolue, elle lui dirait la vérité et elle le perdrait.

— Tu penses vraiment que ça pourrait être Bianca ? lui demanda-t-il.

— Oui. Je crois que les gens qu'on aime peuvent être cruels. Notre amour ne les absout pas.

— Quel genre de personne est-on, murmura-t-il, quand on aime des gens cruels ?

C'était une question qu'Io s'était maintes fois posée. Elle ouvrit la bouche pour la refermer aussitôt ; essaya à nouveau.

— Une personne aimante, c'est tout. L'amour est la seule chose qu'il nous appartient de donner et de recevoir.

C'était le genre de vérité qu'il fallait énoncer soi-même pour y croire…

— Tu m'as demandé de te faire confiance, reprit Edei en se massant les paumes. Je te fais confiance. Pendant une minute, je l'avais oublié, tout à l'heure. Je suis désolé.

Io aurait voulu s'agenouiller devant lui et se jeter dans ses bras.

Elle se contenta de lui tendre la main.

Les doigts d'Edei se glissèrent entre les siens, il sourit et elle l'aida à se relever.

# Chapitre 28

# DES AILES NOIRES ÉTAIENT COUSUES DANS LEUR DOS

**Le vent avait encore forci ;** les passerelles grinçaient, les volets claquaient contre les murs, les stores résistaient en gémissant. Dans l'avenue des Lilas, aussi animée que d'habitude, les passants étaient nimbés d'une étrange lumière violette. De chaque côté, les maisons de songes annonçaient la couleur dans de larges vitrines où vous pouviez voir des clients endormis sur des lits recouverts de soie tandis que des danseuses en tenue légère exécutaient des numéros compliqués. Ces performances avaient pour fonction d'attirer les passants, car le service proposé était plutôt ennuyeux ; pour vous entraîner dans un rêve, les nés-oneiroi se contentaient de remuer leurs doigts au-dessus de votre tête.

Io s'éclaircit la gorge et se dirigea vers le palais fréquenté par Bianca : un étroit bâtiment de briques sombres surmonté d'une pancarte calligraphiée au nom de l'établissement : *Hypnos*. Elle traversa la passerelle suspendue en se tenant aux garde-corps, maudissant le vent à chaque pas. Un videur avec un masque de corbeau lui tint l'entrée du toit ouverte. Celui qui l'accueillit à l'intérieur, arborant un masque de lézard gris, lui offrit une coupe de champagne qu'elle refusa d'un signe de tête. Sans s'en formaliser, l'homme la conduisit dans un couloir aux murs revêtus de velours jusqu'à un double escalier éclairé par un lustre surchargé. Lorsqu'ils arrivèrent en haut des marches, six paires d'yeux se posèrent sur Io.

Deux trios de nés-oneiroi patientaient dans un grand vestibule, installés sur des fauteuils, des canapés et des coussins. Ils se seraient sans doute présentés comme frères et sœurs, mais Io savait qu'ils ne l'étaient probablement pas. Les nés-oneiroi des maisons de songes prétendaient souvent en être pour ajouter au folklore. Ces six-là portaient des masques de chauve-souris dans diverses nuances de gris, ainsi que des costumes deux pièces immaculés. Des ailes noires étaient cousues dans leur dos, comme le voulait la tradition : leurs ancêtres dieux des Rêves, les Oneiroi, étaient des esprits ailés.

Io s'était toujours sentie plutôt proche des employés des maisons de songes. Certains nés-autrement, comme les nés-moire et les nés-kèr, étaient diabolisés par la population ; d'autres, comme les nés-horae de l'Agora ou les Neuf, étaient assimilés à des divinités. Les nés-oneiroi et les nés-grâce, eux, étaient idolâtrés par les médias, toujours représentés comme sexuellement provocateurs ou manipulateurs. Dans la plupart des palais, les nés-oneiroi étaient obligés de travailler en chemise de nuit ou en peignoir.

— Entrez, entrez, lui dit l'homme au masque de lézard. Rejoignez les enfants d'Hypnos.

— Je suis Morpheus, dit un roux, le pied posé sur un fauteuil. Je suis non genré. Ensemble, nous pourrons rêver du passé ou de l'avenir.

Comme beaucoup de nés-autrement, les nés-oneiroi utilisaient le nom de leur ancêtre divin afin de signifier leurs pouvoirs. Io n'avait jamais entendu de nés-moire se faire appeler Clotho, Lachesis ou Atropos, mais leurs dons pouvaient être décrits par des mots simples : tisseuse, fileuse, trancheuse.

— Phobetor, genre masculin, dit le jeune homme installé à côté de lui. Avec moi, tu pourras rêver de tes peurs.

— Phantasos, genre masculin, dit le garçon assis en tailleur sur le canapé. Ensemble, nous rêverons de tes fantasmes.

— Et bien sûr, reprit le masque de lézard, si tu préfères les femmes…

Les trois filles masquées saluèrent Io qui rougit et détourna le regard.

— Je choisis Morpheus, annonça-t-elle avant de murmurer au masque de lézard : et une chambre donnant sur l'arrière.

L'homme hocha la tête et fit un signe au roux. Le grand né-oneiroi grimpa l'escalier d'un pas langoureux et le masque de lézard les conduisit jusqu'à une porte marquée du numéro 3.

— Puis-je avoir celle-ci ? demanda Io en indiquant la numéro 7. C'est mon chiffre porte-bonheur.

Le masque de lézard haussa à nouveau les épaules et leur ouvrit la porte de la chambre 7.

— Quand voulez-vous être réveillée, mademoiselle ?

— Dans une heure.

— Si tôt ?

— Je dois rentrer chez moi, répondit-elle timidement, lui laissant imaginer que son amoureux l'attendait à la maison.

La porte se referma en silence et Io observa la pièce haute de plafond. Un lit double était installé au centre, une chaise placée derrière l'oreiller. Tout semblait recouvert de soie couleur lilas : les rideaux, les draps, les robes de chambre à côté du miroir.

— Désirez-vous commencer par un de nos fameux cocktails ?

Un tel breuvage la laisserait KO pendant huit à dix heures. Io aurait *adoré*, mais elle dut refuser.

— Non, répondit-elle. Vos pouvoirs suffiront. Je me contenterai d'une bonne sieste.

— Nous proposons de nombreuses options pour que vous vous sentiez bien, expliqua Morpheus en l'entraînant vers un portant chargé de robes de chambre, de chemises de nuit et de pyjamas.

— Je vous laisse choisir, fit Io.

Iel choisit une nuisette mauve légère et sans manches, la plus courte qu'elle ait jamais vue, et la posa à côté d'un peignoir derrière un rideau. Tandis qu'elle ôtait ses vêtements, Io se maudit intérieurement d'avoir opté pour ce plan-ci. Il devait exister une douzaine d'autres moyens moins embarrassants d'obtenir les informations qu'elle souhaitait.

Lorsqu'elle fut prête, sa robe de chambre bien fermée autour de la taille, iel lui demanda :

— Est-ce que ça va ?

— Très bien, mentit-elle.

Elle n'avait jamais été en contact avec une matière aussi fine. Le tapis était si épais que ses doigts de pied s'y enfoncèrent entièrement et quand elle s'allongea sur le lit, elle eut l'impression d'avoir atterri au paradis. Elle comprenait pourquoi les gens devenaient accros ; ici, dormir n'était plus une nécessité, c'était un plaisir.

Morpheus se pencha au-dessus d'elle et lui massa les tempes.

— Avez-vous des désirs particuliers ?

Dieux que c'était agréable. Une réponse confuse mourut sur les lèvres d'Io.

— Une histoire d'amour, une aventure, une victoire retentissante ? l'encouragea-t-iel.

Le mouvement circulaire de ses doigts la berçait et elle sentait ses paupières devenir lourdes.

— Je vous laisse choisir, murmura-t-elle à nouveau.

— Une histoire d'amour, alors, décida le né-oneiroi.

Et soudain, *Clang !*

Io rouvrit brusquement les yeux. Ce n'était plus Morpheus qui se tenait au-dessus d'elle, mais Rosa, les mains sur les hanches et un petit sourire satisfait aux lèvres. Le pauvre Morpheus gisait face contre terre sur le tapis, ronflant déjà doucement sous l'emprise psychique de son amie.

— Je t'ai interrompue, ma chérie ? demanda cette dernière.

— Non, fit Io en bondissant hors du lit.

— Je vois que tu as pris tes aises, constata Rosa avec un geste vers sa tenue. Pendant ce temps-là, j'escaladais les murs et les balcons avec ce garçon aussi bavard qu'un mur de pierres.

Depuis la porte-fenêtre, Edei fit un signe à Io tout en détournant la tête. Il évitait sciemment de la regarder ; il était tout rouge. La robe de chambre d'Io avait glissé, révélant sa nuisette dans toute sa splendeur. Elle le faisait… *rougir* ? Cette pensée l'exalta ; elle réajusta néanmoins sa robe de chambre et enfila son pantalon cargo pour faire bonne mesure.

Rosa observait le né-oneiroi étendu à leurs pieds.

— Iel s'appelle Marino, dit-elle en caressant le bras de l'homme inconscient. Je suis sortie avec lui une ou deux fois. Il embrasse super bien, mais il devrait mettre moins de parfum.

— Tout s'est passé comme prévu ? demanda Io.

— Oui, patronne, répondit Edei.

Il était déjà sur le balcon et les deux filles ne tardèrent pas à le rejoindre en escaladant la balustrade. Les deux chambres donnaient sur l'arrière du bâtiment, où la seule attention qu'ils risquaient d'attirer était celle des rats.

Quand Io avait fait part de son plan à Edei – utiliser les pouvoirs de Rosa pour entrer dans les rêves de Bianca – il avait à peine cillé. Au contraire, il lui avait appris exactement quelle maison de songes la reine fréquentait, quelle chambre et quel né-oneiroi. Bianca faisait appel aux nés-oneiroi pour dormir tous les soirs, et lorsqu'elle passait la nuit avec Ava, elle envoyait quelqu'un chercher un philtre de sommeil, ce qui expliquait qu'elle ait eu les lèvres bleues à chaque fois qu'Io l'avait vue tôt le matin.

Elle sentit le vent fouetter ses pieds nus alors qu'elle grimpait jusqu'à la chambre 8. Celle-ci était presque identique à la sienne, sauf qu'elle était agrémentée d'un chariot de fruits et de vin. Bianca était étendue sur le lit ; son né-oneiroi et ses deux gardes du corps gisaient, inconscients, sur le canapé.

— Alors, fit Edei, comment est-ce qu'on procède ?

— Allongez-vous, ordonna Rosa.

Io et Edei se tassèrent maladroitement à côté de Bianca, Edei au milieu, Io à son côté. Il se décala un peu afin qu'elle puisse profiter de l'oreiller mais il évita de la regarder.

— Je présume que c'est la première fois que vous faites ça ? leur demanda Rosa.

Edei confirma d'un mouvement de la tête, les yeux fixés sur le petit lustre suspendu au-dessus du lit.

— Mes parents auraient aimé que je le fasse, parce que j'avais des terreurs nocturnes, mais on ne pouvait pas se le permettre.

Rosa lui adressa un sourire rassurant.

— Tu sais comment les nés-moire peuvent voir les fils qui relient les gens entre eux ? Eh bien les nés-oneiroi ont un pouvoir assez similaire. Ils perçoivent des lignes dans un halo qui entoure la tête des gens, comme des cordes de guitare. Si je pince correctement les bonnes cordes, je peux entraîner leur propriétaire dans le sommeil et le guider vers le bon rêve. Et si j'agis sur les cordes de trois individus simultanément, ils partageront tous le même songe.

— C'est comme une symphonie, remarqua Io.

— N'abuse pas des métaphores, s'il te plaît, ma chérie, lui rétorqua Rosa.

Edei les interrompit d'une voix stressée :

— Mais comment être sûr qu'on va bien accéder à ses souvenirs des Émeutes ?

— Je suis une Morpheus, lui rappela Rosa. Je peux faire rêver du passé ou de l'avenir. Mon pouvoir me permet d'imposer au cerveau un thème – l'amour, la famille, les Émeutes… – et réveiller les souvenirs qui lui sont liés. Mais la nature du rêve dépend entièrement du rêveur. Ou, dans le cas présent, de Bianca. Je n'ai aucun contrôle là-dessus.

Edei paraissait inquiet ; ses terreurs nocturnes avaient dû être traumatisantes.

— Tu n'es pas obligé de me suivre, lui dit Io.

Il tourna la tête vers elle.

— J'ai besoin de voir la vérité de mes propres yeux. Et… si ça tourne mal, tu nous sors de là, d'accord ?

Io voulut saisir son visage et l'embrasser. *Je te protégerai, mon tendre, adorable Edei.*

— Elle ne pourra rien faire, intervint Rosa sur un ton blasé. Seules Bianca et moi-même pourrons intervenir.

— Allons-y, alors, trancha Io. Si on a un problème, réveille-nous comme tu peux.

— Même en vous pinçant les fesses ?

Io gloussa.

— Un peu de sérieux ! Edei est sur le point de défaillir.

— Je ne suis pas…, se défendit ce dernier avant de plisser les yeux. Ah, tu blaguais.

— Tu as vite compris, cette fois.

Il hocha fièrement la tête.

— Je progresse, admit-il en lui présentant sa main.

Sa gentillesse allait la tuer. Elle lui tapa la main pour le féliciter.

— Tu progresses, confirma-t-elle.

— Mmh-mmh…, intervint Rosa. Mettez-vous à votre aise, mes petits rêveurs. Nous allons remonter le temps jusqu'à la naissance de la reine du Marais en personne. Souvenez-vous que vous m'avez promis un scoop. Quoi que vous découvriez, je serai la première à le publier. Je dois rester en dehors du rêve pour vous maintenir endormis, alors je compte sur vous pour être mes sources dévouées. J'attends des informations détaillées.

— D'accord, d'accord, marmonna Io dont c'était le cadet des soucis.

Son amie changea de ton pour les mettre en garde :

— Soyez prudents. Vous allez vivre les souvenirs de Bianca. Vous pourriez avoir envie de changer certaines choses, mais vous ne pourrez rien faire ; c'est du passé. Si vous interveniez, la reine pourrait sentir votre présence et vous exclure de ses songes. Et on aurait fait tout ça pour rien.

Rosa exécuta des mouvements de main compliqués au-dessus de leurs têtes en fredonnant en rythme. Io avait déjà les paupières lourdes. Dans un froissement de draps, Edei attrapa sa main et la serra fort.

Puis Io plongea dans le rêve et entendit des gens crier. Elle ouvrit les yeux et découvrit un monde en sang.

# Chapitre 29

## PLUIE SANGUINE

**Les rues, les murs, les toits**, chaque porte et fenêtre, tout était rouge. Io, le cœur battant, marcha jusqu'au bout du passage qui donnait sur l'avenue des Lilas, reconnaissable à ses larges trottoirs. Les enseignes au néon des maisons de songes étaient éteintes et les volets baissés ; l'endroit était désert.

— Allons-y, fit une voix derrière elle.

Bianca Rossi, avec ses lunettes de soleil et beaucoup moins de cicatrices, marchait dans sa direction, suivie par une trentaine d'adolescents. Tous brandissaient des barres de fer et portaient des poings américains métalliques, mais pas ceux en cuivre qui deviendraient par la suite la marque des Fortuna. Ceux-là semblaient rouillés, tel du vieux fil de fer barbelé transformé en armes.

— Attendez ! cria Io en s'écartant, paniquée.

Bianca la contourna.

— Tu viens avec nous, gamine ?

La jeune reine du Marais s'arrêta au milieu de la rue, captivée par une masse rouge flottant au niveau de ses yeux. On aurait dit qu'un million de coccinelles descendaient paisiblement l'avenue en bourdonnant. Les adolescents se scindèrent en deux groupes au niveau d'Io, manifestement nerveux et en colère. L'un d'eux s'arrêta près d'elle et Io comprit instinctivement qu'il s'agissait d'Edei. Ils restèrent un moment épaule contre épaule, observant la nuée vermillon vrombissante.

— Qu'est-ce que c'est ? murmura Edei. On croirait que l'air est devenu rouge.

Io se concentra sur le phénomène et réalisa qu'il avait raison. Les bâtiments n'étaient pas vraiment rouges, comme elle l'avait cru plus tôt. De petites particules étaient suspendues dans l'air, recouvrant tout d'une teinte cramoisie.

Le tonnerre gronda et un éclair transperça les nuages. Bianca et sa bande semblaient imperturbables ; ils continuaient à avancer, tapant avec leurs barres et leurs poings américains sur tout ce qu'ils trouvaient : éclairage public, devantures des boutiques, tramway arrêté entre deux stations. Dans le lointain, les cloches d'alerte annonçant la marée sonnaient toutes les trois minutes, invitant les habitants à rester chez eux. Tous ces bruits créaient une violente et orageuse cacophonie. Intrus invisibles dans la mémoire de Bianca, Edei et Io passaient inaperçus.

Edei indiqua l'avant du cortège ; Bianca s'était arrêtée devant un immeuble.

— Sortez de là, cria-t-elle devant les volets anti-marée obturant l'entrée.

Un moteur se mit en marche à l'intérieur ; les volets s'ouvrirent à moitié et une silhouette se glissa dehors, rapide et agile comme un chat. Peau noire et boucles grises, une marque de veuvage entre les yeux.

— Salut, Nalyssa, fit Bianca avec un sourire narquois. Tu sais pourquoi je suis ici.

— Tu ne l'auras pas. Il est sous ma protection.

— Quand as-tu décidé d'accueillir les animaux égarés, Nalyssa ? Certainement pas hier, ni avant-hier, quand la moitié des gangs du Marais frappaient aux portes pour obtenir de l'aide. Combien de cadavres trouverai-je sur le toit de ton refuge ?

Nalyssa serra les dents.

— On devait se protéger. Nous ne faisons que distiller de l'alcool – on n'était pas préparés comme vous à une guerre.

— Une guerre ? Regarde mes soldats…

Bianca attira un des plus jeunes près d'elle et approcha sa tête de la sienne en l'attrapant par le col. Celui-ci tressaillit mais se laissa faire.

— Ce sont des *enfants*. Ceux des gens que toi-même et tous ces lâches avez laissés mourir sur leurs toits. Le Marais baigne dans leur sang, Nalyssa, et tu en as plein les mains.

— Ce n'est pas moi qui les ai tués.

— Tu ne les as pas sauvés non plus, lui rétorqua Bianca en inclinant la tête avec un air prédateur. J'ai besoin de lui pour mettre fin à tout ça. Considère cela comme un emprunt. Quel que soit le marché que tu as passé avec lui, je te paierai le double pour utiliser ses services pendant une journée.

— Tu n'approcheras pas de lui, Bianca. Pas sans m'être passée sur le corps.

— Très bien.

Et d'un mouvement élégant de sa barre de fer, Bianca frappa la femme sur le côté de la tête.

Cette dernière s'écroula comme une pierre. Pendant un instant, des particules rouges s'épanouirent autour d'elle avant de se poser sur son corps telles les cendres d'un charbon ardent. Bianca lança vers l'immeuble :

— Il n'est pas nécessaire de faire couler plus de sang. Remettez-le-moi et nous ne vous ferons aucun mal.

Le tonnerre gronda comme une réponse : *détruis-le, détruis-le, détruis-les*. Les occupants de la distillerie ne tardèrent pas à réagir. Un volet fut écarté et un homme projeté sur les pavés glissants. Ce dernier fut aussitôt remis debout par la bande de Bianca.

Io consulta la Toile, mais ne vit rien. Aucun fil d'argent, aucune lumière. Ce n'était pas son rêve ; c'était celui de Bianca et c'était à travers ses yeux à elle qu'elle assistait à la scène. Elle ne pouvait pas intervenir et sentit la panique l'envahir. Elle n'avait aucun pouvoir, ici ; aucun moyen de fuir si la situation dégénérait.

— Konstantin Fyodorov, chuchota Edei en reconnaissant le visage rond et les cheveux grisonnants de l'homme.

La première victime des damnées, le né-tchernobog qui travaillait comme douanier.

Bianca s'approcha de lui et appuya sa barre de fer sur sa poitrine.

— Konstantin, mon ami, tu en as mis du temps. Je sollicite ton aide pour mettre fin à ce carnage.

— Tu n'as pas besoin de moi, plaida l'homme. Toi et ton gang pouvez y arriver seuls.

— C'est ce que pensaient tous les chefs de la pègre qui gisent désormais sur les toits. Morts.

Elle lui tapota la mâchoire avec son poing américain.

— Si nous voulons en finir, tes pouvoirs nous sont nécessaires, Konstantin.

En tant que né-tchernobog, descendant des dieux jumeaux de l'Ombre et de la Lumière de Rossk, il était capable de dresser des frontières invisibles autour de n'importe quel endroit. Si vous tentiez de passer une de ces frontières, votre esprit devenait brumeux, votre vision se troublait et la pénombre qui vous enveloppait vous obligeait à faire marche arrière.

— En avant ! cria Bianca comme une cheffe d'orchestre démente.

Les adolescents obéirent et envahirent la rue en entraînant Fyodorov dans la direction qu'elle avait indiquée. Alors qu'ils marchaient, Io commença à repérer des signes du fameux carnage. Des taches de sang à peine sèches sur les pavés et les lampadaires, des couteaux abandonnés, des impacts de balles sur les murs. Un cadavre gisait sur une passerelle, ses membres pendant dans le vide.

Elle murmura :

— Est-ce qu'elle t'a déjà parlé des Émeutes ? Du rôle qu'elle y a joué ?

Edei secoua la tête.

— Jamais, je te l'ai dit. Elle respecte le silence des coqs à la lettre. Mais voilà ce qui se murmure : un des gangs du Marais a commencé à attaquer les avant-postes de ses concurrents ; l'une de ses premières cibles a été l'entrepôt de contrebande de Bianca au Modiano. Ses hommes se sont enfuis par les toits en criant à l'aide, mais personne n'est intervenu. On raconte que le lendemain matin, le sang s'est mis à goutter des toits et des passerelles. Et les jours suivants, les autres gangs ont riposté. Une guerre de territoire totale a éclaté, faisant des douzaines de victimes. Les flics ont tenté d'intervenir, mais après avoir perdu plusieurs hommes, ils se sont retirés.

« C'est à ce moment-là qu'on a fait appel aux nés-furie, mais même eux n'ont pu mettre fin à la tuerie. Durant les trois derniers jours des Émeutes, plus personne n'osait sortir de chez soi, même sur la Colline. Les habitants étaient devenus des cibles et s'attendaient chaque nuit à être attaqués. Alors Bianca a rassemblé des volontaires et s'est lancée à la poursuite du gang renégat. Aux alentours de midi, le même jour, elle était devenue la reine du Marais.

Io leva vivement la tête et jeta un œil au ciel chargé. Était-il bientôt midi ? En tout cas, il s'agissait sûrement du matin sanglant que venait d'évoquer Edei.

— Minos ! cria Bianca en direction de l'homme plutôt âgé qui attendait au coin de la place du Persil.

Celui-ci approcha ; à peine aussi grand qu'Io, il était bâti comme un taureau. Ses sourcils grisonnants formaient une ligne unique au-dessus de ses petits yeux. Un pistolet faisait une bosse dans la poche de sa veste.

— Minos Petropoulos, dit Edei.

La deuxième victime des damnées, le né-dioscure.

— Tu as réussi à suivre leurs traces ? lui demanda Bianca.

— Oui, patronne, répondit-il, nullement incommodé par le sang sur la barre de fer de son interlocutrice. Un nouvel affrontement a éclaté à l'université. As-tu ramené le né-tchernobog ?

Elle indiqua du doigt l'homme en question.

— Est-ce que Jarl est à son poste ?

D'abord Fyodorov, puis Minos, et maintenant Jarl Magnussen.

Minos hocha la tête.

— Il a le maire sous contrôle. Il lui a fait instaurer un couvre-feu général il y a quelques minutes.

Cela expliquait la fréquence des coups de cloches. Lentement, Io commençait à comprendre le plan élaboré par Bianca : elle utilisait Minos pour traquer le gang ; Konstantin Fyodorov, le né-tchernobog non enregistré, pour enfermer les renégats dans ce qui serait leur dernière demeure ; et Jarl, le né-grâce, pour manipuler le maire afin que les habitants restent chez eux. C'était intelligent, ce qui n'était pas surprenant de la part de la future reine du Marais, mais il était étonnant qu'à cette époque, déjà, celle-ci ait protégé ainsi les innocents du quartier.

— Minos, Fyodorov, Jarl, résuma Edei. Trois victimes sur quatre, ici, dans le Marais, il y a douze ans, le dernier jour des Émeutes de la nuit sans lunes.

Io réfléchissait à toute allure.

— Et nous savons qu'Horacio a joué un rôle dans les Émeutes, même indirectement, car il avait été engagé par les Neuf pour tuer les damnées alors que certaines étaient encore des enfants. Ils sont tous impliqués.

Bianca Rossi et ses complices se trouvaient à l'épicentre ; ils avaient mis fin au grand carnage. Mais quel était le gang renégat assoiffé de sang qu'ils s'apprêtaient à combattre ? Dans tous les récits relatifs aux Émeutes qu'Io connaissait, même ceux des livres d'histoire, ce gang demeurait un mystère. Il n'avait ni nom ni visage. Le silence des coqs maintenait le quartier dans le mutisme ; aucune des trente ou quarante personnes présentes ici, aucun des membres des autres gangs, personne n'avait jamais évoqué l'identité des coupables. Aujourd'hui encore, douze ans plus tard, le secret demeurait.

Io le sentait dans ses veines : le nœud formé par toutes les pistes qu'elle avait rassemblées était sur le point de se dénouer. Elle finirait par connaître le début de l'histoire.

La bande escalada un escalier de secours jusqu'aux toits de l'avenue de la Camomille et se dirigea vers l'université. Edei restait silencieux ; il était pâle et serrait les lèvres. Le tonnerre grondait en rafales successives ; le ciel sembla se briser comme un œuf et une pluie épaisse s'abattit sur la ville. En quelques secondes, Io eut les cheveux trempés, ses lunettes se transformèrent en kaléidoscope et les garde-fous devinrent glissants. Ils marchèrent pendant un bon moment à travers les différents blocs du quartier. Des gens apparaissaient dans les escaliers de secours ou attendaient sur les passerelles pour se joindre à Bianca, leurs poings américains et leurs barres de fer à la main. Alors qu'ils approchaient de l'université, cependant, Io perçut un changement.

La pluie qui tombait était aussi rouge que du sang. Io était elle-même enduite de pourpre : sa veste, ses joues, ses doigts.

— Qu'est-ce qui se passe ? murmura-t-elle en ouvrant les mains pour recueillir la pluie sanguine.

Edei appuya une main sur son ventre pour l'empêcher d'avancer.

— Attends, Io, ne regarde pas...

Trop tard : elle avait déjà sondé ce qui l'entourait et relevé les yeux. La passerelle qui conduisait au toit de l'université était parsemée de cadavres. Il y en avait des dizaines, plus qu'elle ne pouvait en compter, dans des positions bizarres. L'un d'eux était si proche qu'elle vit du sang couler entre ses lèvres figées.

Puis elle les aperçut sur le toit : les combattants. Elle ne pouvait distinguer leurs visages à travers la pluie rouge ; seulement un amalgame de corps se ruant les uns sur les autres. À leurs vestes couvertes d'écailles de léviathan, Io reconnut quelques nés-furie. Les autres devaient appartenir au gang renégat avec leurs vêtements déchirés et leurs pistolets à la main.

À l'avant du groupe, Bianca plaqua Fyodorov au sol.

— Crée une zone autour de l'université et verrouille-la. Je veux un rayon de cent pieds. Personne ne rentre, personne ne sort.

Le né-tchernobog, les lèvres tremblantes, posa les mains sur le toit détrempé.

— C'est fait, annonça-t-il au bout d'une minute. Personne ne pourra traverser.

— Bien, fit Bianca.

Ses cheveux blonds étaient collés à ses joues ; sa barre de fer pendait le long de sa jambe. Elle ne ressemblait ni à une prédatrice ni à une reine, plutôt à une jeune femme impressionnée par tant de violence. Elle respira profondément avant de prendre la parole.

— Quand nous nous jetterons dans la mêlée, annonça-t-elle aux soixante et quelque personnes qui l'entouraient, il faudra tout donner. On en finit aujourd'hui, quoi qu'il en coûte. C'est compris ?

Ils lui répondirent d'une seule voix :

— Oui, patronne !

Elle se tourna vers la passerelle. Quelqu'un s'était extrait du combat et marchait tranquillement dans leur direction : une femme entre deux âges, qui s'arrêta au milieu du passage. Io essuya ses lunettes sur sa manche, mais ne parvint à discerner qu'une silhouette : cheveux ébouriffés, vêtements déchirés, bras nus couverts de blessures.

— Tu es venue pour nous arrêter, gamine ? fanfaronna la femme à travers la pluie.

— Vous êtes pris au piège, lui répondit Bianca. Dépose tes armes et rends-toi.

Ses armes ? Io n'en voyait aucune.

— Ou bien quoi ?

La question déstabilisa Bianca qui ne répondit pas.

Celle qui devait être la cheffe du gang renégat se remit à avancer, courbée en deux.

— Vous n'avez encore rien fait de mal. Mais dès que vous lèverez vos barres de fer contre nous, votre sort sera scellé. Faites demi-tour, disparaissez et vous aurez une chance de vivre un jour de plus.

À côté d'Io, deux sœurs aux cheveux blonds échangèrent un regard inquiet. Les autres adolescents étaient tendus, eux aussi. La plus jeune des sœurs recula d'un pas, mais

Bianca la coupa dans son élan, d'une simple paume levée dans sa direction, sans jamais quitter la femme des yeux.

— Pendant des jours, lui dit-elle, nous avons espéré que votre rage s'apaiserait. Ça n'a pas été le cas et ça ne le sera jamais tant que nous ne mettrons pas fin à cette tuerie nous-mêmes.

— Une tuerie ? répéta la cheffe. Oh non, jeune fille, ce n'est pas une tuerie, c'est votre pénitence.

Bianca expira doucement.

Io savait ce qui allait suivre. Elle avait déjà vu Bianca déchaîner sa violence.

— Tuez-la, ordonna-t-elle. Tuez-les tous, jusqu'au dernier.

# Chapitre 30

# DES SOLDATS MORTS-VIVANTS

**Les adolescents poussèrent un cri de guerre.** Ils brandirent leurs barres de fer, serrèrent leurs couteaux, dégainèrent leurs pistolets et se ruèrent vers la passerelle, bousculant Io au passage avec des hurlements de fureur. Elle était plus petite que la plupart d'entre eux et, pendant un instant, elle perdit ses repères. La rage et la violence l'engloutirent : coups de coudes et de barres métalliques, odeur de sueur et de poudre.

Edei la saisit par la taille et la tira vers lui. Ils se frayèrent un passage parmi les corps déchaînés et s'arrachèrent à la meute au moment où celle-ci atteignait la cheffe du gang adverse sur la passerelle. Cette dernière élimina le premier garçon d'un mouvement de bras, mais les autres, trop nombreux, la submergèrent en quelques secondes, les plus petits se faufilant sur le côté alors que les plus grands s'attardaient pour la démolir.

Trois coups de feu claquèrent, suivis par un cri d'agonie.

À travers l'air rougeoyant, Io vit la petite armée de Bianca traverser la passerelle au galop et entrer en collision avec le gang renégat et les nés-furie sur le toit de l'université telle une vague humaine endiablée.

— Tu avais raison, lui glissa Edei.

Ils étaient restés au pied de la passerelle pour observer la cohue. Io était toujours collée à lui ; il avait passé son bras autour de ses épaules.

— Tout était lié aux Émeutes, continua-t-il. Les victimes étaient toutes impliquées dans ce carnage. Les damnées se sont vengées d'elles.

— Mais qui les manipule ?

— Ça pourrait être n'importe qui : un allié mécontent de Bianca ou d'anciens rivaux, un membre du gang renégat sans nom.

— Ça pourrait être Bianca elle-même, murmura Io. Elle n'aime pas avoir des dettes ; elle me l'a dit il y a quelques jours. Et si elle avait voulu s'assurer que les survivants de ce massacre ne trahissent jamais le silence des coqs ? Qu'ils ne puissent révéler à personne ce qui s'était passé pendant ces Émeutes ?

Edei avait les yeux fixés sur les combats.

— Mais pourquoi aujourd'hui ? Après douze ans ?

La tempête rouge s'intensifia sur le coin est du toit. Trois corps s'écartèrent de la foule : un homme corpulent marchant à reculons, les mains serrées autour de son cou ; une femme en vêtements noirs moulants qui le suivait et… Bianca Rossi. La reine de la pègre du Marais pointa son pistolet sur la nuque de la femme, qui ne l'avait pas vue, et tira. Du sang et de la cervelle giclèrent ; la victime s'effondra. Bianca s'approcha de l'homme qui s'était écroulé contre un muret. Elle tâta son cou à la recherche de son pouls, puis inclina la tête avec un air désolé.

— C'est Hellas, dit Edei avec une grimace. Le roi de la pègre que Bianca est supposée avoir tué pour prendre sa place.

Il semblait pourtant qu'elle ait essayé de le sauver.

Deux têtes blondes attirèrent l'attention d'Io ; les deux sœurs qu'elle avait remarquées plus tôt. La plus jeune traînait la plus âgée par les aisselles en direction de la passerelle, seule issue permettant d'échapper au combat. La plus âgée était blessée ; son front saignait et ses membres étaient flasques.

— Isobel, geignait la première. Regarde-moi. Reste avec moi.

Le sang de la jeune fille s'écoulait, épais, rouge et sombre, et ses yeux devinrent flous.

— *Isobel !*

Le cri attira l'attention de Bianca qui se redressa au-dessus du corps sans vie d'Hellas et se tourna vers les deux sœurs. Elle se précipita vers elles, se pencha sur Isobel et prit son visage entre ses mains.

— Ce n'est pas encore ton heure, murmura-t-elle. Tu as encore de la force en toi. La force de te battre.

Et tandis que l'une sanglotait et que l'autre continuait à saigner, la brume rouge qui flottait autour d'elles se gonfla et se mit à tourbillonner en direction du visage blafard d'Isobel. Elle se glissa à l'intérieur de sa bouche et de ses narines, de ses yeux et de ses oreilles – puis disparut.

Pendant une seconde, il ne se passa rien. Et soudain, la fille ouvrit les yeux et se dressa sur les coudes.

— Isobel ? Isobel, reste allongée ! lui conseilla sa sœur qui semblait ne pas en revenir.

— Je me sens très bien, lui répondit-elle.

Sa voix était claire ; elle se remit debout avec des mouvements précis et ramassa une barre de fer abandonnée par terre.

— Allons-y, Nina. On a encore du travail.

*Nina.* Ce nom fit une étincelle dans la mémoire d'Io. Elle observa le visage de l'adolescente : ses cheveux presque blancs, ses yeux ronds, ses sourcils fins. Elle l'avait déjà vue. Douze ans plus tard, cette fille deviendrait l'assistante et maîtresse de Jarl Magnussen, qu'Io avait sauvée de Drina Savva. Nina était impliquée dans les Émeutes, elle aussi, comme toutes les personnes visées par les damnées. Pourtant, ces dernières n'avaient pas essayé de la tuer, elle. Pourquoi ?

Nina jeta un regard presque coupable à Bianca et suivit Isobel qui rejoignait déjà la bataille. Sa sœur semblait plus déterminée et violente que jamais, alors que son sang continuait à couler au point d'imprégner sa chemise. Dans la toile, Io le savait, son fil de vie était en train de s'effilocher et elle ne tarderait pas à mourir pour de bon.

*S'effilocher.* Le mot lui était venu spontanément à l'esprit et avait interrompu ses pensées.

Un fil qui s'effilochait. Comme celui des damnées. Comme celui du cormoran avec lequel les triplées avaient joué…

Bon sang. *Bon sang !*

*Bianca Rossi était une née-kèr.*

Cette étrange brume rouge qui recouvrait le Marais s'était intensifiée au-dessus de la bataille et était entrée dans la bouche d'Isobel – elle pouvait la voir parce que Bianca la voyait. C'était la manifestation de ses pouvoirs de née-kèr, comme la Toile était celle des nés-moire et le fouet celui des nés-furie.

Dans les récits qui avaient survécu à l'effondrement de l'ancien monde, les Kères apparaissaient comme les esprits présidant aux morts violentes. Ils survolaient les champs de bataille et fondaient sur les soldats blessés pour leur arracher le cœur et accompagner leur âme jusqu'au monde des morts. Les gens isolés au nord de la cité-nation de Jhorr avaient un mythe similaire : celui des Walkyries, légendaires femmes guerrières. Leurs descendants étaient aussi craints que les trancheurs ou les nés-phobos, et la plupart n'étaient pas enregistrés.

Bianca Rossi, reine de la pègre du Marais, était donc une née-kèr qui se cachait à la vue de tous. Elle avait mis fin aux Émeutes en utilisant les barrières de Fyodorov, les talents de traqueur de Minos, l'emprise psychique de Jarl et sa propre violence divine. Elle avait levé une armée d'adolescents afin de massacrer le gang renégat qui terrorisait le Marais. Et quand ses combattants avaient commencé à faiblir, elle les avait transformés en soldats morts-vivants.

Elle avait commencé à créer des *damnées*.

Io regarda avec horreur la fille se jeter dans la bataille alors qu'elle était en train de mourir à petit feu. Comme Emmeline Segal, Drina Savva et Raina.

Elle attrapa Edei par le pull pour le tirer en arrière.

— Edei, Bianca est née-kèr.

De l'autre côté de la passerelle, la reine du Marais tourna soudain la tête vers eux.

— Qui êtes-vous ?

Edei leva les mains en l'air et répondit :

— Nous sommes là pour aider. Nous venons de vous rejoindre.

La jeune reine ôta ses lunettes de soleil, révélant ses yeux rougeoyants. Elle avait porté des verres fumés ce jour-là pour dissimuler les pouvoirs qui se reflétaient dans ses iris.

— C'est faux. Je connais vos visages.

Elle inspecta les toits autour d'eux, puis les combats qui s'étendaient maintenant jusqu'à la passerelle.

— Vous n'êtes pas censés être ici.

*C'est un rêve*, pensa Io, terrorisée. *Alors réveille-toi. Réveille-toi, Io !*

Mais elle était impuissante. Elle se trouvait dans le monde de Bianca et c'était le jour où celle-ci prenait le pouvoir dans le Marais. Ici, maintenant, personne ne pouvait rivaliser avec elle.

Bianca fit tournoyer ses mains comme si elle remuait un liquide invisible. Immédiatement, la nuée rouge se déplaça d'abord lentement, puis de plus en plus vite, au rythme de ses doigts. Elle enveloppa Edei et Io dans un cocon vermillon. À travers le cyclone, Io entraperçut Bianca avancer vers eux sur la passerelle.

— Vous osez envahir mes rêves ? Vous osez m'imposer ces souvenirs douloureux ? hurla-t-elle. Pour qui vous prenez-vous ?

Elle semblait proche. Trop proche.

Un poing jaillit de la brume écarlate et toucha Io en plein ventre. Elle se plia en deux et sentit la bile remonter dans sa gorge. Elle essaya de se raccrocher à la Toile, à n'importe quoi, mais en vain : ses doigts n'attrapaient que de l'air. Edei tendit la main vers elle…

— Ne bouge pas, Edei, rugit la reine, dont le visage était désormais parfaitement visible.

La née-kèr l'examina de la tête aux pieds, les lèvres serrées.

— *Embauche-la*, m'as-tu dit. *On n'y arrivera pas sans elle.* J'ai toujours su qu'on ne pouvait pas lui faire confiance. Mais toi ? Jamais je n'aurais cru avoir abrité une vipère dans mon propre nid.

— C'est tout ce que vous avez à dire, *patronne* ? fit Edei, sarcastique.

— Que veux-tu que je dise d'autre ? aboya Bianca. Huit jours de massacres, de nuits sans sommeil près de la porte à écouter les gens hurler de douleur. Huit jours de combats et de défaites, huit jours de morts inutiles. Quelqu'un devait agir, et personne d'autre que moi n'a été assez brave pour le faire.

— De la bravoure ? C'est ainsi que tu appelles renvoyer des gamines de quinze ans blessées se battre sans une chance de survie ?

— J'ai fait ce que je devais faire.

*Tu as fait ce que tu devais faire*, avait aussi dit Rosa. C'était précisément l'excuse qu'avait invoquée Io après s'être débarrassée de Thais.

— Dis-moi, reprit Edei, les épaules tendues par la colère. As-tu déjà utilisé tes pouvoirs sur nous ? Quand nous sortions distribuer tes punitions, défendre tes intérêts et que nous risquions notre vie pour toi ? As-tu déjà sacrifié l'un d'entre nous ?

— Pauvre chéri, on a une crise de conscience ? se moqua Bianca. Je n'ai aucun pouvoir de coercition – je laisse ça aux nés-grâce. Isobel était déjà dévouée à notre cause. Je me suis contentée de lui donner une nouvelle chance de prouver sa loyauté. Je ne crée que du temps. Je leur offre du temps.

Edei demeura un instant silencieux.

— Ça ressemble à un *oui*, Bianca. Sais-tu combien de nos hommes j'ai enterrés ? Combien de fois as-tu été impliquée ?

La reine contracta la mâchoire.

— Toi et ta trancheuse pensez être des chevaliers blancs. Vous croyez que vous pouvez traverser la vie sans trahir vos nobles principes. Moi, j'ai survécu au pire que cette cité avait à offrir, et laisse-moi te dire une chose, Edei : un jour ou l'autre, tu devras oublier ta morale et te battre avec tes fichus poings.

Puis, sans prévenir, elle lança sa main dans sa direction et Edei disparut sous un nuage rouge.

— Edei ! cria Io.

Autour d'elle, le sang se densifia, lui bouchant la vue. Io sentit quelque chose se *déchirer* dans sa poitrine. Comme la voile d'un bateau dans un coup de vent ou une page arrachée d'un livre. Comme un fil de vie lacéré.

— Je t'avais prévenue, petite trancheuse, feula Bianca. Voilà ce qui arrive aux coqs qui chantent.

Io, désespérée, essaya de frapper la reine avec son poing, mais celle-ci fut plus rapide : elle lui attrapa le bras et le replia derrière son dos. Le rouge s'intensifia encore autour de la tête d'Io. Elle sentit – elle sut – que Bianca s'apprêtait à faire entrer cet air rouge sang dans ses poumons, faisant d'elle une arme à disposition. Était-ce ainsi que les damnées avaient été créées ? On leur avait injecté la mort dans la poitrine, petit à petit, jusqu'à ce qu'elles supplient qu'on les libère ? Puis on les avait manipulées comme des marionnettes afin d'en faire des tueuses ? Les tueuses de Bianca ?

Les particules rouges se faufilèrent dans les narines d'Io, dans sa bouche, dans ses yeux.

Un froid glacial, une main sur sa joue, un cri – et elle se réveilla en sursaut.

L'immense lit rond était trempé ; Io dégoulinait. Elle se redressa pour chercher de l'air. Sa robe de chambre était ouverte ; sa nuisette lui collait à la peau. Rosa se tenait au-dessus du lit, une cruche vide à la main.

Lorsqu'elle constata qu'Io avait bien ouvert les yeux, elle soupira de soulagement. Elle aida son amie à se lever et l'entraîna avec elle contre le mur, les yeux exorbités par la peur.

Le chaos régnait dans la chambre numéro 8 du *Hypnos*. Des policiers entrèrent et braquèrent leurs armes sur Io et Rosa, d'abord, puis sur les individus en train de se battre sur le lit : Edei, Bianca et… Aris Lefteriou.

Rosa, incapable de se contrôler, se mit à trembler.

— Rosa ? Est-ce que ça va ?

— Il… Dieux… Il a déboulé sans prévenir, il m'a obligée à le faire entrer dans le rêve de Bianca. Je ne sais pas ce que vous avez vu, mais juste après, vous avez tous commencé à convulser. Je n'arrivais pas à vous sortir de là. J'ai dû…

Elle leva son pichet. Elle les avait réveillés en les aspergeant d'eau froide.

— Lefteriou a repris conscience le premier et s'est mis à crier. J'imagine que les autres attendaient dans le couloir parce que aussitôt, ils ont enfoncé la porte et… Merde !

Io aperçut l'éclat d'une arme braquée sur le plafond. Un coup de feu éclata, résonnant dans leurs crânes. Edei, Bianca et Aris se figèrent, empêtrés dans les draps de soie du lit.

Luc Saint-Yves se tenait sur le seuil, l'arme toujours levée. Un petit cigare pendait à sa bouche, diffusant des ronds de fumée dans la pièce.

Son regard se posa sur Io.

— J'étais sûr que vous prépariez quelque chose, chère belle-sœur, alors j'ai demandé à Aris de vous suivre. J'espère que vous ne m'en voudrez pas. On dirait que nous sommes arrivés juste à temps.

Il pointa son pistolet sur Bianca.

— Arrêtez-la.

Les flics se mirent en action, écartant Edei et Aris du lit et obligeant Bianca à mettre ses mains dans son dos. Elle avait cessé de se battre quand elle avait vu Saint-Yves apparaître ; elle garda la tête haute lorsque les sangsues la conduisirent hors de la pièce. Io se surprit à espérer qu'elle aurait un regard pour elle ; qu'elle exprimerait de la défiance, du remords ou même de la haine.

Mais Bianca Rossi demeura reine jusque dans sa chute.

# PARTIE III

# CELLE QUI COUPE

# Chapitre 31

# RÉVÉLATIONS

**LE MONDE SEMBLA FAIRE DES BONDS.** Io força ses paupières à s'ouvrir : Thais venait de sauter sur le lit et le matelas ne s'était pas encore stabilisé.

— Réveille-toi, imbécile. Il est midi passé. Tu ne veux pas assister à la plus belle journée qu'Alante ait connue ?

Io se retourna pour faire face à la fenêtre étroite et ne vit que du gris.

— Il y a du brouillard.

— La gloire se moque bien du temps qu'il fait. Regarde.

Thais brandit des journaux et des magazines en papier glacé sous les yeux d'Io et en lut les gros titres :

— *Rossi est une née-kèr : les détails de son arrestation* ; *Reine de la pègre du Marais ? Luc ne le pense pas* ; *Libérateur du Marais aujourd'hui, maire demain !* Et voici celui de notre dévouée et toute nouvelle journaliste de *La Vérité d'Alante,* mon favori : *La conspiration des nés-kèr : révélations sur le rôle joué par Bianca Rossi lors des Émeutes de la nuit sans lunes.*

Io sourit ; elle avait oublié à quoi ressemblait la joie de Thais. C'était comme un feu d'artifice illuminant tout ce qui l'entourait. Elle frotta ses yeux encore pleins de sommeil. La chambre d'amis d'Amos était un désastre : il y avait des vêtements entassés près de la porte, des serviettes et du désinfectant sur le tapis. Elle sentit une douleur au côté lorsqu'elle s'étira, mais c'était juste de la fatigue ; rien à voir avec celle qu'elle ressentait avant que Samiya soigne ses côtes abîmées. Elle enfila un pull au hasard et traîna les pieds jusqu'à la salle de bains.

Thais apparut derrière elle dans le miroir alors qu'elle se brossait les dents. Son manteau en daim élégant et ses bottes en cuir noir détonnaient avec le désordre de l'appartement – on aurait dit un cheval de course dans un enclos à cochons. Mais elle était à l'aise et s'appuyait au montant de la porte comme si elle était chez elle.

— Amos a préparé une babka au chocolat. Et le café est prêt.

Io lui adressa un sourire plein de dentifrice. Au *beurk* de sa sœur, elle cracha dans le lavabo, puis se rinça la bouche en gloussant. Quelle princesse délicate, cette Thais !

Des voix parvenaient du rez-de-chaussée, mais pas la musique jazzy qu'Amos avait l'habitude de passer. Elles descendirent et trouvèrent le café baignant dans la pénombre ; les rideaux étaient tirés, les lumières éteintes ; Ava, Edei et Amos étaient assis autour d'une table éclairée par une simple bougie. Io jeta un œil à la porte verrouillée. Ce n'était pas encore l'heure de la marée – il faisait clairement *jour* quand elle avait regardé par la fenêtre, là-haut.

La mairie imposait parfois un couvre-feu lorsque le brouillard était trop épais, mais si ça avait été le cas, les cloches auraient sonné tous les quarts d'heure. Que se passait-il donc ?

Ava était assise un peu à l'écart, les bras croisés sur sa poitrine, la tête appuyée contre la vitre. Elle avait l'air triste. OK. Ce détail s'était perdu dans le chaos des révélations de la nuit précédente : Ava couchait avec Bianca Rossi.

*Reste*, lui avait ordonné cette dernière au club. Mais Ava avait choisi ses sœurs, une seule âme dans trois corps et tout ça. Io n'avait pu éviter un pincement de culpabilité lors de l'arrestation de la reine ; Ava devait être dévastée.

Io se glissa sur une chaise vide à côté d'Edei tout en essayant de capter le regard de sa sœur, mais cette dernière l'ignora. Elle ne pouvait pas vraiment lui en vouloir, si ?

— Salut, fit Edei avec un sourire fatigué.

Il portait un pull noir et avait les yeux cernés, comme s'il avait mal dormi dans le canapé d'Amos sur lequel il s'était effondré.

— Salut, lui répondit Io, troublée.

Ses mains étaient moites, comme dans les romans à l'eau de rose. Elle était trop consciente d'être mal coiffée ; le pull vaguement orange d'Amos était trop grand pour elle et elle en détestait la couleur.

— Café ?

Sans attendre sa réponse, Edei remplit sa tasse et déposa une tranche de babka dans une soucoupe.

— Alors comme ça…, fit Thais avec un air faussement effarouché.

Io se sentit rougir lorsque sa sœur remua son doigt entre elle et Edei.

— C'est arrivé quand, vous deux ?

Elle aurait aimé s'enfoncer dans le sol. Ou plutôt que Thais s'enfonce dans le sol.

Elle répondit d'un trait :

— Tu te fais des idées, nous travaillons simplement ensemble et Edei a une copine, Samiya, que tu as dû rencontrer lors des meetings de l'Initiative.

Edei la corrigea presque aussitôt, l'air un peu confus :

— Je n'ai pas de copine.

*Ah bon ?* fut tout ce qu'Io réussit à penser. *Ah bon ??*

— Je veux dire que, heu…, continua-t-il, Samiya était ma petite copine, mais ce n'est plus le cas. Depuis presque un an, maintenant.

Un ange passa.

Heureusement, Ava prit la parole :

— Mais vous vivez ensemble.

Edei se tortilla sur sa chaise, comme si le simple fait d'en parler était une épreuve.

— Oui, nous avons décidé que c'était la meilleure solution en attendant qu'elle obtienne son statut de résidente. Elle n'a pas encore le droit d'avoir son propre appartement. Elle sort avec un autre médecin depuis quelques mois. C'est lui que nous avons vu, au meeting, ajouta-t-il à l'adresse d'Io qui se souvenait combien il avait semblé gêné. Je croyais que les gens étaient au courant.

— Personne ne le savait, dit Ava.

— Je suis désolée, intervint Thais, la main sur le cœur. Vous faites une sacrée équipe et, manifestement, je me suis trompée.

Io sentit tous les regards posés sur elle : ceux de Thais et d'Ava, qui connaissaient l'existence du fil du destin ; celui d'Amos, qui pensait qu'Edei en pinçait pour elle ; et celui d'Edei, qui… attendait qu'elle s'exprime ?

Elle s'obligea à hocher la tête.

— Pas de problème, Thais. C'est vrai que nous formons une sacrée équipe.

Edei fourra une pâtisserie dans sa bouche. Ava jeta un coup d'œil désapprobateur à Io. Thais attrapa la cafetière et Amos, tout rouge, porta sa tasse à ses lèvres. Io ne savait plus où se mettre ; elle avait l'estomac noué et l'impression que sa peau était en feu.

— Pourquoi les volets anti-marée sont-ils baissés ? demanda-t-elle pour briser le silence.

Amos soupira bruyamment.

— Le bazar en bas de la rue a été pillé il y a quelques heures. D'après la rumeur, certains gangs préparent un raid sur les business de Bianca. Je n'étais pas affilié aux Fortuna, mais je préfère rester prudent.

— Les Fortuna ont replié leurs passerelles et se sont barricadés avec leurs armes, précisa Edei. Ils ne m'ont pas laissé entrer, mais ils sont en sécurité à l'intérieur.

Il s'était exprimé d'une voix neutre, mais Io n'en revenait pas. Ils ne l'avaient pas laissé entrer à cause du rôle qu'il avait joué dans l'arrestation de Bianca ? C'était absurde – leur cheffe utilisait ses pouvoirs pour transformer des mourants en guerriers assoiffés de sang.

— C'est terrifiant, dit Thais. Les patrouilles de police n'ont pas été prévenues ?

Ava laissa échapper un *pfff* sardonique.

— Les flics se contrefichent du Marais, Thais. Tu le sais très bien.

— Luc s'en soucie, lui, rétorqua cette dernière. Il a passé la nuit au commissariat à organiser les patrouilles dans différents points chauds du quartier, à chercher qui pourrait prendre temporairement le contrôle du Marais, à contacter tous les chefs de gang pour négocier. Il avait anticipé une transition difficile après la déchéance de la reine.

— Es-tu partie si longtemps que tu as oublié ce que représentait Bianca pour les gens d'ici ? lui demanda Ava. Une putain d'héroïne. La transition ne sera pas difficile – elle sera désastreuse.

— Elle a envoyé des adolescents se faire tuer pour mettre fin aux Émeutes, objecta Thais en levant les sourcils. Ça pourrait changer la donne.

— Les habitants considèrent qu'elle les a sauvés du carnage, alors que même l'ordre des Furies était impuissant, objecta Ava. Les sacrifices qu'elle a dû faire seront jugés nécessaires, pas immoraux.

*Un mal nécessaire*, c'était ainsi qu'avait parlé Edei.

— Ava a raison, intervint celui-ci. Quand j'ai appris à Chimdi et Nico que Bianca avait utilisé ses pouvoirs de née-kèr sur certains de nos membres, ils ont refusé de le prendre en considération. Elle a été généreuse envers tellement de gens qu'on raconte dans la rue que le politicien de la Colline se sert d'elle pour gagner les élections.

— C'est absurde. Luc était parfaitement prêt à travailler avec Bianca avant de connaître son rôle lors des Émeutes, dit sèchement Thais.

Elle était sur les nerfs, ce qui n'était jamais bon signe. Au fil des années, Io avait développé différentes stratégies pour apaiser cette nervosité : changer de sujet, la complimenter, ou juste acquiescer à tout ce qu'elle disait.

Cette fois, pourtant, pour une raison ou une autre, elle n'avait pas envie de désamorcer la crise : elle feuilleta les journaux étalés sur la table et dit :

— Attends. Pourquoi parlons-nous uniquement des Émeutes ? Aucun article n'évoque sa responsabilité dans les meurtres du Marais ? Si les gens savaient qu'elle a tué ses protégés et transformé des innocentes en damnées, ils verraient les choses différemment. Pourquoi Saint-Yves n'en a-t-il pas parlé aux journaux ?

Thais se tassa sur sa chaise, croisa ses jambes aux bottes impeccablement cirées, et répondit :

— Parce qu'elle n'a rien avoué. Elle plaide l'innocence. Luc dit qu'il n'existe pas de preuve suffisante de sa culpabilité. *Pas encore*, précisa-t-elle en voyant l'expression inquiète de sa sœur. Mais il en trouvera, Io. Il ne laissera pas Bianca s'en tirer comme ça.

— Elle n'a pas avoué ?

— Elle a un alibi pour toutes les fois où les damnées agissaient dans le Marais, précisa Ava, agressive. Elle n'était jamais seule – quand elle n'était pas avec son gang, elle était avec *moi*.

Io tourna instinctivement la tête vers Edei et se rendit compte qu'il la dévisageait.

— C'est la vérité, dit-il. J'ai demandé aux autres.

— Peut-être qu'ils la couvrent ?

— Elle n'a pas pu faire ça ! s'exclama Ava. Depuis que cette femme l'a agressée dans son bureau, elle ne dort plus. Ça l'a terrifiée.

Io et Edei se regardèrent. Bianca était *capable* de transformer ces femmes en tueuses sanguinaires. Elle avait un intérêt dans la mort des victimes – s'assurer de leur silence au sujet des Émeutes – à l'exception de celle d'Horacio Long dont elle semblait ignorer le rôle à l'époque. Pourtant, la deuxième damnée, Drina Savva, avait tenté de la tuer. Et Edei avait raison : si Bianca avait voulu se débarrasser de ses complices, pourquoi agir aujourd'hui, douze ans après les faits ? Et pourquoi transformer ces femmes en damnées ? Pourquoi ces femmes en particulier ? Ces femmes que les Neuf avaient déclarées dangereuses au moment de l'insurrection ?

S'étaient-ils trompés ? Bianca était-elle innocente ?

— À quoi penses-tu ? demanda Edei.

Elle sentait que les autres l'observaient, mais toute son attention était focalisée sur lui. Ils avaient entamé ce voyage ensemble, suivant indice après indice, confrontant les faits, dévoilant des vérités inimaginables. Quand elle calait, il prenait le relais, et vice versa.

Leur duo était meilleur qu'Io aurait pu l'imaginer ; c'était une combinaison parfaite d'instinct et de réflexion, d'impulsion et de précision.

— Tu te souviens de la plus jeune des sœurs, dans le rêve ? demanda-t-elle. Nina ?

Il hocha la tête.

— Je l'ai déjà rencontrée. Il y a cinq jours.

Il haussa les sourcils, comme s'il avait compris où elle voulait en venir : *il y a cinq jours, quand Drina Savva a tué Jarl Magnussen.*

— Tu crois qu'on devrait enquêter sur elle ?

— On n'a pas le choix, murmura-t-elle. On a raté un truc.

Ava fit grincer les pieds de sa chaise sur le carrelage, faisant sursauter tout le monde. Elle se dressa au-dessus de la table et fusilla sa sœur du regard.

— Tu penses, dit-elle catégoriquement, que vous avez *raté un truc* ? Alors que Bianca est en train de pourrir dans une cellule ?

La gêne qui suivit résonna dans tout le café.

— Ou je pourrais retourner consulter les Neuf, suggéra Io alors qu'elle aurait préféré prendre le couteau à beurre et se le planter dans l'œil.

L'image flamboyait dans son cerveau : son propre visage, le fil dans sa main et le monde qui brûlait derrière elle. Elle avait tranché un fil, hier – celui de Raina. Et si la fin du monde prophétisée par les Neuf commençait par les troubles qu'avait déjà provoqués l'arrestation de Bianca ?

— Nous ne retournerons pas dans cette maison, siffla Edei.

— Que s'est-il passé, là-bas ? demanda Thais.

— Elles ont commencé à nous manipuler dès l'instant où nous sommes entrés, expliqua-t-il. Elles ont essayé de mettre sur le dos d'Io une théorie apocalyptique que leurs artistes avaient produite.

— Quelle théorie ? insista Thais.

Io secoua la tête. Comment expliquer ce qu'elle ne comprenait pas elle-même ?

— Je pourrais passer un marché avec elles, Edei. Je leur donne ce qu'elles veulent en échange de la vision de leurs artistes au sujet du passé de Bianca.

— Si tu leur donnes ce qu'elles désirent, répondit doucement Edei, elles te détruiront.

— Ma pauvre sœur, fit Thais avec un sourire triste.

Elle se pencha au-dessus de la table et prit les joues d'Io entre ses mains, puis répéta son geste avec Ava.

— Tu ferais n'importe quoi pour Ava, n'est-ce pas ?

Quelle étrange question ; évidemment qu'elle ferait tout pour elle. Une seule âme dans trois corps, non ? Mais il ne s'agissait pas uniquement d'aider Ava et sa petite copine. Il s'agissait de rendre justice à ces femmes qui avaient été transformées, manipulées, tuées prématurément – deux d'entre elles par Io en personne – et dont personne ne semblait se soucier.

Io se massa la nuque. Elle était épuisée. Elle avait passé des jours entiers à sillonner Alante dans tous les sens et tout ce qu'elle avait à proposer était une solution aussi vaseuse que le sous-sol du Marais.

— Si on avait eu un peu plus de temps dans la maison de songes, se lamenta-t-elle, on en saurait davantage sur le passé de Bianca. On aurait pu savoir quand et comment elle avait créé les damnées. On aurait eu notre preuve.

Ava tapota nerveusement les journaux posés sur la table.

— Ouais… C'est tout de même étrange que Bianca ait été arrêtée la veille des élections, vous ne trouvez pas ? Étrange que l'affaire ait été rendue publique le matin même alors que l'enquête était toujours en cours, non ? Étrange, aussi, que ça ait assuré à Saint-Yves une marge de trente points dans les sondages de sortie des urnes. Certains trouveraient ça plutôt opportun.

Thais grinça des dents.

— Excuse-moi ? *Opportun* ? Qu'insinues-tu, exactement, Ava ?

— Je n'insinue rien. Je présente les faits tels qu'ils sont. Cette arrestation lui a assuré la victoire. J'espère que ça vaut le chaos qui risque de suivre. Parce que ça…

Elle donna un petit coup dans le volet derrière elle ; Io entendit des cris lointains et ce qui ressemblait à des coups de feu.

— … ce n'est que le début, Thais.

Io était proche d'exploser, mais sa sœur aînée se contenta de rouler des yeux avec indifférence.

— Je suis navrée que ton amoureuse soit une menteuse et une meurtrière, Ava. Et je suis désolée que ton quartier soit habité par des criminels égoïstes qui refusent de reconnaître la vérité.

Ava fit une moue affligée.

— Autrefois, tu aimais Alante plus intensément qu'aucune d'entre nous.

Thais haussa les épaules, aussi raide qu'une statue de glace.

— Ce fil-là s'est effiloché il y a longtemps.

Io se figea. Elle se revit en train d'entailler le fil de sa sœur, petit à petit, nuit après nuit, jusqu'à ce qu'il lâche. Elle sentit le regard d'Edei sur elle, puis son bras se poser doucement sur le dossier de sa chaise. Le fait qu'il sache et qu'il ne la juge pas la réconfortait un peu, mais ce n'était pas suffisant. Dieux, si Thais savait… Si *Ava* découvrait ce qu'elle avait fait…

— Je ne pensais pas que tu serais encore assez naïve pour confondre amour et loyauté, ma chère Ava, ajouta Thais. Ces deux sentiments n'ont rien à voir.

Ava baissa la tête.

Io pensait que les vieilles braises s'étaient éteintes, mais voilà que la méchanceté de Thais renaissait, brûlante.

— Ne lui parle pas comme ça, s'emporta-t-elle. Ton fiancé a saisi sa chance, sans se soucier des conséquences pour le Marais. N'essaie pas de blesser Ava parce qu'elle n'est pas d'accord avec toi.

Thais afficha une expression qu'Io connaissait trop bien : celle d'un gros chat prêt à bondir, toutes griffes dehors.

— Depuis quand te soucies-tu des gens du Marais, Io ? N'est-ce pas toi qui as fait carrière en coupant leurs fils les moins honorables comme une sorte de juge tout-puissant ou un bourreau ?

Io aurait pu laisser tomber. Deux ans plus tôt, elle se serait inclinée et aurait reconnu sa défaite. Mais aujourd'hui, elle devait réagir. Elle allait résister et montrer à sa sœur qui elle était. Elle y voyait clair pour la première fois : Thais en haut, Ava au milieu, elle en bas. Ce n'était pas ainsi qu'une famille était censée fonctionner.

— Quel est le rapport avec la manière dont tu t'adresses à Ava ? dit-elle en élevant la voix.

Car c'était bien l'idée générale, non ? Thais essayait de les blesser toutes les deux en faisant dévier la conversation sur leurs faiblesses.

— Ou avec l'arrestation de Bianca, d'ailleurs ? Le problème, c'est plutôt que tu prends la défense d'un opportuniste qui a fait fuiter des informations dans la presse pour mieux se faire élire maire, non ?

Thais répondit de façon cavalière :

— D'accord, d'accord, mademoiselle la brillante détective. Si ce sont des réponses que tu veux, loin de moi l'idée de me mettre en travers de ton chemin. Va donc chercher ce *truc* que tu penses avoir raté. Ensuite, Luc sera ravi de partager tes découvertes. Tu pourras même interroger Bianca toi-même si tu en as envie. Donne ton nom à l'entrée du commissariat et on te laissera entrer – officiellement, cette fois, hein ? J'ai déjà fait une demande pour que tu reçoives une offre de travail dans le cadre de l'Initiative. Voyons si tu es capable d'obtenir plus de résultats que mon *fiancé opportuniste.*

Les punitions de Thais étaient toujours aussi subtiles. Elle semblait capituler, réclamer votre aide. En vérité, elle vous challengeait en espérant que vous échoueriez, encore et encore, jusqu'à ce que vous déclariez forfait. Et telle était la leçon : vous étiez lâche.

Mais Io en avait assez d'avoir honte – *assez*. Elle se leva, avec ses cheveux frisottants, ses chaussettes dépareillées et cet affreux pull orange qui lui descendait jusqu'aux genoux. Elle avait l'impression d'être l'héroïne d'une épopée dont l'armure étincelait sous le soleil, grande et forte sur son cheval blanc au sommet d'une colline.

— Tu sais quoi ? lança-t-elle. Je crois que je vais te prendre au mot.

Thais pouffa avec l'air d'une gentille grande sœur amusée.

— On fait comme ça, dit-elle sans méchanceté mais tout en toisant sa cadette de haut en bas.

Io l'ignora et se tourna vers Edei.

— Tu m'accompagnes, partenaire ?

# Chapitre 32

## TA PÉNITENCE

**Un brouillard lourd et presque liquide étouffait** la ville. Alante se réduisait aux pavés sous les bottes d'Io, aux profils ondulants des lampadaires et des poutrelles de soutien du tramway, aux silhouettes floues des passants. Le smog avalait la lumière du jour et étouffait le grondement des rames aériennes. Io se fichait de la pluie et du vent, de l'humidité épouvantable de l'été, mais elle avait toujours trouvé cette grisaille suffocante. Avant qu'on érige des barrages dans les plaines environnantes, la cité était perpétuellement couverte de brouillard, surtout les bas quartiers. Elle se demandait comment les habitants avaient supporté ça.

— Alors, cette femme du rêve de Bianca, Nina ? la questionna Edei en la rejoignant au pied des marches du café. Tu l'as déjà rencontrée ?

— C'était la maîtresse de Jarl Magnussen – elle était présente quand la damnée l'a assassiné. J'ai pensé qu'elle se trouvait au mauvais endroit au mauvais moment, mais la meurtrière lui a parlé. Elle lui a dit…

Elle fit une pause pour essayer de se souvenir des mots exacts.

— *Je ne peux pas te punir. Tes crimes ne sont pas vraiment les tiens.*

— Mmh…, fit Edei, concentré. Nina a aussi combattu lors des Émeutes, comme les autres victimes. On dirait qu'une connexion nous échappe.

— Exactement, acquiesça Io.

Elle s'était changée et portait maintenant un pull court d'Ava sur son vieux cargo sale. Elle avait attrapé un foulard près de la porte et l'avait enroulé autour de sa bouche et de son nez. L'odeur d'eau de Cologne du tissu lui convenait parfaitement. Elle n'avait pas de temps à perdre avec le mal de tête que cette atmosphère brumeuse risquait de lui provoquer. Edei l'avait imitée.

— Si je me souviens bien, Nina habite le grand complexe de la rue de la Camomille.

Ils grimpèrent lentement l'escalier qui menait à la passerelle du Nord, une marche après l'autre, s'accrochant à la rambarde comme deux vieux ; le smog s'enroulait autour de leurs chevilles. Une bande d'adolescents à peine pubères avait barré l'entrée du passage suspendu avec des morceaux de bois.

Edei se dressa de toute sa hauteur et menaça les gamins en brandissant son poing américain. Avec son foulard noué autour du visage, il ressemblait à un bandit tout droit sorti d'un roman d'aventures.

— Dégagez ! cria-t-il.

Les gosses hésitèrent une seconde, puis se dépêchèrent de leur libérer un accès. En passant, Io put voir le butin qu'ils avaient déjà récolté : des pièces, des paquets de cigarettes, un mouchoir en soie.

— Ton gang ne devrait pas être ici pour protéger le territoire de Bianca ? demanda-t-elle.

— Ils sont terrifiés. Les Fortuna étaient censés être intouchables, et voilà que leur cheffe est détenue au commissariat.

— Chimdi et Nico seront en sécurité au club ?

— Cet endroit est une véritable forteresse. Écoute, Io : Ava a raison. Nous devons trouver des preuves que Bianca a bien orchestré les meurtres du Marais. Ce qu'elle a fait à ces combattants lors des Émeutes est impardonnable, mais les gens considèrent qu'elle a mis fin à la boucherie et sauvé leurs amis et leurs familles. Si nous ne parvenons pas à leur prouver que Bianca est démoniaque, vraiment démoniaque, alors ils essaieront de la sauver. Ils la feront sortir du poste et la conduiront hors d'Alante, en sécurité. Et crois-moi, ils y parviendront.

Io le dévisagea.

— Ils sont déjà en train de s'organiser, n'est-ce pas ? C'est pour ça que le gang s'est enfermé à l'intérieur du club ?

— Oui.

Ils restèrent un moment silencieux, chacun perdu dans ses pensées, et, quelques minutes plus tard, ils arrivèrent au bout de la passerelle du Nord. Habituellement, l'endroit offrait une vue imprenable sur le grand complexe d'appartements de la rue de la Camomille, un bâtiment carré bâti autour d'une rare cour privée. Aujourd'hui, cependant, celui-ci était noyé dans le brouillard et sa silhouette inquiétante évoquait un château de conte d'horreur.

— Panagou, dit Io alors qu'Edei lisait les noms des résidents affichés à côté de l'entrée.

— Troisième étage, appartement 6.

Lorsqu'ils poussèrent la porte, celle-ci râla comme un vieil homme agonisant. Ils tombèrent aussitôt sur un tas de meubles ; quelqu'un avait essayé de barricader l'entrée avec tout ce qu'il avait pu trouver. Un silence pesant les accompagna jusqu'au troisième étage. Pas le moindre signe de vie, ni humain ni rongeur ; pas d'ail en train de frire dans une poêle, aucun bébé s'agitant dans son berceau. Les habitants du quartier s'étaient terrés chez eux.

Lorsqu'ils atteignirent l'appartement n° 6, Edei frappa deux fois et recula de quelques pas, comme quelques nuits plus tôt devant l'appartement d'Io.

Un moment passa. Io mit ses lunettes et invoqua la Toile. Les fils du destin se mirent à briller sur Alante et leur lumière argentée repoussa le brouillard. Une centaine de fils de vie s'élevaient vers le ciel depuis l'immeuble et un petit faisceau émanait de l'appartement. Io passa devant Edei et frappa à son tour.

— Bonjour, est-ce que Nina est là ? demanda-t-elle. Je suis la détective privée de l'autre nuit et j'ai quelques questions à lui poser.

Une voix d'enfant mal assurée – le fils de Nina ? – lui répondit à travers la porte :

— Elle est sortie faire des courses.

Ils l'entendirent traîner les pieds, puis il précisa :

— Je n'ai pas le droit d'ouvrir quand elle n'est pas là.

— Tu es d'accord pour qu'on l'attende ? lui demanda gentiment Io. Je dois lui parler d'une chose très importante.

Le garçon hésita.

— Je n'ouvre pas la porte.

— Pas de problème, fit Io avec un sourire en songeant que sa mère l'avait bien éduqué. Nous patienterons dans le couloir.

À l'intérieur, les pas s'éloignèrent et Io rejoignit Edei qui s'était appuyé à la balustrade du troisième étage. Il lui jeta un coup d'œil critique.

— Quoi ? fit-elle, mal à l'aise.

— C'est à cause la Toile que tu portes des lunettes ?

— Euh, pas vraiment. Je suis hypermétrope depuis toute petite. La Toile ne provoque pas ce genre d'effet secondaire.

— Quels effets provoque-t-elle ?

— Eh bien, quand on était gamines, mes sœurs et moi jouions à celle qui verrait le plus loin dans la Toile. On passait des heures à suivre des fils à travers la ville. Une fois, à la fin d'une de nos escapades, je me suis mise à saigner par les oreilles, le nez, les yeux…

— Les yeux ? répéta-t-il, horrifié.

— Oui. C'était terrible.

— Alors tu as failli mourir car tu as passé trop de temps la tête dans les *étoiles* ?

Io quitta la Toile pour le dévisager et constata qu'il retenait un sourire. Est-ce qu'il se moquait d'elle ? *Oui.*

— Pas exactement…

Il enchaîna sur un ton malicieux, comme s'il ne l'avait pas entendue :

— *Une jeune trancheuse trouve la mort en contemplant les étoiles*. Ça, c'est un gros titre.

— Ce n'est pas du tout ce qu'on faisait !

— Tu devrais te présenter comme ça. Io Ora, détective privée, addict aux étoiles.

Les joues d'Io s'embrasèrent ; heureusement qu'elle avait son foulard.

— Arrête ! J'étais sérieuse.

— Oui, bien sûr, fit-il en mimant le sang qui jaillissait de ses yeux.

Elle secoua la tête en souriant comme une idiote.

Edei croisa les bras sur sa poitrine et répondit à son sourire.

— Admets qu'on s'améliore, patronne. Ça, c'était de l'humour.

Elle éclata de rire.

— Oui, carrément.

Elle prit place à son côté, épaule contre épaule. Après quelques minutes, elle se détendit en sentant sa chaleur l'envahir.

— Qu'est-ce que ça fait ? lui demanda-t-il. De tenir un fil ?

— C'est doux. Fort, aussi. C'est comme du fil de fer enveloppé de soie.

Elle lui ouvrit sa main.

— Tu veux que j'essaie de te montrer ? Certaines personnes qui ont un peu de sang moire peuvent sentir les fils, en quelque sorte, mais elles ne peuvent ni les voir ni les manipuler.

— Je doute que j'en aie la moindre goutte, dit-il en plaçant tout de même sa main dans la sienne.

La Toile s'alluma autour d'Io. Elle prit son pouce et son index et les plaça autour de son fil le plus fort : leur fil du destin.

— Tu sens quelque chose ? lui demanda-t-elle en levant les yeux vers lui.

Dieux qu'il était beau. La lumière diffuse de la cour lui donnait un air mélancolique. Son nez droit parfait, les petites coupures sur sa mâchoire et ses joues. Ses yeux mi-clos, son front relâché ; son corps légèrement tourné vers elle… La hanche d'Io était appuyée contre la sienne, sa cuisse également. Il était si proche qu'elle pouvait sentir son odeur et distinguer chaque poil de sa barbe de trois jours. Elle aurait pu compter les taches de rousseur de son nez. Et ses lèvres ; épaisses, roses et…

Elle abaissa le foulard qui lui couvrait le visage. Les yeux d'Edei se posèrent sur ses lèvres. Elle sentit son corps la brûler.

Il était là. Elle le désirait depuis tellement longtemps ; elle l'avait évité pendant tellement longtemps. Même quand elle avait fini par le rencontrer, elle avait gardé ses distances et il avait gardé les siennes, évitant tout contact. Désormais il était juste là et partageait sa chaleur avec elle. Ça voulait forcément dire quelque chose.

Io avait besoin de savoir s'il partageait ses sentiments. Elle débordait d'amour, elle était prête à éclater. Ces derniers jours passés à ses côtés parmi les damnées et les dieux, au contact du destin et de la mort, l'avaient transformée ; elle était enfin prête à réclamer de l'amour en retour. Elle voulait sentir le contact de ses lèvres, l'embrasser au moins une fois.

Alors elle se décida.

Elle posa la main sur sa poitrine et sentit son haleine réchauffer l'air qui les séparait encore. Elle se serra contre son torse ; la bouche d'Edei attrapa tendrement la sienne et lorsqu'il lui ouvrit les lèvres, leurs langues s'enroulèrent comme en une danse. Elle caressa sa mâchoire, son oreille, les cheveux courts de sa nuque. Il la prit par la taille pour l'enlacer tendrement. Elle respira son odeur et écouta chaque petit bruit qu'il faisait, s'imprégna du goût de sa bouche et songea qu'elle pourrait se briser. Elle se sentait sereine et surexcitée en même temps ; son cœur battait à tout rompre, son estomac était en lambeaux.

Et puis, soudain, il s'écarta d'elle.

Elle effleura les poils de son menton du bout des lèvres ; elle en voulait encore.

— Arrête, Io, lui dit-il.

Il la saisit par les épaules et la repoussa doucement.

— Pas comme ça, ce n'est pas bien. Ce n'est pas réel.

Elle ne comprit pas immédiatement. Elle étudia son visage, ses lèvres rouges, ses sourcils épais, ses grands yeux. Il avait l'air déterminé.

— Je suis désolée, lâcha-t-elle sèchement. J'avais mal compris.

Elle s'éloigna de la balustrade.

Edei la suivit, essayant de capter son regard.

— Attends… Laisse-moi t'expliquer.

Elle était encore pleine de confusion et de désir, mais elle se maîtrisa.

— C'est bon. J'ai compris. Oublions ça, d'accord ?

— Non, parlons-en.

Parler de quoi ? Il ne voulait pas d'elle. Leur fil, leur destin, leur *avenir*, il les rejetait. L'embarras d'Io se transforma en amertume ; elle sentit une bile acide remonter dans sa gorge. *Son promis la repoussait.* Dieux… Pendant des années, elle l'avait évité, et maintenant qu'elle le connaissait, l'aimait et l'embrassait, il s'écartait d'elle. Elle aurait dû se contenter de leur collaboration, de leur amitié ; manifestement, leur fil du destin n'était que cela et elle avait été trop gourmande. Et maintenant, leur relation allait redevenir gênante, elle allait perdre la seule personne qui comptait pour elle en dehors d'Ava et de Rosa. C'était sa faute et sa culpabilité allait finir par la noyer et… *Stop.* Elle glissa les doigts sous ses lunettes et se frotta les yeux. D'où ces idées lui venaient-elles, bons dieux ! Elle n'avait aucune raison de se sentir coupable. Ce n'était pas elle qui avait tissé son fil du destin. Éviter Edei était la chose la plus sage qu'elle ait pu faire pour se protéger elle-même. Quant à craquer pour lui… Il n'y avait aucun déshonneur à cela ; elle aurait dû ressentir de la joie. Elle se sentait envahie par des émotions familières, pourtant. Les coutures de son corps se déchiraient sous la pression de la honte. Mais ce n'était jamais sa honte à elle, si ?

*J'ai mérité mon fil de foyer. J'ai toujours prouvé mon attachement à cette ville. Qu'as-tu fait pour mériter celui-ci ?*

*Les sœurs Ora n'embrassent pas les petits copains des autres.*

*Coupe ce fil, c'est la meilleure chose à faire. Libère-le.*

C'était la honte de Thais, l'héritage des Ora.

Elle laissa ses mains retomber sur ses hanches. Edei l'avait rejointe dans le couloir et se tenait devant elle, mal à l'aise.

— Pourquoi ? lui demanda-t-elle. Je croyais… que tu en avais envie, toi aussi.

Il ouvrit et referma plusieurs fois la bouche.

— Comment peux-tu être certaine que c'est réel, Io ? Que ce n'est pas juste une conséquence de ce fil du destin ?

Elle cessa de respirer.

— Tu es au courant ?

Bien sûr qu'il l'était. Tout prenait sens, désormais : sa façon de la regarder et de se comporter avec elle. Ses joues qui rougissaient quand il lui disait qu'il avait l'impression de la connaître depuis longtemps. Les observations d'Amos. La passion avec laquelle il avait rejeté l'idée du destin et défendu la liberté de choisir. Il connaissait l'existence du fil. Et il le détestait.

Il lui répondit d'une voix étonnamment claire.

— Le jour de mon anniversaire, l'année dernière, juste après ma rupture, mes amis m'ont emmené consulter une née-moire, histoire de rire un peu. Elle m'a parlé de notre fil du destin et expliqué ce qu'il signifiait. Cette idée qu'il existait quelqu'un, quelque part, que j'étais censé aimer, est restée bloquée dans mon cerveau, et un mois plus tard je l'ai payée à nouveau pour qu'elle me dise qui se trouvait à l'autre bout. Tu étais chez Amos, au comptoir, en train de boire un café.

— Pourquoi ne m'as-tu rien dit ?

Il baissa les yeux sur ses pieds agités.

— Tu es une née-moire. Tu devais savoir depuis des années qu'on partageait ce fil, et pourtant tu n'es jamais venue me trouver. J'ai pensé qu'il y avait une raison à cela, et j'ai décidé de la respecter.

Il avait cru qu'elle le rejetait. Le silence d'Io lui avait donné le sentiment d'être malvenu.

— Non, Edei… je ne suis pas venue vers toi parce que je savais que tu étais avec quelqu'un. Il n'était pas correct que… je m'en mêle.

— Mais pourquoi n'as-tu rien dit il y a quatre jours, quand nous avons commencé à travailler ensemble ? Et là, tu viens de m'embrasser…

Il rougit.

— … avais-tu prévu de m'en parler ?

La réponse était double : *Non*, elle ne lui aurait rien dit, parce qu'elle était terrifiée ; et *oui*, elle aurait fini par lui avouer, car elle voulait qu'il sache enfin ce qu'elle ressentait.

L'honnêteté, un concept tellement étrange aux yeux d'Io, avec son lot d'attentes et de jugements. Mais cette relation-là était la première de sa vie à n'être pas entachée de mensonges et de secrets. Edei était intelligent et gentil, ses blagues étaient nulles mais il ne la critiquerait pas…

— Je pensais que tu m'en voudrais, murmura-t-elle.

— Pourquoi ? Tu n'es pas responsable de ce fil du destin.

— Parce que… je ne l'ai pas coupé.

— Tu *veux* le couper ?

— Est-ce que ce n'est pas la meilleure chose à faire ? Le trancher ? Pour que tu puisses vraiment avoir le choix ?

Elle le regarda attentivement et perçut chaque mouvement de ses yeux et de ses sourcils. Il eut soudain l'air grave et mélancolique.

— Je ne vais pas te mentir, j'y ai souvent songé. À cette chose que je ne pouvais pas contrôler, à ce destin qui m'échappait. Parce que… comment pourrais-je jamais être certain ? Ce truc entre nous, ce que nous ressentons, comment savoir si c'est réel ou juste une manipulation divine ?

N'était-ce le rythme de sa respiration, il resta calme en attendant sa réponse.

Si Io en avait eu une, toutefois, celle-ci avait dû se perdre dans le chaos de leurs confessions : il avait des sentiments pour elle ; elle avait confessé pourquoi elle lui avait caché l'existence du fil et pourquoi elle ne l'avait pas coupé ; et il ne lui avait fait aucun reproche. Il l'avait questionnée sur ses actes, le destin et la liberté, l'amour et l'incertitude, mais il ne l'avait pas *jugée*.

Io était soulagée. C'était fait. Terminé. Elle avait choisi de sauter dans l'inconnu, d'assumer son fil du destin, et elle l'avait embrassé. Elle avait pris le risque de tout perdre ; si son cœur finissait brisé, alors tant pis. Elle était libre, maintenant. Libre d'aimer. De souffrir. De se reconstruire. Libre d'aimer à nouveau, sans culpabilité, et un jour d'être aimée en retour.

— J'aimerais t'apporter la réponse que tu attends, lui dit-elle. J'aimerais pouvoir te dire que ce que je ressens est sincère, indépendant de notre fil… mais je n'en suis pas certaine. Ce dont j'ai la certitude, par contre, c'est que si j'avais le choix, je te choisirais toi. Nous formons une sacrée équipe, tous les deux, et nous pourrions être tellement plus.

Elle ferma les yeux et laissa monter son chagrin.

— Mais si tu préfères, reprit-elle, je couperai notre fil, Edei. Je le ferai vraiment et je me contenterai d'être ton amie. Peut-être pas immédiatement, mais ça finira par arriver. Je m'adapterai.

Elle s'habituerait, elle le savait. Elle avait passé sa vie à supporter des disparitions : ses parents, son enfance, Thais. Ça la ferait souffrir et elle en pleurerait, mais elle avait cru que ce serait sa pénitence, alors que ça ressemblait à… la liberté.

*C'est votre pénitence…*

Son esprit se figea. Son cœur accéléra alors qu'elle se remémorait une scène du rêve de Bianca.

*Une tuerie ?* avait dit la cheffe du gang renégat sur le pont. *Oh non, jeune fille, c'est votre pénitence.*

Le souvenir des derniers jours se déroula à toute allure dans l'esprit d'Io, parole après parole.

*Je ferai renaître de ses cendres une jeune fille en feu*, avait dit Drina Savva.

*La vengeance est pour les esprits malins. Mon objectif est la justice. Je suis à son service, et elle est au mien. Je ne suis ni folle ni mourante. Je suis en train de m'élever*, avait encore dit la damnée.

*J'ai été créée pour connaître tes crimes. Je n'ai que faire de la pitié, je délivre la justice. Je sens l'odeur du crime sur toi aussi, ma sœur*, avait dit Raina.

*Certains crimes ne peuvent rester impunis*, avaient clamé les trois damnées.

*Je ne peux pas te punir, ma fille. Tes crimes ne sont pas vraiment les tiens.* Encore Drina.

Et les Neuf : *Ce sont des filles de la nuit, choisies pour leur vertu et destinées à abattre le fouet de la vengeance sur le dos des pécheurs.*

Merde.

*Oh, merde.*

Io devait absolument trouver Nina – tout de suite. Elle se glissa dans la Toile et approcha de son appartement. Le garçon – son fils – se tenait juste derrière la porte et les observait probablement à travers le judas. Une douzaine de fils sortaient de sa poitrine ; l'un d'eux, particulièrement brillant, menait tout droit vers la sortie de l'immeuble. Sa mère était sans doute en train de rentrer.

Io se précipita vers l'escalier, Edei sur les talons.

— Qu'est-ce qui se passe ?

Elle avait une théorie et si elle ne se trompait pas, *tout* était faux. Ils avaient à peine avalé la première volée de marches quand Nina apparut au tournant, les bras chargés de sacs de courses. Ses cheveux blancs étaient rassemblés en un chignon approximatif et ses joues avaient l'air décharnées, comme si elle n'avait rien mangé depuis plusieurs jours. Elle attrapa le pistolet glissé sous sa ceinture en les voyant.

— Attendez, dit Io en levant les mains. Nous ne vous voulons aucun mal.

— Je me souviens de vous. La nuit où Jarl...

Nina regarda les murs étroits de la cage d'escalier, calculant ses chances de s'enfuir. Elle avait survécu aux Émeutes, se souvint Io, et elle avait probablement combattu quelques pillards avant d'obtenir la nourriture qu'elle rapportait. Sa méfiance était justifiée.

— Qu'est-ce que vous fichez là, putain ?

Io savait qu'elle devait faire preuve de calme et de gentillesse, mais ce n'était pas le moment.

— Vous m'avez raconté que la damnée vous avait dit qu'elle ne pouvait vous punir car vos crimes n'étaient pas vraiment les vôtres. Qu'entendait-elle par là ?

— Comment je le saurais ? Laissez-moi tranquille.

Nina se fraya un passage entre Io et Edei pour monter l'escalier.

Io la suivit.

— Avez-vous commis beaucoup de crimes ?

— De quoi parlez-vous ?

— Vous avez tué, lâcha-t-elle brutalement tout en se sentant cruelle de rappeler à cette pauvre femme d'aussi sombres souvenirs. Pendant les Émeutes. Mais c'est le seul crime que vous ayez commis de votre vie, non ?

Nina s'arrêta au beau milieu des marches pour la fixer, ses mèches blondes, presque blanches, tombant en un flot étoilé autour de son visage.

— Comment êtes-vous au courant, pour les Émeutes ?

Io ignora sa question – pour l'instant, c'était hors de propos et répondre lui aurait coûté un temps précieux.

— Nina, c'est important. Qui avez-vous tué pendant ces Émeutes ?

La femme serra fort les lèvres.

— Vous savez que je ne peux pas vous le dire.

OK, d'accord, le silence des coqs. Tous les membres du bataillon de Bianca, dont on aurait pu chanter les louanges, étaient au contraire tenus au secret et menacés d'une mort horrible s'ils parlaient. Pourquoi ? Et pourquoi s'embêter à protéger ceux du gang renégat, alors que ceux-ci étaient tous morts ou en fuite ? Pourquoi s'embêter – à moins que la vérité soit tellement horrible qu'elle aurait condamné le Marais tout entier ?

— Il n'y a jamais eu de gang renégat, n'est-ce pas ? demanda Io en sentant l'adrénaline l'envahir. Le jour où les Émeutes ont pris fin, il y avait une femme sur le toit, la cheffe du gang renégat qui a essayé de vous empêcher d'attaquer. Elle a dit : *C'est votre pénitence.*

Justice, vengeance, pénitence – Io n'avait cessé d'entendre ces mots.

— Cette femme était une née-furie, affirma-t-elle, le souffle court. Les nés-furie se sont battus dans le Marais pendant sept jours… et le huitième, Bianca Rossi a acté leur élimination !

La femme répondit par un silence.

— Une lignée entière de nés-autrement, s'étrangla Io. Décimée. Anéantie. Ce n'était pas une simple tuerie. C'était un génocide.

— Vous ne savez pas comment c'était, murmura Nina. L'ordre avait été envoyé pour mettre fin aux rixes qui opposaient les gangs du Marais – les guerres de territoire étaient tellement courantes à cette époque. Mais les nés-furie ont continué sur leur lancée. Ils ont poursuivi tous les nés-autrement qui travaillaient dans l'illégalité et les ont exécutés, sans autre forme de procès.

Ses yeux se levèrent sur Io, durs et sans remords.

— On a fait ce qu'on devait faire. Les nés-furie nous auraient tous tués.

*On a fait ce qu'on devait faire.* On en arrivait toujours là. À la violence au nom de la survie.

Io jeta un œil par-dessus son épaule ; Edei avait la bouche grande ouverte et les doigts de sa main droite étaient devenus blancs à force de serrer son poing américain.

— Les uns après les autres, tous les nés-autrement impliqués dans les Émeutes ont été punis pour leurs crimes, lui dit-elle. Fyodorov, Minos, Jarl, Horacio. *Uniquement* des nés-autrement, Edei. Pas Nina, pas la famille de Fyodorov, aucun des sans-pouvoirs qui ont participé aux combats. Et ils ont tous été étranglés par les fils tranchés des damnées utilisés comme des *fouets*. Les damnées se vengent du génocide de leur lignée.

Il ajouta d'une voix à peine audible :

— Les damnées sont des nées-furie.

Io hocha la tête. C'était sa théorie et celle-ci était maintenant confirmée.

— Pourtant, Io… Ils n'ont pas tous été punis.

Il fit une pause et ferma les yeux, comme pour récupérer.

— Bianca…

La reine du Marais ne tirait pas les ficelles. Elle était une victime.

# Chapitre 33

# VOTRE JUGEMENT DERNIER

**Io était paniquée.** Chacun de ses pas était chargé d'une énergie frénétique qui menaçait de lui faire perdre l'équilibre. Seule la terreur lui permettait d'avancer à travers le Marais, de passer les ponts à chats et les passerelles barricadées en direction du commissariat.

Les policiers en faction devant les portes du quartier administratif vérifièrent ses papiers et les laissèrent entrer, Edei et elle. On se serait cru sur un champ de bataille : policiers, fonctionnaires de la mairie et simples citoyens s'étaient rassemblés devant le poste de police et discutaient avec animation en attendant les résultats des élections. Personne ne leur prêta attention lorsqu'ils se dirigèrent vers l'aile nord du bâtiment, où étaient situées les cellules de détention provisoire.

Une unique surveillante protégeait l'entrée du bâtiment de plain-pied, les jambes étendues sur son bureau ; un long couloir bordé de barreaux s'étendait derrière elle. Elle fumait une cigarette et l'endroit puait le tabac et l'eau de Javel.

— Nous voulons voir Bianca Rossi, annonça rapidement Edei.

— Ah bon ? répondit la gardienne avant d'aspirer entre ses dents avec un bruit désagréable.

— Oui.

— Et qui êtes-vous, au juste ?

— On n'a vraiment pas de temps à perdre, intervint Io.

Sa main jaillit telle une vipère et ses doigts se refermèrent autour d'un des fils de la femme.

Elle avait voulu l'impressionner pour qu'elle les laisse entrer – il lui suffisait en général de tirer un coup sec sur un fil pour provoquer une décharge électrique dans la poitrine de sa victime – mais son geste eut plus d'effet encore : la gardienne tourna de l'œil et s'effondra lourdement sur son bureau.

— Io ! la réprimanda Edei en se précipitant pour examiner la femme inconsciente.

— On était pressés, se justifia-t-elle en attrapant le trousseau de clés près du cendrier.

Ses pas résonnèrent le long du couloir. Aucun fil ne s'élevait vers le ciel à travers le plafond. Le bâtiment semblait vide ; Bianca avait dû être déplacée…

Elle s'arrêta finalement devant les barreaux d'une petite cellule à peine plus grande que le lit de camp sur lequel la reine de la pègre était en réalité étendue. Bianca était roulée en boule sur un matelas nu ; une couverture miteuse recouvrait le pyjama de soie qu'elle portait la nuit précédente. Ses cheveux blonds emmêlés collaient à ses joues et à son cou comme de la paille mouillée.

Edei rejoignit Io et s'apprêta à lui prendre les clés ; elle posa une main sur sa poitrine pour l'en empêcher.

Un fil argenté tranché, flasque et sans vie, pendait du lit jusqu'au sol. Un fil de vie tranché, transformé en arme. *Le fouet d'une Furie*, songea inutilement Io.

Sa culpabilité fut immédiate. Le fil sectionné, les pieds nus, la respiration rauque et saccadée. Si elle avait été plus intelligente, elle aurait assemblé les pièces du puzzle plus tôt. Bianca avait été une cible depuis le début, quand Drina Savva l'avait attaquée dans son bureau. Io aurait pu prévenir Saint-Yves, surveiller cette cellule, prendre la tueuse la main dans le sac et sauver Bianca de ce funeste destin.

— Io ? chuchota Edei.

— Son fil de vie est sectionné, articula-t-elle péniblement.

Il inspira un coup sec.

— Qui aurait pu lui faire ça, ici ?

C'était une question inutile : une dizaine de flics avaient dû interroger Bianca, et une dizaine d'autres étaient probablement entrés dans sa cellule rien que pour voir la reine déchue. Quoi qu'il en soit, si des gens *transformaient* ces femmes en nées-furie, échappaient à l'influence des Neuf et avaient leurs entrées dans le commissariat, qui sait de quoi ces monstres étaient encore capables ?

— Reste en arrière, ordonna-t-elle à Edei.

Elle observa la poitrine de Bianca qui se soulevait lentement – la reine était-elle endormie ou feignait-elle de l'être ? Elle essaya différentes clés et finit par trouver celle qui convenait. Les gonds grincèrent lorsque la porte s'ouvrit ; la reine ne bougea pas. Io fit un pas à l'intérieur, se pencha en avant et saisit avec précaution le fil qui traînait au sol. Surveillant la respiration de la dormeuse, elle enroula le fil – le *fouet* – autour de sa main. Autant sécuriser l'arme tant qu'elle le pouvait.

Ceci fait, elle s'appuya contre le mur et regarda Edei ; les mains de son compagnon étaient serrées derrière sa nuque et ses yeux étaient humides.

— Je n'arrive pas à..., dit-il d'une voix à peine audible à cause du chagrin. Qu'est-ce qu'on va faire ?

Io aurait voulu hurler : *Je ne sais pas.* Elle ferma les yeux. *Concentre-toi. Inspire par le nez, expire par la bouche.* Elle imaginait déjà une guerre totale entre les flics et les gangs du Marais, qui voudraient venger leur reine perdue. Saint-Yves pris entre deux feux avec Thais. Et Ava…

Ava allait être dévastée. Et ce serait sa faute à elle, encore une fois. La briseuse de cœurs professionnelle, impitoyable au point qu'elle était incapable d'épargner sa propre sœur.

À moins qu'elle trouve le moyen d'arranger ça. Il y en avait forcément un, n'est-ce pas ? Un moyen d'éviter à Bianca cette mort lente.

— On l'emmène chez les Neuf.

La porte du bâtiment était restée entrouverte. Io entendit soudain à l'autre bout de la place une explosion d'applaudissements et un chant de victoire s'élever dans la foule.

Saint-Yves venait de gagner les élections.

Io peinait sous le poids de Bianca ; elle était trempée de sueur.

Ils avaient réveillé la reine aussi doucement que possible, avec des mots rassurants, et lui avaient expliqué leur plan pour la sauver. Bianca, pourtant, les avait repoussés comme un léviathan devenu fou, à coups de pied et de coude, en hurlant à pleins poumons. Io et Edei avaient dû s'y mettre à deux pour lui attacher les poignets et la bâillonner.

— Je déteste ça, marmonna Edei en regardant tristement son ancienne patronne alors qu'ils passaient la porte du nord de la place désertée par les flics qui étaient rentrés dans le commissariat pour célébrer la victoire de leur chef. J'aurais dû aider les autres à la sortir de là. C'est ma faute.

— On va arranger ça, lui répondit Io en reniflant discrètement.

Elle ignorait quand elle avait commencé à pleurer. Veillant à ce que Bianca ne leur échappe pas, elle s'était concentrée sur le rythme de ses pas, sur le fil tranché serré dans son poing – quand soudain elle avait senti le col de son pull coller à son cou, trempé par le flot de larmes silencieuses qui coulaient sur ses joues. Autrefois, son univers se limitait à une dizaine de blocs – son appartement, le café d'Amos, le Marais ; désormais, il bouillonnait dans toutes les directions. Quartiers sombres et nés-furie, fils tranchés et manipulateurs sinistres… Elle était terrifiée.

La maison des Neuf apparut dans le smog tel un joli mirage. Il n'y avait aucun admirateur, cette fois, aucun paparazzi ; tous devaient être occupés par les élections. Les gardes fumaient une cigarette sur le perron. Au-dessus d'eux, l'éclairage du jardin formait une constellation d'étoiles rectangulaires dans la brume grise. Un serpent-lièvre chimerini traversa la rue en ondulant.

Io s'immobilisa à bonne distance des gardes qui l'ignoraient ostensiblement. Sa voix résonna tel un croassement dans la rue déserte :

— Dites aux Neuf que Io Ora veut les voir. Dites-leur que je ferai tout ce qu'elles voudront.

Une gardienne avec un tatouage sur le bras se retira dans la petite guérite près du portail et parla d'une voix étouffée dans l'appareil qui lui permettait de communiquer avec l'intérieur. Quelques instants plus tard, elle fit un signe à ses trois collègues et ils accompagnèrent Io, Edei et Bianca dans la propriété. Ils contournèrent le bâtiment par une allée de graviers jusqu'à une serre surplombant le canal de l'Ouest.

Une dizaine de lampes éclairait l'endroit d'une lumière blanchâtre qui se reflétait comme de la neige sur le sol de marbre indigo et les meubles bleu et or. Des rideaux en tulle bleu foncé brodés d'étoiles ondoyaient dans la légère brise entrant par les vitres ouvertes. Les Neuf avec leur peau brune et luisante étaient positionnées telles des statues tout autour de la pièce, vêtues d'élégantes toges et les épaules couvertes de fourrures de chimerini.

Calliope et Erato buvaient du champagne sur un des canapés. Polymnie et Uranie, les plus jeunes, se prélassaient dans un sofa recouvert de fourrure orange autour d'une assiette d'amuse-gueule. Quatre autres femmes étaient réparties autour de la salle, assises dans des fauteuils ou sur de gros coussins posés à même le sol. Ces dernières étaient sûrement les muses qu'Io n'avait pas encore rencontrées : Euterpe, muse de la musique ; Thalia, muse de la comédie ; Terpsichore, muse de la danse ; et Melpomène, muse de la tragédie.

Clio était la seule à être restée debout, les mains posées sur le dossier d'un des sofas. Elle était habillée d'une délicate robe de chambre bleu nuit et ses bijoux devaient coûter aussi cher qu'un appartement dans le Marais.

— Trancheuse, dit-elle en inclinant la tête, es-tu ici pour t'acquitter de ta dette ?

Ses sœurs ricanèrent, comme s'il s'agissait d'une blague entre elles. Edei contourna les gardes, le visage dur.

— Arrêtez votre cinéma, leur lança-t-il. Cette femme a besoin de votre aide. Dites-nous comment la sauver et nous ferons tout ce que vous nous demanderez.

Les Neuf glissèrent sur le bord de leurs sièges et se penchèrent en avant pour voir derrière les gardes. Le champagne d'Erato déborda de sa coupe, mais personne ne sembla s'en soucier. Clio retroussa les lèvres, laissant apparaître ses gencives ; on aurait dit une bête sauvage.

— Qui est-ce ? demanda-t-elle. Qu'est-ce que tu nous as ramené, gamine ?

Avant qu'Io ait pu répondre, Bianca se mit à trembler.

Io et Edei échangèrent un regard inquiet et resserrèrent leur prise sur les bras de la reine déchue. Ses épaules furent secouées d'un rire silencieux et sa tête se renversa en arrière. Un cri terrifiant emplit la serre, le gloussement sauvage d'un démon étouffé par le bâillon qu'Io avait improvisé avec son foulard.

Les gardes posèrent la main sur leurs armes. Les Neuf tendirent le cou, fascinées.

Clio parla plus fort pour être entendue malgré le rire de Bianca.

— Qui es-tu ?

Le rire s'éteignit. La reine se pencha en avant et cracha son bâillon sur le carrelage immaculé. Ses yeux reflétaient des flammes orangées alors qu'aucun feu ne brûlait dans la pièce.

— Je suis votre jugement dernier, éructa-t-elle à travers un rideau de boucles blondes collantes.

Instinctivement, Io resserra sa prise autour du fil tranché. *Je le tiens toujours*, se rassura-t-elle malgré sa panique. *Je tiens toujours son fouet.*

Mais la reine de la pègre n'avait pas besoin d'une arme – elle en était une elle-même.

Elle libéra ses bras, frappa Edei en pleine poitrine, prit la tête d'Io entre ses mains et lui jeta son genou au visage.

Io fut plongée dans le noir ; la douleur se répandit dans son crâne, martelant ses oreilles. Pendant un moment – des minutes ? des heures ? –, elle flotta dans un vide silencieux et aveugle, sans haut ni bas, nauséeuse, à l'agonie.

Puis elle sentit des gravillons sous sa joue, une odeur d'herbe et de terre mouillée ; elle entendit des bruits sourds : des cris de terreur et de douleur, des coups de feu, des corps heurtant le sol. Elle essaya de ramper, mais le monde se renversa et elle roula sur le dos. Au-dessus d'elle, le ciel gris était tantôt net, tantôt flou.

*Debout*, s'ordonna-t-elle. *Debout, Io*.

Un visage lui apparut à travers la brume : peau brune, pommettes saillantes, yeux sombres. La bouche sembla former des mots ; deux mains lui saisirent la tête. Elle avait tellement mal ; un torrent de douleur humide semblait s'écouler par son nez. Elle était vaguement consciente que c'était Edei, que Bianca était libre et qu'elle devait se mettre debout, mais son stupide corps refusait de lui obéir. Elle se tourna sur le côté, s'accrocha aux bras du Fortuna de toutes ses forces et se laissa soulever.

Des ombres et des lumières dansaient autour d'elle. Elle ferma les yeux et se concentra sur la présence solide du corps d'Edei contre le sien – hanches, poitrine, épaules – alors que celui-ci l'entraînait à l'écart de la serre. Quand elle rouvrit les yeux, elle aperçut la pelouse sous ses pieds, chaque brin d'herbe, et les lacets de ses bottes.

Elle obligea son compagnon à s'arrêter.

— Non, lui dit-il. Continue à avancer. Ne te retourne pas.

La joue d'Io palpitait violemment et son œil gauche enflait déjà ; malgré la douleur, elle tendit le cou pour regarder la serre.

C'était un véritable massacre.

# Chapitre 34

## LE FOUET EST LA MORT

**TROIS GARDES ÉTAIENT ÉTENDUS, SANS VIE,** près de la porte, leurs armes inutiles luisant entre leurs mains. Cinq muses jonchaient le sol de marbre, leurs fourrures hors de prix étalées autour d'elles : Erato, la tête avachie sur le divan, la robe trempée de champagne ; la jeune Polymnie, près du sofa, et trois des sœurs qu'Io n'avait pas rencontrées la première fois au milieu du tapis, comme si elles avaient essayé de se sauver. Leurs corps étaient tout tordus ; un hématome formait un collier bleuté autour de leur cou. Les quatre survivantes étaient cachées derrière des meubles, trop terrorisées pour oser s'enfuir par les vitres ouvertes de la serre.

Au centre de la pièce, Bianca bougeait si vite que ses membres étaient à peine visibles. Alors que les mouvements des autres damnées étaient chaotiques, les siens étaient précis. Sous les yeux d'Edei et d'Io, Calliope courut vers la porte mais le fil-fouet s'envola dans les airs et l'attrapa à la cheville. Elle s'écroula et son visage gifla le marbre. Bianca ramena son arme à elle et l'enroula autour du cou de la muse. Pendant un court instant – Io eut à peine le temps de réaliser ce qui se passait –, cette dernière se tordit de douleur. Puis elle s'immobilisa complètement. *Le fouet est la justice*, songea Io. *Le fouet est la mort.*

Clio, Uranie et la troisième muse survivante poussèrent un cri lorsque leur sœur s'écroula sans vie à quelques pas de leurs visages, près du sofa derrière lequel elles s'étaient cachées. Des coups de feu claquèrent – le seul garde encore vivant tira plusieurs fois sur Bianca. Cette fois encore, la reine de la pègre fut la plus rapide : elle esquiva les deux premières balles et détourna la troisième avec son fouet.

— Il faut partir d'ici, fit Edei en dévisageant Io avec une expression peinée. Je dois t'emmener voir Samiya.

Le côté droit du visage de la trancheuse palpitait de douleur. Un sang gluant s'écoulait par son nez, dégoulinait sur ses lèvres et tachait son pull. Edei, lui, était penché sur le côté, appuyé avec précaution sur son genou droit. Que lui était-il arrivé pendant qu'elle était inconsciente ?

— Je t'en prie ! implora la muse de l'histoire derrière le sofa, attirant l'attention d'Io.

Elle berçait tendrement Uranie et son autre jeune sœur dans ses bras, comme une mère aurait réconforté ses petits.

— Épargne les plus jeunes. Elles étaient encore petites à l'époque des Émeutes. Elles sont innocentes.

Bianca inclina la tête et rencontra le regard d'Io qui se reflétait dans les panneaux de verre de la serre.

— Il est un peu tard pour la compassion, tu ne crois pas, Clio ? répondit-elle. Douze ans trop tard. Tu m'as dit : *Elles nous tueront tous. Mets fin à tout ça, débarrasse-nous d'elles.* Alors c'est ce que j'ai fait. J'ai envoyé mes gamins au massacre, et j'ai tué les derniers nés-furie.

— Ne fais pas l'innocente ! cria Clio. Tu connaissais le plan depuis le début. Et vous étiez d'accord, toi et tous les nés-autrement influents de cette ville. Nous laisserions le dernier accrochage entre les gangs dégénérer en émeutes. Nous réclamerions l'aide de l'ordre des Furies et quand ils arriveraient, nous utiliserions ces émeutes pour mettre fin à leur règne de terreur.

Clio avait du mal à respirer. Io serra la mâchoire et écouta sans bouger.

— Quelqu'un influençait les nés-furie depuis des mois, enchaîna la muse. Ils avaient liquidé les chefs nés-autrement les uns après les autres dans toutes les cités-nations. Nous n'étions plus très nombreux. Tu savais qu'on devait les arrêter. Tu as accepté de jouer ton rôle.

— J'ignorais que ça me coûterait des centaines d'hommes !

— Nous ne savions pas qu'elles deviendraient à ce point violentes.

— Je pense que vous le saviez, dit Bianca d'une voix lisse. Et je crois que vous aviez décidé que ce n'était pas cher payé pour être débarrassées de vos ennemies. Pendant douze années, j'ai noyé ma culpabilité dans l'alcool. Pendant douze années, j'ai respecté votre silence des coqs. Et pour quoi ?

Elle leva la main ; son fil tranché pendait tel un serpent mort entre ses doigts.

— Pour ça ? continua-t-elle en ricanant. Je me demande si vos protégés l'avaient prédit aussi... La reine de la pègre du Marais transformée en monstre pendant son sommeil, bâillonnée et menottée par son second, conduite chez les puissantes Neuf pour leur réclamer de l'aide...

— La trancheuse a raison. Nous *pouvons* t'aider...

— Je ne veux pas de votre aide.

Bianca tourna la tête et Io entraperçut ses yeux vitreux et orangés, exactement comme les siens étaient argentés lorsqu'elle consultait la Toile.

— Je peux voir tous tes crimes, maintenant, Clio. Tu es tachée de la tête aux pieds, tu baignes dans le péché.

Je ne peux pas te laisser vivre. Tu ne mérites aucune pitié, ma sœur.

Son fouet fendit l'air. Il s'enroula autour d'un des pieds du sofa et envoya le meuble voler à travers la pièce, puis s'écraser sur la dernière garde qui tomba, inconsciente. Clio et ses deux sœurs, désormais exposées à la colère divine de Bianca, hurlèrent d'une seule voix.

Io fut prise de tremblements. Ses jambes la portaient à peine, sa vision était instable. Pourtant, elle devait réagir, car elle était la seule à le *pouvoir*.

— Je vais détourner son attention et tu feras sortir les muses, glissa-t-elle rapidement à Edei. Ensuite, tu iras chercher tes hommes, Samiya, tous ceux que tu pourras trouver.

Edei serrait si fort les lèvres que celles-ci étaient devenues blanches. Ses yeux brillaient. Il expira ; on aurait dit un sanglot.

— Je ne veux pas te laisser.

Io baissa la tête sur son épaule ; si elle se laissait aller à ses sentiments, elle risquait de céder. Elle pourrait prendre sa main et s'enfuir, laisser le monde s'écrouler juste pour être en sécurité avec lui.

— Il le faut, lui dit-elle.

Il lui répondit d'une voix lasse mais douce :

— D'accord, patronne.

— Vas-y.

Ils se mirent en mouvement en même temps. Edei se précipita derrière la serre, vers l'endroit où étaient recroquevillées les muses, tandis qu'Io allait récupérer le pistolet d'un garde en faisant voler les graviers sous ses bottes. Bianca se retourna en entendant le bruit, plissa les yeux et fit claquer son fouet. Io poussa un cri terrifié tout en serrant la crosse de l'arme entre ses doigts. Le fil-fouet s'enroula autour de son autre bras ; Bianca tira et Io trébucha.

Elle aperçut la silhouette sombre d'Edei bouger, attraper une des jeunes muses sous les aisselles et la sortir de la serre. Elle dirigea son arme vers le plafond. *Pourvu que je ne tue personne par accident*, songea-t-elle avant de tirer.

Une pluie d'éclats de verre tomba sur Bianca et Io, leur griffant les bras et les jambes. Bianca se baissa instinctivement – c'était le moment qu'Io attendait : elle saisit le fil-fouet toujours accroché à son bras gauche et l'enroula autour de sa main, comme un pêcheur rembobine sa ligne. Avant que Bianca ait pu recouvrer ses esprits, elle avait fait une boucle autour de ses doigts et refermé le poing.

— Ne bouge pas, lança-t-elle à la reine.

La damnée – la née-kèr – la furie – poussa un cri et se jeta sur elle.

Io s'accorda un quart de seconde pour échanger un regard avec Edei.

— Cours ! cria-t-elle.

Bianca la percuta lourdement et elles s'écrasèrent contre l'un des panneaux de verre. Io sentit la caresse des rideaux de tulle sur ses joues, puis le poing de Bianca s'enfoncer dans son estomac. Les éclats de verre craquèrent sous ses bottes lorsqu'elle pivota pour éviter un deuxième coup. Elle se glissa sous le bras tendu de la reine et s'écarta d'elle pour attirer son attention loin d'Edei qui était revenu chercher la dernière née-muse, Clio.

Le fouet était toujours serré dans son poing gauche et lui brûlait la peau. Le pistolet était bien calé dans sa main droite. Elle n'avait qu'à tirer. Elles étaient si proches que la balle ne pourrait manquer sa cible. Pourtant, elle hésita – Bianca semblait plus calme, plus maîtresse d'*elle-même*, que les autres damnées.

Le regard de la reine reflétait les flammes orangées d'un véritable brasier. C'était typique des nés-furie, réalisa

Io. Maintenant que Bianca était une née-furie, elle était capable de voir les… crimes ?

— Ce que tu me sembles laide, avec mes nouveaux yeux, lança-t-elle. Tu es toute *tachée.*

*Tachée.* Quelques jours plus tôt – quelques heures plus tôt, même – Io aurait été pétrifiée par cette accusation. La honte, toutes ces graines de culpabilité que Thais avait plantées en elle au fil des ans, l'auraient submergée. C'était la vérité : elle avait fait du mal, elle avait blessé et avait été blessée en retour. Mais cela ne la rendait pas laide pour autant : elle ne méritait pas une telle punition. Les choses n'étaient pas aussi simples. Le noir et le blanc, les crimes et la mort, l'amour et la haine… Il y avait des nuances, avait-elle réalisé. Une variété infinie de gris.

Elle se força à respirer.

— Laisse tomber, Bianca.

— Ça t'arrangerait, hein ? La brave Io sauvant les Neuf d'une damnée meurtrière. Ça, c'est du gros titre. Mais ils n'oublieront jamais que tu es une trancheuse, gamine. Ils auront beau te porter aux nues, t'adorer, ils continueront à penser que tu représentes un danger. Un déséquilibre. La mort. J'étais reine du Marais et un seul mot a suffi à les retourner contre moi : née-kèr. Ils m'ont affamée, battue, interrogée. Ils m'ont transformée en cette *abomination* pendant mon sommeil.

— Qui ? demanda Io. Qui t'a fait ça ?

— Si je le savais, je ne serais pas là. Je serais en train de les regarder mourir. Je me suis réveillée et j'étais devenue une arme assoiffée de sang. L'esclave involontaire de la justice, condamnée à une mort prochaine. Tu penses que j'ai voulu ça ? Que je l'ai mérité ?

Bianca avait raison, évidemment. Ce monde était un jeu conçu pour qu'elles perdent. Il n'y avait qu'à les voir toutes les deux, empêtrées dans la toile de leur destin, face à la mort, sans aucun contrôle.

Io durcit la mâchoire ; elle devait garder les idées claires.

— Prouve-leur qu'ils se trompent, alors.

Bianca ne réagit pas.

— Tu n'es pas comme les autres damnées. Tu es capable de voir les crimes, bien sûr, et d'utiliser ton fil de vie comme un fouet, mais ton esprit t'appartient toujours, n'est-ce pas ? Tu te rappelles qui tu étais avant ta transformation. Tu te souviens que tu étais la *reine du Marais*.

À sa grande surprise, Io avait été convaincante. La soif de sang disparut des iris de Bianca. Celle-ci contempla le carnage qui les entourait. L'une des muses était étendue juste derrière elle, face contre terre, le cou brisé. Edei était parti, emmenant avec lui les trois survivantes.

— Tu es une reine, insista Io. Et ils t'ont pris ton royaume. Ils t'ont transformée en monstre. Ils t'ont manipulée pour que tu tues tes amies…

— Les Neuf n'étaient pas mes amies.

— Elles étaient tes alliées, autrefois, non ? Tu…

Elle laissa sa phrase en suspens pour essayer de mettre de l'ordre dans ses pensées.

— Tu as collaboré avec elles pour éliminer la lignée des Furies. Parce que les nés-furie étaient influencés par quelqu'un et ciblaient des nés-autrement puissants dans toutes les cités-nations.

— Alante aurait été la prochaine à sombrer, répondit simplement Bianca.

— Qui les influençait ? demanda Io qui entendait son cœur cogner dans sa poitrine.

— On l'ignore à ce jour. On savait seulement qu'ils étaient très puissants et qu'ils pouvaient rester cachés aux yeux de tous.

Cachés aux yeux des nés-autrement les plus puissants des cités-nations. Exactement comme ceux qui manipulaient les damnées échappaient aux visions des artistes des Neuf.

Io eut un déclic. Les cerveaux qui inspiraient les furies et ceux qui manipulaient les damnées étaient les mêmes. Quand leur armée de nés-furie avait été détruite, ces puissants marionnettistes avaient créé une nouvelle arme, un nouvel ordre afin de se venger et de rendre justice.

Il manquait un élément à sa théorie, néanmoins. Si ceux qui se cachaient derrière les damnées s'étaient introduits dans le commissariat pour trancher le fil de vie de Bianca et la transformer afin qu'elle tue les Neuf, pourquoi ne l'avaient-ils pas libérée ?

*Bons dieux…*

Ils savaient qu'Io était la seule à être entrée dans la forteresse des Neuf depuis des mois. Qu'elle seule pourrait y pénétrer à nouveau et contribuer à faire payer aux Neuf leur participation au génocide des nés-furie.

Ils savaient qu'elle viendrait voir Bianca. Qu'elle découvrirait la reine transformée en damnée et essaierait de la sauver en l'emmenant chez les Neuf. Ils avaient laissé Bianca enfermée parce qu'ils *connaissaient* Io. Ils la connaissaient mieux, peut-être, que n'importe qui.

Io respira un grand coup et vida ses poumons.

— Tu veux obtenir réparation ?

Bianca se tourna vers elle avec l'agilité d'un animal et pointa le doigt sur sa figure.

— Tu sais qui m'a fait ça ?

La serre était déserte, désormais. Edei et les muses étaient partis se réfugier dans un endroit sûr, loin d'ici. Io et Bianca étaient seules dans une pièce jonchée de cadavres.

Tremblante, Io expira.

— Si c'est la justice que tu veux, tu dois suivre mes instructions à la lettre.

— C'est-à-dire ?

Elle sentit un calme terrifiant l'envahir.

— Tu vas m'aider à obtenir leur confession.

— Alors tu sais ? grogna Bianca. Tu sais qui m'a fait ça ?

Oui, Io savait. Bien sûr qu'elle savait.

C'était un piège, depuis le début. Un piège conçu spécialement pour elle et reposant sur une unique hypothèse : celle qu'elle trouverait Bianca en train de mourir et déciderait de la sauver.

Qu'Io, briseuse de cœurs professionnelle, avec toute sa culpabilité et sa honte, ne supporterait pas de blesser à nouveau Ava.

La question de Thais résonna dans la nuit.

*Tu ferais n'importe quoi pour Ava, n'est-ce pas ?*

# Chapitre 35

## D'INFINIES NUANCES DE GRIS

**Io était assise seule** au milieu de la pièce remplie de morts. Elle tira sur un de ses fils. Trois coups rapides, deux longs : le cri de ralliement des sœurs Ora. Le flux argenté qui s'écoulait entre ses doigts provoquait une irisation neigeuse au-dessus des cadavres qui l'entouraient.

La nuit était tombée sur Alante et l'épais brouillard avalait la moindre lumière. Les panneaux de verre étaient tous ouverts, exposant chaque côté de la serre. Io sentait l'air frais qui gonflait les rideaux lui caresser les joues. Les cheveux des mortes ondulaient sur le sol marbré tels des filets d'eau glacée après la fonte des neiges. Bianca était partie mettre à exécution les dernières recommandations d'Io. Elles avaient changé les cadavres avant de les recouvrir de fourrures chimerini.

Io avait l'œil gauche tellement gonflé qu'elle ne pouvait plus l'ouvrir ; elle entendait son cœur battre jusque dans ses oreilles, mais son esprit restait affûté comme un rasoir. Elle y voyait clair pour la première fois depuis le début de cette affaire. Elle ne ressentait ni peur, ni tristesse, ni culpabilité. Elle était juste résolue à trouver la pièce qui manquait encore à son puzzle.

*Nous sommes pareilles, les nés-muse, les nés-moire et les nés-grâce…*

*La descendance des dieux.*

*Aucun dieu ne possède de tels pouvoirs.*

*Même les dieux évoluent.*

*Les dieux sont morts.*

*Allez-y. Posez votre question.*

Comment les damnées avaient-elles été créées ?

Io ramassa lentement le fil sur son genou, telle une vieille femme devant son métier à tisser. Elle entendit d'abord du bruit : des pas sur les graviers de l'allée, le froissement d'un tissu, le tintement de bijoux. Du coin de son œil valide, elle vit approcher une silhouette élancée, tantôt nette, tantôt floutée. Celle-ci se glissa entre les rideaux. Vêtue d'une robe turquoise au col brodé, elle balaya la pièce du regard, enregistrant chaque détail : neuf cadavres portant des peignoirs et recouverts de fourrures chimerini ; aucun fil de vie dans la Toile.

Thais.

La sœur qui l'avait élevée, la sœur qui l'avait manipulée, la sœur qui avait tout organisé.

En l'attendant, Io avait eu le temps de passer en revue chaque meurtre, chaque moment de ces cinq derniers jours. Elle avait répertorié les preuves qui incriminaient Thais en cherchant en vain la faille qui l'aurait innocentée.

Sa sœur avait rencontré les femmes devenues des damnées lors des meetings de l'Initiative. Elle avait mis du temps à préparer son revani, hier, à la Colline, parce qu'elle avait profité d'être seule pour contacter Raina et lui ordonner de venir rue d'Hanovre et de faire semblant d'agresser Saint-Yves afin qu'il soit innocenté. C'était la raison pour laquelle Raina avait attaqué avec ses mains et non avec son fouet. Ensuite, Thais avait deviné qu'Io avait un nouveau suspect et avait envoyé son fiancé au *Hypnos* afin d'y arrêter Bianca. Et ce matin, elle avait regardé Io réconforter Ava et lui avait suggéré l'idée d'interroger la reine elle-même au commissariat. Pour qu'elle trouve cette dernière transformée et l'emmène se faire soigner chez les Neuf qui n'ouvraient qu'à elle. Thais les avait conduits jusqu'ici, dans ce qui était devenu un cimetière sanglant.

Mais *dans quel but* ?

Quel lien Thais entretenait-elle avec les furies ? Comment avait-elle découvert le moyen de créer des damnées ? Et qui tirait les ficelles ? Il y avait forcément quelqu'un derrière tout ça. Sa sœur avait beau être la personne la plus puissante qu'Io ait connue, elle ne l'était pas suffisamment pour échapper aux Neuf.

Cette vérité, cette confession, Io devrait l'obtenir de Thais en personne.

— Que s'est-il passé ? murmura celle-ci. Je suis venue aussi vite que possible quand j'ai reçu ton appel à l'aide. La porte était ouverte. Il n'y avait aucun garde. Est-ce que ce sont les Neuf, Io ? Est-ce qu'elles sont toutes…

Io avança la tête dans la lueur du lustre.

— Ta figure ! s'exclama Thais en se précipitant à travers la pièce pour s'agenouiller devant elle et lui tourner le visage en tous sens. Qui t'a fait ça ?

Elle regardait autour d'elle en fronçant les sourcils. *Elle doit penser que Bianca est toujours dans les parages*, réalisa soudain Io.

Elle serra les dents et plaça ses deux mains sur les épaules de sa sœur, comme si elle s'apprêtait à lui faire un câlin, puis les abaissa lentement jusqu'au milieu de sa poitrine… et ferma les poings.

Elle bondit sur ses pieds et recula jusqu'au sofa, les poings chargés des fils de sa sœur – de tous ses fils. Car sans ses fils, une tisseuse ne pouvait rien faire. Mais aussi parce qu'elle pensait que l'un de ses fils lui serait utile, quoiqu'elle ne sache encore lequel.

Thais s'assit au milieu d'une mare de soie en faisant tinter ses boucles d'oreilles ; elle avait l'air confuse.

— Qu'est-ce que tu fabriques ? Que s'est-il passé ici ?

Ses iris prirent une teinte argentée.

— Tu es devenue une intermédiaire des dieux, c'est bien ce que tu as dit ?

*Nous sommes les intermédiaires des dieux, pas les dieux en personne. Nos pouvoirs de nés-autrement doivent être contrôlés et limités. Nous serons jugés sévèrement et nous avons encore moins droit à l'erreur que les autres.* Et Hanne avait ajouté : *La justice est la vertu des grands esprits.* S'agissait-il de la justice dont Thais avait parlé ?

L'incompréhension avait envahi son joli visage pomponné, cette image si parfaite qui semblait avoir été peinte par un maître.

— Tu penses que c'est *moi* qui suis responsable ?

Io n'était pas surprise. Telle avait toujours été la règle du jeu : les Ora jouaient avec la vérité, la tournant et la retournant pour lui donner des formes méconnaissables. Et quoi qu'Io préférât en penser, Thais n'était pas la seule à le faire. C'était leur mère avec ses attentes, leur père et sa tendance à contourner les règles, Ava avec ses choix diplomates. C'était Io elle-même, avec ses secrets.

— Ressaisis-toi, s'exclama sa sœur.

*Quelle ironie*, songea Io. Elle était parfaitement calme, plus sûre d'elle qu'elle ne l'avait jamais été.

— Ça m'a l'air mal engagé, continua Thais. Les Neuf assassinées et une trancheuse impliquée ? Il faut te sortir de là. Quoi qu'il soit arrivé, Luc pourra te protéger. Mais nous devons partir *immédiatement*. Tu sais ce qu'il va se passer si on te surprend ici ?

Évidemment qu'elle savait. Elle fournirait tous les indices qu'elle avait rassemblés – les indices qui laissaient penser que sa sœur avait un lien avec les damnées et avait sans doute orchestré les meurtres du Marais. Mais c'était Bianca qui avait éliminé les Neuf – la reine du Marais serait traquée dans tout Alante. Peu importerait qu'Io obtienne le témoignage d'Edei ou des muses survivantes. Il n'existait aucune preuve que Thais ait manipulé les damnées et, en plus, celle-ci était la fiancée du maire et la brillante porte-parole née-autrement de l'ambitieuse Initiative. Saint-Yves ferait tout son possible pour faire porter le chapeau à Bianca, à Io ou à qui que ce soit, car autrement, sa carrière serait fichue.

Alors Io devait jouer le jeu. Elle devait extraire la vérité comme on arrache une canine pourrie de la gueule d'un loup affamé. Obtenir une confession de Thais qu'aucune cour de justice ne pourrait ignorer.

Mais d'abord, elle devait gagner du temps afin que Bianca puisse accomplir la dernière de ses recommandations.

— Où es-tu allée quand tu as quitté Alante ? demanda-t-elle à sa sœur.

Thais se tourna vers les panneaux ouverts.

— On n'a pas le temps, Io…

— Mais si.

Thais se tortilla sur elle-même, prête à partir.

— Lâche mes fils, s'il te plaît.

Elle ne pouvait pas bouger. Sa sœur tenait son fil de vie bien serré et elle était comme retenue par une chaîne invisible.

— Réponds à mes questions, ordonna Io, et je te laisserai filer.

Thais souffla profondément et se laissa tomber dans un fauteuil.

— C'est ce que tu veux ? Me voir au fond du trou ? Te sentir supérieure ? Je peux faire ça pour toi, petite sœur, quoique je te trouve un peu cruelle. Quand j'ai quitté Alante, j'ai passé des mois sur la route, à voyager dans les Plaines sauvages. On m'a refusé l'entrée dans plusieurs cités jusqu'à ce qu'on me conseille de tenter ma chance à Nanzy, où je pourrais entrer en apprentissage dans une usine. Tu ne peux pas imaginer la vision : une haute et impénétrable cité entourée de murs et tout autour, des bidonvilles à perte de vue. Des milliers de personnes vivent dans ces taudis et travaillent dans les manufactures extra-muros pour pouvoir payer leur entrée dans la cité en enchaînant des contrats d'apprentissage d'un an. Et les conditions de travail… Dieux, je n'ai jamais rien vu de pareil.

« Les choses sont différentes à Nanzy. C'est beaucoup plus grand qu'Alante, et c'est le siège de l'Agora. Les manifestations et les grèves ont du poids, là-bas. Et donc, quelque temps après mon arrivée, j'ai aidé à organiser une manifestation. Résultat, j'ai été accusée de négligence par mes patrons. C'est comme ça que j'ai rencontré Luc, qui défendait bénévolement des travailleurs du bidonville. Le procès a duré des mois et on s'est rapprochés. On parlait d'égalité, du droit des travailleurs, des injustices subies par les nés-autrement. C'est à cette période-là que nous est venue l'idée de l'Initiative, et qu'on a commencé à réunir des sponsors. Et on est tombés amoureux l'un de l'autre.

« Mais sa famille ne voyait pas notre relation d'un très bon œil. Il était la star montante de Nanzy et s'amusait avec une travailleuse immigrée syndiquée qui n'avait rien d'autre attaché à son nom qu'une longue liste d'arrestations. J'étais sur le point de perdre l'homme que j'aimais en même temps que la cause en laquelle je croyais, alors j'ai fait la seule chose à laquelle j'ai pu penser : j'ai dissimulé toutes les preuves de mon statut de née-moire et je suis devenue une femme que ses amis de la bonne société accepteraient. Luc s'est élevé progressivement dans la hiérarchie, avec moi à ses côtés, et nous avons lancé l'Initiative.

« Et c'est là que ça a tourné au vinaigre. Sa famille a révélé mon statut de née-moire à la presse. En une nuit, tous nos soutiens nous ont lâchés. Quand un poste de commissaire s'est libéré à Alante, nos mécènes ont pressé Luc de postuler. Une ville peu respectueuse des lois serait un terrain idéal pour l'Initiative. Mais je n'allais pas commettre la même erreur une seconde fois ; lorsque je suis arrivée ici, j'ai été honnête et je n'ai pas caché mes pouvoirs. De plus en plus de nés-autrement ont assisté à nos meetings. Des soutiens ont accouru de tous les quartiers de la ville. Quand les élections municipales ont été annoncées, nous avons réalisé que cela serait une opportunité parfaite. Luc pourrait faire tellement plus en tant que maire – et maintenant, ça y est. Alors s'il te plaît, je t'en prie, est-ce qu'on peut partir d'ici ?

— Pas encore.

Il y avait beaucoup de choses à décrypter dans le récit de Thais. Le contrat d'apprentissage, le procès, la relation, les manigances ? Io aurait aimé douter de cette histoire, mais elle correspondait exactement à la vie de sa sœur. Cette dernière avait commencé avec Malena Silnova et ses faveurs, continué avec Thomas Mutton et son escroquerie pyramidale. Le schéma était toujours le même : Thais s'attachait à une grande cause, et quand celle-ci justifiait qu'elle trahisse ses principes, elle s'en accommodait, ignorant les contradictions entre ses beaux discours et ses actes.

Non, le mensonge n'était pas l'histoire elle-même ; il était dans la façon de la raconter.

Thais lui avait donné la forme d'une histoire d'amour entre deux amants maudits partageant un même rêve et se battant contre le reste du monde. Cela ressemblait à la présentation à laquelle Io avait assisté au théâtre : la romance transformée en argument de vente. On aurait dit une diversion. Mais où se trouvait le cœur du récit ? Qu'est-ce que Thais s'évertuait à cacher ? Io observa les deux douzaines de fils torsadés et sinueux serrés dans ses mains. Certains étaient sans intérêt, d'autres plus brillants. Certains lui picotaient la peau, indiquant que les personnes qui se trouvaient à l'autre bout approchaient – parfait, cela signifiait que Bianca avait fait son travail. Déplaçant ses doigts minutieusement, elle disposa les fils dans sa paume de façon à ce qu'aucun ne se touche.

Si l'un d'entre eux était stimulé par ce que Thais ressentait, elle le saurait.

Sa sœur pouvait mentir, mais pas la Toile. Io devait juste poser les bonnes questions.

Elle devait être audacieuse – plus audacieuse que Thais. C'était la seule façon de provoquer le choc qui obligerait cette dernière à lui révéler la vérité.

— Il y a quelque chose que je ne comprends pas, reprit-elle. Tu rencontres Luc, vous créez l'Initiative, vous trouvez des *sponsors* et vous vous assurez du soutien de l'Agora, puis vous venez à Alante pour tester votre système – jusqu'ici, tout cela fait sens. Mais votre venue à Alante cache une autre intention. Vous choisissez des femmes qui participent à vos meetings et vous les transformez en damnées. Vous les envoyez venger la mort des nés-furie et éliminer les coupables des Émeutes un par un, gardant les Neuf pour la fin. Mais quel est votre but, Thais ? La justice ? Est-ce rendre la justice que de venger la mort par la mort ?

— Tu as perdu la tête ? Tu t'entends ? Venger les nés-furie… Éliminer les Neuf… Changer des femmes en damnées… Pour qui tu me prends ?

Io sentit l'ouverture qu'elle attendait. En offensant sa sœur, elle l'avait rendue furieuse.

— Pour *personne*, justement, cracha Io. Je pense que tu es encore tombée dans un piège, mais que cette fois tes sœurs n'étaient pas là pour t'ouvrir les yeux. Quelqu'un te manipule, quelqu'un d'assez puissant pour échapper au pouvoir des Neuf. Quelqu'un qui t'a révélé la vérité sur le génocide de l'ordre des Furies et t'a convaincue qu'il était juste de les venger. Dans quel but ? Créer un nouvel ordre avec les damnées ?

— Dieux, Io ! Quel génocide ? Quel nouvel ordre ? Tu délires !

Les veines du cou de Thais palpitaient. Io sentait son cœur prêt à exploser, mais elle ne s'arrêta pas. Elle était proche, toute proche. Elle le sentait.

— On t'a fait croire que tu étais une intermédiaire des dieux, enchaîna-t-elle. Tu repères ta première cible lors d'un meeting de l'Initiative, une femme du Marais. Tu tranches ses fils – j'ignore comment – et tu tisses ce fil-fouet surnaturel. Puis tu l'envoies délivrer la justice des Furies. Mais son fil de vie est trop effiloché et elle meurt. Peu importe, tu as une mission. Tu en choisis une autre, tu la transformes en monstre sanguinaire, et tu es satisfaite quand elle commet son crime. Tu penses rendre le monde meilleur. Elle meurt, elle aussi, mais qu'à cela ne tienne. Ce ne sont pas les filles qui manquent, à Alante…

— Elles n'étaient pas censées mourir ! cria Thais.

Io retint son souffle.

Sa sœur respirait rageusement ; ses yeux étaient réduits à deux fentes.

— Elles avaient du sang de née-furie, mais pas en quantité suffisante pour leur conférer du pouvoir sans une intervention. On m'avait garanti que la transformation ne les tuerait pas.

Les damnées appartenaient donc à la lignée des Furies. Io comprenait soudain pourquoi on avait envoyé Horacio Long les tuer. Si les Émeutes de la nuit sans lunes avaient été organisées dans le but d'éliminer l'ordre des Furies, alors il était logique que les Neuf aient vu en ces femmes une menace, quelle que soit la faiblesse de leur sang.

Sa sœur enchaîna :

— J'avais tissé tous leurs fils en un seul, celui qui deviendrait leur fouet, comme on me l'avait appris. Mais leur fil de vie n'a pas supporté la pression et il s'est effiloché. Quand Emmeline est morte, j'ai pleuré pendant une semaine…

— Pourtant, tu as continué ! s'exclama Io. Et Drina ? Et Raina ? Et Bianca ?

— Ils m'ont dit que j'avais raté quelque chose ! Que les femmes que j'avais choisies n'avaient pas assez de sang de née-furie, que je devais trouver des candidates plus fortes ! On ne peut rien leur refuser, Io. J'ai vu ce qui arrivait à ceux qui osaient s'opposer à eux. Et je crois en la cause – je continue à y croire. Les Neuf, de concert avec certains des nés-autrement les plus influents du monde, ont planifié l'élimination de l'ordre des Furies. Afin de pouvoir jouir sans limites de leurs propres pouvoirs. Nous devons rétablir l'équilibre. Restaurer la justice. Nous le *devons.* Sinon, le monde disparaîtra.

*La trancheuse, la lame invisible, la faucheuse de destins*, entendit Io dans sa tête.

*Elle coupe le fil et c'est la fin du monde.*

— Et moi ? fit Io d'une voix cassée. Tu ne t'es même pas demandé ce que tu me faisais, à moi ?

— Je…, bégaya Thais. J'y étais obligée, Io. J'ai essayé pendant des mois de les faire sortir de cette misérable maison, en vain. Je me suis battue pour te garder en dehors de tout ça. Pour te protéger. Mais à la fin, c'était la seule solution. Et regarde, ça a marché. Les Furies de l'ordre sont vengées. L'ordre est rétabli. Leur lignée pourra se développer à nouveau – ils me l'ont promis.

Un sanglot lui souleva la poitrine et elle croisa les bras.

— Ça en valait la peine, finalement. Au moins pour ça.

*Il y a de la violence dans la bonté, et de la bonté dans la violence*, avait dit Edei. Sa robe en tulle bleu nuit se gonfla de vent. Dans la pénombre, derrière les rideaux, Io distingua de la lumière dans la Toile. Des éclats argentés, immobiles et silencieux.

Plusieurs personnes écoutaient la confession de Thais.

Il restait une chose qu'Io désirait savoir.

— Pour qui travailles-tu, Thais ? Qui t'a appris à transformer ces femmes en nées-furie ? Qui t'a assurée que tu aidais leur lignée à renaître ? De qui as-tu si peur ? De qui as-tu besoin de me protéger ?

— Tu le sais très bien, grogna Thais, venimeuse. *Tu le sais.*

— Je veux te l'entendre dire, chuchota Io.

*Les dieux*. Elle attendit que sa sœur le confirme à haute voix. *Les dieux sont vivants.*

Elle observa les fils étalés dans ses mains. L'un d'entre eux était plus brillant, plus chaud que les autres. C'était celui qui reliait Thais à cette cause, à ce désir de justice et d'égalité, au dieu qui la manipulait. Elle fit tourner son index avec précaution jusqu'à ce que ce fil soit bien enroulé contre sa peau.

Sa sœur était en larmes.

— C'est pour ça que tu m'as fait venir dans cet endroit lugubre ? Pour me tourmenter ? Lâche mes fils, Io. On doit s'en aller vi…

— Je crois que nous en avons entendu assez, fit une voix dans la pénombre.

Thais eut l'air terrorisée. Elle fit volte-face alors que quatre silhouettes émergeaient du jardin plongé dans le noir. Bianca Rossi, un sourire suffisant aux lèvres, son fil mort enroulé dans son poing. Rosa, les sourcils froncés, un appareil photo à la main. Ava, en pleurs et les mains sur la bouche. Et Luc Saint-Yves, dévasté par le chagrin, pointant son arme sur le cœur de sa fiancée. Le flash de l'appareil photo illumina la serre, immortalisant Thais devant le carnage qu'elle avait causé.

Bianca adressa à Io un sourire féroce.

— J'ai pensé qu'un vrai journaliste voudrait voir ça, dit-elle. Au cas où notre nouveau maire aurait eu l'intention d'enterrer toute cette histoire. Il se trouve que ton amie couvrait les élections au commissariat, et qu'Ava l'a convaincue de nous accompagner.

Ça avait été le plan d'Io. Saint-Yves n'aurait jamais quitté sa fête de victoire pour venir à la maison des Neuf s'il n'y avait été poussé par la sœur de sa fiancée en personne. Io avait demandé à Bianca de convaincre Ava d'amener Saint-Yves jusqu'ici en prétextant une urgence concernant Thais, mais la venue de Rosa était une brillante initiative de la reine du Marais.

Dans tous ses états, presque hystérique, Thais regarda tour à tour son fiancé, sa sœur, la journaliste et sa dernière victime. Puis ses yeux se portèrent sur la masse de fils dans la main d'Io où ceux-ci avaient été tendus de manière à ce qu'elle ne voie pas approcher les autres.

— Tu m'as manipulée ! s'exclama-t-elle.

Io hocha la tête. Dans son esprit, les vagues de la victoire s'opposaient à celles de la défaite.

— Laisse-moi t'expliquer, Luc, plaida Thais. Tu vas comprendre. Je te le promets. Je n'ai fait qu'assurer notre sécurité. Ne t'ai-je pas parlé de Bianca ? Est-ce que je ne t'ai pas prévenu et protégé ? Je t'en prie, Luc, laisse-moi une chance…

— Tais-toi, tonna Saint-Yves.

Ses yeux étaient humides et il tenait son arme en tremblant.

— Je te faisais confiance. Je t'aimais. Ce que tu as fait, quelles que soient les raisons, s'oppose à toutes mes convictions. Je veillerai à ce que tu sois jugée dignement pour tes crimes. Mais quoi qu'on ait partagé, quels qu'aient été nos rêves, c'est terminé.

— Terminé ? murmura Thais.

Elle tourna brusquement la tête vers Io, prête à mordre. C'était si soudain, si inattendu que cette dernière crut recevoir un coup de poing dans l'estomac. Thais attrapa un cendrier de marbre sur la table et le projeta vers la tête de sa sœur.

La silhouette élancée d'Edei se glissa alors à travers l'un des panneaux de verre et écarta Io de la trajectoire en l'attrapant par la taille. Juste à temps. Le projectile fit exploser la paroi de verre. D'un mouvement fluide, Edei se plaça devant sa protégée et brandit son poing américain sous le nez de Thais.

— Ça va ? glissa-t-il à Io par-dessus son épaule.

— Oui, répondit-elle dans un souffle.

— J'ai utilisé la messagerie des Fortuna, dit-il. Ils ne vont plus tarder.

— Puisque c'est comme ça…, lâcha rudement Thais.

Elle regarda tout autour de la pièce avec frénésie, s'attardant sur chacune des personnes présentes.

— Si c'est la vérité que tu voulais, ma chère sœur, que tout le monde l'entende. Sais-tu comment ils m'ont approchée ? Ce qu'ils ont utilisé pour me convaincre de la nécessité de faire renaître l'ordre des Furies et de rendre la justice ? *Toi.* Ils savaient exactement ce que tu m'avais fait. Ils m'ont expliqué que tu avais demandé à ton amie née-oneiroi ici présente de me visiter chaque nuit, pendant une semaine, afin de favoriser mes rêves de voyage. Que tu avais effiloché mon fil de foyer jusqu'à ce qu'il cède. Que tu m'avais manipulée. Obligée à m'exiler pendant des mois dans le froid, la faim et la terreur. Tu m'accuses de t'avoir blessée, mais y a-t-il pire manipulation que celle que tu m'as fait subir ? Je savais que si ma propre sœur pouvait faire ça, l'ordre devait être restauré. Et la justice rendue.

— Io, intervint Ava. Dis-moi que ce n'est pas vrai. Dis-moi que tu n'as pas fait ça.

Io ferma les yeux. Le poids de sa culpabilité l'entraîna dans une eau noire. À chaque fois qu'elle tentait de remonter à la surface pour inspirer un peu d'air, un nouveau courant de honte la ramenait au fond.

Peu importait que Thais l'ait blessée la première, qu'elle l'ait fait souffrir pendant des années, multipliant les entailles dans son cœur. Pendant deux ans, Io avait essayé de rationaliser, de se justifier, de ne pas y penser. Elle avait fait ce qu'elle devait faire. Mais ces derniers jours, Edei, Rosa, les femmes sans fil et les nées-furie mortes lui avaient appris que le monde n'était ni tout à fait noir, ni tout à fait blanc, et qu'il existait au contraire d'infinies nuances de gris.

*Tu es une personne aimante*, avait-elle dit à Edei pour pouvoir l'entendre elle-même. *L'amour est la seule chose qu'il nous appartient de donner et de recevoir.*

Io ne pouvait vivre dans la honte plus longtemps. La honte d'avoir blessé Thais. Celle de l'aimer malgré tout. Elle devait lâcher prise.

Elle ouvrit les doigts et libéra les fils de sa sœur. Les yeux toujours clos, elle entendit Thais soupirer de soulagement.

— Une seule âme dans trois corps – voici ce que nous avons toujours été, dit doucement cette dernière.

Et voilà : elle allait s’excuser. Se faire pardonner. Essayer de tout arranger. Être meilleure et rendre le monde meilleur. Telle était Thais, même dans la défaite.

— Quand l’une de nous a besoin d’aide, les autres accourent. Sans se poser de questions. N’est-ce pas, Ava ?

Ava ? Oh… non.

Io eut à peine le temps d’ouvrir les yeux pour entrevoir Ava fixer Thais.

— Trois corps, une seule âme, fit Ava en hochant la tête. Sans se poser de questions.

Thais sourit.

— La lumière, ma chère sœur.

On se serait cru dans un rêve. Ava tendit le bras derrière elle et appuya sur l’interrupteur, plongeant la serre dans le noir. On entendit des pas et du verre craquer. Puis des coups de feu.

# Chapitre 36

# LEURS MAINS JOINTES SUR SON CŒUR

**LA TOILE EXPLOSA AUTOUR D'IO** en douzaines de traits lumineux. Deux faisceaux argentés traversaient le jardin à toute allure, s'éloignant de la serre. Deux autres se trouvaient à l'intérieur, s'agitant frénétiquement autour des panneaux de verre. Et un se trouvait au sol, à ses pieds. *Pitié*, pensa Io. *Pitié, pitié, pitié.* Elle s'agenouilla et tâta maladroitement les vêtements d'Edei. Humides – trop humides.

Elle hurla :

— Rosa, la lumière !

— J'essaie, répondit celle-ci, paniquée.

Une seconde plus tard, il y eut un déclic et la serre s'éclaira. Saint-Yves, une ombre derrière les buissons, s'était lancé à la poursuite des sœurs Ora, son arme à la main.

Edei était allongé sur le côté, les bras serrés autour de l'abdomen. Il respirait avec difficulté et leva des yeux pleins de terreur sur Io. Recroquevillé sur lui-même à cause de la douleur, il avait l'air d'un gamin apeuré. Io le redressa, l'appuya contre le sofa et écarta ses doigts de sa blessure

– celle-ci était trop basse, au niveau des organes vitaux, et le sang était trop épais, trop sombre.

— Merde, merde, merde, dit Rosa. Tu saignes aussi, Io.

Cette dernière ne ressentait aucune douleur – seulement de la panique. Son pantalon était déchiré juste au-dessus du genou. L'une des balles de Saint-Yves avait dû l'effleurer. Quel imbécile… Tirer dans le noir à si peu de distance… Elle survivrait. C'était Edei qui…

— Dans la guérite à l'entrée de la maison, il y a une radio, dit-elle à son amie. Appelle de l'aide.

Rosa était figée au-dessus d'eux, fascinée par le sang qui s'écoulait.

Io couvrit la blessure d'Edei avec ses mains, essayant de stopper l'hémorragie.

— Vas-y, Rosa !

Son amie sursauta et décolla, trébuchant parmi les corps et les objets éparpillés sur le sol.

— C'est très grave ? demanda Edei d'une voix faible.

Il n'attendit pas la réponse et se laissa aller en arrière, les yeux clos, le visage crispé par la souffrance.

Io jeta un coup d'œil au-dessus de sa tête : son fil de vie grimpait jusqu'au ciel, mais il avait perdu son éclat. Et… par tous les dieux… Il s'effilochait.

Elle serra les paupières. Elle avait besoin de réfléchir. *Reste calme. Concentrée.* Patiente comme une lame, précise comme une vipère. Il pouvait être sauvé, même d'une blessure à l'estomac, même d'un fil de vie effiloché. Elle rouvrit les yeux et le dévisagea.

— Samiya, murmura-t-elle. Montre-moi quel est son fil.

— Samiya ? bredouilla-t-il.

Son regard vitreux était incapable de se fixer sur elle.

Peu importait. La question avait suffi. Un de ses fils se mit à briller plus que les autres. Io le secoua et tira dessus violemment. Mais au moment où elle cessa d'appuyer sur l'estomac d'Edei, celui-ci hurla de douleur et elle dut replacer ses mains pleines de fils sur la blessure.

Les lèvres d'Edei étaient toutes pâles.

— Io… Ne pleure pas.

— Je ne pleure pas, mentit-elle.

Elle appuya sur la plaie à l'aide d'une des fourrures abandonnées et sentit son pouls au bout de ses doigts. Il ne pouvait pas mourir sous ses yeux. Elle était une trancheuse. Une née-moire. C'était elle qui était censée décider quand quelqu'un devait mourir. Pas un morceau de métal. Pas un fil effiloché…

— Ni amants, ni sangsues, ni flingues, fit alors une voix.

Alanguie sur un des fauteuils, une cigarette éteinte à la bouche, Bianca-la-sans-fil observait Edei avec compassion. Il avait été son second, son plus sûr allié. Jusqu'à ce qu'il la trahisse. Prenait-elle du plaisir à le voir mourir ?

— Tu devrais filer et te cacher quelque part, lui conseilla Io.

Bianca alluma un briquet d'argent et le bout de sa cigarette s'embrasa. Elle en tira une grande bouffée et recracha la fumée.

— Pourquoi je me cacherais ? Saint-Yves est le nouveau maire et les Neuf sont mortes. Ma petite amie vient de me quitter pour une femme qui m'a condamnée à mort. Je crois que je vais attendre l'arrivée de mon gang. Ensuite, nous allons raser cet endroit.

Le poème revint spontanément à l'esprit d'Io.

*elle observe l'argent comme un signe*
*elle pleure l'argent comme un chant de deuil*
*elle brandit l'argent comme une épée*
*elle tranche le fil*
*et c'est la fin du monde*

Mais elle n'avait coupé aucun fil, ce soir. Au contraire, elle avait laissé faire. Ce n'était pas encore le moment annoncé. Ce n'était pas la fin.

Bianca agita la main dans sa direction, sa cigarette coincée entre l'index et le majeur.

— Et toi, ma fille, tu m'as promis la justice. À moins que j'aie mal compris, tu as toujours un fil qui te connecte à tes deux sœurs. Un fil qui peut te conduire à elles quand tu veux. Je reste avec toi jusqu'à ce que j'aie obtenu ce qu'on me doit.

Io serra les lèvres.

— Aide-moi, alors. Utilise tes pouvoirs de née-kèr. Maintiens Edei en vie pendant que je préviens Samiya.

La reine jeta un œil à son second.

— Qu'est-ce qui te fait penser que je possède encore ce pouvoir ? Je suis une damnée, maintenant, tu te souviens ?

— *Essaye*, insista Io. Après tout ce que j'ai fait *pour* toi.

Un autre nuage de fumée remplit la pièce. Bianca dévisagea Io avec cet air félin dont elle avait le secret, la tête inclinée, les yeux réduits à deux fentes. Puis, soudain, elle s'avança sur son siège et posa les coudes sur ses genoux, sa cigarette pendant à ses lèvres. Ses yeux devinrent rouges et elle fit tourner ses doigts.

Le sang cessa bientôt de couler. Bianca pouvait utiliser à la fois ses pouvoirs de née-kèr et un fouet de née-furie. Quelles seraient les conséquences d'un tel changement ? Elle était une damnée et une née-autrement d'un genre nouveau. Io ne perdit pas de temps : elle serra le fil de Samiya et tira dessus aussi fort qu'elle put pour attirer la née-horus. Elle tourna le visage vers Edei qui ne l'avait pas quittée des yeux.

Ils restèrent longtemps assis ainsi, à se regarder. De temps en temps, il laissait sa tête retomber, à bout de force. Mais il continuait à la fixer ; Io le soutenait et Bianca retardait sa mort. Les minutes s'écoulaient, interminables.

— Tu vas t'en sortir, murmura Io.

Il hocha la tête.

Un moment passa.

— Et toi ? demanda-t-il.

Est-ce qu'elle s'en sortirait ? Elle en doutait. Ses sœurs l'avaient trahie, chacune à sa façon. Son destin prévoyait la destruction du monde. Elle avait promis la vengeance à la terrible reine du Marais.

Mais elle gardait un fil enroulé autour de son index tel un anneau d'argent. Ce fil pour lequel elle avait tant comploté et sacrifié : celui qui connectait Thais aux dieux.

Parce que c'était la vérité, la réponse à ce mystère. Les Neuf y avaient fait allusion, les damnées en avaient plaisanté, Thais n'avait fait que le confirmer. Ces êtres puissants capables d'échapper aux nés-muse, d'influencer les nés-furie et d'orchestrer le massacre des nés-autrement les plus puissants du monde ne pouvaient être que les dieux. Et Io détenait maintenant le fil qui la conduirait à eux.

— Comment peux-tu me demander ça alors que ton sang coule dans mes mains ? demanda-t-elle.

Edei laissa échapper un léger rire, presque un soupir.

— Je ne pensais pas ce que je t'ai dit. Tu me plais…

— Arrête. Ne parle pas comme ça. Comme si tu n'allais pas avoir de deuxième chance.

— C'est pourtant probable.

— Contente-toi de rester en vie, s'il te plaît.

— Ils arrivent, les interrompit Bianca en scrutant la pénombre autour de la serre.

C'est alors que Samiya apparut derrière les buissons, accompagnée de Chimdi. Io lâcha un sanglot d'infini soulagement. Edei prit ses joues striées de larmes entre ses mains.

— Il faut que tu t'en ailles, dit-il.

Autour d'eux, tout le monde criait. Samiya en panique, Chimdi terrorisée, Bianca braillant des ordres. D'autres membres de son gang apparurent parmi les plantes. Au milieu de ce chaos, Io ne pouvait que voir Edei et écouter sa voix affaiblie.

— Où que te mène ce fil, dit-il en désignant d'un geste les doigts serrés de sa main gauche, et quelles que soient tes intentions, tu dois partir. Avant qu'ils ne confinent la ville.

Il était si astucieux. Il était attentif à tout et parlait peu ; il se sentait tellement impliqué.

Io secoua la tête.

— Non, je préfère rester avec toi. Je veux t'attendre.

— Tu dois partir maintenant, Io, souffla-t-il, les yeux écarquillés par la crainte. Je te promets que quand j'irai mieux, je te rejoindrai.

— Comment ? demanda-t-elle en refoulant un sanglot.

Comment la retrouverait-il dans les Plaines sauvages qui s'étendaient à l'infini derrière les murs de la cité ?

Il lui prit tendrement la main pour la poser sur sa poitrine.

— Je suivrai ça, murmura-t-il en pressant leurs mains jointes sur son cœur, au-dessus de leur fil du destin. Je te retrouverai toujours.

Quelqu'un tira Io en arrière et Samiya s'agenouilla devant Edei. Chimdi, horrifiée par le nombre de morts, avait posé une main sur sa bouche. Plusieurs membres des Fortuna qu'Io ne connaissait pas vociféraient autour de Bianca.

Io fit un pas en arrière, puis un autre. Personne ne la vit disparaître dans la nuit.

Elle dut se faire un garrot avec un morceau de tissu arraché à son pantalon pour arrêter le sang qui s'écoulait de sa cuisse. Chaque pas était douloureux, mais ça irait. Elle devait continuer. D'abord passer chez Amos pour prendre des bandages et des provisions, puis sortir de la ville avant que la police n'en condamne les accès.

Le smog était bien installé sur la cité, faisant disparaître les extrémités des ponts et des passerelles. De la musique parvenait du commissariat en fête et l'on entendait de lointaines sirènes.

Les minutes s'écoulaient. Elle avançait lentement ; elle devait passer du monde réel à la Toile sans arrêt pour être sûre de ne pas tomber d'une passerelle dans la mélasse qui s'étendait au-dessous. Elle s'arrêtait constamment pour vérifier que son fil du destin était toujours actif. Pour inspecter celui d'Ava qui semblait se diriger vers la porte nord d'Alante, probablement poursuivie par Saint-Yves et ses hommes.

Elle se figea au bord du toit d'où partait une fine bande de métal. Un pont à chats, comme si elle avait besoin de ça.

— Tu as peur, pas vrai ? fit une voix derrière elle.

Une silhouette agile apparut à travers le brouillard, en pyjama satiné, son fil de vie sectionné traînant derrière elle. Bianca Rossi s'arrêta à quelques pas d'Io et l'examina des pieds à la tête avant d'arrêter son regard félin sur son poing serré.

— Que serres-tu dans la main ?

Io s'arracha aux crocs de la panique. Bianca croyait lui faire peur. Mais Io avait découvert le génocide des nésfurie et résolu les meurtres de quatre victimes et de trois damnées. Elle avait assisté à l'assassinat des Neuf, laissé ses sœurs s'échapper et abandonné Edei derrière elle, en sang, afin de pouvoir suivre ce fil et rendre justice à ces femmes. Bianca pouvait la terroriser autant qu'elle voulait, Io ne se laisserait pas intimider.

Elle observa le fil entre ses doigts. Il était argenté, certes, mais maintenant qu'elle pouvait l'étudier, il lui sembla discerner aussi un reflet doré. Des brins aussi chauds et brillants que le soleil mêlés à d'autres, froids comme ceux des trois lunes : ceux des dieux et celui de sa sœur.

— Je pense, répondit-elle avec nonchalance, que c'est le fil de ton créateur. Et qu'il conduit aux dieux.

— Certains crimes, dit Bianca, ne peuvent demeurer impunis.

Io se retint de rouler des yeux. *Les Furies.*

— Qu'est-ce que tu veux, Bianca ?

La reine avait déjà plaqué son fil de vie tranché, son fouet, sur sa hanche, comme si il avait toujours été une partie d'elle-même. Elle répondit tranquillement :

— Quand je suis allée trouver Ava et qu'elle a réalisé que tous mes fils étaient coupés, tu sais ce qu'elle m'a dit ?

Io serra les lèvres. Non, elle l'ignorait. Elle avait l'impression qu'elle ne connaissait plus du tout sa sœur.

— *Reste avec Io. Elle prend soin des choses brisées.*

Bianca respirait avec aisance.

— Mais je ne veux pas de ta compassion, trancheuse. Je veux me *venger.* Tu peux me procurer ça ?

Io repensa à elle dans la serre bleue, à ses yeux embrasés par la colère divine. Aucune autre damnée n'avait eu les yeux orange, signe du pouvoir des nés-furie. Aucune non plus n'avait été née-kèr ni n'avait continué à manifester ses pouvoirs. Quoi que soit devenue Bianca Rossi, elle était un être d'un genre nouveau et étrange – qui pourrait peut-être être sauvé ; mais surtout, elle était une arme, affûtée et enduite de poison.

Le brouillard s'épaissit autour d'elles, s'enroulant autour de leurs chevilles comme un chat trop collant. Bianca se dressait au milieu du toit, droite et fière. Le fil du dieu indiquait un chemin étroit conduisant à un avenir incertain. Io s'avança vers le pont à chats, le cœur battant.

— Je te propose un marché, dit-elle sans trembler. Aide-moi à trouver les dieux et je t'aiderai à les punir. Qu'en penses-tu ?

Dans une bourrasque de soie, Bianca la contourna et grimpa sur le pont. Io regarda le passage suspendu qui s'étendait devant elle telle une ligne de vie. À l'autre bout, le fil divin disparaissait dans la brume. Elle respira un grand coup et fit un premier pas.

— En route, alors, lui lança la reine. Allons renverser les dieux.

# Remerciements

C'est une chose monumentale et impressionnante d'écrire les remerciements de son premier roman. Ce sont seize années d'écriture, huit d'interrogations, deux d'editing – comment résumer autant d'années de soutiens et d'amour en une poignée de pages ?

Amanda Joy, tu es vraiment la meilleure : ma meilleure amie, ma meilleure critique, la meilleure avocate de mes crises existentielles. Je ne serais jamais devenue écrivaine sans toi. Anna Meiano et Laura Silverman, je ressens chaque jour vivement votre soutien – longue vie à Words and Thai. Je suis impatiente de collaborer de nouveau avec vous.

Ma gratitude la plus profonde à Michaela Whatnall, ma brillante agente, mon œuf de Fabergé à moi. Tes remarques et ton soutien m'ont été précieux ; sans toi, je ne serais pas en train d'écrire cela aujourd'hui. Mille mercis à Amy Elisabeth Bishop pour ses précieux conseils et pour avoir été une entremetteuse parfaite ; aux formidables Lauren Abramo, Michael Bourret, Gracie Freeman

Lifschutz, Andrew Dugan et Nataly Grueder ; et à mon agent audiovisuel, Stephen Moore.

Gretchen Durning, ça a vraiment été un plaisir de travailler avec toi. Ce livre est tellement plus fort – et plus admirable – grâce à toi. J'attends avec impatience notre prochain voyage afin de donner forme à la suite ! Un immense merci à toute l'équipe de Razorbill et de Penguin : Misha Kydd, Krista Ahlberg, Brian Luster, Jayne Ziemba, Alex Campbell, Rebecca Aidlin, Lizzie Goodell, Christina Colengelo, Bri Lockhart, Felicity Vallence, Shannon Span, James Akinaka et Kim Ryan. Je suis pleine d'admiration pour Corey Brickley et Kristie Radwilowicz ; merci de m'avoir offert une si stupéfiante couverture.

À l'équipe anglaise de Penguin Random House : merci pour votre accueil chaleureux et votre enthousiasme, d'abord ma merveilleuse éditrice, Natalie Doherty, puis les excellents Michael Bedo et Chloe Parkinson, Bella Jones, Jamie Taylor, Alicia Ingram, Kat Baker, Toni Budden, Becki Wells, Rozzie Todd, Autumn Evans, Amy Wilkerson, Aimee Coghill et Nekane Galdos.

Marzena Currie, Amy Gordon, Kaye Baginsly, Lauren Vassallo et Elena Pataki : votre enthousiasme de la première heure pour cette histoire signifie tout pour moi. Mes frères et sœurs agents et premier groupe d'amis : je suis heureuse d'être à vos côtés dans ce voyage éditorial déchaîné. Auteurs qui avez *blurbé Threads* – je suis stupéfaite que mon livre partage les étagères des bibliothèques avec les vôtres ; merci. Premiers lecteurs et *reviewers* : vos messages et votre soutien sont précieux.

Maria Foutzitzi : φίλη, merci infiniment pour avoir été ma première lectrice et pour nos rendez-vous estivaux avec nos livres et la mer à nos pieds. Mes amis : vous avez fait ressembler ces années parmi les plus stressantes de ma vie à une brise légère ; je vous en suis éternellement reconnaissante.

George, μπου, j'ai écrit les premiers mots de cette histoire alors que nous étions assis ensemble sur un canapé. J'ai corrigé ce livre pendant que tu préparais un dîner avec trois desserts. Tu étais dans la pièce voisine lorsque j'ai parlé pour la première fois à celle qui serait mon agente. Tu as crié avec moi, dans le train, quand j'ai reçu une offre par e-mail de mon éditeur. Tu es inextricablement lié à ce voyage ; merci pour ton amour, merci pour ton soutien, ton humour, ton inspiration et ton tiramisu. Je suis profondément reconnaissante de partager ma vie avec toi.

Ma merveilleuse famille : Maman ; Papa ; Nikos ; Argyri ; Eleni ; Alex ; Eleftheria V. ; mes adorables grands-parents et feu mon grand-père Tasos ; Sakis et Eirini, mes tous premiers alliés ; ma famille athénienne ; mes fantastiques beaux-parents – je ne trouve pas les mots pour vous exprimer ma gratitude. Je vous ai dit que je voulais devenir écrivaine quand j'avais quinze ans. Je me souviens parfaitement de la scène. C'était l'été et nous étions sur la plage ; le dernier livre de ma série favorite venait de sortir et je lisais une interview dans laquelle l'auteure expliquait qu'elle passait ses journées à inventer des mondes pour les gens. Vous êtes sortis de l'eau et vous vous êtes assis à côté de moi. J'ai baissé mon magazine et je vous ai expliqué que c'était ce que je voulais faire : inventer des mondes ; devenir écrivaine. Pendant un court instant, vous réfléchîtes probablement aux arguments rationnels et aux dures vérités susceptibles de me faire changer d'avis, mais vous dîtes seulement : *D'accord. Voyons donc comme nous pouvons t'aider à devenir écrivaine.*

Maman, Papa, Argyri, écoutez : je voudrais dire que *j'ai* réussi, mais ce ne serait pas la vérité. Ces remerciements en sont la preuve. *Nous* avons réussi. Merci, merci, merci.

*Composition et mise en pages*
*Nord Compo à Villeneuve-d'Ascq*

Cet ouvrage a été achevé d'imprimer
sur Roto-Page par l'Imprimerie Floch à Mayenne.
Dépôt légal : janvier 2024 – N° 154452 (104033)
**Imprimé en France**